# 永遠の道は曲りくねる

宮内勝典

河出書房新社

# 目次

永遠の道は曲りくねる

# 1　浜辺から

海に浮かびながら、ゆっくり、ゆっくり、息を整えた。気がみなぎってきた。もう一度、深呼吸して、頭からまっすぐ下降していった。まだ海は暗い。潜《もぐ》るにつれて水温がさがっていく。一五メートルを過ぎたあたりから、水底へ吸い込まれるように落下していった。水惑星の重力につかまったような気がする。

ぼうっと水底が見えてきた。指さきが砂にふれた。膝を曲げて正座した。鰭《フィン》をつけているから、あぐらをかくことはできない。目をつむっていると、自分らしさが海へ溶けていくようだ。

砂をけり、全力で上昇した。肺に残る息をけんめいに守った。空っぽになると海水がなだれ込んでくる。溺れてしまう。急がなければブラック・アウトがくる。失神する。

海面に顔を突きだし、澄みきった朝の大気を吸った。半球の空は、藍《あい》色から群青《ぐんじょう》へ、ウルトラマリンへ変わっていく。その奥へ、星々がすうっと吸い込まれては消えていく。宇宙ステーションが飛んでいないか目をこらしたけれど、光りの条《すじ》は見えなかった。

水平線から、火の玉がのぞいてきた。日の出だった。初めは深紅のダイヤモンドのようだったが、いびつに膨らみながら昇りつづけ、ぶるっと海をふり切るように空へ躍りあがっていく。太陽と水惑星がすれちがっていく一瞬だ。

水中マスクを外した。仰向けになって漂いながら、日だまりの猫のように腹をさらした。朝焼けの雲が見える。あかね色だ。こちらの頭蓋の蒼穹《そうきゅう》で燃える、あさましい妄想の雲のようだ。たまらなく女性を抱きたかった。

太陽の角度で、そろそろ出勤時間らしいと見当をつけた。砂漠で暮らす老インディアンは岩山の影を見ただけで、五分刻みでぴたりと時間を言い当てていたことを思いだしながら岸へ泳いでいった。

水と陸地が不思議なほど軽やかにふれあっていた。波打ち際から浜へあがった。素足になった。白いサンゴ砂はまだ冷たかった。アダンの林をぬけていった。パイナップルそっくりの実が赤く熟《う》れている。食べられない実だ。そこらの枝をへし折って、足もとを払いながら岬の斜面を登っていった。この島には毒ヘビがいるから。鳥のさえずりが聞こえてくる。長い不安な夜が終わり、やっと朝がやってきたと、いっせいに歓喜しているようだ。

「おーい！」と声が降ってきた。

岬の上から同僚たちが降りてくる。扇型のフィンを肩にかついでいる。両足を入れて、人魚のように水をけっていくモノフィンだ。いま自分が使っているロングフィンは、かれらが譲ってくれたものだ。

「何メートル潜れるようになった？」

同僚は、あえて標準語で話しかけてくれる。

「二十五メートルぐらいかな」

「まだまだ、だなあ」

「もうすぐ、三〇メートルはいけますよ」

「そうか、楽しみだな」

「今日はデイケアですね」

「そう、九時に車を出してくれないか」

「わかりました」

かれらは看護師だから、出勤時間が少しおそい。

陽はすでに水平線から離れている。水惑星とすれちがっていくときの荘厳《そうごん》さはとっくに消えて、ひたすら暑い、いつもの一日がはじまっていた。乾いた肌が、うっすらと塩を吹いている。梅雨《つゆ》のない島だから、もう夏がはじまっている。島の言葉で、若夏というらしい。

岬の上に出た。雑木やギンネムの繁みをぬけて坂道を登っていくと、ハイビスカスの花が咲き乱れていた。いやハイビスカスじゃない、赤花《あかばな》だ、と南溟《なんめい》さんがいつもくり返している。その繁みから、

「精神科　うるま病院」

という看板が突きだしている。下の方には、神経症、統合失調症、認知症、宗教病、と記されている。宗教病という言葉にひっかかりながら坂道を登っていくと、白い病院が見えてくる。

二階、三階の窓は、バラの蔓《つる》のような鉄格子がついている。金属の冷たさを感じさせない曲線で、白いペンキが塗られている。なんだ、開放病棟じゃないのかと初めはがっかりしたけれど、自殺防

止のためであることがいまはわかる。

裏の通用口から、キッチンへ入っていった。賄《まかな》いのおばさんたちが働きながら、おしゃべりをしている。島言葉だからほとんど聞きとれないが、鳥のさえずりを聞くような心地よさがある。隅っこで朝食をとった。ご飯、みそ汁、スパムと目玉焼。ほとんど変わらない朝の定番メニューだ。たまに食パンの日もあるが、患者さんたちには不評だった。食べ終えてから、流し台の皿や丼を山ほど洗う。

午前九時、小型バスを出した。まだ左側を走ることに違和感がある。アメリカでは、車は右側を走る。だからカーブを切るとき、脳と手が、ちぐはぐになるような緊張がくる。在宅介護の家々を回った。認知症の年寄りたちを一人ずつバスに乗せて、福祉センターへ連れていく。あとは医師や看護師にまかせるしかない。自分はただの雑役係だから。

うるま病院にもどって、トイレの清掃に取りかかった。汚れた便器を洗い、生理綿をかたづける。楽しくはないが、つらくはない。あの老インディアンから教えられたことがあった。ほんとうの人は、世間の隅っこで黙々と働いていると。

女子病棟の廊下にモップをかけているとき、奇妙な老婆に出くわした。

平安朝のような衣をまとって、裾をひきずりがちに静々と歩いてくる。絹ではなく、涼しそうな薄地の木綿だった。髪を高く結いあげ、簪《かんざし》をさしていた。銀の手裏剣《しゆりけん》のようだ。顔には白粉《おしろい》を塗っている。唇だけが真っ赤だった。市販のリップ・スティックではなく、細い筆で描いた口紅のようだ。昔の遊女か、貴婦人のようだ。それにしても不思議な身なりだ。患者さんが廊下をうろついているのだろうか。

すれちがいざま、そっと腰をかがめて微笑んでくる。優雅で、どこか妖艶《ようえん》だった。首も、手首も、枯木のように細い。あきらかに老婆だった。それでも清らかな気品があった。ふっと百歳の童女だと思った。

　老婆はときどき廊下に立ちどまって、病室を見つめている。歩きだし、また次の病室で立ちどまる。患者さんたちを観察しているようだ。鋭く、しんとした眼だ。

　あっけにとられながら見送っていると、田島が歩いてきた。

「あの人、だれですか」

「乙姫《おとひめ》さまだ」

　龍宮城の乙姫さまだよ、と田島は笑いながら、ちょっと来なさいと手招きした。

　院長室に入った。田島はまだ副院長のはずだが、この部屋を使っている。

　三方に書架《しょか》があり、ぎっしり書物に埋めつくされていた。精神医学書だけでなく、文化人類学、民俗学、歴史書などもひしめいている。ドイツ語や英語、フランス語の本も多い。大学の研究室のようだ。霧山院長の蔵書だという。

「あの乙姫さま、患者さんですか」

「最初に会ったとき、わたしも患者さんだと思い込んでしまった。だが、そうじゃない。えらい人なんだよ。世間的には、ただのユタにすぎないが。知ってるか、ユタのこと?」

「いいえ」

「民間のシャーマン、占い師といったところかな。死者の霊を降ろしたりする。恐山《おそれざん》のイタコのように」

「どうして病院をうろついてるんですか」

「何十年も前からあちこちの病院を回って、若い女たちをひき取っていく。あの娘さんは精神病ではありません、カミダーリーしているのですと」

「カミダーリー？」

「神がかる、ということだ。娘さんたちの身元引受人になって、ユタに育てていく。そうしてユタ教団をつくりあげていった」

「……………」

「この島では、心を病《や》むとまっさきにユタのところへ連れていく。医者半分、ユタ半分、という言葉があるぐらいだ」

「それで治るのかな」

「なぜか、治癒《ちゆ》するケースがよくあるんだよ。うつ病や神経症などには、めざましい力を発揮する。それぞれ土地には固有の文化があって、その文化そのものが治癒力になる」

「あ、それはわかります」

「この島では、女のほうが霊的な力が高いと信じられている。祭祀《さいし》の中心にいるのも女たちだ。男たちは脇役にすぎない。霧山さんもわたしも、神経症の女たちを、ときどき乙姫さまに預けている。おおっぴらには言いにくいが、まあ、相互扶助《そうごふじょ》のようなものだ」

「と言うと？」

「あの乙姫さまは、自分の力がどういうものかよくわかっている。能力の限界も知っている。自分が治せるかどうか、直感的にわかるようだ。神経症など心因性の病ならひき受ける。だが統合失調症は手におえないから、こちらの病院へ回してくる」

「不思議な人ですね」

「霧山さんの恋人だよ」

ま、同志的なプラトニック・ラブだと思うけどね。田島は慈《いつく》しむように笑った。

「そのユタ教団はどこにあるんですか」

「霧山さんに聞いてごらん」

田島はゆるりと笑った。

研《と》ぎ澄ました刃のような鋭さは、影をひそめていた。

院長室の窓から中庭が見えた。赤花や、淡黄色のユウナの花が咲いている。海の見える美しい庭だ。

真ん中にガジュマルの樹がそびえ、枝という枝から気根が垂れさがり、地中に根をおろして、あたらしい幹になり、四方へひろがっていく。一つの樹木が小さなジャングルをつくっている。その木陰《こかげ》が喫煙所になっていて、患者さんたちが煙草をくゆらしながら涼しげに憩《いこ》っている。

木陰を過ぎて、近道へ降りていった。岬の中腹にさしかかると一軒の家が見えた。赤瓦《あかがわら》の屋根いっぱいブーゲンビリアの花が咲き乱れ、大火事のように燃え盛っている。家は小さく、ごくありふれた平屋造りだった。

その庭にも赤花やユウナが咲いていた。海を見晴らすところには、真紅のカンナが燃えている。縁側の沓《くつ》ぬぎ石に立った。大きなサンゴ塊を長方形に削りだしたものだ。白く風化して、縄文土器のような模様が渦巻いている。

霧山は、電動式ベッドの背もたれを起こしてノート・パソコンで書きものをしていた。全学連や、安保闘争、南島の精神医療について、遺言のように最後の一冊を書いているらしいと田島が言っていた。ベッドのまわりも書物だらけだった。小さなシャコ貝の灰皿から煙草のけむりがたち昇っている。肝臓ガンを病んで、さすがに酒は断ったけれど、禁煙する気はまったくないようだ。

顔をあげた。パソコンから手を離して白髪をかきあげた。頬がこけているが、眼にはまだ精気がみなぎっている。

「ん？」

なにか用かね、と問いかけてきた。

「乙姫さまのことですが」

「ああ、光主《こうしゅ》のことか」

教団ではそう呼ばれているのだという。

「ユタ教団って、何ですか」

「田島に聞けばわかるよ」

「霧山さんに聞きなさいと言われました」

「そうか」

まあ、あがれよと手招きした。散乱する書物をかき分けて、ベッドの下に坐った。サイドテーブルに煙草があった。この島でつくられている「うるま」という煙草で、赤いタツノオトシゴの絵柄がついている。マッチもあった。いまどき、どこで売っているのか、一升枡《いっしょうます》ぐらいの徳用マッチだった。

「光主は、島でいちばん有名なユタだ」と霧山は語りだした。「神高《かんだか》くて霊力があると評判だった。予言も当たる。信者がたくさんいて、波照間宮《はてるまぐう》という社殿を建てた。みんな、龍宮城と呼んでいるがね」

「だから乙姫さまか」

「精神病院を回って、カミダーリーしている娘さんたちをひき取り、ユタに育ててきた。田島から聞いたと思うが」

「ええ」

「その娘たちを、光使《こうし》と呼んでいる。最盛期には四十人ぐらいで集団生活をしていた。社務所の二階が宿舎になっていた。女性シャーマンたちの不思議な集団だ。まあ、ミニ教団というところかな」

「霧山さんの同志だと聞きましたが」

「そう、島に赴任してきたばかりのころ、女子病棟で出会った。最初はびっくりしたよ。あの身なりだろう。まだ女盛りで、唇に紅をひいていた。妖《あや》しいぐらい色香があった。まさに龍宮城の乙姫さまだったよ」

「いつごろですか」

「まだアメリカの占領下でパスポートが必要なころだった」

「よくヴィザが出ましたね」

「アメリカ大使館で、精神医療だけに専念する、決して政治活動はやらないという念書を書いて、やっと許可された」

「自分から志願してきたのですか」

「そうだ」

「なぜですか」

「泡盛の古酒《クース》は、うまいからなあ」

霧山はいたずらっぽく笑いながら、

「とろりとして、きれいに澄みきっている。飲みくだすとき、天使の羽でそうっと喉をなでられるようだ。まさに世界の名酒だよ。飲んべえにはたまらない。おかげで肝臓をやられたがね」

「………」

痛ましかった。余命半年だというのに、こんなふうに冗談めかして、深刻さをはぐらかしてしまう。

かつて霧山は全学連を率いて、一般人まで巻き込み三〇万人を動員しながら国会を包囲したのだという。田島が話してくれたのだ。だが六〇年安保闘争は敗北した。基地が集中するこの島こそ、日米安保の隠れた核心なのだ。そして米軍は、いまも島に居座っている。その責を負うつもりで、霧山は一介《いっかい》の精神科医として南の果てにやってきたのだろう。

「あのころ島の精神病は、本土の二倍を超えていた」

霧山は医師らしい顔になって、ゆっくり語りだした。

「統合失調症、いわゆる精神分裂病は本土の三倍ぐらいだった。わたしはこの病名が嫌いなんだ」

統合失調症は、病の深刻さをごまかしている。まやかしの言葉なんじゃないか。だが「精神分裂病」は、恐ろしくおどろおどろしい。病名だけでぞっとさせられるだろう。「乖離症《かいりしょう》」ぐらいが、いいんじゃないかと思うがね。だからわたしは個人的には「スキゾフレニア」と呼んでいる。

「三倍だというのは、おかしいですね」

どんな国でも、その発症率は人口の一パーセントか二パーセントだと聞いていますが。

「そう、発症率はだいたい一定している。だが、この島はちがう」

「戦争のせいですか」

「そうとしか考えられない。お前も知っていると思うが、この島は一つの独立国だった。海の邦《くに》だった。ところが十七世紀に薩摩に侵略され、明治になると王朝が滅びていった。そして太平洋戦争で、すさまじい地上戦になった」

正確なことはわからないが、死者は二〇万人ぐらいだ。日本兵が六万人、あとの十四万人は島民たちだ。

「………」

「島民の三人か四人に一人が死んでいった。ほとんどすべての家族が、死者を抱えている」

霧山は口を噤《つぐ》み、庭のほうを眺めている。

余命半年、と胸でつぶやいているのかもしれない。

「変わったよ、なにもかも変わった」

入れ歯の音を、かすかにカチカチさせながら語りつづけた。

通貨はドルで、交通規則も車は右だった。日本復帰した日から、いきなり円になり、車は左、人は右になった。すべて、がらりと変わっていった。こんな島唄がある。

唐《とう》ぬ世《ゆ》から　大和《やまと》ぬ世《ゆ》
大和ぬ世《ゆ》から　アメリカ世《ゆ》

統合失調症の発症率が本土の三倍ぐらいなのは、そんな変化と無関係じゃないはずだ。第二次世界大戦後、ニューギニアでも精神病が多発している。あそこにはクラという交易があった。

交易といっても実利的なものじゃない、仮面や神像など、宝ものをぐるぐるたらい回しにしていただけだ。だが、そうやって部族間の戦いをやめようとしていたんだろうな。戦時中、日本軍の船がやってきたとき、かれらは仰天してしまった。そしてこう考えた。きっと先祖たちが、あの世から宝ものを船に積んできてくれたのだろうと。戦争を境に病状も変わっていった。それまでは首狩りとか、精霊とか、火喰い鳥とかいったことばかりだった。ところが、ラジオが告口《つげぐち》をしている、電波がきて自分を操ろうとしているとか、いまとそっくりの病状が現れてきた。もちろん、この島には高度な文化があった。けれど、ニューギニアと決して無関係じゃない。

「やはり、戦争のせいかな」

「たぶん、そうだろうな」

なぜ統合失調が起こるのか、わたしにもわからない。脳内ホルモンのせいだ、遺伝のせいだ、脳の神経ネットワークの配線ミスだとかいろいろ言われているが、まだ解明されていない。心の病にはかならず文脈があるはずなんだ。たしかに遺伝はある。だが引き金をひくのは、やはり心因性じゃないかと思っている。

その傍証《ぼうしょう》がこの島なんだ。ここは激戦地だった。そして戦争が終わってから、あちこちに精神病院が乱立するようになった。まさに雨後の竹の子のように、と言ってもいいぐらいだ。だが離島は放置されたまま、精神医療はまったくなされていなかった。もちろん病院もない。医師もいない。

「赴任してきてから、わたしは保健所の嘱託医《しょくたくい》になって離島への巡回医療をはじめた」

まず慶良間《けらま》の島々へ通いつづけた。海はほんとうに美しい。ハワイなんか比べものにならない。エメラルド・グリーン、セルリアン・ブルー、群青、ウルトラマリン、瑠璃《るり》色、藍色、思いつくかぎりの青がひろがっている。孔雀《くじやく》の首のように輝いている。きらきらと色が変わるブルー・オパールのような海なんだよ。

だが戦争がはじまり、アメリカの艦隊が近づいてきた。島の人たちは山へ逃げ込んで洞窟《ガマ》に隠れた。鬼畜のアメリカーは男を皆殺しにして、女たちを犯すと教え込まれていた。日本兵は手榴弾《しゅりゅうだん》を配った。いざというときは自決しろというわけだ。

アメリカ軍がついに上陸してきたとき、みんな半狂乱になった。アメリカーに強姦《ごうかん》されるよりも、せめて自分の手で死なせてやろうと、父が娘の首に手をかけた。兄が妹の首に刃を向けた。松の枝に縄をかけて首を吊った人たちもいた。

洞窟に身を潜めていた人たちは、日本兵に追いだされて、さまよい歩き、山あいの窪地でついに手榴弾のピンを抜いた。肉が飛び散り、羊歯《しだ》の葉に腸がひっかかった。死にきれない肉親の喉を鎌でかっ切る。谷間は血の海だったそうだ。

心の傷は深い。だが精神医療はなされていない。保健師さんがいるだけだった。わたしは慶良間の島々を回り、さらに遠くの久米島《くめ》にも通いつづけた。連絡船は小さな木造船だ。あそこには潮の流れの速い海域がある。すでに何隻《なんせき》も船が沈んでしまった難所なんだよ。

船酔いでふらふらになって岸にあがると、島全体がぐらぐら揺れていた。ホテルもない。定宿の民宿に泊まる。翌朝、まっさきに村長の家を訪ねてから、村を歩き回る。それが礼節なんだ。保健師さんたちは献身的だった。どの家に病者がいるか、よく知っている。心を病んだ人たちは「フリムン」と呼ばれて、野放しのまま村をさまよっていた。「フリムン」とは、気がふれた者という意味だろうな。

「座敷牢もあったよ。裏庭に小屋が隠されていることもあった」

サンゴの塊りを積みあげて屋根をトタンでふいただけで、まるで豚小屋だった。臭かったよ。トイレもついていないから、自分の糞尿にまみれている。サンゴの壁には土がぬり込めてあった。隙間があるとハブが棲みついてしまうからな。屋根に緑の蔓が這いあがり、ヘチマやカボチャが実っていた。バナナの葉も垂れさがって、いくらか暑さをやわらげていた。

小屋には格子《こうし》がついて、食事を出し入れする小窓があった。そんな小屋で病人たちは糞まみれになっていた。診察しようにも、扉がひらかない。鍵はもうとっくに錆びついていた。

そんな家々を巡り、浜辺の道を歩いていると、沖に鯨が見える。黒い巨体がジャンプしている。尾びれが海を叩く。もうもうと水しぶきの霧がひろがり虹がかかる。鯨たちは潮を吹きながら、ゆっくり泳ぎ去っていく。なぜか、ぼろぼろ涙が出たよ。

まだ復帰前だったから、本土の医療制度は適用されない。もちろん健康保険もない。病人たちを本島の病院へ連れていきたいけれど、とんでもない金がかかる。

そのころ公務員の給料は、月に六〇ドルか七〇ドルだった。ところが自費入院すると一〇〇ドルもかかる。どうすることもできない。救いようがなかった。歯ぎしりしながら、日本列島の南の果てをおろおろ歩き回っていた。巡回医療といっても、ほとんど気休めだった。

アメリカ占領下から日本復帰したとき、医療制度も本土と同じように適用されることになった。つまり厚生省から援助が出ることになったわけだ。待ちのぞんでいた日が、ついにやってきたのだ。

「同僚からゴルフバッグを借りて、ハンマーや、斧《おの》や、ノコギリなどを入れて島々を回ったよ」

もう遠慮しなくてもいい。病院にひき取ることができる。家族を説得して、次々に小屋をあけた。奥の座敷牢もひらいた。錆びついた鍵をハンマーで叩き壊しているとき、不思議な喜びがあった。ああ、自分はこのために精神科医になったのだという気がしたよ。

離島から病人たちを連れ帰ってくると、だれよりも真剣に反応してきたのが、あの乙姫さまだった。

「次から、わたくしもご一緒させてください」

　かつて精神病院からひき取った娘さんたちをひき連れてきて、熱心に働いてくれた。暗がりに閉じ込められていた人たちは、外に出てくるとまぶしがって、おびえたり、震えたりしていた。叫びだす人もいた。暴れる人もいた。すると乙姫さまは、そっと抱きしめる。あのころは色香があって、まさに龍宮城の乙姫さまだった。

　抱きしめながら、体をさすり、島言葉でささやくように祈る。すると不思議なことに、病人たちは、すうっと落ちついてくる。なるほど「医者半分、ユタ半分」なのだと腑《ふ》に落ちてきたよ。

　ユタ教団の光使たち、病院から光主にひき取られてきた娘さんたちは、みんな熱心に働いてくれた。ひめゆり部隊を思わせるぐらい献身的だった。

　娘さんたちは、病人のからだを洗う。座敷牢や、豚小屋そっくりの牢に、十年、二十年も幽閉されていた人たちもいる。老いて、垢《あか》だらけで、悪臭のかたまりだった。娘さんたちは汚れた体を清めてから、持参してきた新しい下着をつけさせる。褥瘡《じょくそう》ができているお尻に、軟膏《なんこう》を塗って、おむつをあてがったりする。助かったよ。わたしは医者だが、女性のからだに触《さわ》るわけにはいかないだろう。

「先生、あの方はわたくしがひき取りますね」

　光主は病人たちのタイプを見分けていた。カミダーリーしているかどうか、シャーマンの資質があるかどうか、冷静に見極めていた。その眼に狂いはない。みごとな洞察力だったよ。いわゆる精神分裂病、統合失調症の人たちは、うるま病院にゆだねる。医師であるわたしに預ける。うつ病や、神経症、ノイローゼ、宗教病の女性たちはひき取っていく。世間ではユタ教団だと揶揄《やゆ》されているが、そうじゃない。わたしは気高いシャーマン教団だと思っているよ。

岬の一角に、大きな墓がひしめいていた。霧山の家へいく途中、寄り道をしているうちに見つけたのだ。亀の甲羅のような丸屋根のついた墓ばかりだった。そうか、これが亀甲墓《かめこうばか》というのか。

*

これまで、さまざまの墓を見てきた。吹雪の丘に身を寄せあうアメリカ・インディアンの墓。高地の砂漠からミイラが露出しているインカの墓。ぼろぼろに乾いた皮が、かろうじて骨に張りつき、棕櫚《しゅろ》の繊維のような赤髪がゆれていた。地下の迷路で翡翠《ひすい》の仮面をかぶってよこたわるマヤ族。インドでは火葬のあと遺骨を河に流す。大河そのものが墓だった。水底は白くざらざらで、足裏に細かい骨のかけらが食い込んでくる。その骨を笊《ざる》ですくい、金歯をさがしている人たちもいた。パレスチナの戦士の墓。拝火《はいか》教徒たちが鳥葬する沈黙の塔も見た。死者たちの肉をたらふく食った禿鷲《はげわし》の群れが、いっせいに夕暮れの空へ飛びたっていく羽ばたきも聞いた。

この島の墓も不思議だった。なだらかな丸屋根は女性の腹のようにふっくらとして、サンゴの石積みが二股に分かれながら草むらへ伸びてくる。愛《いと》おしい男を迎え入れようと股をひらいているようだ。いや、出産かもしれない。死者たちをはらみながら、美しくなまめいている。

まわりの森からガジュマルの気根が垂れさがっている。なんという樹木なのか、蛸《たこ》の足のように根がからみあって狭い通路をふさいでいる。まるでジャングルの廃墟だった。

大赤木《おおあかぎ》がそびえていた。墓地の森から高々と伸びあがって緑の傘のように枝をひろげている。その木陰に、セメント瓦のあばら屋があった。流木のように風化した小屋だった。空家らしい。そこに住みたいと思った。

墓地のことを霧山に訊ねると、公園にする計画で、市が買いとったのだという。だが、立ち退きを拒《こば》んでいる人がいて、もう長いこと放置されているらしかった。

ある日、いつものように寄り道していくと、三線《さんしん》の音が聞こえてきた。テンポの速い、陽気な響きだった。ゆったりと大きな亀甲墓の、ちょうど股をひらいたあたりの草地で、人びとが酒盛りしながら踊っていた。両手を青空へ伸ばして、波のように手首をゆらゆらさせる。お祝いをやっているようだ。目を瞠《みは》っていると、

「お兄さんもおいで」

三線を弾いているおばあが手招きした。誘われるまま草むらに坐った。ごちそうの重箱がならんでいた。卵焼きや、かまぼこ、天ぷらを小皿によそってくれる。衣の厚い魚の天ぷらだった。泡盛も回されてきた。一口すすって、あまりの旨さにびっくりした。

「ね、古酒《クース》になってるでしょう」おばあは自慢げだった。

前に人が死んだのは二十年ぐらい前だったから、墓のなかで二十年間も寝かせていたのだという。だれかが死ぬと、遺骨と一緒に泡盛の甕《かめ》も入れる。そして次の死者が出たとき、新しい甕を入れて、古い甕を取りだして飲むのだという。

澄みきって、とろりと熟成していた。霧山が言った通り、天使の羽で喉をなでられるようにすうっと消えていく。

墓の入口はひらいていた。腰をかがめて潜り込めそうな暗い穴だった。まさに女陰だった。奥はひろびろとした空洞になっている。一族の骨があるのだろう。そこから生まれ、そこへもどっていく母胎なのか。ふっと永劫回帰《えいごうかいき》という言葉が浮かんでくる。

島唄と踊りが延々とつづいた。なんとゆたかな弔《とむら》いだろう。死が祝祭に思えてくる。生まれて初

めて、死を恐ろしくないと感じた。この島には不思議な豊かさがある。ここで死にたいと思わせる懐かしさがある。この島に骨を埋めるつもりらしい霧山や田島の気持ちが、初めてわかった気がした。

「樹の下に空家がありますね。あの家を借りたいのですが」

「でも、お兄さんに住めるかねえ」

なにか、いわくのある家のようだった。おばあは無言で見つめてくる。悪い霊たちが暴れているが、お兄さんはだいじょうぶかねと、こちらの心の強度をじっと見定めてくるようだ。

「だいじょうぶですよ」

「では、あたしから頼んであげようか」

家主をよく知っているのだという。でも、ここらの森にはハブがいるから気をつけなさいねと、おばあは言った。

家主さんは歯科医だった。息子夫婦を住まわせたいと思っているが、あの家ではなぜか仲たがいばかり起こる。べつに自殺者がでたとか、そういう家じゃないんだがね。だから一時、だれかに住んでもらってワンクッション置いたほうがいいと思っているところだという。家賃はほとんど、ただ同然だった。

うるま病院の職員寮から引っ越すことにした。まず電気をひかねばならなかった。水道は、軒下《のきした》の鉄のふたをあけて元栓をひねるだけでよかった。町のリサイクル・ショップで小さな冷蔵庫を買った。だがガスをひくことはできなかった。ガス管がきていないのだ。鍋料理などに使う卓上ガスコンロや、小さなボンベを買った。風呂もついていない。水シャワーだけだが、それで十分だった。

食事は病院ですませることができる。ただ窓ガラスが割れていて、風が吹きぬけていく。

二部屋だけの小さな家だった。一間には畳がついているが、もう一間は床板がむきだしになって、花柄のビニール・シートが敷いてあるだけだ。墓地と接する床の間にはベニヤ板が打ちつけてあった。

台所の窓から、大赤木が見える。途方もない巨木だった。数人が手をつないでも囲めないぐらい太い幹だ。根方には人がうずくまって眠れるぐらいの洞《うろ》があった。

戦争のとき砲火にさらされ、草が燃え、木々が燃え、ここらは石灰岩が白々と露出していたという。大赤木も燃えあがり、枝という枝が黒こげになったが、やがて芽吹いてきて、ゆったりと青空をおおうほどの大樹になったのだという。

夜、さわさわと揺れる大赤木に耳を澄ませながらパソコンをひらいた。熱帯アジアではジッパーつきのビニール袋に包んで、降りしきる雨から守り、砂漠では砂から守りぬいてきた長い旅の道づれだった。メールをひらいてみた。スパムがなだれ込んでいるばかりで、ジムからの便りは届いていなかった。がっかりして、パレスチナの難民キャンプで受信した古いメールを読み返してみた。

ジロー、どうしてる？　元気かい？　返信できなくてすまなかった。ロシア語の特訓や、ソユーズの操縦訓練など、分きざみの毎日だった。モスクワ郊外の「星の街」から、ようやくカザフスタンの基地に移動してきたところだ。

ソユーズＴＭＡ０８や、ＭＳの操縦はむずかしくない。シンプルな旧式の宇宙船だからシステムが安定している。だが三人乗りで、二人はロシアの軍人だ。アメリカン（？）であるわたしは、まあ歓迎されないお客さんみたいなものだ。だが、こうしてソユーズに便乗しなければ、宇宙ステーションへ行けない。それが現実なんだ。物資の補給は無人機でもできるが、人間を運べるのは、いまのところ、このソユーズだけなんだよ。

ジムとは十数年前に出逢って、半砂漠のトレーラー・ハウスでしばらく起居を共にしたことがあった。ニューマン博士の小さな別荘だった。地球外知性体と電波交信しようと試みた最初の人間がニューマン博士で、ジムはその愛弟子《まなでし》だった。大学には残らず、空軍でキャリアを積んでから、黒人として初めての宇宙飛行士になったのだ。

次のメールはＩＳＳ　国際宇宙ステーションからやってきた。どこをどう経由してやってくるのかわからないが、かつて虐殺があったヨルダン川西岸のジェニンという半砂漠の町で受信したのだ。

ようやくドッキングできた。かつては打ち上げから45時間、地球を30周もしてからドッキングできたのだが、いまは4周だ。わずか5時間45分で、宇宙ステーションに到着した。実に、あっけないものだ。

ラグランジュ・ポイントのことを憶えているか？　太陽、地球、月の引力が釣りあっているところだ。そこに宇宙基地をつくると、いちばん安定しているはずだが、あまりにも遠すぎる。いまわたしがいるところは、高度４００キロぐらいだ。地上の４００キロなんて、車でハイウェイを飛ばせば、４時間かそこらで行けるだろう。宇宙ステーションといっても、その程度のところなんだ。日帰りもできそうだ。そう、わたしたち人類はまだ、そんなあたりをうろついているんだ。自分たちは知性体だと思っているが、深宇宙や銀河団など、夢のまた夢なんだよ。

これからメールは不便になる。こちらも地球もぐるぐる回っているから、中継ポイントを経なければならない。ミッションも忙しくなる。このミッションという言葉は嘘っぽくて、わたしは大嫌いだけどね。十字軍か、宣教師みたいじゃないか。

まあ、そういうわけで返信が遅れるだろうが、かんべんしてくれ。青い水惑星を見ながら、きみがあそこにいる、きみの意識がそこに灯《とも》っていると感じている。どうか、元気で！

メールを何度も読み返してから、ジェニンの町を歩き回った。赤土の道に、戦車のキャタピラーの跡が生々しく食い込んだまま、かちかちに固まっていた。日乾し煉瓦《れんが》の家々は銃痕だらけだった。親指がすっぽり入るぐらいの穴だった。

そんな家々の壁に、ポスターが貼られていた。美青年や美少女たちが、きりりと機関銃をかまえている。アラビア語が読めないから、恥ずかしいことに、アクション映画のポスターだろうと思っていた。ところが、ジェニンの町から壁の外へ出ていって自爆した若者たちを顕彰するポスターだった。「あの娘《こ》は処女なのに、一〇キロの爆弾を腹に巻きつけて死んでいった」と教えられたとき鳥肌がたった。

ジム、元気かい。ぼくはいまパレスチナにきている。エルサレム経由でやってきた。これまで世界の果ての果てまで、切っ先まで見切ろうとしてきたけれど、いつも自分の世界理解で欠けているところがあると感じていた。エルサレムだ。そこを見なければならない。人類史の発火点を見極めたかったんだよ。

それから列車を乗りつぎながら東欧へ向かった。戦火で崩《くず》れ落ちた石造りの図書館があった。アレキサンドリアの図書館のように、何万冊という書物が燃えあがったのだ。弾痕のある橋を渡った。キリスト教会とモスクが隣りあわせになって、青い夕闇のなかでミサ曲とイスラムのアザーンがもつれながら流れていた。いくつもの国境を過ぎた。よじれたクモの巣のような迷路の街を、ひたすら歩き回った。さらに北上した。教会の避雷針が、曇天《どんてん》に突きささったまま感電したようにふるえていた。食堂車もついていない列車だった。パンと水だけの日々がつづいた。どうしても見なければならないところが、もう一つあった。闇の奥、アウシュビッツを肉眼で見なければならなかった。死の門へ吸い込まれていく鉄道の枕木を歩き、ガス室や焼却炉を目に焼きつけてから、アジアに帰ってきた。

東回りに飛びつづけて、いまタイワンにやってきたところだ。宇宙ステーションは90分で地球を一周するそうだから、こちらが旅客機に乗っているとき、空中ですれ違ったかもしれない。もちろん高度差があるけれど。

ずっと以前、日本列島の北端の岬で、海を埋めつくす流氷を見てからヒッチハイクで南下していくと、北上してくる桜前線とすれちがった。満開の花と刺しちがえていくような奇妙な喜びがあったよ。

いま、キールンという港町にいる。水平線から積乱雲がキノコ雲のように湧きたっている。その上空にきみがいると感じつづけている。どうか、元気で！

基隆《キールン》の港へ通いつづけた。いくつか船会社を回り、がっくりきた。「もう、連絡船はなくなりました」という返事だった。日本の船会社が、ゴルフ場やホテル経営に手をひろげて倒産してしまったのだという。茫然《ぼうぜん》となった。ここから先は空路ではなく、どうしても海路でいきたかった。ヤポネシアの島づたいに帰っていきたかった。埠頭《ふとう》に坐り込んでしまった。青空でトンビが旋回《せんかい》していた。港の入口には水平線がのぞき、積乱雲が湧きたっている。

海鳴りを聞きながら眠った。目ざめると窓辺をカモメが飛んでいる。白い積乱雲をよぎるとき、ふっと鳥の姿が見えなくなる。港へ通いつづけた。せめて貨物船にでも乗せてもらえないかと思ったのだ。海路でなければならなかった。ようやく船が見つかった。連絡船ではなく、豪華客船だった。だが、周遊観光の船だから、往復でなければ乗せてくれないのだという。筆談を交えながら、けんめいに交渉した。

「どうか乗せてください」

「片道だけですか」

「ええ」

「そういう船じゃないのですよ」

「わかっていますが、そこをなんとか」

拝むように頼み込み、台北の本社まで電話をかけて、なんとか乗せてもらえることになった。

「では、ここに記入してください」

窓口で差しだされた用紙は、すべて漢字ばかりだった。

いつもは Jiro Arima と記入してきた。それが当然だった。だが、ここはちがう。備えつけのボールペンを手に取り、氏名欄に「有馬次郎」と記した。年齢の欄に「三十二」と書き込みながら、もう若くはないと思った。これまで働きながら多くの国々を巡り歩いてきた。果ての果てまで、世界の刃の切っ先まで見切ろうとしてきたが、そろそろ潮時かもしれない。これまで「ジロー」と呼ばれてきたが、今日からは「有馬」として生きることにしよう。

「出航日は？」

「十日後ですが……」

どこか曖昧《あいまい》な返事だった。

台風が近づいていたのだ。港の宿でテレビにかじりつき、「颱風現況」という気象ニュースを見つめていた。アナウンサーの言葉は全然わからないが、テロップの漢字だけは目で追うことができる。

中心位置　北緯24・7度、東經——、近中心最大風速——。

「颱風現況」によると二つの台風が接近しつつあり、さらにもう一つ発生したらしい。台湾島はいま、三つの台風に包囲されつつあるようだ。だが不思議なことに雨は降ってこない。風も吹いてこない。ただひたすら蒸し暑いだけだ。

夜市《よいち》を歩き回った。まさにナイト・マーケットだ。通りをぎっしり埋めつくす屋台から、温かい料理の湯気が流れてくる。もうもうとたちこめる濃霧のなかを歩いた。焼きソバ、焼魚、なつかしい麺類、エビ入りの炒飯《チャーハン》、蟹《かに》の足、あわび、深海魚のむし焼き、イカのすり身を揚げた団子などを食べた。飛びきり旨くて、しかも安い。だが舌は憶えている。アイデンティティの源は、母乳の次にくる味覚かもしれない。路地を曲っていくと、花火があがる。金色の龍のように、ぐいぐい昇りつづけて夜空で爆《は》ぜる。火の粉が降りそそぎ、街中の看板がいっせいに光る。

天水戀館、鶏籠、愛的世界、牡丹、眼睛新視力、華師海景飯店、美麗情報、智仁茶荘、雲南麺店、美食茶館、元氣脚底按摩、出租、完美曲線、愛妃雅化粧品、紗魚烟大王、安可電脳、港都鮮花店、有線電視、安泰牙醫、排骨、魚窩E網、紅龜、穿耳洞、地球村美日語、捨得茶藝館、全館殺到底、神腦國際、寶島、午餐、故郷少吃店、素麵、晩餐、炒麵、久々熱炒

ああ、漢字文化圏にもどってきたのだ。発音できないけれど、意味はわかる。自分はこの東アジアで生まれたのだ。四つのとき親の都合で拉致《らち》されるようにアメリカへ移り住んだけれど、すでに日本語が刷り込まれていた。そして家では日本語、外では英語という二重生活だった。旅に出てからも、アラビア語や、ヘブライ語、スワヒリ語、チェコ語、ヒンディー語など、まったくわからない言語に悩まされてきた。病んだとき、薬局で病状を説明することもできない。薬をもらっても、アラビア語やタイ語の効能書きをただ眺めるだけで、とても服用する気になれない。傷ついた獣が藪《やぶ》に身をひそめるように回復を待つばかりだった。だから漢字を見るだけで、たまらなく懐かしかった。

ジム、元気かい。ねばねばの宇宙食ばかり食べているきみには申し訳ないが、たっぷり堪能させてもらったよ。アジアの食べものはおいしい。エルサレムの路地裏では、ムスリムの青年たちが臓物料理の店に群らがっていた。肝臓なのか、腎臓なのか、揚げたばかりの内臓にかぶりついていた。ぼくも食べたよ。新聞紙に包まれた熱い臓物をしっかり食べた。

パレスチナでは、羊の挽肉《ひきにく》に香草を混ぜて鉄串で焼いたものばかり食べていた。表面はこんがり焼けて、なかは緑がかった灰色で、たらたらと肉汁が滴《したた》ってくる。それもおいしかったけれど、ほんとうは魚を食べたかった。やはり海の民なんだろうか。ところでジム、自分はこれから「ジロー」ではなく「アリマ」として生きることにした。もう、若くないから。

地図を見ると、日本列島はJapan Archipelagoジャパン・アーキペラゴと表記されている。群島、多島海、列島というのか。琉球諸島はすぐそこだ。

緯度の上では、このキールンよりも南に、石垣島や、西表島《いりおもて》、与那国島《よなぐに》、波照間島があるはずだ。国境はあるが、ここらは海で繋がっている。糸満《いとまん》の漁師たちは刳舟《サバニ》で往き来して、ここらの港で水揚げしていったそうだ。台湾の漁師たちも漁のついでに、波照間や与那国に船を寄せて、トイレットペーパーや徳用マッチなどを買っていったという。海の国境はすぐそこだ。戦争が終わってからは密貿易が盛んになった。空の砲弾や、砲身、トラックの機械部品、戦車の残骸など、大量の鉄くずがここに持ち込まれた。米軍基地の倉庫から盗まれた医薬品なども密輸されてきたという。すぐ近くなのだ。晴れた日には、与那国島から台湾の峰々がよく見えるそうだが、キールンから与那国島は見えない。小さすぎて波間に隠れてしまうのだろう。こんなに近くなのに連絡船がない。

海上の道が消えてしまったのだ。海が、そそりたつ壁に見えた。

＊

ようやく出航した。Super Star Libra 天秤星號は、海上ホテルのような白い巨船だった。プールや、ゲーム・センター、映画館はもちろん、カジノまであった。スロットマシンが鳴り、ルーレットが回る。金持ちの船客たちがカジノに陣取ってギャンブルにふける。カードを配る女性たちは、妖しいほど唇が紅い。海を移動していく蜃気楼《しんきろう》のような船だった。

日が沈んだ。どうしても眠れない。あてがわれた三等船室は船底で、近くに機関室があるのか、床やベッドが激しくふるえていた。丸窓に波しぶきがかかる。甲板《かんぱん》に出て、宇宙ステーションの光りが見えないか夜空を仰いでいた。ジムが数秒で通過するところを、一晩かけてゆっくり、ゆっくり航海していった。

夜が明けると、海面からいっせいに魚が飛びだしてくる。透きとおった鰭《ひれ》を、羽のようにひろげ、きらめきながら滑空していく。飛魚だった。一〇〇メートルぐらい飛びつづけて、白い船体にぶつかったり、プールサイドに落ちて、羽ばたき、身をくねらせる。鱗が光る。帰国するのは久しぶりだが、郷愁は薄い。父は行方不明で、母はすでに脳腫瘍で他界した。ホームシックになったことは一度もない。どこにいても、静かにふるえる木の葉や、避雷針などを眺めながら、そこが世界の吃《きっ》水線《すい》であると感じていた。ならば、ここは惑星の一角にすぎない、だから自分は孤独でもなんでもない。

島影が見えてきた。まるで海面を漂っているような平らな島だが、近づくにつれて少し盛りあがってきた。なだらかに丘陵《きゅうりょう》が連らなるだけで、山らしいものはない。サンゴ礁《しょう》が何十万年もかけて、一ミリ、二ミリ、そして一メートル、二メートルと海面から隆起してきたのだろうか。白っぽい街が見えてきた。かなりの大都会だ。中国語のアナウンスがあった。入国手続きのため、いったん下船するように言っているようだ。ギャンブルに没頭していた船客たちが、気だるそうにカジノから出ていく。つづいて、タラップを降りていった。埠頭を踏みしめた。照れくさいような、くすぐったいような喜びがあった。ヤポネシアの一角、日本列島を、ついに踏みしめたのだ。

パスポートにゴム印を押された。青い円のなかに「帰国」と記されている。そう、やはり帰ってきたんだな。手持ちの外貨すべてを日本円に両替した。港の売店で地図を買って「うるま病院」がどこにあるのか見当をつけてからバスに乗った。田島に再会する日がやってきた。エルサレムのイスラム地区の巡礼宿にいるとき、田島から誘いのメールが届いたのだ。

おい、いまどこにいるんだ。まだあちこちうろついているのか。金に困ってるんじゃないか。あれからわたしは失業していたが、いま沖縄にいる。精神科医にもどることになったよ。

霧山さんが呼んでくれたのだ。たぶん話したことがあると思うが、東大医学部の先輩だ。60年の安保闘争をリードしたのも、霧山さんだ。わたしが初めて精神病院を開放したとき、ひるむな、闘え、とエールを送ってくれたのも、かれだけだった。

あれから霧山さんは、40年ぐらい南島で過ごしてきた。離島の精神医療に身を捧げてきた。だが肝臓ガンになって、休職中だ。そこでわたしを副院長として呼び寄せてくれた。こちらは、日本の精神医学界から追放されたも同然の身だろう。もう医師にはもどれないと覚悟していた。だから、うれしかった。ぎりぎり、命拾いしたようなものだ。お前も、この島に来ないか。その気なら「うるま病院」で働くこともできる。ここは、とてもいい島だぞ。

バスから降りた。岬の病院で再会した田島は、白衣姿だった。そんな医師らしい姿を見たのは初めてだ。

「ん、元気か？」

眉をあげながら目を瞠《みひら》いてきた。挨拶はそれだけだった。大工《だいく》の棟梁のように銀髪を短く刈り込んでいる。よく日焼けしていた。初老へ向かいつつあるのに精気がみなぎっている。肉体は老いてゆきながら、精神が若返りつつあるようだ。

田島はかつて大学附属の精神病院の主任医師だったが、すべての病棟を開放した。檻《おり》の鍵を開け放ったのだ。日本で初めての試みだった。大混乱が起こり、田島は解雇され、追放され、アメリカへ去っていった。

「どうして？」と訊ねると、

「山河があるからな」ぽつんと答えるだけだった。

それから流浪《るろう》がつづき、やがて三十万の信者を抱える新興教団のブレーンになった。奇妙な教団だった。南アジアを拠点としているのに、信者たちは白い欧米人がほとんどだった。宗教はふつう欲望を禁じる。だが、その教団はまったく異質だった。人は欲望そのものである。食欲、性欲、快楽、生きたいという本能。そうした欲望こそが、源泉の力である。抑圧するな。性的エネルギーを、さらに神的な高みへ向けるがいい、欲望の翼に乗って行け、と教祖は説いていた。「タントラ」と呼ばれる、古代インドの性愛思想をよみがえらせたのだ。

フリーセックス教団だと糾弾《きゅうだん》されながらも、アメリカやヨーロッパなど、先進国から津波のように若者たちが押し寄せてくる。寄付金や、次々にベストセラーとなる教祖の講話録などで、途方もない資力を抱えていた。

その教団を隠《かく》れ蓑《みの》にして、田島は過激な実験に没頭していた。アカデミックな精神医学では許されない、さまざまな集団療法を考案して、セックス・セラピーに取りくんでいた。究極の解放を試みているのか、そのころの田島は青い炎に包まれていた。フリーセックス教団だ、邪教だとメディアに指弾されても、歯牙《しが》にもかけず、いい宣伝になるよと笑い流していた。

そんな田島が、白衣姿で穏《おだ》やかに微笑している。心底、この島が好きになったようだ。終《つ》いの棲《すみ》家《か》を見つけたのかもしれない。

「よく日焼けしていますね。ゴルフですか」

からかいぎみに訊ねると、

「釣りをやってるんだ」

「カジキですか」

「いや、クエという魚をねらっている。かなり深いところに棲んでいるんだが、まだ釣れない」

「アラのことじゃないですか」

「よく知ってるな」

「祖母の通夜のとき食べたことがあります。アラの刺身でもてなしてほしいという遺言《ゆいごん》だったそうです」

「よく釣れたなあ」

「漁師さんが、がんばってくれたそうです」

「そうか」

「田島さん、まだ独身ですか」

「もてなくなったからな」

教団の資金を湯水のように使っていたころは、若い金髪の愛人たちがいたけれど、もう酒とバラの日々は終わった、老いてきたんだよ、と言いたげに微笑した。さっぱりとした顔だ。

「この島に骨を埋めるつもりですか」

「ギールのことを憶えているか」

逆に田島は聞き返してきた。

「ええ、ベルギーの街ですね」

中世からつづく一種の聖地だった。精神病者たちが巡礼としてやってくる街で、いまも病人たちがギールの街の一般家庭に下宿しながら、市民たちと共に暮らしている。カフェやレストランで働いている人も多いそうだ。

「魚は水に、人は社会に」

照れ笑いしながら、田島はつぶやいた。それがギールの街の理念であり、あたらしい精神医療を目ざす医師たちの合い言葉でもあった。

「ここで働くか？」

田島は静かに見つめてきた。

「はい」

「では雑用をやってもらう。皿洗いや便所掃除だ。霧山さんの運転手もやってもらう」

「わかりました」

「お前がその気なら、作業療法士、介護福祉士など、いろんな資格も取れる」

「………」

資格には関心がないけれど、二人の精神科医の夢を見極めたかった。

この島はハワイのように観光地化して、本土の資本や米軍に食い荒らされているが、それでも霊性の深さや、気高さのようなものがある。堂々とした無名性の慈愛がある。かつてアメリカ先住民と暮らしていたころ、惑星のネイティヴの夢が湧きだしてくる水源までいきたいと思ったことがあった。そんな思いが久しぶりによみがえってきた。そしていま「うるま病院」の雑役係として働きながら、毎朝、海に降りてフリーダイビングの練習をつづけている。

＊

電話が鳴った。霧山の夫人が使っていた携帯電話だった。こちらが携帯を持っていないことを知ると、遺影のそばにあったガーネット色の携帯をひょいと手渡してくれたのだ。

着信音は「トゥバラーマ」という八重山《やえやま》の島唄だった。そのCDも聞かせてくれた。不思議な唄だ。まったく人影が感じられない。唄を聞いている人が、まわりに一人もいないような気がしてくる。絶海の孤島から天へ言いつのるような孤独がみなぎっている。若い漁師が大海原に小舟を浮かべ、いとしい女の裸身を思いながら自慰をしている。精水がほとばしり、舟べりを飛びこえ、陽にきらめきながら海へ落下していく。なぜか、そんな切ない光景が浮かんでくる。そうか、霧山夫人

はこの唄が好きだったのか。着信音に耳を澄ましてから、

「はい、有馬です」と答えた。

「車を出してくれないか」

「わかりました」

赤花をかきわけながら、また岬の中腹へ降りていった。

トゥバラーマが、まだ頭のなかで響いていた。霧山夫人は数年前、脳腫瘍をわずらって他界したという。田島の話によると、学生結婚だったそうだ。

霧山は全学連を支配してきた政党と袂《たもと》を分かって、やがて「新左翼」と呼ばれるようになった組織を立ちあげたそうだ。かれは、あたらしい全学連の書記長になった。そのころから夫人は生協やキャバレーなどで働きながら生活を支えてきた。仲間たちが腹ぺこでやってくるたび、ご飯を炊いたり、おにぎりをつくったりしたという。

全学連の表の顔をだれにすべきか、霧山が迷っているとき、

「唐津さんはどうかしら」

夫人がふっと洩らしたそうだ。

北海道大学の学生で、映画スターになれそうな長身のハンサムだった。しかも心根がまっすぐな快男児だ。霧山は天啓を受けたように、すぐ札幌へ飛んでいった。そして嫌がる唐津をかきくどいて、全学連の委員長にすえたという。

当時の首相がアメリカを訪ねようとしたとき、羽田空港のロビーを占拠したのも唐津だった。霧山は空港ロビーの二階から、唐津が機動隊に包囲され、なぐられ、もみくちゃにされながら逮捕されるのを見つめていた。書記長は逮捕されてはならない。保釈手続きや、裁判がひかえている。組

織を存続させていくのも書記長の役目だ。二人は役割を分担してきた。六〇年の安保闘争のとき、唐津は装甲車の屋根によじ登って、そこからジャンプして国会の鉄門を飛びこえ突入していった。だが安保条約は成立した。沖縄の基地はそのまま温存され、東シナ海側の岬には、ミサイルの発射基地まで建造された。

すべて田島が話してくれたことだ。それから唐津は、新橋で居酒屋をひらいたり、ヨット造りの仕事をしたり、流浪の人生を送ることになった。二十かそこらの若造が暴れただけだと自嘲《じちょう》していたという。霧山が精神科医として島にやってきたころ、唐津は与論島《よろん》に住みついて土方仕事をしていた。

与論島はサンゴ礁とエメラルド・グリーンの海に囲まれた美しい島だ。晴れた日には、遠くに島影が見える。琉球の北端、辺戸《へど》岬が見える。小舟で渡れそうな距離だ。だが当時はアメリカ占領下にあり、与論島が日本の最南端であった。そこが国境だった。逮捕歴が重なる唐津に、パスポートは発行されない。

「唐津のやつ、元気かな」

霧山は泡盛を飲むとき、いつも与論島の方角へちらりと杯をかかげていたという。たがいに逢いたかったはずだ。

仕事が休みの日に、唐津は浜に降りて魚を釣り、タコを突き、それを肴《さかな》に飲みながら、南の島影のほうへ脂まみれのコップをかかげていたかもしれない。やがて唐津は北のふるさとに帰り、流氷に乗ってくるアザラシを鉄砲で狩る猟師になり、四十七の若さで他界したという。

車庫の屋根にもブーゲンビリアの花が咲き乱れていた。青いワゴン車に、霧山を乗せてから車椅子を積んだ。霧山はまだ歩けるけれど、疲れたとき必要になる。散った花びらを踏みしだきながら走りだした。

ダッシュボードに奇妙なものがあった。ハンカチほどの織物が敷かれて、貝殻や風化した枝サンゴが盛られていた。流木の小枝もあった。

「なんですか、これ？」

「遥拝所《ようはいじょ》のつもりだがね」霧山は照れ笑いした。「この島には、御通《う》しという祈りがあるんだよ」

たとえば島の岬などから、遠くの土地で暮らしている人の無事を祈る。海の彼方へ祈りを通す。

「女房が自己流でやっていたんだ」

それ以上、語ろうとしなかった。カリフォルニアに留学中の一人息子に、なにか不幸があったらしい。田島もくわしいことは知らなかった。カリフォルニアなら眼前にひろがる太平洋の向こう側だ。

「どこへ行くのですか」

「ナナミから電話があってね。これから、乙姫さまを迎えに行く」

七つの海と書いて、ナナミと読む。救急病院から回されてきた。自傷癖があって、手首の包帯が真っ赤だったよ。しばらく、うるま病院に入院していたが、乙姫さまに預かってもらうことにした。わたしよりも、乙姫さまのほうがいいだろうと思ってね。

「あの乙姫さまは、いくつなんですか」

「年齢不詳」くすっと霧山は笑った。

「…………」また、百歳の童女という言葉が浮かんできた。

「急がなくてもいい。夕方までに着けばいいから、あちこち走ってくれないか」

海はエメラルド・グリーンから、群青色、濃紺へと変化しながらきらめいている。あたりに漁港も人影もないのに、コンクリートの突堤《とってい》が滑走路のようにまっすぐ沖へ伸びている。

「あそこで、水陸両用の装甲車を積み降ろしする。ものすごい装甲車だ。水中から岸へあがっていく戦車そのものだ」

「海兵隊ですか」

「そう、ときどき原潜も寄港してくる」

「核ミサイルを搭載しているのかな」

「寄港してくるとき、わざわざミサイルを海に捨ててくると思うか？」

いいか、よく見ろよ、と霧山は沖を指さした。白波の輪がそこだけ明らかに途切れていた。サンゴ礁を爆破して原潜が通れるようにしたのだろう。

海鳥が群れていた。海面すれすれに飛んでいくとき、照り返しを浴びて、白い下腹が淡いエメラルド・グリーンに染まった。

ぐるりと岬を回り、大きな湾に出た。沖の島々へ道路がつづいていく。橋ではない。海をよぎっていく海中道路だった。島々には白い石油タンクがぎっしりと林立している。緑をはぎ取られた島々だった。湾にはうっすらと油が浮いて、砂浜に点々とタールの塊りがこびりついていた。岸を洗うさざ波は、虹色にぎらついている。

「アメリカーの石油メジャーが土地を買収した。備蓄基地を造るためだ」

初めは島民たちも反対していた。だが、メジャーから提示された金額は目がくらむほどだった。それに、もう一つわけがあった。もしも石油基地を受け入れるなら、四つの離島と本島を結ぶ海中道路を建設するという。水道もひこうと約束した。

島民たちにとっては、まさに誘惑的だ。旱魃《かんばつ》のときは、井戸も涸《か》れる。離島には高校もないから、子どもたちは本島へ出ていく。いったん都会になじんでしまった子どもたちは、もう帰ってこない。だから橋を架けてほしかった。それが悲願だった。島民たちは、賛成派と反対派にまっぷたつに割れてしまった。

そんなとき、乙姫さまが起ちあがった。

「御嶽《うたき》の森をつぶしてはいけません」

シャーマン教団の娘さんたちをひき連れて、光主は聖地に隠《こも》って長い断食を始めた。水と塩しか口にしない。

島の有志たちも森にたてこもった。地元の新聞やテレビもいっせいに色めきたった。それまで「年増の乙姫さま」とからかっていた人たちまで、畏敬《いけい》をこめて「光主」と呼ぶようになった。

ある日、わたしは陣中見舞いに出かけていった。断食中だから、手ぶらで森へ入っていった。男が入ることは禁じられているんだが、そのときはもう非常事態で、島民やメディアが群らがっていた。ガジュマルの森の奥に、奇妙なところがあった。そこだけ木々もなく、円い空地になって草だけが生えていた。台風の目のように円い青空が見える。光りが降りそそぎ、草が輝いていた。

光主は、白装束《しろしょうぞく》の娘さんたちと円陣を組んで坐っていた。クバの葉を頭にのせていた。光主はわたしを見かけるとすっと立ちあがり、頬のこけた顔で微笑みながら、

「先生、これは海雪ですよ」

円陣の真ん中にある塩皿を指さした。水甕《みずがめ》もあった。

まさに命がけの断食だった。涙がこぼれそうになったよ。海雪というのは、わたしたちがつくっている塩なんだ。精神病者たちが社会復帰するのはむずかしいだろう。だから仕事が得られるよう

に、波照間や久米島に製塩所をつくったんだ。いや、たいそうなものじゃない。浜で天日干しするだけで塩はつくれるからな。

シャーマン教団の娘さんたちも、みんながんばったよ。やせこけて、肌が透き通り、ぞくっとするほどきれいだった。わたしが七海を預けたのも、あのときの娘さんたちに似ていたからだ。

「御嶽《うたき》の森をつぶしたら、かならず天罰がくだります。アメリカーの基地も、石油会社もすべて滅びるでしょう」

光主は予言した。反対派の島民たちは熱狂した。まるで救世主あつかいだった。あのころが、シャーマン教団の絶頂期だろうな。ところが機動隊が入り、光主も娘さんたちも強制排除された。ひっつかんで、森からつまみ出された。もう二十年ぐらい前のことだが。


湾のつけ根の町を走りぬけ、山なみにさしかかった。舗装されてはいるが、ほとんど忘れられたような細い道だ。

「止めてくれ」と霧山が言った。

緑の尾根が恐竜の背びれのように隆起しながら南北へ伸びていた。島がいちばん細く、くびれたところで、左右に海が見える。茫々《ぼうぼう》とひろがる青い大草原にいるようだった。東には太平洋がうねり、おかしなことに西のほうが東シナ海だ。

「ここからは、朝日も夕日も見えるんだよ」

霧山はダッシュボードの遥拝所ごしに、沖の白波や水平線を眺めている。見納めのつもりらしい気配があった。細くなった首を巡らせ、東シナ海のほうに浮かぶ島影を眺めやった。すべてを脳裏に焼きつけようとしているようだ。

車から降りていった。まだ足どりは確かだった。無言で、太平洋の側を指さした。遠くに、赤い浮標《ブイ》のようなものが浮かんでいた。

「あれは給油所だ。タンカーがやってきて、あそこから海底のパイプへ石油を注ぎ込む」

岸にはヘリポートがあり、ゴルフ場のように芝生がひろがっていた。ところどころ緑の丘が盛りあがっている。その下にタンクが隠されていて、地下のパイプラインで基地へ送られていくのだという。

「県道251号線の下にもあって、パイプライン通りと呼ばれている」

初めは都市伝説のたぐいだろうと思っていたが、どうも本当らしい。この島の地下はパイプラインだらけで、四十か所ぐらいの米軍基地へ網の目のように張りめぐらされている。

「石油は、あいつらの血液みたいなものだ。ま、わたしたちも同じだがね」

霧山はかすかに入れ歯の音をたてて笑った。

それに隆起サンゴ礁の石灰岩の島だから、地下は鍾乳洞《しょうにゅうどう》だらけなんだよ。いたるところ洞窟だらけで、蟻の巣のようになっている。ときどきパイプから石油が洩れる。地下水に流れ込んで、井戸水が燃えることもある。

「ペリーがやってきたのは、あちらからだ」

霧山は東シナ海をふり向いた。

「黒船のペリーですか」

「そうだ」

「太平洋からやってきたはずでしょう」

「捕鯨船の水を補給するため、日本に開国を迫ったと言われている。だから、当然、ハワイ経由でやってきたと思い込んでしまう」

ところが、そうじゃないんだ。東インド艦隊を率いて、大西洋からアフリカの喜望峰《きぼうほう》を回って、インド洋をよぎってやってきたんだよ。途方もない大航海だった。ようやく琉球に辿《たど》りついて、しばらく滞在していた。

そのころ日本は鎖国していたから、琉球で情報を集めながら、徳川幕府と交渉する戦略を練っていたのだろう。

琉球王朝に、石炭の備蓄庫をつくらせろと迫っている。島に石炭の鉱脈がないか調査していたそうだ。まず燃料を確保しようとしたわけだ。いまの石油とまったく同じだな。乗組員がレイプ事件も起こしている。一方でアメリカ大統領へ書簡を送って、琉球を占領する許可を求めている。地政学的に、ここがアジア戦略の要石《キーストン》になると見通していた。

当時、琉球の士族たちはろくに刀さえ持っていなかった。床の間には、刀ではなく、三線を飾っていた。楽器を飾っていたわけだ。銃も大砲も、ないに等しかった。ほとんど非武装の国だった。占領するのは簡単だとペリーは思ったはずだ。

だがアメリカ大統領は、許可しなかった。けし粒ほどの小島を占領したところで、なんの国益もない、軍を駐留させる維持費がかかるだけだと判断したのだろう。ペリーはあきらめず、島の海岸を測量していた。水深を測っていたのだ。

それから九十年以上過ぎて、太平洋戦争のとき役に立ったらしい。上陸用の舟艇で近づいていくにはノルマンディ海岸のような砂浜でなければならない。どこに上陸すべきか、ペリーの測量図を一次資料として参考にしたそうだ。

「どこに上陸してきたんですか」

「自分で考えてみろ。そこに地図が入っている」

霧山は車のダッシュボードを指さした。ひらくと市販の地図があった。

「米軍はフィリピンやサイパンの日本軍を全滅させてから、北上してきたわけですね」

「そうだ。艦隊を組んで南から攻めあがってきた」

「アメリカの兵力は?」

「一五〇〇隻の大艦隊だ」

「兵士の数は?」

「およそ、五十五万人」

「………」ため息が洩れそうになった。

一つの都市に相当する人数ではないか。

「さあ、どうするか。アメリカの側にたって戦略を考えてみろ」

「まず、水を補給しなければならない」

「どこで補給する?」

地図を凝視しているうちに、おのずと想像がついてきた。本島からそう遠くない東シナ海に、点々と島々が連なっている。

「ここじゃないかな」

地図の一点を指さすと、

「そこが慶良間《けらま》諸島だ」

「巡回医療をやっていたところですね」

「その話はあと回しにしよう。で、一五〇〇隻の艦隊はどこに入る?」

「たぶん、ここでしょうね」

「そう、慶良間海峡だ。島々に囲まれて波が静かだから、いい船溜まりになる。日本軍も予測して、そこらに震洋艇《しんようてい》をひそませていた」

知っているか、震洋艇のこと。ベニヤ板でつくった小舟に、ぎっしり爆薬を積み込んで神風特攻隊のように敵艦に体当たりしていく。海の自爆艇だ。沖縄諸島や、奄美の加計呂麻《かけろま》島など、あちこちに震洋艇の基地があった。

自爆艇は、洞窟に隠されていた。慶良間では、三つの島々に一〇〇隻ずつ配備されていた。日本軍の守備隊もいた。アメリカ軍がやってきたら、男は皆殺しにされ、女、娘たちは犯されると吹き込みながら、島民たちに手榴弾を配った。やがてアメリカの大艦隊が近づき、砲弾を撃ちこみながら上陸してきた。島民たちは逃げまどい、すさまじい集団自決があった。そのことはもう話したな。

霧山はしばらく口を噤《つぐ》んだ。それから噛みしめている奥歯をひき剝《は》がすように語りつづけた。

水を補給したアメリカーの艦隊は、いよいよ本島へ押し寄せてきた。鉄の津波のように。大げさに言ってるんじゃないぞ。海が黒々とおおわれていたと、おばあたちも語っている。途方もない大艦隊だ。日本軍の司令部は、首里城の地下壕にあった。主力部隊は宜野《ぎの》湾あたりに集結していた。

「さあ考えてみろ」

アメリカーはどこに上陸するか、と霧山は訊いた。

しばらく地図を見つめ、迷いながら有馬は指さした。

「ここじゃないかな」

「なぜ、そこだと思う?」

「海岸線がなだらかです。たぶん、ここらは砂浜ですね。ノルマンディ海岸のように砂浜でないと上陸できない」

「それから？」

「この島は、南北に細長く伸びています。北の方には、町や村がほとんどない。ということは、山間部ですね」

「ヤンバルの森だ」

「日本兵が逃げ込めば、やっかいなゲリラ戦になる」

ジャングルに身をひそめる闘いは、身をもって知っている。

「だから島を南北に分断して、南のほうへ日本軍を追いつめていく」

「だいたい当たっているな。だが、一つ見落としている」

飛行場だ。アメリカ軍は上陸すると、まっさきに飛行場を占領した。まず制空権を押さえる。それから日本軍を南へ追いつめ、海のほうからいっせいに艦砲射撃する。

「挟み撃ちですね」

「そう、鉄の暴風と言われている。一坪、つまり一・八メートル四方に、なんと二十八発もの砲弾が撃ち込まれた。戦史上、かつてない大量の砲弾だ」

血みどろの地上戦がつづいた。まさに死闘だった。日本軍の備えもかなりのものだった。迫撃砲、野砲、榴弾砲《りゅうだんほう》、高射砲、速射砲などを配備していた。だが、五十五万の大軍に敵《かな》うはずがない。日本兵たちは洞窟《ガマ》に隠れて、ひたすら持久戦のかまえだった。本土攻撃を遅らせるため、この島は捨て石にされたんだよ。

アメリカ軍は、洞窟に黄燐弾《おうりんだん》を投げ込み、石油を流し込んで火をつけたりした。火炎放射器で焼き殺した。あまりにも残酷だから、ヨーロッパ戦線では途中でやめたそうだが、この島では容赦なく使いつづけている。島民たちは逃げまどい洞窟に潜り込み、日本兵に追いだされて、亀甲墓《かめこうばか》に隠れたりした。悲しいことに、それでも日本軍に従《つ》いていった。守ってもらえると思ったんだろうな。そしてまた洞窟に身をひそめた。

「ここだよ」霧山は、地図の南端を指さした。

喜屋《きや》武《ん》岬と記されていた。

「ここから先は、もう逃げ場がない」

ただ茫々と海がうねっているだけだ。泳いで逃げようとした人もいただろうな。だが力尽きて波に押しもどされたのか、波打ち際のあたりは死体だらけで、日に炙《あぶ》られていた。

「その死体を蟹が食べていた」

「………」

そして沖縄戦は終わった。六月二十三日、それが事実上、敗戦の日だとわたしは思っている。それからあと、もう地上戦は起こっていない。

「アメリカ軍は、北緯三十度から南を占領すると宣言した」

「どの辺ですか」

「屋久島の少し南、トカラ列島の口之島や、臥蛇《がじゃ》島のあたりだ」

そこに一線をひいて、琉球をヤマトから切り離した。民族も文化もすべてが北緯三十度で変わると見なしたわけだ。まったく根拠がないわけじゃない。当時の日本軍も、そこで軍の編成や、指令系統をはっきり分けていた。さらに不思議なことに、ウォーレス線のように生物の分布もそこで変わっている。ハブが生息するのは、北緯二十九・五度のあたりまでなんだよ。

「そのころ、わたしは軍国少年だった」

大東亜共栄圏の夢を信じていたよ。赤紙がきたら、むろん戦地へいくつもりだった。だが負け戦らしいことは薄々気づいていた。アメリカ軍はサイパンを落として、すでにテニアン島も占領していた。そこからB-29が飛んできて、焼夷弾《しょういだん》の火の雨を降らす。木造の家ばかりだから、東京は火の海だった。炭のような焼死体がごろごろしていた。そして二つの原爆が投下された。新型爆弾だという。

わたしは、がらんとした図書館にもぐり込んで、物理学やアインシュタインの入門書など、かたっぱしから読み漁《あさ》った。原子爆弾がどういうものか知りたかったんだよ。毎日、焼け野原になった街をほっつき歩いた。雪の降る日、リンゴ箱で橇《そり》をつくって遊んでいた表参道を、占領軍のジープが走っていく。若い女たちがアメリカ兵の腕にしなだれかかって笑っている。ああ、戦争に負けるとは、こういうことなのか。

雨がきた。青いワゴン車にもどって雨宿りした。遠くの空や海は青く輝いている。局地的な日なた雨だ。水惑星の頭上から、さらに水が降りそそぐ奇妙な星だと思った。皮肉なことに虹がかかる。

また走りつづけ、町に出た。ベトナム戦争のころ賑わっていたという街は、さびれ果て、シャッター街になっていた。歓楽街も映画館もペンキもはげかかっている。アーケードは暗い洞窟に見えた。フィリピンの女性たちが通りで呼び込みをやっているが、給料前なのか米兵の姿はまばらだった。

丘の上に出た。朝顔が灌木《かんぼく》にからみつき、青紫の花をつけていた。眼下に基地がひろがっている。こんな小さな島に大草原があるのかと目を瞠《みは》るほど広々としている。その緑を割って、灰色の死の廊下のように滑走路が伸びていく。カーキ色の輸送機や、避雷針のように鋭く尖ったジェット戦闘機も見える。ずっと奥のほうに、レーダーでも捕らえられないという最新型のステルス戦闘機が、黒い巨大魚、エイのように身をひそめていた。もうとっくに雨はやんでいるが、日に照りつけられ、もうもうと水蒸気がたち昇っていく。

コンクリートの壁の上に、鉄条網があった。四十五度ぐらいの角度で基地の外側へ曲っている。

「アウシュビッツに似てるな」ぽつんと洩らすと、

「どういう意味だ？」霧山が鋭く反応してきた。

「鉄条網の上のほうが、ぐっと曲っているでしょう」

「どちら側へ曲っている？」

「収容所の内側へ曲っています」

「ここは逆だな」

「イスラエルとパレスチナの境界は、外側へ、つまりパレスチナの側へ曲っています」

「壁じゃないのか」

「キリストが断食していたあたりは石灰岩の岩山で、鉄条網でした」

「ガザ地区にも入ったのか」

「立入禁止だったので、ヨルダン川の西岸だけです」

歩きながら川や壁を眺め、いまもユダヤ人は壁の内側、ゲットーにいなければ心が安まらないのかと思った。

「エルサレムはどうだった？」

「柘榴《ざくろ》の実を売っているパレスチナ人の年寄りを、警官たちが殴りつけていました」

「そうか……。お前も知っていると思うが、アメリカーは島の女たちを犯す」

十二歳の少女の口に粘着テープを張りつけて、輪姦《りんかん》する。そしてゴミだらけの草むらに捨てる。少女はうつ伏せになって裂けた股から血を流し、ぎゅっと草をつかんだまま死んでいた。だが地位協定というやつがあってアメリカーを裁《さば》くことはできない。

この島にやってきてから、日本という国の最終的な意思決定がどこでなされるのか、わたしはずっと考えつづけてきた。いきついたのは日米合同委員会というやつだ。在日米軍の司令官や、日本の官僚たちが虎ノ門のホテルで定期的に会合をひらいている。次官や局長クラスの官僚たちだ。かれらはアメリカーの意向を汲んで、日本政府に進言したり圧力をかけたりしているようだ。もちろん確証はない。半分、わたしの想像だがね。

雨を吐きだした青空へ、軍用機が飛び立っていく。

行方《ゆくえ》を追いながら向きを変えると、緑の森がゆるやかに起伏していた。ぎらぎら脂ぎった照葉樹《しょうようじゅ》の森だ。

「あの森の下に弾薬庫がある。地下六階だといわれている。最盛期には一二〇〇発ぐらい核兵器があったそうだ」

日本復帰するとき、ナパーム弾、枯葉剤、毒ガス弾などは撤去された。ナパーム弾というのは、日本を焼け野原にした焼夷弾のことだ。ハワイ近くのジョンストン島へ移されていった。だが、核兵器が撤去されたという記録はまったくない。

「まだ、あるのかな」

「おそらく、あるだろう」

というのが公然の秘密だな。ところで、アインシュタインとフロイトが手紙を交わしていること知っているか。一九三二年、ヒトラーが政権をにぎる前の年だ。戦争の終焉《しゅうえん》はありうるのかと、アインシュタインは問いかける。人間の攻撃性を熟知している精神分析家なら、なんらかの答をもっているはずだと考えたんだろうな。

フロイトの返事は悲観的だ。人間から攻撃性を取り除くことはできそうもない。人の愛と攻撃性は、まさに表裏一体になっている。人はかならず権力をもとめ、権力からは暴力が出てくる。だが、決して希望がないわけではない、権力が多数の人間集団に移行すればいい、つまり国民という集団のつくりだす法が権力に縛りをかけ、暴力を克服できるとフロイトはいう。

アインシュタインは返信する。母国もなく、ナショナリズムにも縁のない自分のような者には、戦争を解決するための枠組みを整えるのは易《やさ》しいように思えてしまう。すべての国々が協力して一つの機関をつくりだせばいいと、人間の理性、ロゴスに希望を託している。

フロイトはこう答える。文化が変われば法のあり方も変わってゆく、文化は知性を強め、力を増した知性は衝動をコントロールしはじめる、文化こそが戦争の歯止めになる。そして最後の手紙をこう結んでいる。

「文化の発展を促《うなが》せば、戦争の終焉に向かって歩みだすことができるはずです！」

あのフロイトが、熱っぽく感嘆符までつけている。痛ましすぎる。かれが死力を尽くして「モーセと一神教」を書いているころ、四人の妹たちは強制収容所へ送られて殺された。二人の往復書簡を、わたしは何度も読み返したよ。

宇宙と人間について、人類の認識を一変させた二人の天才も、現実的にはあまり有効なことを語っているとは思えない。少し、おめでたいような気がしないでもない。それでも長期的には、やはり二人が語っている通りだろうな。

また戦闘機が飛び立ち、藪《やぶ》にからみつく琉球朝顔の花がふるえた。

「………」霧山は口を噤《つぐ》んでいる。少し、喋《しゃべ》りすぎたと自己嫌悪にかられているようだ。

地下に核兵器をストックしているという照葉樹の森もいっせいに震え、ぎらぎら脂ぎっていた。

「乙姫さまを迎えにいくんでしょう」

「そうだったな」

霧山の声は少し明るんできた。

「では、そろそろお迎えにいこうか」

＊

鉄骨の台船が、海から突きだしていた。海底油田を掘るヤグラのようだ。おびただしい小舟が浮かんでいた。手こぎのカヤックが台船に近づくたび、保安庁のゴムボートが接近して追い払おうとする。

コンクリートの堤防には、色とりどりの旗が林立して潮風にはためき、テント小屋がならんでいる。霧山が近づいていくと、

「あっ、先生！」

若い女がかけ寄ってきた。混血らしいことは一目でわかった。ジーンズ姿で、洗いざらしの白い長袖シャツを着ていた。ほっそりとした首に、双眼鏡をぶらさげている。

「おう、七海《ななみ》、元気か」

霧山は笑いながら、さりげなく手をつかんだ。長袖に隠れる手首に、淡いピンク色のサポーターをつけていた。

「また切ったな」霧山の目が曇った。

「…………」七海はさっと手をひっ込めた。

「光主はどこにいるんだ？」

「あそこの船」

七海は沖を向いた。はっとした。褐色とも緑ともいいがたい瞳の中心から、翡翠色《ひすいいろ》がかった線が放射状にひろがっている。メキシコのユカタン半島で、こんな色の眼によく出くわしたことがある。コーカソイド人種とモンゴロイド人種、いわゆる白人と先住民の血が混じると、瞳にこんな虹彩《こうさい》が走るようだ。宝石のようなエメラルド・グリーンの瞳に出くわしたこともある。

「どの船なんだ？」と霧山が訊いた。

「あの船！」

大漁旗をかかげてる、あの船と七海は双眼鏡を手渡した。

霧山は光主の姿を見つけたらしく、双眼鏡を眼にあてがったまま、楽しげにくすくす笑って、

「乙姫さまは、あそこにいらっしゃる」

こちらに双眼鏡を手渡してきた。

カヤックが群れる先頭に、大漁旗をかかげる小型漁船が見えた。その船首で、乙姫さまが正座しながら合掌《がっしょう》していた。結いあげた髪は少しも乱れていない。椿《つばき》油かなにかで、かちかちに固めているようだ。銀の簪《かんざし》が光っている。平安朝を思わせる衣だけが風になびき、両掌《りょうて》をごしごしこすり合わせながら祈っている。戦いの先陣を切っているようだ。岬へ向かっていた。ゴムボートがまとわりついてハンドマイクで警告する。青い制服姿で救命胴衣をつけていた。海上保安庁のようだ。

光主の後ろに、白装束の女たちがずらりと坐っている。たっぷり脂肪がついた中年の女性たちだ。

「あれは昔の光使たち。みんな独立してユタになったけれど、世間ではもうユタ離れが起こってるでしょう。だから、光主を担ぎあげて巻き返そうとしている」

「七海、なぜわたしに電話してきたんだ？」と霧山が訊いた。

「あの女たち、また断食しようかと相談している。光主を担ぎだせば注目されるじゃない。ほら、よく見て。テレビ局の連中がモーターボートで追いかけてるでしょう。乙姫さまみたいな身なりだから、フォトジェニックなの。絵になるわけ。光主はあんな人だから、ノーとは言えないじゃない」

「だめだ、もう断食は危ない」

「でしょう。だから止めてほしいの。光主が言うことを聞くのは、先生だけなんだから」

船首に正座する乙姫さまは、生《き》まじめそのものだった。双眼鏡の倍率をあげると、なにか祈りの言葉をつぶやいているらしく、紅い唇がふるえている。

遠くの岬に、パラボラ・アンテナや白いビルが見える。ゴルフ・ボールのかたちをしたアンテナも建っている。岸のほうから岬に近づくことはできない。砂浜にコンクリートが打ち込まれ、鋭く先の曲った鉄条網が張り巡らされている。

光主は、大漁旗がひるがえる漁船で岬へ挑んでいく。

七海は、堤防にあぐらをかいて坐り込んだ。そばに腰を降ろすと、七海はじろりと横目を向けて、あえてヤマト言葉、お前たちの言葉で話しているのだという口ぶりになった。

「昔、島と島との戦争になると、神女《ノロ》たちを船に乗せて進んでいったの」

「どうして？」

「呪術的な闘いだった。神女たちは舳先《へさき》で祈る。どちらの霊力が強いか、それで勝負が決まると思ってたのかな」

七海の声は、男のように低くなったり、少女のようになめらかに澄んでいったりする。三オクターブぐらいの声域がありそうだ。

コンクリートの堤防は焼けついて、尻からじりじりと熱がくる。自分の性欲がたち昇ってくるような気がした。

「あの岬は、ハイテクの塊りなの」

「うん、あのアンテナは高性能だよ」

地球外知性体と交信しようとする天文学者の顔が、ふっと脳裏に浮かんでくる。ジムの恩師でもあるが、もう長いこと会っていない。

「あそこからミサイルを誘導できるんだって」

「そうか」

「岬の向こう側は湾になっている。かなり深くて、空母も入れるらしいの。だから、岬の沖を埋めたてて海上基地をつくろうとしてるわけ」

「………」

「湾の奥に洞窟《ガマ》があって、震洋艇《しんようてい》を隠していたんだって。知ってるかな、爆弾を積んで体当たりしていくベニヤ板の特攻艇」

「うん、霧山さんから聞いたよ」

「あそこに核《ニユーク》が隠されているという噂がある。ただの噂だけどね。岬の向こう側の斜面は、弾薬庫になっている。それは確かなこと」

七海の声はすうっと高く澄んだり、低くなったり、たえず波のようにうねっていた。「この海に基地ができたら、醜い」と吐き捨てる声は、老人のように嗄《しゃが》れていた。

テント小屋の奥に、黄色くささくれた畳が二枚しかれていた。五人のおばあたちが正座していた。毛糸玉を膝にのせながら編みものをしている。初夏だというのに、孫のセーターでも編んでいるのだろうか。みんな海人《うみんちゅ》の未亡人で、何年も前からここに坐りこんでいるのだという。霧山が話しかけた。おばあたちが答える。霧山の島言葉はなめらかだった。おばあたちは語りながら、ふっと声をとめて、沖を眺める。浮上してきた鯨《くじら》が息をつぐような沈黙だった。

日が昏《く》れてきた。青い夕闇が水平線からせりあがってくる。天が漏水《ろうすい》してくるような藍色だった。東シナ海へ沈んでいく夕陽を受けて、太平洋上の積乱雲があかね色に染まっていく。ヒマラヤの記憶がもどってきた。陽はすでに沈んでいるのに、惑星のへりから斜め上空へ射《さ》してくる光りが、ヒマラヤの峰々だけを淡いバラ色に照らしていた。

海は暗くなってきた。沖からカヤックの群れが、わらわらと浜に帰ってくる。大漁旗をかかげる漁船も港のほうへ向かっていく。

「迎えに行こう」と七海が立ちあがった。


コンクリートの突堤に囲まれた小さな漁港に、船が帰ってくる。大漁旗がいっせいに潮風になびき、転覆しやしないか気がかりになった。

舳先から、乙姫さまが手をふりながら、

「あらあ、先生！」

と少女のような声をあげた。

ゆっくり接岸してきた。霧山は手を差しのべた。有馬も手を伸ばした。光主は両手をつかみ、ひらりと船から降りてきた。

「やはり、四天王がきましたね」光主が七海に笑いかけた。

七海は苦笑いした。

「もう、断食はむりですよ」霧山が言った。

「だいじょうぶですよ」

「だめ、ドクター・ストップです」

「でも、先生は精神科医じゃありませんの」

「内科医の資格も持っていますす」

「断食のこと、どうしてご存じでしたの」

「七海から電話がありました。危ないから、どうか止めてくださいと」

「まあ、七海さん！」

百歳の童女のように厚化粧の頬をふくらませた。

「さあ、帰ろう」

霧山はぎゅっと手首をつかんで歩きだした。老女はうつむきながら従《つ》いていく。初恋の人に逆らえない乙女のような恥じらいがあった。

# 2　燃える井戸

赤瓦《あかがわら》の屋根がゆるやかに反りあがっていた。うるま病院が建っている岬のつけ根あたりだが、毎朝、フリーダイビングの練習に降りていく浜の反対側だ。赤いペンキ塗りの鳥居があった。

「龍宮城にようこそ」と霧山が言った。

乙姫さまは涼しげに微笑んでいる。鳥居のそばに石碑が立っていた。三叉路でよく見かける石敢《いしがん》當《とう》ぐらいの小さな碑で「波照間宮」と刻まれている。

「七海さん、先生はお疲れですから家まで送ってくださいね。わたくしは四天王と、お話がありますから」

光主はまた奇妙なことを言った。

霧山は、七海の小型車に移っていった。病んでいる霧山にとって大変な一日であったはずだ。

光主は赤い鳥居をくぐり、サンゴ塊の石段を登っていく。境内《けいだい》に出た。雪が降りつもったように青白かった。足もとがぎしぎしと鳴った。貝殻や枝サンゴがしきつめられていた。

海は黒曜石《こくようせき》のように硬く光っていた。三日月が出ているのに、満天の星がきらめいている。星月夜だった。長い光りの筋を曳《ひ》いて、ゆらゆらと波打ち際まで伸びてくる。潮騒《しおさい》が聞こえてくる。境内には、ささやかな神楽殿があり、塩や米が供えられていた。

「これは海雪です」

「………」

「南溟《なんめい》さんという方が、塩づくりの名人ですの。とってもおいしい塩ですよ」

光主は塩をつまんで、こちらの口に入れてきた。ごくふつうの味に思えた。海水の塩分濃度は、どこも同じではないのか。

龍宮城のような社殿が、星明かりに照らされていた。首里城をミニチュア化したようだが、それでも、たおやかな屋根が星明かりを抱きとめている。薄暗くてよく見えないが、正面の赤い柱には浮き彫りの龍が巻きついている。梁《はり》には、極楽鳥みたいな鳥がいる。かつては極彩色だったのだろうが、すでにペンキが剝げかかっていた。

拝殿は閉まっていた。光主は通用口から入り、電気を点けた。

祭壇の鏡が光った。ラブホテルに飾られているような、プラスティックの額に入った円い鏡だった。隣りに、緑のガラス玉が飾られている。直径三〇センチぐらいの、海に浮かべて漁網を吊る浮きだった。やはり塩と米があった。

黒褐色の石も飾られている。島バナナの房や、青いパパイヤ、橙色に熟したマンゴーなども供えられている。奇妙なものもあった。虹色の風車や、花のように虹がひらく扇子《せんす》、虹が渦巻くコマ。天井には万国旗が張り渡されていた。無邪気なほどの明るさだった。

「光主は、波照間のお生まれですか」

「ええ、そうですよ」

「南十字星が見えるそうですね」

「星が多すぎて、どれが南十字星か知りませんでした」

「ご両親も、波照間ですか」

「わたくしの父は、漁師でした」

「だから、ガラスの浮きを……」

「ええ、海人《うみんちゅ》たちの御霊《みたま》がいっぱい入っているのですよ」

「あの石はなんですか」

「隕石《いんせき》です」

「………」まさか、と言いかけて黙った。

「アメリカーの高等弁務官の庭にあったそうですが、信者さんたちがリヤカーで運んできてくださったのです」

どうも釈然としない話だった。メッカのカーバ神殿にある隕石が浮かんでくる。神と、地上の人間との契約のしるしとして、天から降ってきたという隕石だ。巡礼者たちが口づけするため、人の顔がすっぽり入るぐらいすり減っている。ただの花崗岩《かこうがん》ではないかと疑いながら、ルーペを使って写真を点検すると、すり減ったところはステンレスのように銀色に光っていた。明らかに隕鉄だった。だが、この祭壇に飾られている石は炎に焼けただれたような紋様《もんよう》があるけれど、ただの岩石にしか見えなかった。

七海が帰ってきた。急いで石段をかけあがってきたのか息が乱れていた。

「霧山先生、だいじょうぶですか」乙姫さまが訊いた。

「ベッドに入って休まれました」

「そう」

光主は霧山の家のほうへ、そっと掌を合わせてから、

「七海さん、わたくしの予言を覚えていますか。今日、かならず、四天王の一人がやってくると言いましたわね」

光主の言葉は、どこか関西弁なまりがあった。島言葉ではなく、いわゆる標準語で話そうとすると関西なまりが混じるようだ。

「ええ」

七海は苦笑いしながら、値踏《ねぶ》みするようにこちらを見すえてくる。

「この方がそうです」

「いや、四天王なんかじゃありませんよ」

「あなたは波照間宮の教えを世にひろめてくださるお方です」

光主は祭壇に向かって、両掌をこすり合わせながら祈りはじめた。古い島言葉で、ただの一語もわからなかった。一段落してから「ありがとうございます」と一礼して、こちらに向き直ってきた。船首に正座していたときのように生《き》まじめだった。

「わたくしは波照間で生まれました」

声に張りがあった。老齢にはこたえる長い一日であったはずだが、まったく疲れた気配がない。眼の奥で青い火が燃えさかっていた。アメリカ・インディアンの呪術師に似ていた。かれらは疲れない。とめどなく水が湧いてくる井戸のように、気力の尽きるということがない。

「父と母に育てられましたが、どう言ったらいいのでしょうか、わたくしは島や海や、なにかしら

世界に育てられたような気がしますの」

父は毎朝、サバニに乗って漁に出ていきました。母がこしらえた、おにぎりを持って。おかずは釣った魚のおさしみです。八重山では漁師のことを、ウンアッチャーと言います。海を歩く人、という意味です。わたくしの父もほんとうに海を歩く人でした。ときには台湾で水揚げして、めずらしいお土産を持ち帰ってくださいました。あのころ、この世でいちばんおいしいものは月餅《げっぺい》だと思っていました。

「月餅、ご存じですか」

「ええ、おいしいお菓子ですね」

「波照間はさびしい島ですけれど、いつも楽しく遊んでいました」

いちばん、わくわくするのはヤシ蟹を捕りにいくときです。ヤシ蟹はよく、洞窟《ガマ》に隠れています。わたくしたちは奥の風穴から入っていくのが好きでした。横穴ですから、入口には羊歯《しだ》や、ガジュマルの気根が、縄のれんみたいに垂れさがっています。ちょっと恐くて、神さまにお祈りします。お許しが出てから、羊歯の葉をかきわけていくのですが、気根から水が滴《したた》ってきて首すじがひんやりします。風穴は子どもでないと入れないぐらい狭いのです。腰をかがめて、ローソクを灯しながら進んでいくと、ひろびろとしたガマに出ます。高い天井から鍾乳石《しょうにゅうせき》が垂れさがって、水音もかすかに聞こえてきます。暗河《くらごう》が流れているのです。冷たく澄んだ、地下の小川ですね。流れにそって歩いていくと、向こうがだんだん明るんできます。急いで火を吹き消します。ローソクはとても大切ですから。そして、まぶしいところに出ます。

光りが、ぎゅうづめになって金色にかたまっているみたいです。ガマが陥没して、そこだけ谷間になっているのです。羊歯、赤花、月桃《げっとう》、クロトンなど、いろんな花や草木が繁っています。もちろんガジュマルの気根も長く垂れさがっています。

　そこだけ、ぽっかり青空が見えます。

　波照間は、よく台風の目に入ってしまいます。島ごと、目の真ん中に入ってしまうのです。まわりに渦巻く雲の壁がそそりたって、てっぺんに円い青空が見えるのです。神さまが青々と片目だけひらいて、わたくしたちを見ておられるようです。風もやんで、ただただ、むし暑いのです。いっせいにカエルが鳴いています。でも台風の目とちがって、その谷間はひんやり涼しいのですよ。

　蝶が飛んでいます。狭い谷間いっぱい、ひらひらと飛び回っています。きれいな蝶の大群です。月の光りみたいな青い蝶や、黄色い蝶、ツマベニ蝶も飛んでいます。

「ツマベニ蝶って、ご存じですか。翅《はね》のはしっこだけ、紅色です。とても元気な蝶で、谷間をぐるぐる回っています。ツマベニ蝶は、ギョボクにだけ卵を生みつけるのですよ」

「ギョボク?」

「ええ、魚の木。魚を釣るとき疑似餌《ぎじえ》につかう木。わたくしの父も、よく小刀で削っていました。なぜかカツオなどが食いつくんですって。べつに、なんということもない木ですけれど、ガマの陥没したところにも生えているんです。だからツマベニ蝶がいっぱい飛び回って、台風の目のような青空へ飛びたっていきます」

　あまりの美しさに、わたくしは気を失って、よく水をかけられたそうです。その谷間にも小川が流れています。暗河がそこだけ日に照らされて、きらきら光っています。それから陥没したガマの向こうへ、おそるおそる入っていきます。またローソクに火をつけて。

　足もとを流れる水は、いつの間にか、どこかへ消えていきます。海へつながっているそうですが。そこから先は、もう骨だらけです。みんな波照間で生まれた方たちです。さびしい過疎《かそ》の島ですけれど、こんなにたくさん、おじいや、おばあや、そのまた、おじいやおばあたちがおられたのですね。お骨はあめ色がかっていますが、ローソクの明かりで夕焼けのような色に光ります。両目の穴は黒々として、あの世からそっと見つめられているような気がしてきます。

ヤシ蟹が、お骨の上をはい回っています。お兄さまたちが、さっと捕まえます。とても大きな蟹でハサミが強いのです。エンピツなんかへし折ってしまう。子どもの指ぐらい、ざっくり切ってしまいます。だから捕まえると、すぐクバの葉でハサミをぐるぐる巻きにします。ああ、そのクバの葉を持って従《つ》いていくのがわたくしの役目でした。

　みそ汁に入れると、まっ赤になります。ゆでても殻が青紫のままだったら、毒があるから食べてはいけないと言われていました。でも、そんなヤシ蟹はめったにいません。白い身がたっぷりつまって、とてもおいしいのですよ。

　ガマの向こうに光りが射してきます。ひりひりと肌に感じるぐらい強い光りです。ずっと奥の風穴、抜け穴から入ってきましたから、逆向きに、入口へ出たのですね。

　そこはひろびろとした岩棚になっていて、海が見えます。波照間の海は色が濃くて、見渡すかぎり藍《あい》色です。南の果てですから、ここから先にはもう島はありません。どこまでも、どこまでも茫々《ぼうぼう》と海がひろがっているだけです。

　岩棚は風葬のあとで、いちめん骨だらけです。日に照りつけられ、雨に洗われ、骨という骨がまっ白に風化しているのです。まだ雪というものを見たこともなかったけど、ああ、雪が降りつもると、きっとこんな色なのだろうと思いました。波に洗われたサンゴのようでもあります。丸い頭のお骨も、歯もまっ白で、清らかで、とてもきれいなのです。ああ、こんな白い骨になるのなら、死ぬのは少しもこわくないと思いました。

丸い頭を膝にのせて、お話をします。

「とっても、きれいなお骨ですよ」

「男だったと、かすかに聞こえてくることもあります。わたしは六人も子を生みました、と答えてこられることもあります」

「…………」

「あなたは男の方でしょうか、女の方でしょうか」

わたくしは毎日のように、岩棚に坐って、その日、その日、ちがうお方の丸い頭を膝にのせて、じっと耳を澄ましていました。お顔が見えてくることもあります。でも顎の骨がよく外れていますから、お声がすうすうぬけてしまうのですよ。

丸い頭のなかも空っぽになっています。首の骨とつながっていたところや、目の穴から光りが射して、丸い頭の裏側が見えるのです。そこに脳があって、自分は何家のだれそれであるとか、あの女を嫁にしたいとか思っておられたのでしょうね。

こわい骨もあります。嫉妬にくるっていたり、あいつを殺したいとか、いろんな恨み、憤懣《ふんまん》がいまも渦巻いているんですよ。そんなお骨と話をした日は、ご飯が食べられません。きれいな思い出が浮かんでくることもあります。夜の浜で、いとおしい方に抱かれながら眺めていた天の川が、わたくしにもはっきり見えてきますの。


波照間を去ったのは、九つのときです。暮らしが苦しくなって、父と母は、

「南パティルマへ逃げていこうか」

と苦しまぎれに冗談を洩らしておりました。波照間はパティルマと呼ばれています。ずっとあと

になってから気づいたのですが、波照間とは「果てのうるま」でしょうね。うるま……。わかりますか。島という意味です。このパティルマのずっと遠くに、南パティルマという島があると言い伝えられています。ニライカナイのような極楽浄土でしょうか。

でも幻の島へ夜逃げするのではなく、本島へ移り住むことになりました。父も母もけんめいに働いて、わたくしは国民学校に通わせてもらいました。けれど戦争が始まり、近所のお兄さまたちはみんな鉄血勤皇隊《てつけっきんのう》に取られていきました。十二か、十三歳で、少年兵になったのです。

父も召集されていきました。ほんとに無念でなりません。もしも波照間にとどまっていたら、生きのびることができたはずです。南洋から攻めてきたアメリカーは、波照間みたいな離島なんか素通りして、まっすぐ本島へ押し寄せてきたのですから。

アメリカーの戦艦がぎっしり海を埋めつくして、B-29が飛んできます。昼も夜も、艦砲射撃がつづきました。もう火の海です。草木が燃えあがって、土まで吹き飛ばされ、あたりの丘はサンゴの色に変わりました。畑はいちめん穴だらけで、雨水がたまって泥まみれです。母と二人、ただ逃げまどうばかりでした。亀甲墓《かめこうばか》にもぐり込んだこともあります。入口は狭いけれど、奥は大きな部屋のようで、厨子甕《ずしがめ》がならんでいます。けれど波照間のお骨とちがって、話しかけてくださいません。しんと黙っておられるばかりです。

アメリカーはぐんぐん近づいてきます。もっと遠くへ逃げようと外に出ると、亡きがらだらけでした。ウジがわいていました。泥にはまってもがいているうちに、母の姿が見えなくなりました。

松の木が燃えていました。長い長い松並木が燃えあがって、雷にうたれたように黒こげになっていました。見知らぬ人に手をひかれて、わたくしは雷神ガマに入りました。血や膿のにおいがたち込めていました。うめき声が低くひびいていました。不思議なことに、ガマのなかに家が建っていました。野戦病院だったのです。傷ついた兵隊さんがよこたわっています。傷口にウジがわいて、ひどく痛がっておられました。岩の天井から、ぽたぽたと水が滴ってきます。

破傷風《はしょうふう》にかかった兵隊さんや、恐怖で気がくるった人たちは、ガマの奥へ連れていかれます。そこに捨てられ、生きたまま暗い墓穴に閉じ込められてしまうのです。

師範学校のお姉さまたちが、けんめいに働いていました。軍医が手足を切断するとき、兵隊さんを押さえつけます。麻酔なんかありませんから絶叫がひびいてきます。そして砲弾の音がやんだとき、手や足を浜へ捨てにいきます。その帰りに、お姉さまたちは草や葉をむしって持ってきてくださるのです。兵隊さんたちは草の匂いをかぎながら泣いておられました。静かになると、かすかに、キチ、キチ、キチ、と膿だらけの肉をウジが食べつづける音が聞こえてきます。


朝がくると風穴から光りが洩れて、青空も見えてきます。小さな、小さな青空ですが、穴のまわりの草葉がゆれて、木洩《こも》れ日が降ってきます。雨も降ってきます。夜は星も見えます。わたくしは芋の切れっぱしや、黒糖のかけらなどを恵んで頂いて、どうにか生きのびていました。渇くことはありません。暗河のきれいな水が流れていますから。

地下の湖もありました。いいえ、湖じゃありませんね。水の流れが溜まって湖のようになっているのです。そこの天井にも風穴があって、細い光りが湖に射してきて、青い宝石のようにきらめいていました。底のほうが外海へつながっていて、ときには海亀がやってくるそうです。大きな甲羅がゆっくり湖から盛りあがってくるそうです。

もっと奥のほうには、不思議なお骨がありました。二人がそっと抱きあいながら、よこたわっているのです。とても古いお骨です。あばら骨や、骨盤のあいだから、石筍《せきじゅん》が生えているのですから。ご存じですよね。天井から落ちてくる水滴には石灰分がふくまれていて、一滴、一滴、石灰が積もって白い竹の子みたいに伸びてくるそうです。何百年もかかって。お二人の骨も、とろりとした乳白色です。どうしてガマの奥で抱きあいながら亡くなられたのかわかりません。

「なつかしい波照間のお骨と再会したような気がしましたよ」

夜になると、兵隊さんは斬り込みへ出ていきます。アメリカーの陣地に夜襲をかけるのですが、帰ってくる人は少ないのです。

負け戦《いくさ》らしいことは、もうだれの目にもあきらかでした。部隊は追いつめられて南のほうへ退却していきました。ガマに残されたのは動けない負傷兵と、島民だけです。みんな殺気だってきました。赤んぼうが泣いています。スピーカーの声が聞こえてきます。みなさーん、出てきなさーい、だいじょうぶ、安全ですよ、出てこないと焼きはらいまーす。どこか変な日本語です。息をつめていると、まっ赤な炎が吹き込んできます。石油も流されてきましたけれど、ガマは湿っているからよく燃えません。みんな声をひそめて、ささやきあっています。死のう、もう死ぬしかないと、手《しゅ》榴弾《りゅうだん》を取りだす人がいます。

そのとき一人が立ちあがって、

「ちょっと待ってください」

と話しかけてきました。深い声です。ひょろりとした黒い影だけで、お顔はよく見えません。

「わたしはペルーの農場で働いていたから、外国のことを少しばかり知っています。国際法というものがあるから、降伏してきた者を殺したり犯したりすることはないはずです」

わたしはスペイン語はできるけれど、英語は片言しか話せません。それでもアメリカーと交渉できると思います。だれか白い布を持っていませんか。すると、おばあが手ぬぐいみたいな布を差しだしました。ローソクの灯りのなかで、その布を棒切れにくくりつけて、

「いいですか、早まってはいけませんよ」

と念を押してから、ガマから出ていかれました。

じっと待ちつづけました。波照間の岩棚に坐っているような気がします。そして、あの方がもどってこられて、もう、だいじょうぶだ、と言われました。よくひびく深い声です。わたくしたちは暗いガマから出ていきました。地上は砲弾の穴だらけですが、総天然色です。赤花や、黄色いユウナが咲いて、蝶も飛んでいました。いちばん元気よく飛ぶのは、あのツマベニ蝶です。

収容所へ連れていかれました。鉄条網に囲まれたテント村です。忘れもしません。缶詰のポークやコンビーフのおいしかったこと。ブリキの空缶の三線《さんしん》を弾いている人もおられました。弦は、落下傘をほぐした糸なんですよ。母と会えないかと思って、テントからテントへ歩き回りましたが見つかりません。あの方の姿もさがしつづけました。きっと笑われるでしょうけれど、あの方のお嫁さんになりたいと思ったのです。まだ九つなのに。でも憶えているのは声だけです。そう、霧山先生のお声にそっくりでした。


中卒で就職することになりました。女子師範学校が新制高校になって、そこへ進みたかったけれど叶《かな》いません。みなし児で、遠縁の家に身を寄せていましたから、働かなければなりません。集団就職の船に乗ると、クレーンで牛が吊りあげられていました。豚は檻ごと積まれていきます。ああ、あの牛や豚のように自分もヤマトの人に食べられるのか、そんな気がしてぼろぼろ泣いていました。

十九で結婚しました。年上の工場長と。大阪で所帯をもちました。大正区の路地の奥です。鉢植

えの朝顔が、トタン屋根まで伸びあがって一心に咲いていました。夫に抱かれながら、あの骨を思いだすこともありました。ガマの奥で何百年も抱きあいながら、あばら骨のあいだから石の竹の子が生えているお骨です。でも、夫がその骨だとは思えません。わたくしは若くて、性欲が盛んで、夜はとても淫《みだ》らでした。けれど何年たっても妊娠しない。夫はがっかりして冷淡になってきました。

カミダーリーが始まったのは、その頃です。てんぷらを揚げているとき、鍋の底からかすかに声が聞こえてくるような気がしてきます。吸い込まれるように、煮えたぎる油すれすれに顔を近づけているのです。はっとして顔を上げると、トタン屋根に降りつける雨が、忘れるな、忘れるな、と言いつのってきます。わたくしは裸足《はだし》で、路地をふらつくようになりました。

離縁されて島に帰ってきましたが、心の隅で、これでよかったのだと感じていたようです。波照間にもどりたかったけれど、もう身を寄せるところもありません。カミダーリーは激しくなるばかりです。髪をふり乱してうろつき回っていたそうです。フリムンです。はっと気づくと、首まで海に入っていたこともあります。でも、わたくし泳げますから死ねません。

連れられて、ユタ巡りもしましたよ。手からこぼれた米粒を数えたり、線香の燃えぐあいを見ながら占いをするのです。神棚の花瓶に緑のドル札をべたべた貼りつけているユタさんもいました。島中のラジオが、神さまの仕事をしなさいと命じてきます。びりびり電波もきます。忘れるな、忘れるな。わたくしは神女《ノロ》の生まれではありませんから、ユタになれということでしょうか。いやだ。いやだ、どうしてユタにならなくちゃなりませんの。逆らっていると、頭痛がきます。波照間の丸い頭の骨には、ギザギザのひび割れみたいな、ミシンの縫い目みたいなものがありましたけれど、そこのところがいっせいに軋《きし》るように痛むのです。稲妻もきて、頭のなかはもう台風の夜です。気がつくと、お墓に倒れていました。ひっかき傷だらけで、膝がすりむけて、月のものがきたのでしようか、股にべっとり血がこびりついて蝿《はえ》がたかっています。あそこにウジがわいていないか、ぞっとしました。

雷神ガマにもよく入りました。アメリカーがふさいでしまったけれど、まだあちこちに風穴や、抜け穴がありますの。ローソクを点《つ》けて潜っていくと、軍靴や、飯盒《はんごう》、万年筆、こわれたメガネなどが散らばっていました。錆びついた注射器もありました。ずっと奥では、お二人の骨が乳白色になって抱きあっておられます。

あの湖もあります。まっ青です。凍っているのかしらと思うほど静かです。けど石のつららから水が滴ってくると、さざ波がひろがって、その真ん中から水が泡だち、水しぶきの霧がひろがってきました。夕焼けみたいな、あかね色の霧です。ゆっくり亀の甲羅が盛りあがってきました。とてもとても大きな海亀です。人が何人も寝そべられるぐらい、ひろびろとした甲羅です。だれかがそこに坐っていて手招きしておられます。こちらにおいで、と深いお声がひびいてきます。わたくしは、ひょいと飛び乗りました。漁師の娘ですからね、舟に乗るのはなれたものです。あの方は、わたくしをするすると裸にして入ってこられました。ああ、そうして天の川がなだれこんできました。神さまが射精されたのです。わたくしは身ごもりました。けれど御子《みこ》は生まれてこないのです。

もう何十年も、お腹に宿ったまま出てこられません。ですから風穴の出口のところに、波照間宮を建てましたの。


ひんやりとした風が流れてきた。七海が拝殿の扉をひらいたのだ。夜明け前の空が、藍色のスクリーンのように見えた。

「さあ、お祈りの時間です」

夜明け近くまで語りつづけたのに、光主の顔には脂《あぶら》も浮いていなかった。涼しげに背すじを伸ばして、

「わたくしが祈らないと、お日さまが出てきませんからね」

いたずらっぽく笑ってから、祭壇に向かって祝詞《のりと》のようなものを唱えはじめた。

一語もわからないけれど、たまらなく懐かしかった。また老インディアンのことが思いだされる。アリゾナの砂漠からそそりたつ岩の台地《メサ》に、石積みの家々がひしめいていた。いまでも人が住んでいる村として、北米最古のウォルピ村だ。その村で、老シャーマンの家にしばらくやっかいになったことがあった。夜明け前、老人はガラスも入っていない板戸の窓をひらく。鹿皮の袋からトウモロコシの粉をつまんで、空中に撒きながら部族の言葉で祈る。「我々が祈らなければ、太陽が昇ってこないからな」老シャーマンはまったく同じことを言った。淡々とした口ぶりだった。トウモロコシの粉は風に運ばれ、遠く砂漠を漂っていく。北の海を白濁《はくだく》させるニシンの精液のように。

祭壇が光った。プラスティックの額に入った円い鏡が、水平線からのぞく朝日を照り返している。緑のガラス玉も光った。隕石だという岩石も、大気圏に突入したように赤く燃えはじめた。

社務所《しゃむしょ》で休むことにした。座布団を枕にうつらうつらしながら海鳴りを聞いた。いつもならフリーダイビングの練習に浜へ降りていく時間だが、今日はとてもむりだ。仕事に出かけるにはまだ少し早い。

二階から、ぞろぞろ女性たちが降りてきた。漁船に乗っていたユタたちとはちがうようだ。どうも解《げ》せなかった。光主は霧山とともに離島を巡ったり、精神病院を回ったりして、娘さんたちをひき取り、社務所の二階に住まわせていたという。だが、降りてきたのは中年の女性ばかりだった。

Tシャツや、ジャージや、短パン姿で、もう化粧をする気も失せたような女たちだ。染めた金髪はぼさぼさで、生えぎわから黒い地毛が伸びている。くたびれ、だらけきっていた。奥の台所で朝食をつくりはじめた。目玉焼きをつくったり、残飯でお茶漬けをつくったり、シリアルに牛乳をかけたり、てんでばらばらの朝食だった。

「お兄さんも食べる?」

とシリアルの袋をふってくる。

どうしてテレビがないのか口々に不満を洩らしながら食べている。

バイクの音が近づいてきた。社務所の前で止まった。原付バイクから褐色の青年が降りてきた。混血らしく、並はずれて背が高い。

「みなさん、おはようございます」

馬鹿ていねいな口調で、なれなれしく上がりこんできた。鴨居《かもい》にぶつからないよう、背をかがめながら食堂に入っていく。目玉焼きにそえられているスパムを指でつまみ、ぺろりと旨そうに食べた。ジャージ姿の女の尻に手を回して、指についた脂をふいた。

「早く仕事にもどれよ」

まだ二十歳かそこらだが、ひどく女なれしている。チッ、と舌打ちしながら女は尻をすり寄せた。

「PX、クビになるぞ」

「だいじょうぶ、組合が強いからさあ」

PXとは基地の売店のことだ。青年はちらりとこちらを見て、さりげなく島言葉に切りかえた。女も声をひそめた。

青年の眼はガラスの義眼でもはめたように、ひんやりと硬く澄んでいた。どんな人種の血が混じっているのかわからない。これまで地球を何周もしてきたから、人種はすぐにわかる。どの民族の血がどのような配分で混じっているかも、だいたい見当がつく。だがその青年は不明だった。肌は明るく淡い褐色だ。父親はメキシコ系のアメリカ人かもしれない。ほとんどのメキシコ人が、スペイン人と先住民インディオとの混血だ。カリブ海の島々なら、イギリス、フランス、奴隷《どれい》として連れられてきたアフリカ黒人、中国系移民の血が錯綜《さくそう》していることもある。もしもメキシコ系だとすれば、ソノラ砂漠の鉄条網をくぐり抜けてアメリカに密入国して、何世代も異なる血を重ねたのかもしれない。そしてアメリカ兵としてやってきて、島の女性と交わったのかもしれない。地上のヒトをすべてかけあわせると、このような人種不明の青年が生まれてくるのではないか。

そんなことを考えていると、七海が二階から降りてきて、

「アタル！」と叱《しか》りつけた。「ここに来ちゃいけないと言ったでしょう」

「はい、はい」

青年はわざとらしく猫背になって、なにか口ごもった。わかってますよ、姉さん。そうつぶやいたような気がした。それからあとは島言葉のやりとりになった。お前、いったいなにを企《たくら》んでいるの、と七海が問いつめているようだ。

「いや、べつに」アタルは軽くかわした。

七海はアタルの手首をつかみ、社務所の隅っこへ引っぱっていって、踞《うずくま》り、いきなり英語でしゃべりだした。ほとんど母語に近いなめらかさだ。ほかの中年女性たちに聞かれてはまずいことのようだが、有馬にはすべて聞きとれた。

「ＰＸから、薬が横流しされているという噂があるよ」

「あ、そう」

「それが暴力団に渡って、関西からバイヤーたちが買い付けにくるそうじゃない」

「へえ、どんな薬？」

「いろいろあるでしょう」

「いやあ、聞いたことないなあ」

「横流しさせているのは、お前だって噂もあるよ」

「おやおや、それって犯罪じゃない」

「観光客相手に、少女売春させてるグループもいるって」

「アメリカーの血が混じってると、ヤマトのアホ連中は金を弾むそうだね」

「アタル、お前が仕切ってるんじゃないの」

「まさか、冗談でしょう」

「少年院に送られるかもしれないよ」

「おれ、もうすぐ二十歳だけどな」

「女を食いものにしちゃだめ！」

「…………」

アタルはへらへらしながらも、哀切《あいせつ》な思いがこもった眼で七海を見つめていた。

「もう帰りなさい」

七海は厳しく日本語で言った。緑色がかった眼から憤怒《ふんぬ》が噴きだしている。

アタルは立ちあがった。鴨居の下でまた背をかがめながら社務所から出ていった。その背中に、七海は塩をまいた。海雪だろう。

追い払っているのではなく清めようとしているようだ。アタルはふり返って頭の塩をはらい、寂しそうに笑いながら原付バイクで走り去った。

「弟なの？」有馬は聞いた。

「まあ、弟みたいなものね」

七海は社務所の上がり框《かまち》に腰を降ろしながら訊き返してきた。

「アメラジアンって知ってる？」

「アメリカ人と、アジア人の混血」

「そう、American と Asian をかけあわせた合成語。はっきり言うと、混血の私生児のこと。ベトナムにもたくさんいるそうね。ここでは、島ハーフと呼ばれている。アメラジアン、島ハーフ、なんて嫌な言葉！」

七海は、老婆のような嗄《しゃが》れ声《ごえ》でつぶやき、数秒、黙っていた。

口をひらいたときは、若い女らしいなめらかな声域へ変わっていた。


アタルもわたしも、アメラジアンとして生まれてきたの。マイアミ、ホノルル、ピンクパンサーといったバーがひしめく街で。知ってると思うけど、ベトナム戦争のころは景気がよかったみたい。サイゴンから休暇でやってきたアメリカ兵は、やけくそで有り金を使い果たしていた。来週は死ぬかもしれないから。ママさんたちは、カウンターの下にバケツを置いて、ドル札を足で押し込んでたってさ。女たちは奥の部屋で身を売っていた。バーには「Aサイン」の看板が出ていた。この店の女たちは定期検診を受けているから性病にかかっていないという、米軍のお墨付《すみつ》きってわけ。

「アタルとわたしは、姉弟みたいに育ったの」

街はもうさびれかけていた。バーの裏庭は草ぼうぼうで、隣りとつながっていた。わたしはアタルの世話をさせられた。母親たちが同郷だったから。

ある日、アタルをあやしていると、プーンと臭ってきた。そう、うんちの臭い。一歳半のアタルが、おむつをつけたまま洩らしてしまったのね。

そのときのアタルの顔は忘れられない。まだしゃべれないから、ひっしに眼で訴えてきたの。ぼくのこの体は、まだ赤ん坊なんだよ。だから洩らしてしまった。ああ、恥ずかしい、恥ずかしい。ほんとに舌でもかみ切って死にたいぐらい恥ずかしがっていた。その眼を見たとき、あ、この子は天才かもしれないと思ったの。

島ハーフのことを、みんな恥だと思っているから、当然いじめられる。わたしたちは、小学校も中学校も同じだった。国際学院という、英語で授業をする学校。英語が話せない島ハーフは、みじめなのよ。米兵と正式に結婚して生まれてきた子は、アメリカ市民権をもっているから、基地内のインターナショナル・スクールで教育を受けられる。学費はほとんど無料。いつかは憧れのアメリカで暮らせるわけ。

でも、アメラジアンの子どもたちは国籍がちがうから、何千ドルという、とんでもない学費がかかる。母子家庭に払えるわけがない。事実上、入学させてもらえないわけ。

わかるかしら、島言葉しか話せない混血児がどんな思いをするか。ハーフのくせにと笑われる。もし英語がぺらぺらなら、アメリカーとして一目置かれる。いい仕事にもつける。

だから母親たちは、子どもに英語教育を受けさせたい。そして県や教育委員会にかけあってつくったのが、国際学院。名前はすごく立派だけど、サトウキビ畑のなかにある幼稚園のような建物だった。先生はボランティアの若いアメリカ人たち。

やはりアタルは天才だった。勉強らしいことは何もやっていないのに、いつも県下のトップだった。

恐ろしく頭のいい子。全国の模擬試験で、すごい成績を取ったこともあった。みんなびっくりしたけど、アタル自身は、なんだおれの上にまだ二十人もいるのかと憮然《ぶぜん》としていた。

アタルという名は「石敢當《いしがんとう》」の「當」。知ってるでしょう。あちこちの三叉路に、魔除けの小さな石碑があるじゃない。魔ものは、まっすぐにしか進めない。だから辻に「石敢當」立てておくと、魔ものはぶつかって砕け散ってしまうの。

燃える井戸って、聞いたことある？　パイプラインが壊れて、ジェット燃料が地下水に流れ込んでいたの。井戸水が燃えると大騒ぎになった。なぜかアタルはその話に昂《たか》ぶって、裏庭の井戸水を汲んでは火をつけようとしていた。「ピンクパンサー」のマッチを擦って。わたしの母も、アタルの母も、そのバーで働いていた。井戸水が燃えるといっても、ほんの一瞬、青い火がたつだけ。アブサンがぼっと燃えるように。それでも、アタルはじっと見つめては、またマッチを擦る。鬼気迫るというか、気味わるくなるほど熱心に。青い火が、あの眼に映る。魔除けの「當」なのに、この子、放火魔かなにかになるんじゃないかという気がしてぞっとした。

国際学院は、小学生と中学生だけなの。正式の学校ではないけど、特別措置で高校を受験する資格はある。アタルは近所の県立高へ進んだけれど、すぐ退学した。

世界琉球人大会というのがあってね、ハワイや、南米、北米に散らばっている移民や、その二世や三世たちが集まってくるの。その大会で、遠縁のおじさんと出会ってアメリカにこないかと誘われたらしいの。アタルはさっさと退学届けを出して、ロサンジェルスへ渡っていった。手紙の一通も寄こさなかった。そして半年前、ふらりと島に帰ってきたの。いつも思いつめたような暗い子だったけれど、あんなふうに、へらへら明るくなって。

ジャージ姿の女たちが、ポテトチップスをかじりながら、こちらを眺めていた。テレビもなく、他に見るべきものがないといった目つきだった。

「ここは光使たちの宿舎だったんだろう」有馬は訊いた。

「いまはシェルターになっているの」

七海はそっと声をひそめながら、

「DVってあるじゃない。家庭内暴力。夫に殴られたとか、妊娠しているのに腹を蹴られたとか、そんな女たちが逃げ込んでくるの。昔、ヤマトには駆け込み寺というのがあったそうね。そこに逃げ込んでしまえば、もうだれも手が出せない」

「夫が追いかけてくるとか、やっかいなことが起こるんじゃないか」

「不思議なことにトラブルはないの。駆け込み寺がユタ教団となると、男たちもあきらめるみたいね。光主はいちばん有名なユタだから、祟《たた》りが怖いのかしら」

それで私設のシェルターとして、県から補助金が出ている。それで波照間宮はなんとかやっていけるの。

今日はここまで、と七海は内輪話を打ち切り、社務所から出ていった。

女たちが、がやがやしゃべりだした。あの子、いったい何様のつもりなのよ。ただの島ハーフじゃない。歌手だったというけどさあ、たった一枚、CDを出しただけじゃない。マイナー・レーベルから。まったくひどい歌よ、手首から血を流しながら、ギャーッと叫んで、抱きなれたこの体を探さないでとか。えっ、それってコッコの歌じゃないの。あ、そうだっけ。

「お兄さんも気をつけてね」

PXで働いているらしい女が、声をかけてきた。

「気をつけるって？」

「ハーフだから男好きするじゃない」

「どうして、ここはシェルターになったんですか。ユタ教団は栄えていたそうですが」

「あのころまではね」

「あのころ？」

「石油基地をつくるというとき、光主はいろいろ予言したの。もしも御嶽《うたき》の森をつぶしたら、かならず天罰がくだる。石油会社も基地もすべて滅びていくと予言した。でも島はタンクだらけで、基地はなくならない」

「予言が外れてしまったから？」

「そうよ、神通力なんかなかったわけ。それから落ちぶれていったわけさ」

「光使たちは？」

「みんないなくなったさ。いまは七海ぐらいのものね。光主はお気に入りみたいだけど」

「波照間宮のあと継ぎだってね」

「笑わせるんじゃないよ。あんなアメ女《じょ》」

「アメ女って何ですか」

「アメリカーが好きな女さ。基地のゲート前に行ってみなよ」

「バカ女がいっぱい、わらわら群らがってるから」

「白黒おかまいなしに、外人ならすぐに股をひらくのがアメ女」

「お兄さん、あの娘《こ》には気をつけたほうがいいよ」

しつこく、ジャージ姿の女はくり返した。

「うるま病院から預けられてきたんだって。あの娘はボーダーなのよ」

「……………」そうか、境界性人格障害か。仮りにそうだとしても、七海がただ病んでいるだけとは思えなかった。

「セックス依存症だってさ。あれしか頭にない男狂い」

女たちはポテトチップスを齧《かじ》りながら、さかんに七海の悪口を言いあった。

＊

病院にもどって、朝の仕事をした。シンクに山ほど積まれたプラスティックの皿や、茶碗を洗い、みそ汁のこぼれた床にモップをかけた。掌が白くふやけていた。

一息入れようと、中庭へ出た。ガジュマルの大樹が生え、枝という枝から気根が垂れさがり、潮風に揺れていた。岬の高台だから太平洋が見渡せる。気のせいか、水平線がかすかに撓《たわ》んでいる。近づいてくる雲が雨を吐きだし、海をたたく。海はそこだけ白っぽく霞《かす》み、まわりは青々と輝いている。雲は動く。青い水惑星に、さらに水が降りそそいでくる奇妙な星だ。

スコールは局地的で、こちらはかんかん照りだ。

木陰にベンチがある。とても好きな場所だが、喫煙所で、いつも患者さんたちが憩《いこ》っている。白いシャコ貝が灰皿だ。赤ん坊をすっぽり包めそうな大きな貝だ。その吸いがらを掃除するのも有馬の役目だった。すぐそばに渦巻き型の蚊取り線香があり、青い煙がたち昇っている。

笑いながら霧山が話してくれたことがあった。患者さんたちは一日に何本と煙草を制限されている。その楽しみを奪うのは酷《こく》じゃないか。わたしだって愛煙家だからね。だが、火事がこわい。ライターやマッチを持たすわけにはいかない。どうすればいいか、そこがやっかいなんだよ。ある日、友人から手紙が届いた。あの闘争のあと、家業の病院を継ぐため南九州へ帰っていった仲間だった。末尾に愉快なことが書かれていた。

「蚊取り線香を使えばいい。あれなら火種《ひだね》が長持ちするし、火事も起こらない」

「ノーベル賞なみの発見です！」

霧山は返信して、さっそくガジュマルの木陰に渦巻き型の蚊取り線香を常備することにしたのだという。

木陰の中心にいるのは、南溟さんだ。うるま病院ができたときから入院している牢名主《ろうなぬし》のような人で、いつもシャコ貝のそばに陣取って、旨そうに煙草をくゆらしている。指がこげるほど深々と根もとまで吸ってから、次の一本に、蚊取り線香で火をつける。こんな人がどうして入院しているのか、訝《いぶか》しくなるほど知的だった。

「いまさら帰る場所もありませんよ。親戚にとっても迷惑ですから、まあ、ここで往生するしかありませんな」

と冗談のように空惚《そらとぼ》けていた。鼻すじが高く通り、こめかみのあたりがぐっと狭まっていた。南方系の丸顔ではなく、けわしい面長だった。有馬はなぜか、南溟さんが好きだった。ほかの患者さんたちも、南溟さんには一目置いているようだ。庭を囲む赤花を眺めながら、

「あれは在来種です」

南溟さんは口癖のようにくり返した。

「いわゆるハイビスカスは、ハワイ島からやってきた外来種です。色がどぎついでしょう。よく見てごらん。赤花はちがうでしょう」

「ええ、花や葉の色が淡いですね」

有馬もまた同じ返事をする。

「そうでしょう、わたしは在来種のほうが好きですな」

南溟さんは有馬と話すときだけ、さっと標準語に切りかえてくる。あまりにも鮮やかなので、わけを聞くと、

「小学生のころ、方言札というのがありましてね。紐がついた木の札です。学校で島言葉を口にすると、その木札を首にかけられるわけです。何日もそれをぶらさげていなければならない。立ちションベンか、オナニーが見つかったようで、とても恥ずかしい。外せるのは、次のだれかが島言葉を口にしたときです。隠れんぼの鬼を見つけたように、その子の首に方言札をかけるのです」

「南溟さん、お生まれはどこですか」

「水納島《みんな》、と言っても、わからんでしょうな」

「八重山ですか」

「そう、八重山列島に近いあたりです」

地図表記をきちんと棒読みするようだった。こうした融通のきかなさ、生まじめさこそ、いわゆる精神分裂病、統合失調症の特徴なのだと田島に教わったことがある。

「水納島から、宮古島の中学校にあがりました。言葉がちがうから笑われる。いじめられる。で、けんめいに宮古の言葉を練習しましたよ。そして高校を終えてから本島にやってきました。戦後まもないころです。アメリカーがつくらせた琉球大学に入るためです。ところが、また言葉が通じない。けんめいに本島の言葉を学びましたよ。大学では、いわゆる標準語です。つまりヤマト言葉、日本語に辿《たど》りつくまで、長い、長い道のりがあったわけです」

「英語は？」

「アメリカーは、琉球をヤマトから切り離そうとしていました。だから、英語教育も熱心でしたな」

「留学もできたんじゃないですか」

「いやあ、そんな秀才じゃなかった。バイトに明け暮れている貧乏学生ですよ。いちばん日当がいいのは港湾の仕事です。アメリカーの貨物船から物資を降ろして、倉庫へ運ぶわけです。武器や弾薬は別ルートで、わたしらの仕事はもっぱら食料ですよ」

冷凍牛肉がクレーンで吊されながら降りてきます。これが危ないのです。かちかちに凍りついて刃のように尖っている。下手をすると、ざっくり切れてしまう。わたしらはポケットに小刀を隠して、凍った肉を切り取るのです。そうやって栄養補給していたわけです。港にはシケモクも落ちていました。ラッキー・ストライクとか、キャメルとか。それを拾い集めて、大学の寮で吸っているとき発作がきたのです。

南溟さんは短くなった煙草をつまんだまま、稲妻に打たれた木のように硬直してみせた。

「分類すると、わたしは緊張病型の精神分裂病だったそうです。いまは統合失調症というらしいですな」

これほど明晰《めいせき》な人が、どうして患者なのか不思議だった。

「海雪をつくっておられたそうですね」

「毎日、雪かきするように塩を集めておりました。腰が痛くなるけれど、楽しい仕事です。具合がよくなったら、久米《くめ》島にも行かせてもらおうと思っております。あそこの製塩所が、うるま病院の命ですから」

それから、唐突に、

「わたしは雷神ガマで生まれました」

さっきとは矛盾《むじゅん》したことを言いだした。

「母は、わたしを身ごもって雷神ガマに隠れていました。島中が燃えあがっているころです。そしてガマの奥で出産したのです。わたしは暗河の水で産湯《うぶゆ》を使いました」

「雷神ガマは、どこにあるんですか」

「知らんのですか」

南溟さんは、あきれ顔になった。短くなった煙草を深々と吸ってから、シャコ貝に押しつけ、立ちあがった。さっさと病棟へもどっていく。有馬は従《つ》いていった。二階の窓から岬のつけ根のほうに基地が見える。

「あの滑走路の下へ伸びています」

「まさか」

「ほんとですよ。こういうふうになってます」

南溟さんは窓から手を伸ばして、滑走路と雷神ガマがどう交叉しているか、角度をなぞってみせた。

「…………」あっけにとられながら患者さんの妄想だろうと思い直した。

「雷神ガマでよく遊びましたよ」

珍しかもんが、たくさん転がってましたな。注射器や、ガラスの小瓶、割れたメガネ、鉄兜もありました。万年筆を見つけたときは大喜びしました。でもペン先が錆びついていて、使いものになりませんでしたな。

ガマは蟻の巣のようです。迷ったらもどれない。子どもしか潜り込めない横穴がいっぱいあります。わたしらはローソクを灯して、探検ごっこをやりましたよ。石や土砂でふさがれている横穴があって、そこをよじ登っていくと、べつの空洞に出ました。

とんでもないものがありました。空洞に積荷の山があって、カーキ色のシートがかかってました。めくると、木箱がぎっしり積みあげられて、砲弾が入ってました。迫撃砲とか、榴弾砲とか。アメリカーのものじゃない。わたしらは鉄くずを拾って小遣い稼ぎしてましたから、砲弾のちがいはよう知っております。

「まちがいなく日本陸軍のものです」

退却していくとき隠していったのでしょうな。陶製の爆弾もありましたよ。細菌戦に使うやつです。VXや、サリンなど、毒ガス弾もありました。わたしはいつかあれを使って、基地を吹っ飛ばしてやろうと思っております。奥へ、奥へ這っていくと、縦穴のようなところに出ます。コンクリートの井戸、いや、マンホールの穴みたいなところです。ミサイルを発射する地下サイロですな。鉄のハシゴを登っていくと宇宙基地がありました。

南溟さんはにこりともせず、生まじめそのものだった。唇に少し泡を浮かべながら一心にしゃべりつづける。

「しかしですな、アメリカーが雷神宮の入口をふさいでしまった。ですが、まだあちこちに抜け穴が残っております」

「どこにあるんですか」

「あそこです」

南溟さんは別の窓から、小さなジャングルのような森を指さした。

「あそこらの亀甲墓が、風穴と繋がっております。子どものころよく出入りして遊びましたよ」

大赤木がそびえていた。あの緑の傘の下に、自分の住む小屋があるはずだ。

「雷神宮はあそこですね」

大きな屋根がそそりたっている。堂々とした黒瓦の大伽藍《だいがらん》だ。

チッと舌打ちしてから、

「あそこは御嶽なんですよ」と南溟さんは言った。「松並木の道が首里からずっとつづいていて、琉球王の参拝コースでした。涼しい緑のトンネルで、わたしらはよくマラソンをやりましたよ」

水納島で生まれたり、雷神ガマで生まれたり、南溟さんの話は支離滅裂になってきたが、もう気にならなかった。どうやら琉球の歴史が、自分史そのものに変じているようだ。

「あそこのガマは御嶽なんです。聖地ですな。明治政府がそれを神社に変えてしまったわけです。琉球古神道と名乗っていますが、まっ赤な嘘、インチキですよ。この島には神道などなかったはずです。だから、わたしらは独立すべきなのです！」

いきなり、南溟さんは昂ぶってきた。

「こんな小さな島が独立できるわけがない、人口も少なすぎる。そう思われるでしょうな。しかし、いいですかな。ブータン王国の人口は、74万1800人。ソロモン諸島は、54万9600人。アイスランドは32万1000人。トンガは10万4900人。マーシャル諸島は5万2634人。パラオは2万750人。太平洋に沈みかけているツバルは9860人。バチカン市国なんか、たった798人です。それでも立派な独立国でしょう！」

「くわしいですね」

「図書室の地図帳に出ています。帝国書院編集部編　標準高等地図ですが、データが少し古いかもしれません。早く改訂版を購入してくださいと、お願いしているんですが」

「琉球の人口は？」

「142万3000人です。どうです、立派なものでしょう」

「ええ、独立国になってもおかしくない」

「わたしは琉球独立党の、党首を務めております」

生まじめな眼に青い火がちらついてきた。

「独立党はずっと前からあったのですが、選挙で獲得できるのは五千票ぐらいです。だから党名を変えてしまった。ひらがなのソフトクリームみたいな甘ったるい党名です。許せない、許せないでしょう！　だからわたしが、琉球独立党をひき継ぐことにしました。霧山先生も、田島先生も入党してくださいましたよ」

「ほんとに、独立できると思いますか」

「どうすればいいのか研究中ですが、独立するには国際法のルールも手順もないようですな。まず、独立宣言をすればいいのです。あとは国際社会が承認するかどうか、それで決まる」

「いちばん新しい独立国はどこでしたっけ。南スーダンかな」

「東ティモールですな。インドネシアはイスラム国で、東ティモールはキリスト教徒が多くて弾圧されていた。だから欧米は、すぐに独立を承認したわけです。つまり、政治力学のバランスで決まるわけです」

「アメリカーは、琉球独立を認めるでしょうか」

「いや、基地を手放すはずがない。この島は、いわゆる不沈空母ですからな」

南溟さんは冷静だった。

「わたしらが独立宣言すれば、中国はまっ先に承認してくれるでしょう。ご存じだと思いますが、琉球はもともと、清国に朝貢《ちょうこう》しておりましたから。清の皇帝が、属国として琉球王を名乗ることを許していたわけです」

「手厚くもてなしてくれたそうですね」

「たしかに朝貢船の往き来も、ほかの国よりずっと多かった。福建省の福州《フーチヨウ》という港には琉球館もありました。どうして特別に優遇したのか、それが不思議でいろいろ調べてみましたが、やっとわかりました」

「なぜですか」

「琉球から船に積んでいく貢《みつ》ぎものは、海産物や馬などですが、もっと重要なものがありました。なんだと思いますか」

「さあ」

「硫黄《いおう》ですよ。硫黄鳥島から切りだした硫黄を積んでいったのです。あの有名な硫黄島じゃありませんよ。琉球諸島の北にある小さな火山島です。大噴火をして、完全な無人島になってますが」

「どの辺にあるんですか」

「北緯27度52分27秒」

南溟さんはまた生まじめに言った。

「清国がいちばん欲しかったのは、硫黄だったのですよ。もう、おわかりでしょう。硫黄は火薬の原料です。硫黄がなければつくれない。だから清国は琉球を手厚くもてなした」

わたしは、そう睨んでおります。薩摩が侵略してきたとき、援軍を送ってもらおうと清国に渡った人たちもいました。そんな歴史がありますから、中国はまっさきに琉球独立を承認するでしょうな。それに国連が多数決でものごとを決めるようになったら、可能性があります。南米やアフリカの国々は承認してくれるかもしれません。いっそ、国連に信託統治してもらうという手もありますな。

わたしらはまず独立宣言をして、ほかの国々に承認してもらうしかない。そのために憲法も準備しておいたほうがいい。いくつか試案が起草されております。旧琉球独立党の試案は、まったくつまらんですよ。わたしがいいと思うのは、もと新聞記者だった詩人が起草したものです。琉球国憲法ではなく、琉球共和社会憲法です。前文が素晴らしい。平和憲法という松明《たいまつ》をかかげるヤマトに望みを繋いできたが、いまや幻滅した。われわれは袂《たもと》を分かっていくしかない。国家から自由になるすべはないのか、そんな思いを歌いあげる気高い前文です。ヤマトの人たちにも、ぜひ読んでほしいですな。

それからもう一人、若い詩人も起草しております。国旗はなんと白旗ですよ。初めから武装放棄している。だってそうでしょう。針ネズミのように武装したって、まわりは海に囲まれていますからねえ。原潜が近づいて核ミサイルを撃ってくればどうしようもない。だから初めから白旗なんですよ。ほかにもユニークなところがたくさんある。琉球からハワイや、北米、南米へ移民していった人たちがたくさんいます。それぞれの国でコミュニティを形成しています。旧暦の祭りもやっています。その人たちも、二世、三世たちも、望むなら市民権が与えられます。住んでいる国土に帰属するのではなく、ネットワーク型の連邦なんですな。

＊

ジム、元気かい。この島にやってきてから、ぼくは精神病院で働いている。皿洗いや、トイレの掃除、車の運転など、雑役をなんでもひき受けている。発作を起こした患者さんを押さえたりすることもある。看護師の仕事だけど、男手が足りないときもあるから。

毎日そんなことに追われているけれど、フリーダイビングの練習もはじめたよ。まだ25メートルぐらいしか潜れない。きみは400キロも上空にいるというのに、こちらは水深25メートルがやっとなんだよ。

だんだん、この島が好きになってきた。ぼくはアメリカ・インディアンと暮らしてきたけれど、北米大陸の先住民と、この島の人たちには共通しているものがある。水脈のようなものが通底しているような気がする。この島には不思議な高貴さがある。ここは死ぬに値《あたい》する土地だと思う。今日も病院の木陰で、独立するにはどうしたらいいか、患者さんの話を聞いていたよ。かなり妄想じみていたが、ぼくには極めてまっとうな話に聞こえた。

耳を澄ましながら、雪が降りしきる谷間の野営地を思いだしていた。川も凍っていた。朝、いつも氷を割って両手で掬って飲んでいた。からだのなかを、細い滝が水しぶきをたてながら流れていった。どこか遠い水源から湧いてくるインディアンたちの夢を飲んでいるような気がしたよ。ウーンディッド・ニー〈傷ついた膝〉という丘のすぐ近くだった。ジム、きみも知っていると思うが、北米先住民たちが最後の死力をふりしぼって、アメリカ合衆国と戦って敗れたところだ。

雪におおわれた丘も、谷も、真っ赤に染まっていった。虐殺の光景を見つめていたインディアンの少年は、やがて老いて、ブラック・エルク〈黒い大鹿〉と呼ばれる聖者になった。そして晩年、血を吐くように語っている。「あのときインディアンの夢が滅びたのだ。それは美しい夢だった」と。その丘にはインディアンたちの夢が、いまも宿っている。

若いインディアンたちが武装蜂起したのも、その丘だった。かれらは雪の丘にたてこもって独立宣言をした。のちに、ぼくはかれらと生死を共にすることになったけれど、もうほとんど忘れかけていた。だが今日、病院の木陰でそのことを思いだしていた。きみにとっては、地球の片隅の出来事かもしれないが。

翌朝、送信したメールを読み返して気恥ずかしくなった。三合瓶の泡盛のせいで、つい感傷的になったようだ。綴りの誤りも二、三か所あった。それに、主語が大文字であることにもひっかかった。アメリカで暮らしていたころ、友人やガールフレンドに手紙を書くとき、大文字の〈I〉を使わず、かならず小文字で〈i〉と記していた。ジム、これからきみにメールを送るときも〈i〉にするよ。そんなことを、ぶつぶつ考えながら台所に立った。

久しぶりの休日だった。コーヒーを淹《い》れようと、ガスコンロに火を点けた。大赤木がそびえ、木洩れ日が台所の窓で揺れていた。南溟さんの話がふっと気になってきた。この森の亀甲墓が、洞窟と繋がっていると言っていたな。たぶん妄想だろうが、確かめてみよう。

火をとめて小屋から出ていった。鳥がさえずっている。大赤木に手を当てて挨拶した。戦火に焼かれながらも生き延びた、おごそかな大樹だった。洞《うろ》のなかにハブがいないか注意しながら、巨大な幹に耳を押し当てた。かすかに潮騒のような音が聴こえてくる。樹が水を吸いあげていく音だと聞いたことがあるが、本当かどうかわからない。巻貝に耳を当てたとき聴こえてくる、自分の血潮の流れかもしれない。

大赤木は高く伸びあがり、空いっぱいに緑の枝をひろげている。さわさわと葉が揺れつづけている。隙間からのぞく青空が、ラピスラズリの破片のようにきらめいていた。

亀甲墓のドーム状の屋根をつる草がおおっている。まるでジャングルの廃墟だった。あちこち墓の入口があいていた。女性の股を思わせる前庭に、ぼうぼうと夏草が繁り、黄色い花をつけていた。割れた厨子甕のかけらが散らばり、木洩れ日のなかで光っていた。懐中電灯で奥を照らしてみたが、どの墓もすべて空っぽだった。地下へ通じる抜け穴はどこにも見当たらない。

＊

サンゴ塊の沓《くつ》ぬぎ石に立つと、

「よう、どうした？」

霧山がにっこり笑いかけてきた。まだ死神の気配は感じられない。

「基地の真下に、洞窟があるそうですが」

「南溟さんに聞いたのか」

「ええ」

「それは本当だよ。島の地下はガマだらけだ」

「蟻の巣のようになっていると言ってましたね」

「そう、昔はグスクと呼ばれる地方豪族たちの城があちこちにあった。城というより砦《とりで》かな。そのグスクには、ガマに通じる抜け穴があったそうだ。地下水が流れているから、水を確保できる。ひんやりしているから食料倉庫にもなる。そして戦に負けたときは、抜け穴から脱出できる」

「でも基地の真下にあるというのは……」

「わたしも初めて聞いたとき、まさかと思ったよ。ところが調べてみると事実だった」

書架から大型の封筒を抜きだしてきた。航空写真のコピーや、奇妙な地図が入っていた。

「日本洞窟学会がつくったガマの地図だ。雷神村史に折り込みで入っていた。この航空写真は、ガマの地図と倍率を合わせてある。いいか、よく見ろよ。こんなふうになっているはずだ」

霧山は北を示す矢印の向きをそろえながら、二枚を重ねて見せた。

鍾乳洞は、滑走路の真下を斜めによぎっていた。

「弾薬を見つけた、と南溟さんは言っていました」

「うーん、日本軍が退却していくとき隠匿《いんとく》した可能性はあるが」

霧山は疑わしげだった。

「毒ガス弾もあったそうです」

「それについても調べてみたよ。たしかに日本陸軍は毒ガスをつくっていた。瀬戸内海に、大久野島という無人島があった。秘密の島で、当時は地図から消されていた。周囲、四・三キロの小島だが、そこで一日に一トンぐらい毒ガスをつくっていた。それを北九州の工場へ運んで、砲弾に充《じゅう》填《てん》していた」

「中国大陸に送られていたんですか」

「そう、満州の原野にガラス張りの建物をつくって生体実験などしていた。八路軍、と言ってもわからんだろうな。毛沢東が率いる人民解放軍のことだが、かれらとの戦闘で毒ガス弾を使っている。村を全滅させたこともあったらしい。いまでも不発弾が出てくる。中国の農民たちは空の砲弾で農具をつくっていたが、毒ガス弾をあけて失明したり、顔や手足がただれたりしている」

「サリンもあったと南溟さんは言ってましたが」

「それは怪しいな」霧山は苦笑いした。「どうしてサリンだとわかるんだね。日本陸軍がつくっていたのは、イペリットや、ホスゲン、青酸ガスなどだ。サリンを製造したという記録はない。ただ、毒ガス弾が沖縄にも送られてきたのは確かだよ」

「使ったのですか」

「いや、使っていない。上層部が禁じている」

「なぜ?」

「島民たちが巻きぞえになるから。そうだと思いたいが、別の理由があった。当時、日本軍が中国で毒ガス弾を使っていることを、アメリカはよく知っていた。もしもアメリカとの戦闘で使用したら、こちらも毒ガスで応戦すると警告を発している。だから大本営は、沖縄戦では使うなという指令をだした」

「まだ雷神ガマに残っていると思いますか」

「それはわからない」

「米軍は、基地の下にガマがあることを知ってるのかな」

「もちろん知ってるさ。あそこは村や畑だった。米軍はブルドーザーで、家も畑も墓も根こそぎにして、滑走路をつくった。真下に鍾乳洞があることもよく知っている。戦闘機が着陸するとき、すさまじい圧力がかかるだろう。だから陥没しないように、滑走路のコンクリートは一〇メートルの厚さがある。鉄筋も入っているだろうな」

「とても爆破できないな」

南溟さんの妄想は叶いそうもない。

「日本復帰したとき自衛隊がやってきた。まっ先にやったのは、島中のガマの調査だった」

「じゃ、弾薬も毒ガス弾も残ってませんね」

「蟻の巣のようになっているから、決して可能性がゼロなわけじゃない」

「入ってみたい」有馬はつい口走った。

「そうか」

霧山はうなずき、七海を呼ぼうと携帯電話に手を伸ばした。

「あいつは雷神宮で、巫女《みこ》さんのアルバイトをしていたからな」


やってきた七海と、三人で出発した。雷神宮へつづく大通りには、ハンバーガー・ショップや、ファミリー・レストラン、ステーキ・ハウスがならんでいた。中古車販売の旗もひるがえっている。アメリカの田舎町とそっくりだった。

大きな三叉路の突きあたりに、神社があった。「琉球古神道　雷神宮」という石碑が立っている。大伽藍の屋根が高々とそびえ、光りを撥《は》ねていた。

車から降りて社務所へ向かっていくと、

「あっ、七海さん！」

巫女さんたちが、懐かしそうに声をあげた。

「宮司《ぐうじ》さんにお会いしたいの」

いつも無表情の七海が、めずらしく柔和《にゅうわ》な笑顔になった。

応接室に通された。巡礼地図が、壁にかかっていた。あちこちに点在する御嶽が赤い線で結ばれている。

「東廻りと、今帰仁《なきじん》上りと、二通りの巡拝コースがあるの」

七海は地図をなぞってみせた。骨が透けるような細い指だ。白いシャツの袖ボタンをきちんとはめていた。

宮司がやってきた。白い和服と茶色の袴《はかま》姿だった。

「七海ちゃん、久しぶり!」と声を弾《はず》ませ、それから「霧山先生ですね、お噂はよく伺っています」

お茶をすすりながら、宮司は雷神宮の由来をしゃべりだした。ここは古代の聖地です。首里から松並木が延々とつづいて、琉球王の参拝コースになっていました。

「もう、その話はいいから」と七海がさえぎった。

宮司はちょっと大げさに恐縮しながら、くだけた笑顔になった。

「神社の巫女さんは、処女でなければなりません。ですが処女かどうか、そんなことわかりません。いまどき中学生も怪しいものです。雷神宮の巫女で、この娘だけはまちがいなく処女だと言えるのは、七海ちゃんだけでしたな」

アメリカーなら白黒おかまいなしに股をひらくアメ女だという噂とは、まったく逆だった。

「雷神ガマに入りたいのですが」霧山がゆっくり切りだした。

「それは許されません」

「だれが許さないのですか」

「先生……」

あなたも、所詮《しよせん》、ヤマトンチュですなと言いたげに宮司は口を噤《つぐ》んだ。

「基地の下へ通じているというのは、本当ですか」

「いいえ、通じてはいません」

はい、わたくし嘘をついております、と居直るような口調だった。

「入口だけでも見せてもらえませんか」霧山の声は穏やかだった。

「ああ、それはかまいませんよ」

社務所にひき返した。ご案内しなさい、と宮司は言った。赤い袴の巫女が、鍵束を手にしながら先導していった。

閉鎖病棟そっくりの鉄の扉があった。狭いコンクリートの通路が奥へつづいていく。蛍光灯が冷たく光っていた。ガス室へつづくアウシュビッツの地下道が浮かんでくる。

二つ目の扉をひらくと、小さな青空が見えた。まわりに羊歯や、里芋によく似た緑の葉が繁っていた。ガジュマルの気根が垂れさがり、水が滴っている。深い井戸の底にいるようだった。白い蝶が飛び回っていた。モンシロ蝶にそっくりで、翅《はね》のへりだけ濃いオレンジ色の蝶もいた。きっと、あれがツマベニ蝶にちがいない。陥没地の斜面を、鉄条網がよぎっている。先端が鋭く曲った、あの鉄条網と同じだった。

鍾乳洞の入口は巨《おお》きかった。天井が高く、鍾乳石がつららのように垂れさがっている。洞窟は暗く、深く、まるごと世界を吸い込もうとしているようだ。ヒマラヤの洞窟で暮らしたり、死海のほとりの洞穴で夜を過ごしたこともあるが、これほど巨きな洞窟は初めてだった。ひんやりとした霊気がみなぎり、鳥肌がたってくる。

奥へ入ろうとすると、太い鉄格子があった。横穴へ回ってみたが、そこも鉄格子でふさがれ錠《じょう》がかかっていた。真鍮《しんちゅう》のシリンダー錠だ。Master Lock と刻印されている。どうやらアメリカ製の錠前らしい。

雷神宮から外へ出た。三叉路に陸橋がかかっていた。

「昼飯はまだだろう」

霧山はフライド・チキンのチェーン店に入った。自分から誘っておきながら、ポテトフライを数本かじるだけだった。

三叉路の隅っこに小さな石碑があった。

「アタルという子がいてね」

七海が口をひらいた。チキンの脂で唇がてらてらと光っている。化粧っけのない顔だが、そこだけ紅をつけたようだ。

「わたしの幼なじみなんだけど、よく雷神ガマに入っていたんだって。同級生たちをひき連れて。するとガマの奥から光りが近づいてきて、アメリカーの子どもたちと出くわしたんだって」

「ほんとか！」

霧山が珍しく昂ぶった。

「アタルはそう言ってた」

「つまり、基地のなかにも入口があるわけだな」

「そうみたいね」

「…………」霧山はしばらく考え込んでから言った。「そのアタルという子に会わせてくれないか。

どこにいる？」

「たぶん、北谷《ちゃたん》のアメリカン・ヴィレッジで働いてる」

「よし、行こう」霧山は席を立った。

「その前に、ちょっと寄っていきたいところがあるんだけど」と七海が言った。「確かめたいの」

車を走らせ、裏通りに入っていくと民家すれすれに、先の曲った鉄条網がつづいていた。砂漠のパレスチナよりも危うい、住宅密集地との境界だった。灰色の怪鳥のようにヘリコプターが飛んでいる。狭い坂道を降っていくと、サトウキビ畑があり、アパートやマンションがまばらに建っていた。

「ここで止めて」と七海が言った。

幼稚園ぐらいの黄色い二階建てだった。門柱に金属プレートがはめ込まれていた。

INTERNATIONAL　INSTITUTE
特定非営利活動法人　国際学院

そうか、ここが七海やアタルの母校なのか。特定非営利活動法人というからには、正式の学校法人でもないのだろう。外階段にノウゼンカズラがからみついて、オレンジ色の花を咲かせていた。

狭い校庭には人工芝が敷きつめられ、バスケットコートがあった。子どもたちが遊んでいる。小学生や中学生のはずだが、大人のような体格の子もいる。いわゆる白人との混血は少なく、褐色の肌が多かった。ボールを奪いあいながら、ガッデム、シット、と洩らしている。ファックという言葉も聞こえてくる。

七海は突っ立ったまま、子どもたちを見つめていた。頬は乾いているが、歯を食いしばりながら泣いているように見えた。

「ナナミー」

と少女が呼びかけてきた。大柄で、すでに成熟しきっていた。黄色いTシャツから盛りあがる乳房が、たわわに揺れている。淡い褐色の頬で、髪が縮れていた。

二人はなめらかな英語で話しつづけた。セツコ、と七海は呼びかけていた。どう、アタルは元気？　ええ、毎日ちゃんと働いてるよ。だいじょうぶ、ドラッグはやってないよ。ほんとだって。ちゃんと食べてるの？　うん、冷蔵庫はいつも空っぽ。そう、食欲があればOKよね。で、いまアタル、どこで働いてるの。前と同じ。うん、わかった。ナナミー、また遊びにきてね。うん、行くよ、近いうちに、きっと。


西へ走りつづけた。シャッター街を回りぬけて、鉄条網ぞいに東シナ海のほうへ向かった。青空で観覧車が回っていた。アメリカン・ヴィレッジだ。基地の一部が返還されて歓楽地がつくられたのだ。海辺だった。夕陽が見えるビーチとして人気があり、島の若者や観光客たちが群らがってくる。そのくらいは聞き知っているが、やってきたのは初めてだった。基地の跡地にディズニーランドまがいのものをつくって「アメリカ村」と名づける卑屈さがいやだったからだ。

すさまじい人出だった。駐車場はどこも満杯だ。ぐるぐる回りながら場所をさがしつづけた。ステーキ・ハウス、アメリカ雑貨店、わざと古めかして駅馬車の時代を思わせるバーや、カフェ。おしゃれなファッション店もぎっしりならんでいる。やっと車をとめることができた。

七海は一軒の店に入っていった。迷彩服が吊されていた。枯草色のまだらになったジャングル用と、黄褐色の砂漠用と二種類あった。米軍の放出品を売る店だ。オイルがこびりついた寝袋もあった。奥の棚には、空薬莢《からやっきょう》のペンダントや、ざっくり首を裂けそうなナイフがならんでいる。

「アタル！」七海が呼びかけた。

出てきたのは、小太りの中年男だった。迷彩柄のTシャツを着ているが、腹がぷっくり膨らんでいる。

「アタルは辞めちゃったよ」

「どこにいるの」

「さあ、女のところだろう」

困るんだよな、急に辞められちゃって、と店主はぼやいた。おれ英語がだめだから、アタルがいないと仕入れのとき困るんだよなあ。もどるように頼んでくれないかな。

アパートはドアが開けっ放しになり、風が吹きぬけていた。當は黄色くささくれた畳にごろんと仰向《あおむ》けになって、青空を眺めていた。畳一枚に収まりきれない長身で、足首が細い。窓辺には女物の下着や、ブラジャーなどがひるがえっている。

「アタル」

七海が呼びかけると首だけねじって、ぎろりと一瞥《いちべつ》してきた。むっつりして、ひどく陰気だった。

壁ぎわに雑多な本が積まれている。アメリカのポルノ小説や、猟奇犯罪、FBI心理分析官、サイコパス、わが闘争、犯罪へ向かう脳、暗殺者教団、テロリストの軌跡といった類《たぐい》の本が多かった。解析Ⅰ・Ⅱといった数学や、物理、化学、歴史などの受験参考書もあるが、雑多な本に埋もれたまま、ほったらかしになっている様子だった。

「どうしたの、大検を受けるんじゃないの」

七海は横顔を見つめながら、そっと訊いた。

「…………」當はそっぽを向いたままだ。

「アタルなら、わけないでしょう」

「大検を取って、それからどうするんだ」

當はうつ病のように、暗くつぶやいた。

「医学部だって狙えるじゃない」

當はまた首をねじ曲げて、こちらを眺め、

「そこの先生みたいにか」

と薄ら笑いした。すぐに七海の主治医だと察したようだ。

「ロサンジェルスにいたそうだね」霧山がゆっくり話しかけた。「わたしも何度か行ったことがあるよ」

「あ、そう」

「息子がカリフォルニア工科大学に留学していた」

「とっても頭がいいわけね」

當は口もとをゆがめた。

「だが自殺した」

「…………」

當の表情が変わった。五秒ぐらい考えてから起きあがってきた。

「理由はいまもわからない」

「息子さん、なにを専攻してたんだ？」

「テラフォーミング」

「なに、それ？」と七海が訊いた。

「月や火星などを、地球の環境そっくりに改造していくこと」

當がぼそっと答えた。

「アメリカの大学に入りたかったそうだね。なにを勉強したかった？」

「言語学」

意外なほどストレートな返答だった。

「なぜ言語学なんだ？」

「さあね、サンスクリット語とか、エジプトの象形文字とか、とっくに滅びた言葉を勉強してみたかった。なんの役にも立たない死語をやりたかった」

「変わってるな」

「結局、おれには言葉しかなかった。七海だってそうだろう」

「そうね、学院では英語を話して、一歩外へ出ると島言葉だった」

「文化人類学もやってみたかったな。アメリカ・インディアンの村で一緒に暮らしてみたかった」

「どの部族と？」

「知るかよ、そんなこと」

おれは学問の入口、大学の門口にも立てなかったのだと言いたげだった。

「なぜ島に帰ってきたんだ」

「…………」當はまっすぐ霧山を見すえた。

「学費が足りなかったのかな」

霧山の声には包容力があった。うるま病院の患者たちは、みんな霧山の診察日を楽しみにしていると田島が話してくれたことがあった。格別、診察らしいことは何もしないが、よう、どうかね、とにこにこ笑いながら世間話を交わすだけで、患者さんたちは安心して、一日中、具合がいいのだという。そのわけが腑《ふ》に落ちてくる深い声だ。

ひき込まれるように當は答えた。

「おれはツーリスト・ヴィザで入国して、いつもびくびくしながら働いていた。イミグレーションに見つかれば強制送還される。絶対に島には帰りたくなかった。トラブルがあったら、さっとメキシコへ飛べるように、いつも片道のオープン・チケットを身につけていた」

「………」霧山はじっと聞いていた。

「だから、安全な学生ヴィザに切り替えたかった。言語学か文化人類学をやってみたいというのは、あえて選べばというだけの話だよ。おれは高校中退だが、アメリカにも大検みたいな制度があるだろうと思っていた」

「きっとあるはずだよ」

「先生、なんにも知らないんだな」

「………」

「学生ヴィザを取るには、きちんと学費を払えるという銀行証明が必要なんだ。おれは三年近く、皿洗いや、ウエイター、庭師のヘルパーなどしながら、必死に金を貯めた。そしてイミグレーションに申請にいくと、この十倍以上の預金がなければ学生ヴィザはやれないと突っ返された。ヴィザの延長も認められない。一週間以内に出国するように命令された。どうしてもアメリカに残りたかったら海兵隊に志願しろ、と言われたよ。兵役を終えれば永住権をもらえるかもしれないと言う。冗談じゃない！」

「そうか」

霧山はうなずき、考え込んでいた。頰のこけてきた顔に白髪が垂れさがった。

えっ、憐《あわ》れんでくださるのですか、ヤマトの先生、と皮肉るように當は冷淡だった。もう、なにもかも馬鹿らしくなったと、また仰向けに寝ころがり夏空を眺めている。積乱雲は動かない。

「アタル……」七海がそっと切りだした。「雷神ガマで、アメリカーの子どもたちと出くわしたと言ってたよね」

「ああ」

「くわしく聞かせてくれないか」霧山も静かに言った。

「………」

「ね、アタル、話してあげて」

「肝試《きもだめ》しのつもりで入っていった。仲間と一緒に」

「それで？」

「ガマで迷ったら戻れなくなる。だからリュックいっぱい、白い貝殻を入れていった。目印にするつもりだったが、必要なかったな」

「どうして？」

「きちんと通路ができていた。一メートル幅に岩をけずった道が、暗河《くらごう》ぞいにつづいていた。日本兵がつくったんだろうな」

「どこから入ったの？」

「………」

「話してあげて」七海はくり返した。

「乙姫さまから聞いてないのか」

謎をかけるように當は薄笑いした。

あっ、と有馬は思い当たった。光主の話を真《ま》に受けていなかったのだ。

「波照間宮の裏じゃないか。風穴の出口のところに建てたと言っていた」

「そう、あそこの抜け穴は気味わるいから、ほとんどだれも知らない」

「気味わるいというのは？」

「ガマの奥は、いろんなセクションに分かれていた。知ってるだろ、先生。あそこが野戦病院だったこと。ガマのなかに家が建てられて病棟になっていた。軍医たちの住まいや、弾薬庫のあともあった。慰安所もあったそうだ。島民たちが身を寄せていたのは、いちばん危ない入口のあたりだ」

「………」霧山はうなずいた。

「奥の横穴に、助かる見込みのない重傷者や、破傷風にかかった兵隊が放り込まれていた」

「錯乱した人たちも捨てられていたそうだね」

「そこから抜け穴に通じている。夜、こっそり死体を運びだして芋畑に埋めていたそうだ。その芋畑の上に、波照間宮は建っているんだ」

「入口は、いまどうなってる？」

「草や葉に隠れているから、外からはわからない」

「で、そこから入っていったわけだね」

霧山は先を急《せ》かした。

「おれたちは、ゆっくり進んでいった。学院のへなちょこたちは、鉄兜や、注射器など見つけてびびっていた。遺骨収集は終わっていたが、まだ小さなかけらが散らばっていたな。暗河ぞいに歩いていくと、奥から光りが見えてきた」

「…………」

「わっ、人魂だ、とみんな逃げていった。おれは突っ立っていた。肝試しなんだからな。暗河の向こう側から近づいてくる光りは、激しく揺れていた。人魂なんかじゃない。懐中電灯の光りだ。声も聞こえてくる。なんと英語だった。おれはまあバイリンガルだろう。だから、はっきり聞き取れる。こちらの光りにびっくりして、ゴースト、ゴースト、幽霊だ、早く帰ろうと言い交わしていた」

「アメリカーだったわけね」

「あの声は、おれらと同じ年頃だな。探検ごっこでもやってたんだろう。変な気がしたよ。おれは島ハーフだが、半分はアメリカ人のはずだ。市民権さえあったら、あっちのグループにいたかもしれない」

「…………」

「暗河の向こう側に分身がいるような、変な気がした。なんと言うのかな、ドッペルゲンガーだっけ」

「だから、ロスへいったのよね」

七海の声は姉のようだった。

「だが、追い返された」

「…………」

「つまり」霧山がそっと話をもどした。「あのガマは、米軍基地と繋がっているわけだね」

「それは、まちがいない」

「わかった」

霧山はうなずき、しばらく窓の外を眺めていた。明晰なはずの頭脳に、なにか妄想の雲が湧きつつあるようだった。ん……と決意したように携帯電話をかけ、いきなり英語でしゃべりだした。


——やあ、フローレス、元気かい。

——………。

——こちらは変わりない。心配するな。まあ、あと半年は生きられるだろう。ところで、フローレス、聞きたいことがあるんだ。そちらに limestone cave（鍾乳洞）の入口はないか。そう、基地のなかにあるはずだ。

——………。

——そうか、心当たりあるんだな。

——………。

——入口がどうなっているか、出入りできるかどうか、ちょっと調べてくれないか。

——………。

——あとでくわしく話すけれど、どうも、こちら側と繋がっているようなんだ。そう地下で通じている。

——………。

電話の向こうから、やや昂ぶった気配が伝わってくる。

――うん、わかった。それじゃ、頼むよ。

すぐコールバックしてくれ、と霧山は電話を切った。サンゴ塊を一つ一つ積みあげていくような、ごつごつとした文法通りの英語だった。

「フローレスって、だれなの」

七海は関心をそそられたようだ。

「アメリカーの精神科医だ。基地内の病院にいる、ＰＴＳＤの専門医だ」

「………」當の眼がぎろりと光った。

「ＰＴＳＤ、知ってるだろう」

「心的外傷後ストレス障害」

眼光とは裏腹に、當はそっけなく答えた。

「ベトナム戦争のころ、ＰＴＳＤの米兵たちが基地に送り返されてきた」

「ジャングルでおかしくなった連中が、大勢いたんだってな」

「わたしも聞いたことがある。プロレスラーみたいな大男が、バーの隅っこでふるえたり、急に泣きだしたりしてたって」

「だから基地内の病院には、かならずＰＴＳＤの専門医が赴任してくる」

「精神科があるの」

「総合病院に付属している。だが病棟は独立して、少し離れているらしい。そのほうが治療しやすい」

「どうして知りあったの」

「ＰＴＳＤの兵士と、戦争に巻き込まれた住民たちの心的外傷をたがいに検証しようという国際学会がひらかれた」

「この島で？」

「いやホノルルで。わたしたちはそこで出会って、友人になった」

友人、という一語に信頼がこもっていた。

「いまも病んだ米兵たちが中東から送られてくる。フローレスは、かれらの治療に当たっている」

「…………」

當は聞き耳を立てながら窓を眺めていた。ガラスの義眼のような眼に、積乱雲が映っている。

七海が台所に立って湯を沸かし、コーヒーを淹《い》れた。その赤い缶に見覚えがあった。アラビアの長衣をまとい、頭にターバンを巻いた老人の姿がプリントされている。それが商標だった。有馬も以前、同じコーヒーを愛飲していた。味ではなく、缶の絵柄が好きだったから。

「ロスでも、これを飲んでいた？」

「ああ」

當は考え込みながら、湯気のたつコーヒー・カップを深い井戸のように見つめている。

汗みずくになって働きながら、けんめいに金を貯めていた當の孤独な日々が、かつての自分だったような気がする。

「このコーヒー、どこで買えるのかな」

「ＰＸ」

當はぼそっと不愛想につぶやいた。

霧山の携帯が鳴った。着信音は聞いたこともない島唄だった。

——そうか、やはり入口があるわけか。

——…………。

——鍵がかかっているんだろう。入れそうか？

——…………。

——そうか、わかった。決して無理はするな。

——…………。

——こちらの入口は、見当がついてきた。たぶん入れると思う。

——…………。

——うん、面白そうだな。楽しみにしてるよ。

——…………。

——わかった。こちらも三人ぐらい連れていく。うん、うん、心配するなって。天命《フェイト》なんだから。日にちと時間は、そちらに合わせる。また電話してくれ。再会できるのを楽しみにしてるぞ。

# 3　抜け穴

朝になっても雨はやまなかった。雨だれや海鳴りがうるさそうに、霧山は片耳をふさぎながらフローレスと話している。電波が通じにくいのか何度も聞き返した。うん、そうか、合鍵が手に入ったか。そうしよう。鍾乳洞には雨が降っていないからな。わかった、こちらもそろそろ出発する。

電話を切ってからも、霧山は庭を眺めながらぼうっと考えごとをしていた。雨のなかでも、カンナの花が燃えている。

「フローレス、なんて言ってた?」七海が訊いた。

「一緒にブランチを食べようと。食べものは準備したから、こちらは手ぶらでいいそうだ」

「それから?」

「うーん」

霧山は言いよどみ、基地内にある鍾乳洞の入口について語りだした。

アメリカーは村や畑をブルドーザーでまっ平らに削って、飛行場をつくった。家々も亀甲墓《かめこうばか》もつぶした。だが周辺に少しだけ森が残っているだろう。そこに陥没したところがある。

雷神村の水汲み場で、女たちがおしゃべりに花を咲かせるところだった。採れたばかりの野菜も洗っていた。頭に水甕《みずがめ》をのせたり、天秤《てんびん》をかついだりして家へ水を運んでいた。いまは基地の隅っこで、草や羊歯《しだ》が繁ったまま放置されている。ハブが棲みついているそうだ。蛇は湿ったところが好きだからな。米兵たちは恐がって、だれも近づこうとしない。だがフローレスの患者が病棟から抜けだして、ときどき水辺に隠れているそうだ。二日ぐらいなにも食べず、じっとしていることもある。フローレスは窪地に降りて、連れ帰ったりする。だから、どこが鍾乳洞の入口かぴんときたそうだ。

「光主は、どうしますか」と七海が訊いた。

「乙姫さまは連れていけない。年寄りの骨はもろくなっている。洞窟《ガマ》で転んだりしたら、大変なことになる」

羊歯の繁みにビニール傘を隠した。緑の縄のれんをくぐるように、抜け穴へ潜り込んだ。懐中電灯を手に、當が先導していった。次に、七海が後ろ手に霧山の手をひいていく。有馬はしんがりだった。もしも霧山が足を滑らせたら、さっと抱きかかえるつもりだった。

抜け穴はごつごつして狭かった。それでいて滑りやすく、ゆるやかに闇の底へつづいていく。日が沈んでから、死者たちをひきずりあげ、芋畑に捨てにいったという抜け穴だった。ひんやりと肌寒くなった。深く潜るにつれて、海が冷たくなっていくのに似ていた。

「いいか、ここ、頭ぶつけるなよ」

當は前方に垂れさがる鍾乳石を照らしだした。洞窟のことを熟知しているようだった。あの肝試しの日から、何度もここに潜り込んでいるのではないか。ふっと、そんな気がした。

大きな空洞に出た。重傷者や、破傷風《はしょうふう》にかかった兵士、錯乱した人たちを生きたまま捨てていた場所だろうか。

「黙禱《もくとう》しよう」

霧山につづいて懐中電灯を消すと、いきなり闇がきた。ぎゅっと圧縮してくるような暗闇だった。なにも見えない。いま自分が目をひらいているのか、閉じているのか、それさえわからなくなった。キチキチ、キチキチ、キチ……。膿んだ肉をウジが食べつづける、かすかな音が谺《こだま》してくる。おそらく数分が過ぎた。まっさきに、當が懐中電灯をつけた。病んだ霧山はまだ合掌している。

歩きだした。そこから先は広々として、天井も高くなった。地下の川、暗河《くらごう》にそって、細い通路が奥へつづいていく。石灰岩を削り、窪んだところには石がつめ込まれている。旧日本軍がつくったのだろう。垂れさがる鍾乳石から、ぽたぽたと水滴が落ちてくる。地上は雨だ。天井の薄いところから沁《し》み込み、雨漏りしているらしい。

「ちょっと待ってくれ」

霧山が洞窟地図のコピーを取りだし、懐中電灯で照らしながら、

「あそこに弾薬庫があったはずだ」

枝分かれしながら迫《せ》りあがっていく横穴へ、光りを向けた。戦闘のとき、すぐ砲弾を運びだせるよう地上近くにあったのだろう。

「いや、あそこは空っぽだ」

當がそっけなく答えた。

「もちろん撤去されている」

「どこかに隠されてるそうじゃないか」

「南溟《なんめい》さんに聞いたのか」

「だれだい、それ？」

「弾薬のこと、だれに聞いた？」

「地元の連中はよく噂している。毒ガス弾もあるんだってな」

あっけらかんと明るい當の声が、洞窟にひびいた。

井戸水を汲んでは、バーのマッチを擦っていたという少年の姿が浮かんでくる。

暗河の水は豊かで澄みきっていた。もう野戦病院の痕跡はなかった。注射器も、飯盒《はんごう》も、万年筆も落ちていない。血膿《ちうみ》を吸った石灰岩が黒々と静まり返っている。天井から垂れさがる鍾乳石だけが乳房のように白くなまめいて、その先からゆっくり透明な乳が滴《したた》ってくる。

「あっ」當が声を洩らした。

二つの光りが、ゆらゆらと人魂のように揺れていた。懐中電灯の灯りだった。こちらの光りに気づいたのか、ぐるぐるふり回してくる。

霧山も懐中電灯を回した。

人影が一つ、地下の小川を跳び越えてきた。

「やあ、フローレス！」

霧山の声は明るかった。二人は握手しながら、軽く背中を叩きあった。

もう一つの人影は身じろぎもしない。暗河を照らしながら、じっと流れに見入っている。

「おいで、ジェーン」とフローレスが呼んだ。

だいじょうぶ、だいじょうぶだよ、と催眠療法めいた口調でささやきかける。

人影はゆっくり後ずさりしてから、助走して、ひらりと暗河を跳び越えてきた。跳躍しすぎて、なにかの塊りにぶつかりそうになった。さっと左足を伸ばしてそれを踏みつけ、右足でバランスを取りながら身を沈めた。山猫のような敏捷《びんしょう》さだった。着地したそこが自分の居場所だというように坐り込んだ。女性のようだが、挨拶もしてこない。

「人と話すのが苦手なのです」

フローレスが無礼を詫びた。ＰＴＳＤを抱えているのだろう。

「わかった」

霧山につづいて、七海も、當もかたわらに坐り込んだ。

さっき女が踏みつけた塊りは、粘土でつくった竈《かまど》だった。かちかちに固まって石のようだ。ここが野戦病院だったころ炊き出しをしていたのだろう。陰惨な洞窟で、ここだけ温かい湯気がたち昇っていたにちがいない。

七海が、リュックから箱入りのローソクを取りだした。火をつけ、竈に立てた。足もとにも次々に立てていった。炎の橙色がひろがり、小さな焚火を囲んでいるようだった。女の横顔も、ぼうっとオレンジ色に照らしだされてきた。アメリカーには見えなかった。日系人だろうか。だが黒髪ではない。鋏《はさみ》でぶつ切りにしたようなざんばら髪が、夕焼けの色に染まっている。薄暗くて年齢もよくわからない。二十六、七だろうか。まったく化粧っけがなかった。竈を背にして坐りながら、いつでもさっと起《た》てるよう片膝を立てている。

フローレスが、リュックから半ダースほどのビニール・パックを取りだした。ベージュ色のパックで、Meal Ready-to-Eat Individual と記されている。野戦用の携帯食らしい。やや離れたところにならべ、次々にパックをひらいていった。二重の袋になっていた。

「アメリカ兵が、アフガンやイラクで食べているものです」

レトルト食品のほかに、塩、胡椒、タバスコなどがついていた。デザートのチョコレートや、キャンディ、煙草まで添えられている。

「これがランチかい」

霧山があきれ顔になった。

「ちょっと珍しいかなと思って」

いたずらっぽくフローレスは笑った。連れてきたジェーンが不愛想に黙り込んでいる分、サービスしているような口ぶりだった。

ジップロックの包みに発熱剤を入れた。持参してきたカップで暗河の水を汲み、少しだけ注ぎ込んだ。うっすらと蒸気がたち昇ってきた。

「水素ガスです。二十分ぐらい待ってください。ビーフ・シチュー、ハンバーガー、ステーキ、ジャムバラヤなど、いろいろ持ってきましたから」

「ジャムバラヤって、なに？」七海が訊いた。

「クレオール料理で、フライド・ライスに似ています」

たぶん、バター味の炒飯《チャーハン》のようなものだろう。

「あなたも、これ食べてたの」

「わたしは空母に乗っていたから、野戦の経験はありません」

「海軍《ネイヴィ》だったの」

「ええ、三年ぐらい海の上で過ごしました」

海軍時代のことは、あまり話したくなさそうだった。

「フローレスって名前、イタリア系？」

「スペイン系です」

「そうか、チカーノなんだ」と當が言った。

ぞんざいな口ぶりだが、自分にも同じ血が混じっていると感じているのか、珍しく親しみがこもっていた。

「いいえ、断じてチカーノではありません」

フローレスは、ちょっと語気を強めた。

決して差別するつもりはありませんが、聞いてください。わたしたちの先祖はメイフラワー号以前、最も早くアメリカに入植してきた生粋のスペイン人なのです。メキシコ北部のソノラ砂漠に散らばり、小さな村をつくっていました。そのころ、メキシコはスペインの植民地でした。かつての満州《マンチユリア》のようなものです。

ところがメキシコが独立して、わたしたち一族もスペイン人ではなく、メキシコ国籍になったわけです。

当時のメキシコは広大でした。カリフォルニアも、アリゾナも、ユタも、ネヴァダも、ニューメキシコも、ワイオミングも、コロラドも、いまのアメリカの西半分がそっくりメキシコ領土でした。だがアメリカとの戦争に負けて、領土を割譲させられたわけです。

わたしたちの一族も、今度はアメリカ人になってしまったわけです。だからいまでも、アメリカへの帰属意識が薄いのです。

「その村どこにあるの」と七海が訊いた。

「アリゾナ南部の国境に近いあたりです」

「砂漠なの」

「高地の半砂漠といったところでしょうか」

「その村のこと聞かせて」

七海は身を乗りだした。

「山あいの、ゆるい渓谷《けいこく》にあります」

フローレスは、七海を見つめながら語りつづけた。

わたしたちの一族は、長いこと孤立した共同体《コミユニティ》をつくっていました。地図にも載っていない小さな村です。

渓谷といっても、からからに干あがって、雨季にだけ褐色の水が流れてきます。かろうじて土地が湿り、トウモロコシが育ちます。麦や野菜も育つ。緑の草も生えて、牛や山羊を飼うことができます。その乳でつくったチーズを、町のハイスクールに通うついでに、店に届けていました。アーミッシュのこと知ってますね。かれらは電気も車も拒《こば》んで、いまでも馬車に乗って暮らしています。わたしたちの村には電気がきていますが、まあ、似たようなものです。

すぐ近くに銀山があって、そこで働く人がたくさんいます。銀山はもともと、スペイン人の権益でしたから。村の父親たちも働いています。遊び友だちも卒業すると、やはり、銀山で働くのです。青いトルコ石も採掘できます。それに銀細工を加えて店に持っていきます。ささやかな現金収入です。

山にはサボテンや松が生えています。アジアの松とはちがう種類で、松葉が長くて、やわらかい節がついています。ユカタン半島のインディオたちは、その松葉を教会の床にしきつめます。ヨシュアの木、ユッカの木も生えています。雨季になると渓谷でいっせいに花が咲きます。涸《か》れ谷が、たちまち花の谷に変わっていくのです。

「…………」ジェーンが話をさえぎるように指さした。その人さし指もオレンジ色だ。

水素ガスの蒸気がとまっていた。

フローレスは紙皿をならべ、温まった携帯食を配った。七海にはジャムバラヤだった。當にはステーキ、有馬にはハンバーガー。霧山はビーフ・シチューを一口だけ食べた。

ジェーンは手をつけなかった。そっぽを向いたまま、暗がりを見ている。鍾乳石の乳房から水が滴ってくるたび、ざんばら髪からむきだしになった耳が、ぴくりと動く。

フローレスは主治医の眼で、ちらちら見やりながら語りつづけた。

「いつも、トルティーヤを焼いて食べていました」

トウモロコシの粉を練り、まるく伸ばして、鉄板で焼いたものです。インドのチャパティによく似ています。子どものころから、わたしはパンよりもトルティーヤが好きでした。

収穫のときがくると、村の広場に石組みの竈をつくって、大きなドラム缶で、穫れたてのトウモロコシをゆでるのです。やわらかく、香ばしく、ほんとうにおいしい。まさに大地の滋味《テイスト》です。ジャパンの人たちが秋の新米を食べるような喜びがあります。

冬になると、軒下《のきした》にトウモロコシを吊るします。その粒が色とりどりなのです。一つの房に、黄や、赤、赤紫、青紫の粒々が散らばっています。遺伝子がにぎやかに踊っているみたいです。これさえあれば飢えることはない。三日月のかたちをした大きなトウガラシも干します。家々の軒下に赤いカーテンのように垂れさがっています。

その家がまた独特なんですよ。半砂漠ですから、昼は暑くて、夜は急激に冷えてきます。寒暖の差がとても激しい。昼はTシャツ一枚だったのに、日が沈むと暖炉で火を燃やします。

わたしたちの村は、不思議な家を造るようになりました。麦を刈ったあと、麦わらを四角に固めて日に干しますね。あの麦わらを使うのです。松の柱を立ててから、まわりに固めた麦わらの塊りを積みあげていくのです。それから赤土をこねて、厚く塗り固めて壁をつくる。ほとんど雨が降りませんから、かちかちになっていきます。砂漠と同じ色の土の家です。麦わらに空気が保たれているから、昼は涼しく、夜は暖かい。

梁《はり》も床も、松材です。寒暖の差で反ったりしないように、床板は真ん中が厚く、まわりが少し薄くなっています。だから床は微妙に波打ちながら、黒光りしている。素足で歩くと、とても心地いいのです。松の香りがする台所で、母はトウモロコシの粒を石臼《いしうす》にかけます。それを練って、トルティーヤを焼くのです。

そんな村でわたしは育ちました。村人たちが交わす言葉は、スペイン語と英語が半々でした。電気がきていますからテレビもある。みんなメキシコからの放送を楽しみにしていました。スペイン語だから。

「わたしはダッツンを運転して、ハイスクールに通いました」

「ダッツン？」

「ニッサンの小型トラックです」

荷台の積み降ろしするところに DATSUN と赤く記されています。ジャパンでは「ダットサン」でしたが、アメリカではみんな「ダッツン」と呼んでいました。とても頑丈な、いい車ですね。わたしは「ダッツン」で学校に通って、帰りに町のスーパーに寄って、石けんや、電球、コーヒー、パイプ・タバコなどを買って帰るのです。父がパイプを吸っていましたから。タバコの葉を量り売りして、大きなビニール袋につめてくれるのです。

夕陽が沈みかけて、半砂漠がオレンジ色に染まってきます。サボテンも、枯草も、藪《やぶ》も、石ころも、すべてが長い影をひいて、その噴出力で飛び立とうとしているようです。麦わらを固めた土壁の家も、夕陽に染まっています。貧しく、清らかな村です。サボテンの花が咲くと、国境の向こうから蜂鳥《はちどり》が飛んできます。虹色の羽で素早く羽ばたいて、宙に静止しながら長い嘴《くちばし》で花の蜜を吸っています。

「いいなあ、そんなアメリカがあるんだ」

遠い山河を思い浮かべるように、七海はうっとりとしていた。

「ところが召集令状がきました」

当時はまだ、徴兵制があったのです。母は嘆《なげ》きました。十八歳になったとたん、アメリカがお前を引っさらっていく。じっと見張られていたような気がする。

「行かなくてもいい、行くんじゃない。わたしらはヤンキーじゃない、グリンゴじゃない」

と母は号泣しました。グリンゴというのは、メキシコ人たちが陰で言い交わすアメリカ人への蔑《べっ》称《しょう》です。

自分たちはヤンキーじゃないというのも、根拠がないわけじゃない。さきほど話しましたが、わたしらの一族はスペインから入植して、メキシコ人になり、いつの間にかアメリカ市民になってしまったわけですが、心の底ではやはりスペイン人だと思っているのです。だから徴兵に応じなくてもいい、と母は言い張るのです。

わたしは外の世界を見たかった。七つの海や、遠い国々を見たかった。大学へ進みたかったけれど、そんなお金はありません。しかし兵役を終えれば、特典があります。学費免除で大学へ行けるのです。わたしは海軍に配属されて、海の上で三年過ごしました。

でも、ほかの国々を見たいという夢は叶わなかった。

原子力空母ですから、給油する必要もない。原子炉を抱えながら海に浮かんでいる鉄の町です。数千人が乗っていました。甲板《かんぱん》は滑走路ですから、わたしたちは日の射さない、何層にもなった地下街で暮らしているようなものです。診療所があり、外科医も、歯科医も、精神科医もいます。大食堂ではベーコンやコーヒーが湯気をたてています。わたしたちが眠るベッドは戸棚のように狭くて、オイルや、体臭、マスターベーションの精液の臭いで息がつまりそうでした。たまに甲板へ出ると、空が美しかった。故郷の空は青い鉱石のようですが、海上にひろがる空はどこかやわらかい。

空母は司令塔ですから、まわりに艦隊を従えています。輸送船のコンテナに、ボディバッグが積み込まれていくのが見えます。中身はもちろん、血まみれの死体です。

兵役を終えて故郷に帰ってくると、サボテンの花が咲き、蜂鳥が飛んでいました。涸れ谷も、花々に埋もれていました。母は戸口に椅子を出して待っていてくれました。空母に乗っている間に、父は他界していました。使いこまれた古いパイプが形見でした。夜、暖炉のそばで、これから大学へいく、精神医学を学ぶつもりだと母に伝えました。

ふっと、フローレスは口を噤《つぐ》んだ。話しながらも、自分の患者をさりげなく見守っていたのだ。ジェーンは抜け穴のほうへ耳を澄ませている。

「耳や鼻が、とても鋭いのです」

フローレスは霧山に語りかけた。

ずっと以前、ベトナム帰還兵の治療を手伝ったことがあります。ＰＴＳＤの治療法はまだ確立されておらず、まったく手さぐりでした。

帰還兵たちは、こんなことを話してくれました。戦場にいるときは、歯を磨かず、石けんも、シャンプーも使わなかったそうです。その匂いが香水のように密林を流れていって、敵に居場所を知られてしまうからです。全身にジャングルの匂いを染み込ませなければならなかった。

「………」ジェーンは、山猫が耳を立てるように全神経を集中している。

ようやく有馬も気がついた。抜け穴のほうから、かすかに海鳴りが聴こえてくる。初めは空気がふるえるような気配だったが、いったん耳で捕らえると、波が高まるように増幅して、ごうごうと洞窟へ満ちてくる。途方もなく巨《おお》きな生きものが深呼吸しているようだ。ジェーンは一心に聴き入っている。海を見たがっているようだった。

「外へ出たい？」と有馬は訊いた。

「………」顎《あご》さきでうなずいた。

手をつかんでひき起こそうとすると、邪険にふり払った。さわらないで、と無言で叫んでいる。病的な潔癖さ、性的なおびえがあった。いや、さっと手刀でふり払ってきた仕草《しぐさ》は、訓練を積んだ兵士のようでもあった。

「すぐそこだから」七海が助け舟を出した。

「どうしましょうか」

フローレスは、霧山の判断を仰《あお》いだ。

「海を見せてから、すぐ戻ってくればいいんじゃないか」

霧山の声には茫洋《ぼうよう》とした包容力があった。

有馬は、自分の動きを鈍《のろ》くした。半砂漠で暮らしていたころ、よく野生の鹿がやってきた。急に反応すると、鹿たちはいっせいに逃げていく。だが一ミリ、二ミリと、ゆっくり、ゆっくり動くと鹿は逃げない。その呼吸で、あらためて手を差しだすと、ジェーンはこちらの指さきだけをつかんで起ちあがり、すぐに手を離した。

海鳴りを追って、抜け穴を登っていった。波照間宮の裏手に出た。羊歯の繁みに隠したビニール傘をひらき、ジェーンにかざして歩きだした。境内にしきつめられたサンゴや貝殻が、きしきし鳴った。

ジェーンは地雷原をよぎる兵士のような足どりだった。鋏《はさみ》を手に、自分でざくざく切ったような褐色の髪だ。女性らしさを隠そうとしているのだろうか。

海が見えた。白波が巻きあがり、突きくずれてはまた盛りあがり、ひた押しに押し寄せてくる。波頭から水しぶきの霧が流れてくる。海鳥は一羽も飛んでいない。ジェーンは歯を食いしばるように沖を見つめている。

明るい鳶《とび》色の眼だ。肌はくすんだ赤銅《しやくどう》色だった。やはり人種がわからない。いわゆる白人の血も混じっているようだが、生まれてきたとき、お尻の尾骶《びてい》骨あたりに、蒙古斑《もうこはん》がうっすらと青く咲いていたのではないか。

後ろから見つめられている気がした。

ふり返ると、小さな龍宮城のような拝殿に、ちょこんと老婆が正座していた。いつもの平安朝めいた衣装をまとっている。手招きした。眼から放電しているような輝きがあった。ジェーンはびくっと感電して、その視線を手繰《たぐ》るように歩いていった。さあ、おいで、と乙姫さまは両手をひらいた。ジェーンはゆっくり前のめりに身を預けた。

乙姫さまは孫娘をあやすように、背中をさすり、ぼさぼさの髪を指で梳《す》いた。ジェーンはなめくじのように、ぐにゃりと柔らかくなった。

祭壇の円い鏡に海が映っていた。ガラス玉の浮きが、翡翠《ひすい》色に光っている。

「さあ、帰ろうか」とフローレスが言った。

次は、ゆっくりできるように時間をつくります。

「いいのか」霧山が訊いた。

「この人にお会いするのは、ジェーンにとって、良いことのようです」

フローレスは、霧山のごつごつした英語をなぞるように答えた。

「もちろんだよ」

霧山は太鼓判《たいこばん》を押しながら、

「だが、ほんとにいいのか」

基地外へ患者を連れだしたことが知られたら、やっかいな事態になるんじゃないか。

「もう、いいのです」

PTSDとの関わりで軍属の精神科医になってしまったけれど、そろそろ辞職してアリゾナの村へ帰ろうと思っています。母は老いてきました。介護しなければなりません。わたしも麦わらを固めた、あの土壁の家に帰りたくなってきました。松の床を素足で歩き回って、焼きたてのトルティーヤを食べたい。

「どうやって暮らしていくの」七海が訊いた。

「まあ、なんとかなるでしょう。ダッツンで通った町に、診療所をひらこうかと考えています」

「いいなあ、帰るところがあって」

七海は、うらやましそうだった。

チッ、と當が舌打ちした。

お前さんたち少し芝居がかってねえか、と言いたげだった。

「次は、いつにしようか」霧山が訊いた。

「八日後がいいでしょう」と光主が答えた。

頭のなかで太陰暦のカレンダーをめくりながら、縁起のいい日をさがすような口ぶりだった。

「八日後ですね」フローレスが答えた。

「今度は、わたしがランチをつくる」七海が声を弾ませた。

「ほう、それは楽しみです」フローレスは微笑した。


ジム、元気かい。今日、島の鍾乳洞に入ってきみのことを思いだしていたよ。憶えているかな。紫のルピンの花が咲く高地の砂漠で、しばらく共同生活をしたことがあっただろう。金属のトレーラーハウスで。昼間は聞こえない川の水音が、夜になると遠くから、かすかに響いてきた。マウンティン・ライオンの吠える声も聞こえてきたな。


寝つけないまま、宇宙の暗闇とはどんなものか訊ねると、うーん、どう言ったらいいか……と言いよどんでから、あっけないほどシンプルに答えてきた。「煙突の奥に似ている」と。子どものころ屋根に登って遊びながら、煙突をのぞき込んで、すうっと血の気がひいていった。漆黒の暗闇だった。まだ父母は離婚していなかった。ハッピーな居間の暖炉まで、無がのしかかっていた。宇宙遊泳しながら、あの煙突の暗闇を思いだした。そう言っていたな。

そこから先は消去した。宇宙ステーションとやり取りするメールは、監視されているはずだ。迷惑をかけるわけにいかない。送信せず、あとはテレパシーでも送るようにぶつぶつ胸でつぶやいた。そんな暗闇で太陽が輝いているんだろう。核融合しながら放射線を放っている。近づけば、あきらかに有害な恒星だ。だから太陽を視野に入れないように、青い水惑星ばかり見つめていた。そう言っていたたな。今日、鍾乳洞でそんな暗闇を見たと思ったよ。だが奇妙なことに、洞窟は基地と繋がっている。かつてのローマ帝国みたいな、世界最強の国の基地と、地下で結ばれているんだよ。そこで、だれと出逢ったと思う？　向こうからやってきたのは精神科医と、病んだ女性兵士だった。

＊

その日、當はやってこなかった。七海が電話をかけると、

「ま、おれは遠慮しとくよ」

みなさんで仲良くやってくださいと、そっけない返事だったという。

結局、有馬が迎えにいくことになった。洞窟の竈のそばに寝ころがって暗闇を仰いだ。頭上に滑走路があり、戦闘機や輸送機が飛び交い、遠い砂漠の戦場へ兵士たちが運ばれていくのか。狂っている、地上は狂っている。ガムテープで口をふさがれた少女の顔が浮かんでくる。輪姦され、ゴミだらけの草むらに捨てられた少女が、裂けた膣から血を流しながら、草をつかみ、地の底を見つめてくる。天井から音もなく涙が滴ってくる。

また二つの光りが近づいてきた。有馬は懐中電灯を点けて合図した。二つの人影は軽やかに暗河を跳びこえてきた。抜け穴から出ていくと、波照間宮の赤瓦いっぱい積乱雲が湧きたっていた。あまりにも白く眩しすぎて、青空が黒く見えた。海は穏やかだった。エメラルド・グリーンや、群青

色、ウルトラマリン、藍色、さまざまな青のまだらになって輝いている。これこそ、ジェーンに見せてやりたかった海だ。サンゴ礁の沖で砕ける波が、白い輪をつくっていた。海鳥が飛んでいた。海面すれすれに掠《かす》めていくとき、また鳥の腹がうっすらとエメラルド・グリーンに染まった。

浜へ降りていくなだらかな草地に、ガジュマルの木が生え、木陰に花筵《はなむしろ》がしかれていた。乙姫さま、霧山、七海が坐っている。副院長の田島も招かれていた。ジェーンの症状を、田島にも診てもらうつもりだろう。

「よう」田島は日焼けした顔で笑った。

休日に舟を出しては、クエという大魚を狙《ねら》いつづけているのだ。初老にさしかかっているのに田島は逆に若返っていく。

「ここにおいで」

光主は自分のそばにジェーンを坐らせた。

花筵には重箱がならんでいた。衣の厚いてんぷらや、紅白のかまぼこ、卵焼き、昆布巻きなどがぎっしりつまっている。亀甲墓の前で食べたご馳走とそっくりだった。別の重箱には、おにぎりが入っていた。

「昆布巻きは、わたくしが作りましたの」

光主はご馳走を小皿に盛って、ジェーンと霧山にさしだした。おにぎりは、じかに掌《てのひら》に載せた。

「おいしいですよ。海雪を使っていますからね」

言葉がわかるはずもないのに、ジェーンはうなずき、鷲《わし》づかみにしてかぶりついた。

七海は小皿をフローレスに手渡した。

「おい、泡盛はないのかね」

田島は、さんぴん茶のペットボトルをふりながら軽口を叩いた。この島ではジャスミン茶を、さんぴん茶と呼んでいる。王朝時代からつづく清国の影響だろうか。三人の精神科医は食べながら、さりげなくジェーンを観察していた。木洩《こも》れ日が降り、まわりの草むらがちらちらと光った。

「あの村にいるようです」

フローレスは七海に微笑みかけた。

海鳴りを聞きながら、紅白の酢の物を食べた。細切りしたニンジンと、大根、魚のさしみの和《あ》え物《もの》だった。白身魚のてんぷらを口にしたとき、基隆《キールン》の夜市を思いだした。甘い霧のようにたち込める湯気、金色の龍そっくりに夜空へ昇っていく花火。

ふっと月餅《げっぺい》が浮かんできた。光主が波照間島で暮らしていた少女のころ、この世でいちばんおいしいものだと思っていたお菓子だった。いつか町に出たとき、さがしてみよう。

ジェーンは無言で食べつづけている。てんぷらの油で唇が赤く光っている。生々しい女を初めて感じながら、

「アメリカ・インディアンなの」

と有馬は訊いた。ジェーンにモンゴロイドの血が混じっていることは気づいているが、いわゆるアジア系とはどこかちがう。

「…………」ジェーンは顎でうなずいた。

「どの部族?」

「スー」かすかな小声だった。

「ぼくはスー族と一緒に暮らしたことがある」

「…………」まさか、と疑う眼だ。

「イエロー・サンダー・キャンプで」

黄色い稲妻の野営地と呼ばれるところで、長い冬を過ごしたのだ。ティピという円錐型《えんすいけい》のテントが谷間に林立していた。アメリカ先住民の運動家たちが、かつての暮らしを復元している谷間の共同体だった。雪が降り、川も凍っていた。朝がくると氷を割り、両掌で冷たい水を掬《すく》って飲んだ。遠い水源から流れてくる先住民の夢を飲んでいるような気がした。赤い紐がついた鷲の羽と、インディアン名も与えられた。その名はいまも秘めたままだが。

波打ち際は静かだった。海と島が、不思議なほど軽やかに触れあっている。さざ波が島を愛撫《あいぶ》していた。花筵で、なごやかな時が過ぎた。重箱が空になってきた。

フローレスと七海は浜へ降りていった。

光主は正座したまま、身を硬くしていた。瞼《まぶた》がさがり、仏像のような半眼になっている。ジェーンが異変に気づいて、手をつかもうとした。触れた瞬間、はっと手をひっ込めた。有馬も片手をつかみ、ぞっとした。冷たかった。死後硬直がはじまったように体温が感じられない。まるで凍りついていた。

田島が脈を取り「温めてくれ！」と抱きしめるしぐさをした。

ジェーンが小さな老婆を全身で包み込むように抱きしめ、

「グランマー、グランマー」

と呼びかけながら、必死に体をさすりつづけた。霧山はおろおろしていた。光主は肺に残る空気を絞りきるように吐きだし、ゆっくり深呼吸した。半眼の瞼があがってきた。

「霧山先生、昨日の夜、床下で青い犬が吠えていました」

一晩中、青いフクロウも鳴きつづけていました。するとと南の向こうから波照間のフクロウが、ホゥー、ホゥー、ホゥーと鳴き返してきました。あの岩棚の白いお骨も、みんな耳の穴で聞いておられました。頭の空洞でかすかに谺していました。ガマの奥で乳白色になったお二人も、抱きあったまま耳を澄ましておられました。そしてついさっき、七海さんたちが歩いている浜のあたりを、先生とわたくしの魂《マブイ》がふわふわ飛んでいくのが見えましたの。

＊

三度目の日、ジェーンはひどく陰気だった。顔が曇り、ビニール傘をさしかけても、歩調を合わそうとしない。波照間宮の拝殿に坐ってもぶつぶつと呟くばかりで、光主に挨拶さえしなかった。

「霧山さんにお会いしたいのですが」同行してきたフローレスが言った。「急いで相談したいことがあるから、しばらくここでジェーンを預かってください」

「わかりました」光主はうなずいた。「七海さん、先生のところにお連れして」

二人は傘に身を寄せあいながら、霧山の家へ向かっていった。

ジェーンは膝を抱えてうつむいている。光主が海雪を口に入れようとしても、そっぽを向く。なにか、つぶやいている。頭のなかにいる幻のだれかと話しているようだ。

「この方を、久高《くだか》島へ連れていってください」

と光主が言った。郵便局の前からバスが出ています。知念行きのバスに乗ってください。一時間ぐらいで知念港に着きます。そこから連絡船が出ています。いいですね、わかりましたか。

「連れていって、どうすればいいのですか」有馬は訊いた。

「久高島に着いたら、シュンチョウさんという人を訪ねなさい」

春潮という漢字が浮かんできた。こちらの脳裏に投影されてくるような感じだった。

「春潮さんですね」

「それから、フボー御嶽《うたき》にお連れしてください」

「わかりました」

「男子禁制ですから、あなたは入れませんよ」

「でも、船が出ているかな」

海が荒れているから欠航になるのではないか。

「船は出ます」光主は断言した。


バスはがら空きだった。雨が降りしきり、水中を走っているようだ。車体が揺れて、からだが密着するたび、ジェーンは身を硬くした。潔癖すぎる拒否感があった。背すじを立てたまま、前方を見ている。森があり、畑があり、パパイヤやマンゴーが実っている。もう赤瓦の家はない。水田もない。石灰岩の島だから水を溜《た》めることができないのだろう。海霧が湧いていた。乳白色の丘にゴルフ・ボール型のアンテナが林立している。軍の施設らしい。

港はがらんとして、廃船が雨に打たれるまま、ひっそりと朽《く》ちかけていた。乗船券を買うとき、久高島の地図をもらった。

出航した。小型のフェリーボートだが、車は一台も積まれていない。甲板が雨と波しぶきに激しく洗われていた。すぐに島影が見えてきた。空と海の境に浮かんでいる、薄い、薄い、サンゴ礁の島だ。津波でもくれば、ひとたまりもないだろう。

船着場は閑散《かんさん》として、一軒の食堂があるだけだった。雨宿りしている男たちが異人種のジェーンをじっとり見つめてくる。若い女が少ないのだろう。地図をひらいた。集落は一つしかない。そこだけ路地が入り組んでいるが、あとは数本の道が東へ伸びているだけだ。傘をさして村へ入っていった。雨に濡れた赤花が路地に散らばり、家々の門口には蘇鉄《そてつ》が生えていた。鼠色にくすんだ古い石垣がつづく。クモの巣がよじれたような迷路だった。黒いコウモリ傘をさした老婆がふっと角にあらわれ、辻《つじ》を曲って消えていく。静かだった。集落全体が、なにかにおびえながら息をひそめているようだ。

春潮さんの家は雑貨屋だった。古い屋敷に店舗が増築されて、缶詰や、インスタント食品、醬油、ローソク、電池などがならんでいた。

「春潮さんにお会いしたいのですが」取り次ぎを乞《こ》うと、

「まだ眠っております」母親らしい老婆が答えた。

「…………」そろそろ夕方近い時刻だった。

「イラブー漁をやっておりますから」

「…………」夜釣りでもやっているのだろうか。

「もう、そろそろ起きてきますが」

「では、この辺をぶらぶらしてきます」

「いいですか、石ころ一つ、貝殻一つ、島の外へ持ちだしてはいけません」老婆はヤマト言葉で釘《くぎ》をさした。「村の東に辻があります。そこから先へ、むやみに出入りしてはいけませんよ」

防風林に囲まれた草の広場があった。雨が降りしきり、緑の水草が浮かぶ池に見えた。屋根と柱だけの祠《ほこら》があった。やや離れたところに黒い小屋があり、節穴や板壁の隙間から煙が洩れてくる。戸口からのぞくと、火を燃やす人影があった。金網を張った棚が重ねられ、まっ黒の蛇がぎっしり、とぐろを巻いている。

「イラブーを燻《いぶ》しております」

人影は薪をくべながらふり返った。

かちかちになった燻製《くんせい》の海蛇を、市場で見かけたことがある。清国や東南アジアへ航海していく交易船も、その出汁《だし》で栄養を取っていたそうだ。

防風林をくぐり抜けていくと、四つ辻があった。境界線をひいたように、そこから先には一軒の家もなかった。緑の他界へ向かうように道がまっすぐ東へ伸びていた。地図を見ると、カベール岬へつづいている。カベールとは、どういう意味だろう。カタカナ表記されているだけで漢字が当てられていない。おそらく遠い古層の地名だろう。突っ立っていると、ジェーンは勝手に辻を渡っていこうとする。老婆が言ったことを解《かい》していなかったのだ。藪のあちこちに野良猫たちが隠れていた。異様に猫の多い島だった。

北へ曲る赤土の枝道があった。まわりに草が繁っている。雨にけむる集落があった。鼠色の家々がひしめき、雨に打たれていた。ふつうの家よりも、やや小さかった。切妻型《きりづまがた》の屋根がついている。だが一つも窓がない。人の気配も、灯りもない。湿った旗が重くうなだれている。ジェーンは誘い込まれるように、ふらりと踏み込んでいこうとする。有馬はとっさに手首をつかんで引きもどした。

「ここは墓地なんだよ」

この島には二つの村があるようだ。生者たちの村と、死者たちの村。さっきの迷路に満ちていた息をひそめるような気配が、やっと腑に落ちてきた。死者たちの村が、生者たちの村を支配しているのではないか。

若夏だというのに、春潮さんはジャージの上下に厚手のジャンパーを着込んで待っていた。そろそろ五十代にさしかかる年齢だった。二枚の毛布をこちらに手渡しながら、

「さあ、そろそろ行きますかな」

布袋を肩にひっかけて、ゆったり立ちあがった。島の北岸へ向かって平然と草むらに分け入っていく。

「この島には、ハブがおりませんから」

「………」ああ、そうか。海抜数メートルの薄い島だから、津波かなにかで水没したとき、爬虫《はちゆう》類《るい》は海へさらわれ死滅してしまったのだろう。

浜の洞穴へ入った。浅く、奥行きがなく、頭がつかえそうだった。

春潮さんは岩場にあぐらをかいて、

「いまのうちに食べときましょうか」

三人分の弁当をひらいた。おにぎりと焼魚、塩漬けの島ラッキョウが添えられていた。さんぴん茶のペットボトルもあった。

「飲みきってはいかんですよ。これしか飲み水はありませんから」

ジェーンはまた、おにぎりを鷲づかみにして食べた。やっかいな事情があるらしいと察してか、春潮さんはなにも訊かなかった。

「光主は、お元気ですかな」

「ええ、元気ですよ」

青い犬が床下で吠えていたこと、夜通し青いフクロウが鳴いていたことは話せなかった。

「長生きしてほしいですなあ」

わたしらはドゥーシ（同志）ですから、と春潮さんは言った。イザイホーという祭りのこと知っておられますか。十二年に一度ひらかれる、いちばん尊い祭りですが、神女《ノロ》たちの血筋が絶え、女たちも少なくなって、もう祭りがひらけない。光主は未婚の光使たちを送り込んで、島民を増やそうとしてくださいました。久高の祭り事を仕切っているのは女たちです。女のほうが神高《かんだか》くて、わたしら男は、まあ補佐役のようなものです。

ソウルイガナシになるため、わたしはイラブー漁をつづけております。半年の間、毎晩、海蛇を獲りつづけるのが試練なのです。ソウルイガナシとは竿《さお》を取る者、つまり漁労祭祀の頭《かしら》です。漁労長みたいなものですかな。

「この島には、私有地というものがありません」

すべての土地が、島の共有地なんですな。古代社会のなごりだと言われているそうです。十六歳になると畑が割り当てられます。けれど私有できるわけじゃない。死んだら、また島に返す。私有地がないから、ヤマトの資本がやってきても土地は買えない。ホテルも建てられない。土地を私有できないのは、おそらく日本中でこの島だけでしょうな。

イラブー漁も神事なのです。わたしが獲る海蛇は、燻製にして出荷します。地場産業がありませんから貴重な財源なんですよ。イラブーは、かならず洞穴にもどって交尾します。海では交尾しない。魚ではなく、そこはやっぱり爬虫類なんですな。ほら、そこに溝がありますな。オスもメスもこの狭い水路を通って泳いでゆくんですよ。たぶん海水のない奥の砂地か、岩の隙間まで這いあがって、交尾して、卵を産むんでしょうな。地熱で温まって自然に孵化《ふか》しますから。

卵から出てきた海蛇の子は、海へもどっていかず、まず上へ向かっていきます。サンゴ礁ですから地下は隙間だらけで、蟻の巣のようになっています。そして地上に出てから、にょろにょろと浜へ向かって這っていきます。孵化したばかりの海亀の子が砂浜から海へ向かうように。不思議なものですなあ。

「さて、話はここまでにしましょうか」

海蛇はここの溝を泳いでいきます。その水音だけで捕まえるのです。お喋《しゃべ》りしていると聞こえません。懐中電灯も消してください。明かりがついていると、イラブーはやってきませんから。ただ、わたしが「ライト！」と言ったときだけ点けてくださいな。よろしく頼みますよ。


空は暗く、沖のサンゴ礁で砕ける白波も、星も見えなかった。洞穴はまっ暗で、鼻さきに手をかざしても指が見えない。毛布を体に巻きつけ息をひそめているとき、いきなり水音がした。春潮さんが溝に手を突っ込んだらしい。

「ライト！」

手首に海蛇が巻きついていた。長い尾が肩までからみついて、黒々とのたうっている。素手でつかんだのだ。春潮さんは左手で海蛇をひきはがし布袋に入れ、袋の口を紐でしばった。

「イラブーは猛毒ですが、牙は口のずっと奥にあります。まあ、指でも突っ込まないかぎり、だいじょうぶです」

おとなしい蛇なんですよ。わたしらは子どものころ、首に巻きつけて浜で遊んでおりましたよ。丸いちっこい黒目で、鱗《うろこ》がすべすべして、かわいいものです。

それから、シーッと沈黙をうながした。次の海蛇が泳いでくる、かすかな水音を聴かなければならない。電灯を消した。十分、十五分、二十分。息をつめて待ちつづけた。ジェーンの生温かい息が首すじに感じられた。「カミング……」やって来るとささやき「いま！」と小声で言った。

春潮さんはさっと手を突っ込んだ。海蛇が身をくねらせ水をたたく。電灯を点けると、右手にくねくねと巻きついていた。

「たいしたものだ。耳が鋭いですなあ」

久高の女になれますよ、もったいない、と春潮さんは言った。

闇のなかでジェーンの眼が山猫のように光っている気がした。雨足が強くなり、激しく海面をたたく。海蛇が泳いでくる、かすかな音も聴きとりにくくなった。足もとの岩場にも波が迫ってきた。満潮だった。

「今日はこれくらいにしますか」

その夜は、五匹しか獲れなかった。

洞穴から出ていくと、横なぐりの雨がきた。浜から集落へ歩いていった。瓦をたたく雨の音が響いていた。街灯もなく、春潮さんの家だけ、小さな明かりが灯っている。家人が出てきて、海蛇がうごめく布袋をうやうやしく受け取った。増築した離れに、布団が二組しかれていた。

「光主や七海さんも、いつもこの部屋に泊まっていかれます」

春潮さんはバスタオルを手渡し、眠たそうにあくびをしながら母屋へ戻っていった。

ジェーンは、こちらに背を向けて横たわった。かたくなに黙っている。電灯を消した。ガラス窓や板戸が鳴った。稲妻が光り、空が赤紫になった。斜めの滝のように雨が走っていく。海鳴りも激しかった。薄い島そのものが、波間を漂流しているようだ。木々が叫んでいた。また雷が光った。ジェーンは頭から毛布をかぶって、幻のだれかとつぶやきあっている。海が荒れくるい、襲いかかり、薄っぺらな島を呑み込んでしまいそうだ。

＊

朝、ありったけの雨を吐きだした空は澄みきっていた。雲ひとつない青空が水平線までひろがっている。雨水は石灰質の地に吸い込まれて、道はもう乾きかけていた。辻に出た。棕櫚《しゅろ》そっくりのクバの葉が揺れていた。すべての草木が雨に洗われ、つややかな緑色に輝いている。土の道も足跡ひとつなく清らかだった。

枝道に入り、死者たちの村を過ぎていった。森があり、フボー御嶽《うたき》の立札に「男子禁制」と記されていた。読んで聞かせ、だからここから先は一緒に行けないと告げた。

「…………」

ジェーンは黙ってうなずき、森の奥へつづく緑のトンネルへ入っていった。山猫が足音を殺すような足どりだった。清浄な獣道に見えた。照葉樹の森が、いっせいに日を照り返していた。ジェーンの姿はたちまち森へ消えていった。

有馬は草むらに腰を降ろした。いつも心の隅に毒へビのことがあり、決して気を抜くことができないけれど、この島にはハブがいない。ごろんと寝ころがった。草の上で伸びをした。こんなに、ゆったり地に身を預けるのは久しぶりだ。空はあまりにも青が濃すぎて、すみれ色に見えた。海鳴りが聞こえてくる。わたつみが静かに呼吸していた。

鳥が飛んできた。青空に砂鉄の粒々をまき散らしたように増えつづけていく。いったい何事だろう。草むらから身を起こした。鳥の群れは、見えない磁石にひきつけられ、漏斗《ろうと》状に束ねられながら、竜巻のように森の一角へ吸い込まれていった。ジェーンが入っていった御嶽のあたりだった。

視《み》えた。視える気がした。鬱蒼とした森の奥に、円い空地があり、ぼうぼうと草が繁っている。そこだけ木々も生えていない。まったくのがらんどうで、頭上にぽっかりと空がのぞいている。台風の目のような円い青空だ。そこから鳥の群れが飛び込み、ジェーンを取り囲み、羽ばたき、いっせいにさえずる。

やがて鳥の群れは森へ吸い込まれ、ふたたび砂鉄の粒々になって青空へ散っていった。草むらに坐って待ちつづけた。

緑のトンネルを歩いてくる。木洩れ日が降りそそぎ、ジェーンは輝いていた。金色のオーラに包まれていた。晴れやかな顔だった。雨に洗われた草木のように、肌もつやつやかな赤銅色に光っている。

「チチチ、チチチッ、チルル、チルル」

と鳥の鳴き声を口ずさんでいる。瞳孔がひらいていた。性愛のてっぺんに昇りつめたようであり、カミダーリーしたようでもあった。うっとりと恍惚《こうこつ》にひたりながら、うわごとのように洩らした。

鳥がいっぱい飛び込んできたの。わたしのまわりを、ぐるぐる飛び回って、羽が髪や肩にさわった。撫でられるみたいだった。

赤土の道を歩いていくと、あちこちに野良猫がいた。狩りの姿勢で、低く身がまえ、さっと身を躍らせていく。小指ぐらいの黒いミミズのようなものに爪をたて、がつがつと丸呑みする。孵化して地上に這いあがってきた海蛇の子を食べているのだった。

＊

チチチッ、と鳴き声が聞こえた。ヤモリが鳴いているのだが、鳥の声に似ている。ジェーンは天井を目で追いながら口まねをした。抱きあっているさ中だった。畳のないむきだしの床板に花柄のビニール・シートをしいて、うるま病院の職員寮から借りてきた布団をのべているだけだ。亀甲墓の森に隣接するあばら屋だった。ジェーンは裸のまま起きあがり、熱心にヤモリを探しはじめる。天井の隅っこに小さな爬虫類を見つけると、うれしそうにチチチッと笑う。ヤモリは、さっと移動していく。

御嶽の森で鳥の群れに包まれた日から、非番の日に落ち合うようになった。病院の休日は変動的だが、ほぼ七日に一度の逢瀬《おうせ》だった。

亀甲墓がひしめく小さなジャングルにやってくると、ジェーンは大赤木《おおあかぎ》にそっと抱きついて挨拶する。根方の洞《うろ》にもぐり込むこともあった。毒ヘビがいるかもしれないと言っても、聞く耳をもたなかった。洞にたまる腐植土をつかんで鼻にあてがい、うっとり匂いを嗅ぐ。それから柚子《ゆず》そっくりの青い実がたわわに実る木の下を通って、あばら屋に入るなり、裸になる。だがジェーンは不感症だった。いくら試みても応えてこない。なされるまま、静かに横たわっているだけだ。クリトリスを舌で刺戟《しげき》すると、ふうっと安らかな息を洩らすぐらいだった。首から上は赤銅色に日焼けしているが、乳房は白く、乳首がオレンジ色がかっていた。快楽は乏しかった。交わっているさ中にも、ヤモリの声に気を取られている。精を放つと、もう済んだのという顔つきになる。

さわさわと揺れる大赤木に耳を澄ましながら、

「わたしの本当の名前は、ハワァなの」

と奇妙なことを口走った。

「スー族だと言っていたけど」

「半分だけね」

「あとの半分は？」

「わからない」

祖父《グランパー》はハワイ出身で、カリフォルニアの農場で働いていたんだって。ハワイ先住民や、白人《ホワイト》や、いろんな血がごちゃごちゃになってたみたい。たぶん日系人《ジャパニーズ》の血も混じってると思う。父は自分のルーツを話したがらなかった。そこらの雑種みたいなものだからね。

「この島の人たちも、ハワイに移民している」

「そうだってね。わたしにも混じってるかもしれない」

はっきりしているのは母の血筋だけ。でも、わたしはスー族のこと、なにも知らない。母は余所《よそ》者《もの》と結婚してしまったから、帰るわけにいかなかったの。でも、ふるさとのことをよく話してくれた。

スー族は、最後まで闘いつづけた誇り高い部族なんだってね。〈傷ついた膝《ウーンデイッド・ニー》〉という丘で、インディアン青年たちが二〇〇挺《ちょう》かそこらの猟銃を手に、叛乱《はんらん》を起こして、独立宣言したの。

「もちろんステーツは許さない」

丘はぐるりと戦車に囲まれてしまった。上空をヘリが飛び交って、狙撃手《スナイパー》たちがライフルをかまえていた。青年たちは追いつめられて、七十日間、雪を食べながら戦いつづけた。餓死が迫っていた。そのとき女たちが食料を背負って、いっせいに丘を駆《か》け登っていった。雪に足を取られて転んだりしながら。みんな若い女たちだった。冷たい風に、黒髪がなびいていた。だれも撃てなかった。狙撃手も、さすがに引き金をひけなかった。わたしの祖母《グランマー》は、その女たちのリーダーだったの。

「ぼくは会っているかもしれない」

「どこで！」

「スー族の土地で、サンダンスという儀式がひらかれた」

その上座に、老婆たちが招かれていた。みんな白髪で毅然《きぜん》としていた。近づいて気安く話せる雰囲気じゃなかった。真ん中に坐っていたのが、きみの祖母《グランマー》だったかもしれない。

ジェーンはひっそりうなずきながら、

「わたしの母は、先住民の特待生に選ばれてカリフォルニア大学へ進学した」

バークレイ校ね。ノーベル賞を受賞した教授がたくさんいる大学。母はインディアン史や、成文化されていないインディアン法などを学んで、大学附属の人類学博物館に勤めるようになった。そして、ジョンという青年と出逢ったの。サンフランシスコ市庁の職員で、耳にピアスをつけていたって。当時、市政はリベラルだったみたい。

かれはジョンという名前を誇りにしていたって。だって、ジョン・レノンと同じだからね。出逢ったのはビートニクの本も出版しているシティ・ライツ書店。そこから一緒に歩いて、公園でひらかれた集会に出かけたんだって。二人は愛しあい、結婚してわたしが生まれた。共稼ぎだから、まあ、そこそこの暮らしだった。ローンを組んで、小さな家を買った。

わたしは、その家がとても好きだったな。サンフランシスコは霧が多いでしょう。空は青く晴れているのに海霧が湧いてくる。窓からすうっと流れ込んで、部屋中がまっ白になってくるの。雲のなかにいるみたいだった。

ぼんやり感じていたのは、自分が太平洋のほうからやってきたってこと。ほら、ふつうはハーバードとかニューヨークとか、東部へ目が向くじゃない。でもわたしは太平洋のほうにしか関心がなかった。だから海辺の家は心地よかった。

だけど、そんな日々は長くつづかなかった。

わたしが十四のとき、ジョンが……、つまりわたしの遺伝子上の父が、ゲイのパートナーと同棲してしまった。もともとバイセクシュアルだったのね。そんなこと母も知らなかった。わたしたちは捨てられて茫然《ぼうぜん》となった。この世の底が抜けてしまったような気がした。わたしは父の姓を捨てて、母方の姓、ウォーカーを名乗ることにした。もともとアメリカ・インディアンの名前だけど、意味だけ英語に変わってしまったのね。

「グッドモーニング、という名前の人を知っているよ」

有馬はそっと口をはさんだ。岩の台地《メサ》で共に暮らした懐かしい老シャーマンだ。もともとは、良き朝、良き暁といったインディアン名だったはずだ。

「ウォーカー、歩く人。とてもいい名前でしょう」

偶然だけど、アングロサクソンにも同じ姓があるから、不自然じゃなかった。

母は離婚したことを、天罰だ、同胞たちを裏切った報《むく》いなのだと思ってたみたい。だからスー族の土地に帰らなかった。帰れなかった。保留地《リザベーション》では仕事もない。ほとんどのインディアンが生活保護のフード・スタンプをもらって暮らしているんだから。

かびくさい人類学博物館に埋もれながら、母は、仏教《ブッディズム》に惹かれていった。休日は禅センターに通って瞑想するようになった。東洋宗教が盛んだったころの余韻《よいん》が、まだかすかに残っていた。サンフランシスコって、そういう土地柄じゃない。

カリフォルニア山地の松林に隠れている禅寺にも、よく連れられていった。老師《マスター》はジャパニーズで、弟子たちはみんな白人のインテリばかり。わかるでしょう。アメリカ的なものから出ていこうとすると、知的な人たちはブッディズムに関心を抱くみたい。孤立をおそれない強度があるから。でも、わたしは線香の匂いが嫌だった。死の匂いがするじゃない。それに座禅を組んでいる人たちが、結局、自我にばかりこだわっている気がした。

わたしは松林をうろついて松ぼっくりを拾ったり、茸《きのこ》を採ったりしながら、もっと友愛に満ちた宗教はないのかしらと、ぼんやり考えていた。自分はもうクリスチャンでも先住民でもない、アメリカ人でもないという気がした。どこに帰属したらいいか途方にくれていた。そしてイスラムに関心をもつようになった。

アラビア語の挨拶「アッサラーム」が「平和」という意味だと知ったのがきっかけで、のめり込んでいったの。黒人たちはイスラムに惹《ひ》かれていくでしょう。だって教会のキリストやマリアは、どう見たって白人じゃない。禅寺のブッダは目が細い。明らかに人種がちがう。そこのところに、やはり、どうしてもひっかかるのよね。でもイスラムには偶像がない。それが心地よかった。わたしはイスラム・チャットの常連になり、モスクに通ってアラビア語を学びはじめた。「コーラン」を原文で読めるようになりたかった。モスクといっても隣りにイスラム食品店がある変哲もないビルの一階。がらんどうの大広間に、安物の絨毯《じゅうたん》がしきつめられているだけ。

アラビア語の先生は、ソマリア人の老人だった。ソマリアって、アラビア半島のすぐ近くじゃない。紅海をはさんでいるだけ。だからアフリカ黒人とアラブ人との混血が多いでしょう。美女が多いのでも有名。その老人も、黒い肌と白い鬚が美しかった。少年のころ難民船に乗ってイエメンに移住したんだって。とても知的な老人、井戸の底から響いてくるような深い声。その先生が「マルコムX自伝」を読んでごらんと奨《すす》めてくださったの。わたしは夢中になってむさぼり読んで、完全にKOされちゃった。

「あれは凄い本だよ！」有馬はつい口走った。

いくら辞書をひいてもわからない黒人の俗語《スラング》に悩まされながら、余白が鉛筆の書き込みだらけになるまで一心に読みふけった。

「どこに惹かれたの」

「うーん、どう言ったらいいのかな」

差別とか、貧困、経済といったことだけじゃない。心的なものを核にしながら世界を変革しようとしているだろう。その苛烈な意志に魅せられたような気がする。

「わたしも同じ」

とっくに暗殺されてたけど、もしも生きているときに出逢ったら、たちまち恋に落ちたでしょうね。あんな素敵な男はいない。でも、わたしの先生は懐疑的だったな。

「ブラック・ムスリムの指導者と、二人きりで話したことがあったよ」

「どこで！」

「やはり、スー族のサンダンスで」

夏至の祭りだった。林のなかに白いテントが林立して、黒人の青年たちが群らがっていた。資金源や政治的なおもわくがあって、招待されてきたんだ。テント群の真ん中に、指導者のテントがあった。マルコムXのことを聞きたいと思って訪ねていくと、喜んで招き入れてくれた。東洋人《オリエンタル》が珍しかったんだろうな。

「どうだった？」

「高そうな金時計をつけていたよ」

ベルトの細工が精密で、文字盤にはダイヤの小粒が埋め込まれていた。とてもマルコムXの遺志をひきついでいるとは思えなかった。テントの外では、ボディガードの青年たちが腰をかがめ、足首に巻きつけた革鞘《かわさや》ナイフの柄《え》に手をかけて見張っていた。いつでも、さっと飛び込める姿勢だった。

指導者は一緒にランチを食べようと誘ってくれた。夫人は缶詰をあけながら、ちらちらこちらを窺《うかが》っていた。疑っていた。けれど、かれは悠然としていた。このジャパニーズはだいじょうぶだと眼で笑っていた。そこはやはり、宗教者の胆力、ガッツを感じさせたよ。でも実りのある話はできなかった。かれはイスラエルやユダヤ人を延々と罵倒《ばとう》しつづけた。北アフリカの独裁者から資金援助を受けていることも隠さなかった。北米先住民のグループも、やはり援助を受けていたんだ。

その繋がりで夏至の祭りにやってきたみたいだった。

「わたしの先生は、とても質素で穏やかだった」

アラビア語は右から左へ書いていくでしょう。昔、粘土板に木ぎれで文字を彫ってたからじゃないかな。でも、わたしは左利きなの。だからアラビア語が巧《うま》く書けない。先生は、指さきで机をトントンとたたいて注意するの。そうして右利きに矯正《きょうせい》させられた。だからわたしはいま、両手が使えるの。

ある日、先生はまっすぐわたしを見つめながら訊ねてきた。

「イエメンで英会話の先生を求めていますが、行く意志がありますか」

「はい！」わたしは飛びつくように答えた。

「ただし、ムスリムであるという条件があります。入信する意志がありますか」

「ナアム」

わたしはアラビア語で答えた。すでに心の準備はできていたから。

「では七日間、待ちます。それで決心が変わらなかったら、入信式を行いましょう」

入信式といっても大げさなものじゃなかった。遠いメッカへ向かって礼拝しながら「ラーイラーハイッラッラー」「ムハンマドゥンラスールッラー」と唱えるだけ。アッラーの他に神なし。ムハンマドはその使徒である。それで終わり、まったくあっけないほど簡単だった。そして、わたしはムスリムとしての名前を授《さず》かった。

「それがハワァか」やっと合点がいった。

「リンゴの実を食べたイヴのことを、アラビア語でハワァというの」

旧約聖書とコーランがだぶってること、知ってるでしょう。エデンの園の話なんかそっくり同じ。ヘブライ語でも、ハワァなの。先生の故郷のソマリアには、ハワァという名前の娘さんがぞろぞろいるんだって。

わたしはハワァ・ジェーン・ウォーカーとなって、イエメンに渡っていった。政情は不安定だけど、石油が出ないから繁栄からとり残されて、アラビアの良いものがたくさん残っていた。

断食《ラマダン》の月になると、朝日が昇ってから日が沈むまで、なにも食べてはいけない、水も飲めない。わたしはお腹をすかして町はずれの食堂で休ませてもらった。店の少年は水を出すこともできないから、テーブルにカセットデッキを置いて電源を入れた。せめて音楽でもてなそうとしてくれたのね。流れてきた歌は「エクソダス」だった。

それから涸れ谷にそって歩いていくと、農家があった。緑の草が生えて仔牛が繋がれていた。とても景色のいいところ。ここでしばらく休ませてくださいと農家のおばさんにお願いして、わたしは涸れ谷を眺めていた。やがて日が沈んで、青い影が谷にひろがってきた。モスクの尖塔から拡声器の声が流れてくる。わたしのアラビア語はまだおぼつかなくて、拡声器の声も割れてよく聞きとれなかった。けれど意味だけはわかる気がした。今日一日、飲まず食わずでよくがんばったな、さあ、もう食べてもいいぞ。神がすべて赦《ゆる》してくださると言っているような慈悲深い声。さっきの食堂も開店しているかもしれない。ひき返そうとすると、農家の緑の草にゴザがしかれていた。

木箱のテーブルが置かれて、丼《ボウル》から湯気がたち昇っていた。おいしそうな豆のスープ。黒パンも添えられていた。異国からやってきた旅人をもてなそうとしてくださったの。遠い古代に迷い込んだような気がした。スープはとてもおいしかった。ほかにもイスラムの良いものを、いっぱい見てきた。一つの大鍋で米やチキンを煮て、みんなで指を突っ込んで共食するの。男たちは車座になって、一滴の酒も飲まず語りあったり、歌ったりする。わたしがずっと渇いていた友愛があった。いちいち話していたら、もうきりがない。わたしは揺るぎないムスリムになっていった。改宗というのは、心的な移住なの。国や民族に帰属するのではなく、心的に別のところへ移住していく。それが改宗なのね。

わたしはイエメンの青年たちに英会話を教えながら、サイトの英語版づくりを手伝うようになった。十六億のムスリムや、欧米の若者たちに呼びかけるサイトだった。それが認められてアフガンにこないかと誘われた。わたしも本格的にイスラム神学を学びたかった。でも与えられた任務は、毎週、どさっと送られてくるアメリカやイギリスの新聞に目を通して、重要と思われるところをアラビア語に要約すること。文献を読み漁《あさ》って兵器を調べる仕事もあった。だからわたしは軍事マニアみたいに、新兵器について詳しくなっていったの。

「そしてついに、あの人に出逢った」

「あの人？」

ぴんときたけれど、あえて訊いた。ＰＴＳＤだけではなく、病や妄想の根がもっと深いのではないかと疑いながら。

「あの人よ、あの人……」

うわごとを洩らすように、ジェーンはうっとりと答えた。

かれのアラビア語は、まるで古典詩でも詠《よ》んでいるみたいに優雅《エレガント》だった。やわらかい絹糸を束ねたような深い声。声に光沢があるの。肌は香油でも塗ったみたいに、つやつやと黒光りしていた。睫毛《まつげ》が長くて、悲しそうに澄みきった眼。水に濡れた黒曜石のように、瞳がきらきら輝いていた。神と悪魔が合体していた。いや、美しい悪魔だった。恐ろしい殺人者なのに、こんな清らかな人はいないと思った。だって、あの人はもともと大富豪じゃない。地中海にヨットでも浮かべて女たちに囲まれながら面白おかしく暮らせるのに、砂まみれのぼろ服をまとっていた。

「アッサラーム」

と挨拶された瞬間、わたしは恋に落ちた。ああ、この声を聞くため、この人に出逢うためにやってきたのだと思った。かれはムスリムだから何人も妻がいるけど、砂漠ではひとりだった。孤独で、さびしそうだった。わたしは愛人になって、あの人に従《つ》いていった。アフガンの大地はざらざらの半砂漠で、岩の山脈が走っている。ヒマラヤの骨格がもつれながら西へ連なり、砂の海に沈み込んで、また恐竜の背のように隆起してくる。

夜、あの人と洞穴に身をひそめながら愛しあい、朝がくると、たがいに「アッサラーム」と言い交わすなり、すぐ移動していった。無人偵察機《プレデター》が空から見張っているから、同じところに留まると危ないの。ＧＰＳで位置を読みとって攻撃弾が狙ってくる。爆弾にコンピュータと翼がついている。

敵の姿は見えなかった。わたしはもうムスリムだから、かつての母国を敵だと感じていた。心的に移住して別のなにかに帰属してしまうと、ひたすら献身的になってしまう。一心に身を捧げてしまう。不思議なものね。

クラスター爆弾も降ってくる。人の胴体ぐらいの爆弾で、なかに子爆弾が二〇〇個ぐらい入っていた。リレーのバトンぐらいの子爆弾。それにぎっしり、鉄片がつまっていた。厚さは八ミリぐらい。爆発したとき、割れて四方へ飛び散るように、菱形の深い切り込みがついていた。殺傷力を計算している冷静な悪意にぞっとした。醜い悪魔だと思った。

地上近くで爆発して、金属片が五、六十メートル四方へ飛び散って、車さえずたずたに切り裂いてしまう。山羊も、牛も、人も、こまぎれの肉片に変えてしまうの。ハンバーガーの挽肉《ミンチ》みたいに、土壁にはりついていた。地べたには小さな耳や指が散らばっていた。わたしは狂ったように叫んでいた。敵の姿はまったく見えないのに、血の海だった。へたり込んでいると蠅がたかってきて、地べたや土壁が黒くなっていく。こちらの手にも群らがってくる。わたしは狂って、狂って、地の底へすうっと沈み込んでいくような気がした。

夜、あの人に抱かれながら、ふるえがとまらず泣きつづけていた。あの人はわたしの臭いからだを愛撫しながら、やさしくささやいてくれた。でも、セックスは下手だったな。女のからだのこと、なんにも知らないの。それでも、ふうっと心が安らいでくる。アッサラーム、平和そのものに抱かれているような気がした。あの人の背中ごしに洞穴の入口が見える。砂漠だから、いつも満天の星がぎっしり光っていた。天の川が硬い水音をたてるように、ぎらぎらと夜空を流れていく。仏教《ブッディズム》にのめり込んだ母から聞かされた話を、よく思いだした。ジャパンの修行僧が海辺の洞穴にこもって、夜、ひとり瞑想していると金星《ヴィーナス》が口のなかに飛び込んできたんだってね。あの人が痙攣《けいれん》しながら精を放ってくるとき、ああ、金星が飛び込んできたと思った。

朝になると、また爆弾が降ってくる。GBU-28、バンカーバスターという凄まじい爆弾。空から垂直に落ちてきて、岩山さえ貫通してくる。わたしたちは谷や獣道を逃げつづけた。無人探査機が追いかけてくる。戦闘機がレーザー誘導弾を投下してくる。敵は見えない。無人の戦場でロボットに襲われているような気がした。

夜は、X-47、無人爆撃機《ドローン》が火の雨を降らせてくる。だれに狙われているのかわからないまま、ひたすら逃げ惑い、仲間は次々に殺されていった。敵は遥か彼方にいる。太平洋の向こう、ステーツの基地でコーヒーをすすりながらモニターを眺めている。X-47のエンジン音も、大気を切り裂いていく振動音も聞こえないまま、発射ボタンを押す。血肉が飛び散るさまも、モニターには映らない。そして勤務時間が過ぎると、冷えたコーヒー・カップを片手に、別の兵士と交替する。

あの人と逃げ惑っているとき、いきなり向こうの尾根で大爆発が起こった。火の玉がぐんぐん膨れあがり、まっ赤なキノコ雲のようにたち昇っていった。原爆が投下されたのだと思った。あとになってから燃料気化爆弾だと気づいたけれど、その瞬間は、てっきり原爆だと思い込んでしまったの。わたしたちは腰が抜けてへたり込んでいた。それが別れだった。あの人は命からがら国境の尾根を越えていった。


隠れ家にひそんでいるとき襲われ、あの人は殺された。ジェロニモ作戦だってさ。こんなとき、いつもアメリカ・インディアンが暗号名になるの。あいつら、権力者たちは一部始終をモニターで見ていた。あの人は、母なる大地に埋められることさえ赦《ゆる》されなかった。埋葬された場所が聖地になってしまうからね。ヘリに乗せられ、軍艦で沖へ運ばれ、おそらくアラビア海のどこかで水葬にされた。イスラムではありえない葬法だった。

あの人は沈んでいく。海面で波紋がゆらゆら光っている。あの人はゆっくり沈んでいく。金色の波のきらめきも遠ざかって、しだいに暗くなり、海はひっそり冷たくなってくる。あの人は沈みつづけていく。美しい悪魔が沈んでいく。漆黒の闇へ沈みつづけていく。聞こえてくる。あの人の声が聞こえてくる。

わたしは地上を焼きつくして、神の国を再建したかった。焼け野原に、神韻《しんいん》と神の声を響かせたかった。わたしを殺害した者たちを、神よ、どうか赦してください。わたしはこのような戦いを挑《いど》んで人びとを殺してきたのですから、当然の報いなのです。わたしは命を使い切った。悔いることはない。神よ、だれも虐《しいた》げられることのない、だれも誇りを踏みにじられることのない世界がやってきますように。アッサラーム。神の光りが、地上の隅々までしんしんと沁《し》みわたりますように。

# 4　逢いびきの日々

七日に一度、ジェーンと逢う日はよく雨が降った。海洋性気候だから気まぐれにスコールがやってきては、すぐに晴れる。だがジェーンは、どしゃ降りの雨を連れてくる。まるで雨女だ。風が吹くと大赤木の葉からいっせいに水が飛び散り、亀甲墓の丸屋根に滴っていく。

「あのボーイに逢ったよ」ぽつんとジェーンが言った。

「だれのこと？」

「初めて洞窟で逢ったとき、もう一人いたじゃない」

背が高くて、とてもやせた子。眼がガラスみたいに光ってた。

「アタルのことか」

「そういう名前だったかな」

「で、どこで逢った？」

「洞窟の入口」

「どちら側の入口？」有馬は訊き返した。

「基地《ベース》のほう」

あそこの窪地は涼しくて、とても心地いいの。基地はまっ平らで、かんかん照りの滑走路があるだけでしょう。でもあそこには草木が繁って、日陰にいろんな花が咲いている。鳥はいないけどね。戦闘機の爆音におびえて一羽も近づいてこない。でも不思議なことに蝶だけはひらひら飛んでいる。青い蝶や、白い翅《はね》のへりだけオレンジ色の蝶が飛び回っている。

窪地の底には、地下水が湧いている。その奥が洞窟に通じてるの。鉄柵があるけど、もう鍵はかかっていない。わたしがこっそり外してしまった。どうせ上からは見えやしない。ハブが恐くて、だれも降りてこない。水は冷たく澄みきって、とてもおいしい。蛇が泳いでいることもある。わたしは寝ころがって、片手を水に浸けていた。嚙みつかれてもかまわない。いっそ、はやく死にたいぐらい。円い青空が見える。井戸の底から見あげると、真昼でも星が見えると聞いたことあるけど、なにも見えやしない。ときどきジェット戦闘機がかすめ飛んでいく。ほんの一瞬。あとはまた、ぽっかりと円い青空があるだけ。

気配がしてふり向くと、あの子、アタルが突っ立って、わたしを見つめていた。ぞっとするほど冷たい眼で。レイプされるかと思った。見つめ返すと、にやりと笑った。若い悪魔のように。でも悲しそう。あの人の眼に似ていた。レイプされてもいいような、そうして欲しいような変な気がしてきた。あの子は鉄柵に手をかけた。

「近づいちゃだめ」

わたしは起きあがって首をふった。

「ＭＰに見つかったら撃たれるよ」

「………」あの子は微笑した。

わかっているよと静かに顎をひいた。ふっと眼がやさしくなった。抱きあって泣きたいような、せつない気持ちになった。あの子は眼をそらして円い青空を仰ぎながら、そっと黙礼した。ほんとに淋しそうだった。抱きしめてやりたかった。あそこに飛び込んでくる金星《ヴィーナス》を受けとめてあげたかった。あの子はひょいとおどけて、わたしに敬礼してから、洞窟の奥へ消えていった。

「それから?」

「それだけ」

「何をしてたのかな」

「…………」

ジェーンは亀甲墓の森のざわめきに耳を澄ましていたが、また脈絡もなくぽつんと言った。

「わたしには名前が四つあるの」

そんな唐突さに、こちらはもう慣れっこだった。

「父は、ジーンと名づけようとしてたの」

「ジーンって男の名前じゃないか」

「生まれてくる前から、そう決めてたらしいの」

赤い仔猿みたいなわたしを抱いて、父はがっかりしたんだって。ペニスがついてなかったから。赤ん坊が生まれると、病院で足裏がプリントされるでしょう。青い指紋のように。それが出生証明書。アメリカ市民の証拠になる。両親の国籍を問わず、ステーツで生まれたら無条件にアメリカ市民になれる。父はその証明書にジーンと記そうとした。でも母が逆らって、どうにかジェーンという女の子の名前に落ち着いたの。

「でも、わたしは嫌いだったな」

それが自分だという気がしなかった。自分はまわりと少しちがっているのに、あまりにもヤンキーっぽい名前じゃない。父はときどき「ジーン」と呼びかけてきた。ただの言いまちがいじゃなかった。あの人はハワイ先住民や、アングロサクソンや、日系人《ジャパニーズ》の血がごちゃごちゃになってる雑種じゃない。だから遺伝子《ジーン》という名前にこだわったみたい。でもいまになって思えば、いかにもバイセクシュアルが思いつきそうな名前よね。

海霧が流れ込んでくる部屋に、ぽつんと坐っているとき、

「ジーン」

と呼びかけられると、わたしの奥からもうひとりの自分が、

「はい」と起立してくるような気がした。

それからスー族の名前もあるの。母はもう故郷に帰れなかったけれど、祖父がこっそり名づけてくれたんだって。でも、その名は明かせないの。

「ごめんね」とジェーンは言った。

「ぼくもインディアン名を持っている」

赤い紐がついた鷲の羽と共に授かったのだが、この名前は決して人に洩らしてはいけない、死ぬまで胸にしまっておけと老インディアンに釘《くぎ》をさされていた。

「おたがい聞かないことにしようね」ジェーンは言った。

父母が離婚して、ジェーン・ウォーカーと母の姓を名乗るようになってからも、まだしっくりこなかった。そしてアラビア語の先生から「ハワァ」と名づけられたとき、やっと落ち着いたの。それまで、ジェーンや、ジーンや、インディアン名の自分が、心の奥でもがいていた。だれが主役になるか、自分らしさを代表するか争っていたけれど、ようやく「ハワァ・ジェーン・ウォーカー」

が現れて、みんなをまとめながら統率していくような気がした。

「だから、これからハワァと呼んで」

「わかった」

「いい、絶対にハワァだからね！」

裸のまま馬乗りになって、強く言った。


天井裏が騒がしくなってきた。このあばら屋に住みついたころ、まったく生き物の気配がなく、浜に打ち捨てられた廃舟のようだった。むきだしの床板は風化しかけた舟板に見えた。ところが仕事を終えて帰ってくると、台所の乾麺やスパゲッティの袋が齧《かじ》られている。石けんにも鋭い歯形が残っていた。

鼠が棲みつくようになったのだ。すると野良猫たちがやってくる。軒下《のきした》にあちこち隙間があり、勝手に出入りしている。天井裏で狩りをする足音も聞こえてくる。次は、鼠を狙ってハブも忍び寄ってくるかもしれない。

床板の隙間から、木の根も伸びあがってきた。ガジュマルの根だ。放っておけばアンコールワットの遺跡のように榕樹《ようじゅ》の根に包まれてしまいかねない。台所から包丁を取りだして、やわらかい根を切断した。

夜、激しい物音で目ざめた。電灯をつけると、台所にもうもうと黒い霧がたち込めていた。床はほこりまみれで、ドングリに似た木の実も散らばっている。天井板が落下してきたのだ。頭上には畳半分ぐらいの黒い穴があいていた。

添い寝しているとき、突然、天井から猫が落ちてきた。半狂乱になって、小屋中を走り回った。金切り声をあげながら壁にぶつかり、ガラス窓に跳びあがって爪を立てる。ハワァは裸のまま起きあがって、窓から迷い込んだ小鳥を逃がすように戸口をひらいた。猫はまっしぐらに飛びだしていった。くすくす笑いながら、ハワァは薄い布団にもぐり込んで身をすり寄せてきた。ヤモリが鳴いた。吸盤のついた足指をひらいて天井の隅っこに張りつき、尾を反らしながら、チチッ、チチッ、チチッと、鳥のようにかん高く鳴きつづけた。

「博物館の庭にトカゲがいた」

「お母さんが勤めていたんだったね」

「いまも在職しているはず。定年前だから」

「帰りたい？」

「…………」ハワァは答えず、トカゲの話をつづけた。

いつも日なたでじっとしていた。背中や尾が、蜂鳥みたいにきらきら光って、とてもきれいだった。しゃがみ込んで、じっと見つめていた。わたしは友だちもいない意地悪な子だった。よく石をつかんで尻尾を切ったりした。トカゲは逃げていくけど、切れた尻尾だけがぴくぴく動いていた。でも、また生えてくるの。

母はときどき、わたしを連れて館内を歩き回り、いつも一か所で立ち止まった。火を熾《おこ》す道具が飾られていた。木の台に丸い穴があいていた。そこに木の棒を突き立て、両手ではさみながらぐるぐる回すんだって。弓矢もあった。牡松《ジュニパー》という木をけずった、三日月のかたちの美しい弓。矢の先には鋭く尖った黒曜石がついていた。弓のつるにあてがうところには、きれいな鳥の羽がついていた。あれはキジの羽かしらね。黒曜石のナイフや石斧もあった。

「これはね、イシという人がつくったの」

と母は語ってくれた。なにか尊い人だというように。

そのイシが、会ったこともない祖父のような気がした。満月のかたちになるまで、ぎりぎりと弓を引く姿が浮かんでくる。矢が飛ぶ。鹿が倒れる。イシは黒曜石のナイフで腹を裂いて生温かい、湯気のたつ内臓を取りだし、肉を切り分けていく。それから木の棒を回しつづけて、火を熾す。鹿の肉を炙《あぶ》っているうちに、日が沈みかける。お腹がいっぱいになると、祖父はわたしの祖母、まだ若いぴちぴちの女とセックスしてぐっすり眠る。

魚を突く銛《もり》も美しかった。先のほうだけ、鋭く二股に木を裂いているの。川に腰まで浸かりながら銛をかまえて、根気よく待ちつづける。さかのぼってくる鮭を突く。すごいご馳走。捨てるところなんか一つもない。皮も、卵も食べる。頭や骨は石ですりつぶして日に干す。獲物が獲れない冬、その骨粉をお湯でといて温かいスープをつくる。

誕生日に、母は「イシ」という本を贈ってくれた。祖父の伝記のように、わたしは夢中になって読みふけった。イシの部族はカリフォルニアの北部に住んでいたんだって。何百年も、何千年も前から。ところが金鉱が見つかり、ゴールド・ラッシュが始まった。金、金、金……。白い人たちがわらわらと押し寄せてきた。弓矢では、銃に敵《かな》いっこない。天然痘や結核もひろがってきた。

イシたちは住みなれた土地を追われて、山野をさまよい歩いた。鹿も、野うさぎもいなくなった。金鉱のダイナマイトの爆発音におびえて、どこかへ逃げていったのね。いのちの引潮が起こっていた。イシたちは飢え、病み、仲間たちは次々に死んでいった。

「そして、イシは独りぼっちになってしまった」

「部族が滅びてしまったのか」

「そう、最後の一人になってしまったの」

裸足でさまよい、あてもなく山から平地へ降りていくと、いい匂いがした。鹿を切り裂いたときの生温かい肉の匂い。それに釣られて、イシはふらふらと柵のなかへ入っていった。食肉工場だった。いっせいに犬が吠えかかってくる。追いつめられてイシはふるえていた。やせこけて、鎖骨や、あばら骨がくっきりと浮いていた。餓死寸前だったの。

警官に捕まって、留置所に入れられた。尋問がはじまったけれど、まったく言葉が通じない。北米最後の野生インディアンだったの。カリフォルニア大学の教授が駆けつけてきて、イシをひき取り、大学附属の人類学博物館で保護してくれることになった。生きた標本として陳列されてたわけ。昔、万国博覧会なんかで、いわゆる野蛮人が見せものになってたでしょう。あれと同じ。でも、もう飢えることはない。凍《ここ》えることもない。骨と皮のからだにも、ふっくらと肉がついてきた。

何年たっても、イシは英語が話せなかった。年齢はだれも知らないけれど、顔やからだつきは明らかに中年だった。あたらしい言葉を習得するには、もう歳をとりすぎていた。それに新石器時代から、いきなり二十世紀にタイム・スリップしてきたわけでしょう。言葉の概念がまったくわからない。これまで、お金というものを一度も見たことがなかったの。だから「マネー」という言葉も、「銀行《バンク》」という言葉もわからない。「石油《オイル》」という言葉も、なんのことか見当がつかない。

イシは子どもが大好きだった。博物館にやってきた子どもたちに、木の棒をこすって火を熾してみせる。うっすらと青い煙がたち昇り、ぼっと火が燃えてくると、子どもたちはいっせいに歓声をあげる。イシもうれしそうに笑う。弓矢や、黒曜石のナイフもつくってみせる。

そうして穏やかに年月が過ぎていった。けれど伴侶《はんりょ》はいない。抱きしめる女もいない。まったく独りぼっちだった。そして急性結核にかかって、死の床についた。息をひき取るとき、集まってくれた人たちにイシはこう言ったの。
“You stay, I go.”
あなた居なさい、わたし行く。それが別れの言葉だった。自分の母語を、カタコトの英語に置きかえながら「さようなら」と言ったのね。そうして北米最後の野生インディアンは、この世を去っていった。ここまでは、よく知られた話。母が贈ってくれた「イシ」という本もそこで終わっていた。でも、そこから先に秘密がある。死んでからイシは解剖されて、大脳を抜き取られてしまったの。

ジム、元気かい。ぼくは今日一日、ずっと母のことを思いだしていた。母の脳手術に立ち会ったことがあるんだ。腫瘍《しゅよう》は深いところ、脳幹の近くにあった。だからメスで脳を掘りすすんでいく。

手術後、集中治療室に移された母の手を握りながら、呼びかけると、かすかに握り返してくる。それが別れだった。ぼくはモニターに映る母の脳波を見つめていた。エメラルド・グリーンのさざ波が凪《な》いで、水平になり、母はついに植物人間になってしまった。

そこまで書きかけて、また消去した。こんな埒《らち》もないことを書き送ってもしょうがない。宇宙ステーションはいま、地球の裏側を回っているかもしれない。複雑な中継ポイントを経ていくから、ジムのもとに届くのはかなり遅れるはずだ。いや、泣き言など送ってはならない。

＊

基地の門が見えてきた。ゆるやかな坂道の左右に、鉄条網がつづく。上のほうは、基地の外側へ鋭角的に曲っている。ヨルダン川西岸の境界と同じで、アウシュビッツとは逆向きだった。その曲ったところに有刺鉄線がぎっしり巻きつけられている。

車を走らせながら、仕掛け網のなかへ追い込まれていく魚になったような気がした。検問所で、二人の兵士が機関銃をかまえていた。半袖の迷彩服から太い腕がむきだしになっている。よく日に焼けた褐色の肌だ。

「日系人だな」と田島がつぶやいた。

すんなり検問所を通過できた。今日だけは、アメリカーと島民たちとの親睦《しんぼく》のため、基地が一般公開されている。フェスティバルですから見物にきませんか、とフローレスが誘ってくれたのだ。基地に入れるチャンスはめったにない、と田島も従《つ》いてきた。サッカーコートぐらいの駐車場に出た。

X字型に、星条旗と日章旗が掲げられていた。十畳ぐらいありそうな大きな旗だ。風でふくらみながら、あまりにも重すぎて下のほうはだらんと垂れさがっている。仮設舞台でロック・コンサートをやっていた。女性司会者が、米語と島言葉を巧みに使い分けながら明るくしゃべっている。

茫々と草原がひろがっていた。その緑を割ってコンクリートの滑走路が延びていた。日に照らされ、ゆらゆらと陽炎がたち昇っている。あの真下に鍾乳洞があるのか。いまも當がひとり、地下の迷路をうろついているような気がした。

青空に象が浮かんでいた。スーパーマンが飛んでいた。巨大なビニール製のバルーンだった。恐竜もいる。肉食恐竜ティラノサウルスらしく、鋭い歯をむきだしながら青空に噛みついていた。その恐竜を係留するワイヤーロープのところで、フローレスと落ちあう約束になっていた。

「こっち、こっち！」

七海が左手をふってきた。手首にサポーターは巻いていなかった。右手で、フローレスと手を握りあっていた。すでに恋人同士になっているらしい。

「よう」

お二人さん、とからかうように田島は挨拶した。

「霧山先生は？」七海が訊いた。

「体がきついから遠慮するそうだ」

「あとで家にきてくれと言っていました」と有馬は伝えた。

もう何十年も島で暮らしているんだ、アメリカーの基地なんかもう見飽きたよ、と霧山は苦笑いするだけだった。

「精神病棟を見せてくれないか」田島が言った。

「ごめんなさい」

フローレスは日本語で答えてから、駐車場と芝生の境に張りめぐらされている黄色いロープを指さした。立入禁止のロープだった。一般公開されているのは、結局、駐車場だけのようだ。

芝生の向こうに、兵舎や、スーパーマーケット、映画館らしい建物が見える。

「病棟はあちらです」

フローレスは眼でさし示した。

基地の周辺にガジュマルの森があった。離着陸のじゃまにならないように、樹々の上のほうは平らに切りそろえられていた。木陰には点々と亀甲墓がのぞいている。たぶんそこらに窪地があり、鍾乳洞の入口になっているのだろう。羊歯が繁り、蝶が群れ、隠花《いんか》植物のような花が咲いているはずだ。ハワァはいまそこに隠れて、片手をだらんと水に浸しているのかもしれない。

當が原付バイクでやってきた。七海はそっとフローレスの手をふりほどいた。當はちらりと見やっただけで、

「腹へった。なんか食おうぜ」

そ知らぬ顔をして歩きだした。ずらりと屋台がならんでいた。ピザ屋、綿菓子屋。ポップコーンが爆《は》ぜる。どうやって食べたらいいのか、顎がはずれそうな分厚いハンバーガー。巨大なホットドッグ。黄色いマスタードの容器も、小型消火器ぐらいの大きさだった。たぶん兵士たちの食堂に常備されているのだろう。

もうもうと煙が流れてくる。煙そのものが脂ぎっていた。精肉工場に吊される牛のあばらが、左右半分に割られて、どかっと炭火に横たわっていた。Tシャツ姿の米兵たちが炙っている。焼きあがると、刃渡り三〇センチぐらいのサバイバル・ナイフを鉈のように振りおろして、あばら骨を叩き割り、切り分けていく。

當はナイフに吸い寄せられるように席についた。テント屋根が風を孕《はら》んでふくらんでいた。

「あれは特殊合金で、凄いナイフなんだ。日本刀さえ叩き折れる」

ナイフを見つめながら、當はつぶやいた。

敵の喉を掻っ切ったナイフかもしれなかった。紙皿にスペアリブが盛られてきた。當はかぶりつ

いた。白い歯で旨そうに肉をむしり、脂まみれの骨をしゃぶった。

有馬も手づかみで食べた。熱帯雨林の戦場へ密航していく前夜、インディオの亡命者たちが豚を屠《ほふ》って、ささやかな宴《うたげ》をひらいてくれた。娘さんたちが油で揚げる。若いゲリラ兵士たちは脂身をむさぼった。不思議なことに、赤身よりも旨く感じられた……。

空腹を満たすと、當はぶらぶら歩きだした。

二つの国旗が垂れさがるあたりに、ジェット戦闘機や輸送機などが展示されていた。どれも旧型であることは一目でわかる。軍事的に隠すべきことなど、なにもなさそうだった。レーダーでも捕らえられないという黒いエイのような新鋭機は、遠くの格納庫に隠されているのだろう。

枯草色のトラックに、箱形の筒を束ねたような迎撃ミサイルが積み込まれていた。島の西側の岬にナイキ・ミサイルの発射場があったそうだが、これは後発のミサイルだ。

「こいつ、まったく当たらないよな」

當はのんびりした口ぶりで、米兵に話しかけた。

「そんなことはありません」米兵は礼儀正しく答えてくる。

「ＩＣＢＭは、秒速七キロで飛んでくるんだってな」

大陸間弾道ミサイルのことだ。

「イエス」

米兵は、肩にかけた機関銃の銃口をきちんと下に向けていた。

「音速の二十倍ぐらいだろう」

「これは、対ＩＣＢＭ用のものではありません」

「中距離ミサイルだって凄いスピードだよな。そんなものを撃ち落とせるわけないじゃないか」

「いいえ、そんなことはありません」

「飛んでくる弾を、銃弾で撃ち落とすようなものだって言われてるよな。そんな芸当できるのかねえ」

「いや、弾頭が空中で割れて弾が飛び散るようになっています」

米兵は少しむきになって答えた。

「へえ、そうかい。でも命中したって話、あまり聞いたことないな」

當は米兵をさんざんからかってから、巨大な航空機へ近づいていった。ずんぐりとした太い胴体も翼も暗緑色だった。輸送機だろう。

尾翼の下に、鉄の昇降口が斜めに降りていた。戦車さえ積み込めそうだ。當はそこを登っていった。有馬は前かがみになって従いていった。

なかは空洞だった。旅客機とはまったくちがう。金属の壁がむきだしになって、電気コードや配管が血管のようにぎっしり張り巡らされている。鯨の体内に入ったような気がした。

銀色の壁にそって横一列のベンチがあった。戦場へ送られていく兵士たちが坐っていたのだろう。シートベルトがついている。横腹のドアがひらいて、青空が見えた。そのドアから、パラシュートを背負った兵士たちが密林へ、砂漠へ、次々に飛び降りていったはずだ。當はドアのへりに手をかけて積乱雲を仰ぎ、眼下が血みどろの戦場であるかのようにじっと見入っていた。

＊

霧山は、ぽつんと縁側に腰かけていた。沓《くつ》ぬぎ石に素足を降ろして、サンゴ塊の感触を味わっているようだった。仏像そっくりの薄目で、まぶしそうにカンナの花や、沖を眺めている。この世の見納《みおさ》めをしているような静けさがあった。

「ジェーンのことですが」とフローレスが切りだした。

「PTSDだけじゃなさそうだな」

霧山は大体のことをすでに察しているが、あらためて田島にも聞かせる口ぶりだった。

「かなり根が深そうですな」と田島が言った。

「よく独り言をつぶやいています。だれかと話しているようです。治療しながら探っていくと、北米最後の野生インディアンにぶつかりました」

「イシのことか」田島は訊き返した。

「ええ、そうです」

「イシが生きていたのは、かなり前だろう」

「母親が、カリフォルニアの人類学博物館に勤めていたそうです」

「あ、そういうことか」

「ジェーンは先住民の血をひいています」

だから子どものころから、イシを祖父のように感じていたようです。イシは博物館で保護されながら、穏やかに生を終えたと言われていますが、死んだあと解剖されて、大脳を抜き取られています。

「おい、本当か」

霧山が目を瞠《みは》った。

「ホルマリン漬けにされてしまったそうです」

「で、その脳はどこにあるんだ」

霧山の眼に憤怒《ふんぬ》がちらついてきた。

「ワシントンDCの、スミソニアン博物館です」

死んでからも、抜き取られた脳が陳列されていたのです。北米最後の野生インディアンの脳として見せ物になっていた。

ステーツに帰る用事があったとき、スミソニアン博物館を訪ねて探してみたのですが、イシの脳は見つからなかった。倉庫に保管されているのかと思って学芸員に訊ねると、

「もう、ここにはありません」という返事でした。

先住民たちのグループが、脳までさらしものにするなと激しく抗議して、撤去させ、ひき取っていったそうです。

「いまどこにあるんだ」

「わかりません」

イシの脳を神聖なものとして、ひそかに祀《まつ》っているのかもしれません。最後の野生インディアンですから。ジェーンは、そのガラス壜の脳と語りあっているようなのです。

「…………」

有馬はべつに奇異に感じなかった。自分も胸のなかでキーを叩きながら、ぶつぶつジムに語りかけている。地上四〇〇キロ上空を回りつづけている宇宙ステーションにいるジムの意識が、自分から分離した超自我のような気がすることもある。ふっと気づくと、丸い豆腐のような母の脳に話しかけていることもある。おそらくハワァも、ガラス壜に封じ込められているイシの脳を同じように感じているのだろう。

「で、これからどうするつもりだ？」と霧山が訊いた。

「ステーツに送還するように言われています」

いまは基地に軟禁されている状態です。ＰＴＳＤの特殊ケースだから、もっと治療が必要だと答えて時間をかせいでいますが、いつまでも預かるわけにはいかないでしょう。

「もし送還されたら？」

「裁判を受けることになるかもしれない」

「刑期はどのくらい？」

「法律についてはよく知りませんが、兵士だったら国家反逆罪ですから、十五年ぐらいでしょうか。しかしジェーンは一般市民《シビリアン》ですから、刑務所ではなく、精神病院へ送られるかもしれません」

「たぶん、そこらが落としどころだろうな」田島が冷めた声でつぶやいた。

「ステーツに送還されたら、自分の脳も抜き取られる。ジェーンはそう思い込んでいるのです」

「いや、精神分裂病《スキゾフレニア》ではなく、強迫神経症かもしれない」

霧山がひっそりつぶやいた。

「ええ、わたしもそうではないかと思っています」

「精神障害者とみなされて無罪になるんじゃないですか」と有馬は訊いた。

「すると、軍の息がかかった病院へ送られる。死ぬまで病棟に閉じ込められることになる。事実上、終身刑です」

「…………」霧山の眼が光った。

白髪が垂れさがる眼窩《がんか》から底光りしてくる。いつもの穏やかな霧山ではなかった。真夜中、ぎらりと金色に光る野犬のような眼だ。離島の座敷牢をかたっぱしから叩き壊していたときも、こんな眼をしていたのかもしれない。

「救《たす》けてやりましょうよ」さらりと田島が言った。

「だが出国できません」フローレスが首をふった。

アフガンで捕まったときジェーンはなにも身につけていなかった。パスポートもない。もちろん島から出ていくことはできます。那覇空港から東京へ飛ぶことはできます。大阪へも行けます。国内線ですから、パスポートを見せなくてもいい。だが帰国することはできません。ジャパンの公安に追われたら、まず逃げ切れないでしょう。

「かわいそうにな」霧山はつぶやいた。

「なんとかしましょう」

こういうことは、まあわたしに任せてください、と田島が言った。

新興教団のブレーンだったころ、田島は教団を隠《かく》れ蓑《みの》にして過激なセックス・セラピーの実験に没頭していたのだった。非合法すれすれのことも、平然とやっていた。

「だが、金がかかりますなあ」

もう教団の資金を湯水のように使える立場ではなかった。

「わたしが出すよ」と霧山が答えた。

預金通帳と実印を、お前に渡す。もう家族もいないから好きなように使ってくれ。葬式など、後始末の費用だけ残してくれればいい。

「わかりました」

田島はうなずきながらも、どこかしら自信なげだった。島に赴任してきてから、まだ日が浅いから裏社会とのパイプがないのだろう。

「アタル、なんとかして」と七海が言った。

「はい、はい」

當はおどけながら、こういうことはおれに任せてください、と田島の口まねをした。あいつら金次第だからな。ただし、おれも仲介料を頂くよ。

霧山は微笑した。もしも、万が一の場合は、わたしが首謀者だということにすればいい。余命半年だからな。裁判のとき被告はもうこの世にいない。

「だが、フローレス、お前はどうするんだ？」

「アリゾナの村に帰ります。母の介護をしなければなりませんから。すでに辞表も出しています」

「七海を連れていくのか」と當が訊いた。

「………」フローレスと七海は目くばせしてから、ゆっくりうなずいた。

「そうか」當は陰気に黙り込んだ。

まわりの空気がさっと冷えた。

「ベトナム戦争のころ……」霧山がさりげなく話題を変えた。

アメリカーの脱走兵を匿《かくま》ったことがある。いや、わたしじゃない。反戦運動をやっていた友人が、脱走兵を預かることになったんだよ。だが東京のアパートでは人目につく。そこで諏訪之瀬島《すわのせ》のコミューンに送り込んだ。

諏訪之瀬島、知っているか。屋久島の南、トカラ列島にある火山島だ。そこで二十人ぐらいの若者たちが共同生活をしていた。ヒッピー・コミューンだと揶揄《やゆ》されていたが、決してそんなことはない。農業や漁をしながら慎ましく暮らしていた。飛魚の干物を出荷して、細々とコミューンを維持していた。ささやかな僧団《サンガ》のような集団だった。

わたしの友人は、そこに脱走兵を匿ってもらったんだよ。ところがそいつは、とんでもないやつだった。反戦なんか、まったく興味がない。コミューンのみんなは、玄米と野菜、飛魚の干物など食べて暮らしている。だが脱走兵は肉が食いたくてしょうがない。みんなが卵を楽しみにしている鶏を絞めて、こっそり丸焼きにして食べたりした。若い女にもちょっかいを出す。友人は諏訪之瀬島までひき取りにいって、脱走兵をスウェーデンへ逃がしてやったが、まったくアホらしかったと苦笑してたよ。

＊

七海は小型車でフローレスを送っていった。田島は考え込みながら赤花の繁みをぬけて、うるま病院へもどっていった。

當と有馬はどちらからともなく歩み寄った。

「フローレスのやつ、どう思う？」と當が訊いてきた。

「どうって？」

「食わせ者じゃないかな」

「なぜそう思う？」少し有馬もひっかかっていた。

「最初に逢ったとき、アリゾナの村のことばかり話していたな」

村のことも、空母に乗っていたというのも、たぶん事実だろう。だが兵役を終えてからのことは一言もしゃべってない。

「きれい事が多すぎるような気がするな」

た。

「あいつには裏がある。ちょっと調べてみようか」

當はタンクや計器に降りつもっているブーゲンビリアの花びらを払いのけて、原付バイクに跨《また》がった。

ちょっと待ってくれと、と有馬はひきとめた。

「ひとりで洞窟《ガマ》に入っているそうだな」

「ジェーンに聞いたのか」

「何してたんだ?」

「ずっと昔、アメリカーのガキ連中とガマで出くわした」

そのことは話したよな。連中もおれらの光りを見て、幽霊《ゴースト》だ、幽霊だと逃げていった。あのとき変な気がした。ドッペルゲンガーとも少しちがう。どう言ったらいいかな……。おれの意識がやわらかい飴のように伸びていって、連中のほうにくっついていくような気がしたんだ。

「よくわかるよ」

「だから、フローレスがやってきた横穴を探しにいった」

貝殻を置きながら歩いていくと、だんだん明るくなって青空が見えてきた。光りの滝が降ってい

た。まぶしすぎて円い青空しか見えなかった。目がなれてくるとツマベニ蝶が飛んでいた。ああ、アメリカーのガキ連中はここから入ってきたんだなと考えていると、ジェーンと目があった。横たわって片手を水に浸けながら、おれを見つめていた。

「近づいちゃだめ」

ジェーンは濡れた人さし指を口にあて、シーッと黙らせるしぐさをした。

「MPに見つかったら撃たれるよ」

小声でささやきながら起きあがってきた。おれを庇《かば》おうとしていた。昔の七海みたいに。あれはいい女だ。ステーツへ送還されたら脳を抜き取られるというのは本当のことだ。決して妄想じゃない。刑務所か精神病院に送り込まれたら、魂《マブイ》を抜き取られるのと同じことだからな。

「だから救ってやれよ」

「そのつもりだ」

「じゃ、よろしく」

「ガマに入ったのは別の目的だろう」

「なんのことだ?」

「日本軍の弾薬を探してるんじゃないか」

「そんなの、あるわけねえだろう。とっくに撤去された」

「横穴に隠されているという噂がある。そう言ってたじゃないか」

「噂だよ、ただの噂」

「もし見つけたら、どうする?」

「さあ、どうしようか。ジョーカーを握ったようなものだ」

「滑走路は十メートルの厚さがあるそうだ」

「爆破できないよな」

「…………」

「サリンを撒《ま》いてやろうか」當はへらりと笑った。

「サリンはない」

「日本軍はサリンを製造していなかった」

「毒ガス弾はあったようだ。ＶＸガスや、イペリット・ガスだ」

「そうらしいな」

「もしも弾薬庫を見つけたらどうする？」

「アメリカーの基地を吹っ飛ばしてやる」

一呼吸、間をおいてから、

「おれに、そう言って欲しいんだろう」

図星らしいなと皮肉っぽく笑いながら、當はエンジンをかけた。

原付バイクは遠ざかっていった。逆光のせいか、奇怪なかたちの影に見えた。見送りながら、自分の影が長く伸びていくような気がした。道を曲り、ふっと影が消えたとき自分らしさが引き裂かれた気もした。當が言った通りだと思った。日本軍が隠匿《いんとく》したという弾薬や毒ガス弾のことを初めて聞かされたとき、患者さんの妄想だと思いながら、なぜか昂《たか》ぶってしまったのだ。そして霧山と話しているとき、洞窟に入ってみたいと自分から洩らしたのではなかったか。霧山も敏感に反応して、地下の洞窟地図など持ちだしてきた。そうなのだ。南溟《なんめい》さんも、自分も、霧山も、はっきり自覚しないまま似たような妄想を抱えているのではないか。

＊

ジム、元気かい？　高地の砂漠できみと別れた時のことを、今日、しきりに思いだしていたよ。金属のトレーラーハウスに水や食料などをたっぷり残してから、きみは走り去っていった。あのとき不思議な感覚がきた。自分が引き裂かれて、遠ざかっていくきみのほうへ、自分らしさが憑《ひょう》依《い》しているような気がしたんだよ。

紫のルピンの花が咲く砂漠に、ぽつんと取り残された。足もとにはチョコレート色の火山礫《かざんれき》がざらりと積もっていた。あの火山はインディアンの聖地で、麓《ふもと》は墓地になっている。あちこちに石が円くならべられて、土器のかけらが散らばっていた。その壺で湯をわかして、野牛や、鹿の肉を煮ながら、砕いた岩塩を入れていたんだろうな。

洪積世《こうせきせい》だったか、あそこらは浅い海におおわれて、海が退いたり、もどってきたりしていたそうだね。あちこちの砂岩に、さざ波のあとがくっきり残っていた。そんな砂漠に、ひとり突っ立っていた。日が傾き、自分の影が長く伸びていった。頭のところが、いびつにゆがんでいた。それを見つめながら思ったよ。自分らしさというやつは、どうしてこの頭にあるのか。どうして、このからだにしか宿《やど》れないのか、なぜここに閉じ込められているのか。

ジムにとっては無意味なことだと思いながら、消去しないように急いで送信した。それから受信欄をひらくと、宇宙ステーションからメールが届いていた。行きちがいになってしまったようだ。こんなことは珍しい。

アリマ、返事が遅くなってすまなかった。あれから、いろいろトラブルつづきだった。無人補給船がステーションの太陽光パネルに接触して、停電が起こってしまったのだ。その復旧作業に追われていた。

いまは宙に浮かんでいる老朽船みたいなものだ。もう聞いているかもしれないが、この宇宙ステーションをどうするか、少しやっかいなことになっている。ロシアとアメリカが中心になって、いろんな国々が参加してモジュールを増築してきた。近いうちにジャパニーズの宇宙飛行士もやってくる予定だ。ここの宇宙ステーションは国際協力のシンボルになっている。だが実利は、ほとんど何もない。いろいろ実験をやってはいるが実績はあがっていない。それでいて途方もない金がかかる。経済的に、お荷物になりかかっている。

だが、わたしは意義があると思っている。フジヤマの山頂や、南極の氷上にも観測所があるだろう。それと同じようなものじゃないかな。ヒトの知性、認識の切っ先のようなものだ。金はかかるけれど、なんとか存続してほしい。

だが故障だらけの老朽船だから、いずれは廃棄される。ステーション本体の軌道変更はむずかしいから、ゆるやかな角度で大気圏に突入して燃えつきるだろう。いつになるかわからないが、その日は確実に迫っている。わたしは船長でもなんでもないが、最後までここに留まっていたい。沈みゆく船とともに沈んでいきたいぐらいだ。ここはわたしにとって、金属の修道院みたいなものなんだよ。

金属トレーラーハウスの二段ベッドで、夜、ジムが話してくれたことを思いだした。宇宙遊泳しているとき、ちょっとした手ちがいで、数分間だけ宙に浮かんだまま待機しなければならなかった。

こんなチャンスはめったにない。いつもは、やるべきことが数秒きざみで決まっている。太陽が視野に入らぬよう、青い水惑星を見つめていた。アフリカが回っていく。森から降りたサルがあそこらで草原へさまよいだして、二足歩行をはじめたのだ。そして大地溝帯を北へ向かい、ひろがっていった。これまで地上に生まれ、死んでいったヒトの総数は、およそ二千億人ぐらいだろうと推定されている。その二千億人の神経が、母星から遠く伸びてきて、その先端に、いま、たまたま自分がいる。ちっぽけな宇宙船と自分を繫いでいる命綱がへその緒に見えた。そんなことを語っていたな。

＊

ガーネット色の携帯が鳴った。着信音の島唄に一小節だけ耳を澄ましてからボタンを押した。當の声はそっけなかった。逢って話したいことがあるから、店にきてくれないかという。

「店、辞めたんじゃないのか」

「また働くことにした」

「そうか、仕事が終わるまで待ってくれないか」

「わかった」當はぷつんと電話を切った。

その日は忙しかった。小型バスを運転して、福祉センターへ年寄りたちを迎えにいった。それから在宅介護の家々へ送り届けた。最後の一人を降ろしたとき、すでに日が沈みかけていた。

東シナ海があかね色に染まっていた。ディズニーランドまがいの「アメリカ村」は電飾だらけで明るくにぎわっていた。夕暮れの空で、ゆっくり観覧車が回っている。

迷彩服を吊した店に入った。米軍の放出品がひしめいていた。サバイバル・ナイフや、空薬莢のペンダント、鉄兜、モデルガンなどが蛍光灯に青白く照らされている。

店の奥で、當はパソコンと向きあっていた。ディスプレイの光りを浴びる顔は明るい褐色で、人種的な特徴がまったくない。それでいて、傷ついた獣にも見えた。

野生の生きものは傷ついたり病んだりすると、藪や岩陰に身をひそめて自己治癒するまでじっとうずくまっているという。當がそんな獣に見えて、つい声をかけそびれた。

自分もそうやってきた。病気になるとやっかいだった。薬局にいっても、言葉では病状を説明できない。身ぶり手ぶりで伝えるしかなかった。手渡された薬の説明書も、アラビア語や、ヘブライ語、タイ語などだから、まったくわけがわからない。とても服用する気になれず、安宿のベッドで高熱を怺《こら》えながら、ひたすら回復するのを待ちつづけてきた。

店内の銃を見て回った。熱帯雨林で手にしていた機関銃と同じ型のモデルは見つからなかった。あれは旧式だったのだろう。ずっしりと重く、降りしきる熱帯の雨ですぐに錆びついてしまう。晴れた日、草むらに青いビニール・シートをしいて、機関銃を分解しては、油をさした。ネジ一つでも失うと、もう補充できない。木の銃床には AMOR（愛）とナイフで刻まれていた。殺し、殺され、奪い、奪われ、敵と味方の間でぐるぐるたらい回しにされてきた銃だった。

「なんだ、来てたのか」

當は隣りのパイプ椅子をすすめてきた。

店頭に吊された迷彩服が揺れていた。

「あの色、気づいたか」と當が訊いた。「以前はジャングル用の緑だったが、あれは褐色がかっているだろう」

「つまり、砂漠用の迷彩服だな」

「そういうことだ」

すぐそこの基地は戦場と地つづきになっている。だが、あんな迷彩服やプラスティックのモデルガンなど買ってくれるアホな連中がいるんだよ。

「無邪気だよな」

「ところでフローレスってやつ、あいつはやはり食わせ者だ」

當はいきなり切りだしてきた。

PXで働いている女たちに、あいつの噂をいろいろ聞きだしてもらった。sincere な精神科医というのが一致したところだ。まあ予想通りだが、この誠実《シンシア》という言葉がどうもうさんくさくて、ポールというやつに調べてもらった。


アメリカから追い返されたとき、島へもどらず、ヤマトへいくという選択肢もあった。学生ヴィザに切り替えようと必死に貯めていたから、東京でアパートを借りるぐらいの金はあった。予備校へ通って、大検を受けて、それから大学を目ざすという手もあった。だが、それじゃ結局、同じことだ。追い返されるのは、島にもどれという天の声だ。おれはそう感じた。だからハワイ経由で島に帰り、まっさきに、あの岬へいった。そこでポールと出逢ったんだ。

岬の北側斜面は、米軍の弾薬庫になっている。それは公然の秘密だ。核が隠されているという噂もある。岬の奥は、深い湾になっている。空母も入れるぐらいの水深がある。だからアメリカーは、あそこに海上基地をつくろうとしている。いちばん奥まったところは断崖で、洞穴もある。日本軍の震洋艇の基地があったそうだ。

その高い崖の上から、アメリカーたちが次々に海へ飛び込んでいた。やけくそみたいに「ファック、ファック！」と叫びながら身を躍らせていく。ところが一人だけ、どうしても飛び込めないやつがいた。崖のへりまで近づいては、身がすくんで後ずさりする。「カモン、カモン」と米兵たちは海から手招きする。そいつは意を決して、また崖の上に立つが、やはり飛び込めない。尻込みしてうずくまる。

おれはバイクから降りて近づいていった。なんとなく気になったんだよ。やせて、生《なま》っ白《ちろ》くて、兵士には見えなかった。恥ずかしそうにぶるぶる震えているだろうと思っていたが、けろりとした顔で沖を眺めていた。

「泳げないのか」おれは声をかけた。

「いいえ、泳げますよ」

涼しい声で答えながら、岩に置いてあったメガネをかけた。顔の輪郭が、がくんと歪んで見えた。かなり強度の近眼だ。崖の向こうも海もかすんで、なにも見えなかったはずだ。

そいつがポールだった。あとでわかったんだが、米兵じゃない。民間企業から出向してきたコンピュータ・セキュリティの技術者だった。あの岬にはアンテナがひしめいているだろう。ハイテクの塊りなんだ。だからシステムを防御する専門家が必要なんだ。

おれたちは親しくなって、ゲート付近のバーでよく飲むようになった。ああいう店には、アメ女《じょ》がわらわら群らがっているだろう。

「最低ですね」とポールは軽蔑しきっていた。

だが女嫌いでもゲイでもなかった。ハワイに残してきたガールフレンドの写真を見せてくれたよ。呼び寄せたいけれど、彼女のほうも失いたくない仕事を抱えているらしい。

ポールは中学、高校のころからハッカーまがいのことに熱中していたそうだ。地元のコミュニティ・カレッジに進んだが、すぐに中退している。まともな学歴はない。だがコンピュータの技術はずば抜けている。専門的な資格もいろいろ持っているそうだ。いわゆるオタクというやつだが、まっとうな正義感もあった。米兵たちが島の少女を輪姦した話になると、青い目に涙を滲ませていた。静かな憤怒のようなものを抱えていた。内部告発者予備軍、といったところかな。そんなやつが基地にもいるんだよ。

どこに核が隠されているか、おれは知りたかった。知ったところでどうなるわけでもないが、無知のままでいるのは悔しいじゃないか。ポールはセキュリティ・システムの専門家だから、最高機密にアクセスできる。太平洋艦隊のスケジュールも、どこに核が隠されているかも知っているはずだ。だが一度も、訊いたことがない。ときどき会ってビールを飲むだけだった。

「フローレスという精神科医のことを調べてくれないか」

おれは初めて頼みごとをした。経歴を調べるぐらい、頼んでもいいかなと思ったんだが、ポールはさっと青ざめた。もう二十九歳なのに、少年みたいな澄んだ眼をしている。その眼が急に険《けわ》しくなってきた。

「な、頼むよ。いちばん大切な女が、そいつに騙《だま》されてるかもしれないんだ」

「…………」

ポールは、カウンターに置いてあったルービック・キューブに手を伸ばして、カチッ、カチッと回しはじめた。十分かそこらで見事にキューブの色をそろえたよ。黙ったきりだった。

二日後、電話がかかってきた。基地周辺のバーは米兵が多いから、町はずれの沖縄そばの店で話をした。

「空母に乗っていたころ、フローレスは特殊な任務についていたようです」

ポールは淡々と言った。かいつまんで話すと、大体こういうことだ。

空母は艦隊の司令塔だろう、ステーツからの指令はすべて暗号でやってくる。フローレスはそれを解読する任務についていたらしい。べつに咎《とが》められることじゃない。与えられた役目だからな。だが退役して、精神科医になってからも、海軍との縁は切れていない。サンディエゴやハワイの軍港病院に勤務している。そしてホノルルにいたころ、奇妙な事件を起こしている。

「あとは、これを読んでください」

ポールは、プリントアウトした新聞やネットの記事を手渡してきた。

空母に乗っていたころ、どんな任務についていたかも、ちゃんと記されていた。つまりネット上で公開されている情報だから、機密を洩らしたことにはならない。頭がよくて、用心深いやつなんだよ。

それを手がかりに、おれはネットを読み漁った。

フローレスには結婚歴があった。妻は交通事故で脊椎《せきつい》をやられて、長いこと車椅子で暮らしていた。回復する見込みはまったくない。そのころ、あいつは帰郷してアリゾナの銀山を訪ねている。昔の友人に arsenic の砕石を分けてくれないかと相談を持ちかけている。砒石《ひせき》のことだ。

「何だいそれ?」

「銀山から出る鉱石だが、これから亜砒酸ができる」

つまり砒素という毒がつくれる。ちょっと調べてみたんだが、日本でも江戸時代に「石見銀山鼠とり」という薬が売られていたそうだ。行商もされていた。つまり、殺鼠剤《さつそざい》だ。砒石から砒素をつくりだすのは、べつに難しいことじゃない。砒石を砕いて焼けばいいらしい。取り調べを受けると、あいつはあっさり自白した。半身不随の妻が、
銀山の関係者たちは怪しんで、ホノルルの警察に通報した。取り調べを受けると、あいつはあっさり自白した。半身不随の妻が、

「死にたい、早く死にたい。どうか殺してください」

と言いつのるから、安楽死させるつもりだったというのだ。

警察は、妻にも事情聴取した。

「いいえ、殺してくださいと言った覚えはありません」

と妻は証言した。

それが決め手になって、フローレスは起訴された。メディアはいっせいに飛びついた。「妻を毒殺しようとした精神科医」といった記事が、でかでかと地方紙に出ている。ハワイ日系人の新聞にも出ていた。読みにくい旧漢字の新聞だが。

フローレスは妻を死なせようとした。それは本人も認めている。だが本当に安楽死させたかったのか、殺人未遂なのか、そこのところに関心が集まっていた。裁判のとき、あいつは見え透いた言い訳などしなかった。安楽死させたかった、安らかに逝《い》かせたかったと、ひたすら夫婦愛を訴えた。

妻も、車椅子で出廷してきた。もとは美人だったろうが、でっぷり肥って、車椅子からぜい肉がはみ出しそうだ。顎のまわりも脂肪の塊りだった。過食症になってしまったんだろうな。死ぬまで、このデブ女の世話に明け暮れるのかと思うと、うんざりする。介護人を雇う金もかかる。夜は、下の世話までやらなくちゃならない。だれだって早く死んでくれと思うだろうよ。

フローレスに殺意があったことは、だれの目にも明らかだった。

ところが、妻は証言をひるがえした。

「死なせてください、どうか殺してくださいと、わたしが頼んだのです」

わたしは自分ひとりでは、もうトイレにもいけません。恥ずかしい、恥ずかしくてたまらない。だから死なせてください、殺してくださいと、お願いしたのです。どうか夫を、刑務所に送らないでください。わたしは夫なしでは生きていけません。

「愛しています。愛しているのです！」

妻は号泣しながら必死に訴えた。法廷はどよめいた。そっと涙をぬぐう陪審員もいたそうだ。そして、あいつは執行猶予つきで釈放された。ほとんど無罪のようなものだ。

「ここに全部出ている」

當はプリントアウトした記事を手渡してきた。「謎の夫婦愛」「男と女の闇」といった見出しがついていた。スーツ姿のフローレスが車椅子を押しながら法廷から去っていく写真もあった。やましいことは何もないと言いたげに、ぐっと顎をあげて謎めいた笑みを浮かべていた。

「それから、あいつはこの島に配属されてきた」

はっきりしたことはわからないが、妻は施設に送られ、やがて離婚が成立したようだ。

「七海は知っているのか」有馬は訊いた。

「知らないはずだ。だから、このコピーを七海に見せてくれないか」

「自分で渡せばいいだろう」

「おれにはできない」

な、頼むよ……、と當は拝むように言った。舌でも嚙み切ってしまいたいような、弱々しく、恥ずかしそうな目つきだった。

＊

七海は少しもうろたえなかった。すべての記事をゆっくり読み通してから、三オクターブもありそうな声域のいちばん低い声、老婆のような嗄《しゃが》れ声で言った。

「謎なんか、なにもない。本当に安楽死させようとしていた。そう考えると謎は解けるんじゃないの。夫人がなぜ証言をひるがえしたか、それもよくわかる」

だってそうじゃない。こんなふうに裁判沙汰になってしまった以上、もう二度と自分を殺そうとしないはず。夫が刑務所に送られてしまったら、車椅子の自分はひとりでは生きていけない。ここはフローレスに貸しをつくって、一生尽くしてもらうほうがいい。そんな計算があったんじゃないの。もちろん、女の未練もあったと思う。

「どうする?」と有馬は訊いた。

「わたしはアリゾナの村へいく。そしてフローレスの子を産むんじゃないかな」

麦わらの入った土壁の家で暮らして、松材の台所でトルティーヤを焼いたりしながら、おばあになっていくつもり。わたしにはヒスパニックの血が混じっているから、ふるさとに帰っていくのだという気もする。

「もちろん砒素には用心するけれどね」

七海はひっそり苦笑いしてから、法廷を去っていくフローレスのようにぐっと顎をあげて、遠くを見る目つきになった。光りが乱屈折するオパールそっくりの緑がかった眼に、うっすらと涙が滲んできた。

「アタル、かわいそう」

ぽつんと七海は言った。まだ一歳半の子がうんちを洩らして、恥ずかしい、恥ずかしい、ぼくのこの体はまだ赤ん坊なんだよ、と必死に訴えてきたことを思いだしているのかもしれない。

「だれもいなくなる」と七海は言った。

光主はわたしを後継ぎにしたがっているけど、いずれ波照間宮はさびれ果てて、ホテル業者に買い取られるかもしれない。海が見えるいい場所だからね。そしてユタ教団は終わってしまう。あの人には、はっきり見えているはず。でも気がかりなのは、アタルのこと。光主も、霧山先生も、フローレスも、わたしも、みんないなくなって、あの子はひとり無人島に取り残されてしまう。

ジム、元気かい。こちらは変わりないと言いたいけれど、身辺でいろんなことが起こっている。洞窟で逢った精神科医には裏があった。確証はないけれど、どうもインテリジェンスに関わっているようなんだ。妻を殺そうとしたこともあったそうだ。それでも、かれを愛する女がいて、どこまでも従いていくつもりだという。人というのは、ややこしい生きものだな。

ところで、宇宙ステーションが金属の修道院だというのはぴったりだな。以前、きみは冗談半分、ラグランジュ・ポイントで生を終えたいと言っていた。太陽、地球、月の引力が釣りあうところだから、そこに宇宙ステーションをつくるのがベストだが、あまりにも遠すぎる。

機長としてスペースシャトルに乗りこむとき、もしも機内で死者がでたらどうするか、マニュアルをしっかり頭にたたき込んだとも言っていたな。想像がつくよ。シャトル内は常温だから、放っておけば死者はたちまち腐敗していく。冷凍装置などない。地球に連れ帰ることはできない。水葬のように宇宙の闇へ流すしかない。

そこまで書きかけて、さっさと消去した。水道の蛇口から水を飲んだ。サンゴ礁の石灰の味がした。ジムはいま、宙に浮かぶ金属の修道院で自分たちの尿を再生させた水、酸素と水素を化合させてつくった水を飲んでいるはずだ。

*

その日も、ハワァは雨を連れてきた。鍾乳洞の狭い穴をくぐり抜けていくと、海は雨に打たれながら曇天《どんてん》を映していた。海鳥は一羽も飛んでいない。波照間宮の赤瓦が濡れて、水が滑り落ちてくる。乙姫さまは昨夜も、青い犬が吠える声や、青いフクロウの鳴き声を聞いていたのか。一代かぎりで波照間宮が滅びることを予知しながら、今日も、祭壇に米や海雪を供えているのだろう。

ハワァと二人、ビニール傘に身を寄せあいながら亀甲墓がひしめく森にさしかかった。あばら屋に入ったとき、腰から下がびしょ濡れだった。ハワァを裸にしてタオルでふいた。北米先住民、アングロサクソン、ハワイ先住民、日系人などの血がごちゃごちゃになって生えてきた骨の木に、やわらかい肉がついて乳房が実っていた。ハワァはぶるっと身ぶるいして薄い布団にもぐり込みながら言った。

「洞窟の横穴へ白い貝殻が伸びていた」

「そうか」

あれから後も、當はひとりガマに入って旧日本軍の弾薬を探しているのだろう。あるはずがないと頭ではよく承知していながら。

屋根でけたたましく雨が爆《は》ぜる。四方の軒からとめどなく滴《したた》り、床下を流れていく。小舟で漂《ただよ》いながら波の音を聞いている気がした。水、水、水……。青い水惑星の上空から、さらに水が降りそそいでくる奇妙な星だ。

少しずつ快楽を感じるようになったハワァは、うとうと眠っている。飛び込んでくる金星《ヴィーナス》を受けとめたいからと妙なことを言い張り、ハワァは決してコンドームをつけることを許さない。

また鳥のようにヤモリが鳴いた。

ハワァはぼうっと薄目をひらいて、なにかつぶやいた。よく聞きとれなかった。基隆《キールン》港の安ホテルで、テレビの「颱風現況」を見ていると、琉球からの放送と映像が二重になって、中国語と日本語がもつれあうことがよくあった。ハワァの声もそんな感じだった。しだいに霧が晴れるように「イシ」という一語を聞きとれた。夢を見ていたのだろう。有馬は耳を澄ました。病んだ夢だろうが、病んでいるからこそ聞きとげてやりたかった。

「イシの首を抱えていた」

産んだばかりの赤ん坊みたいに膝の上に抱いていた。鷲鼻で、顎が尖って、ぎゅっと口を結んでいた。顔全体がひきしまって、弓のかたちに似ていた。長いこと孤独に耐えつづけてきた神々しい顔。そっと撫でつづけていると、鳥の群れが飛び込んできて、ぐるぐる飛び回った。髪や首すじに羽がさわる。うっとりしているうちに、イシの首はまっ白な骨に変わっていた。眉の上あたりに深い切り込みがあった。額を真横によぎって、ぐるりと後頭部までつづいていた。解剖されて、電動ノコギリで切断された痕《あと》……。頭蓋の上のほうをつかむと、サラダ・ボウルみたいに、ぱっくりとひらいた。くしゃくしゃに丸めた新聞紙がつめ込まれていた。それを掻きだすと、イシの声が聞こえてきた。

わたしらは飢えながら歩きつづけた。山の緑は深いけれど、野うさぎも鹿も獲《と》れなくなった。わたしの女もだんだん乳房がしぼんでいった。柳のようにやわらかく撓《しな》るからだも骨ばってきた。夜、わたしに抱かれて、甘い吐息をもらしながら咳きこんだりする。赤ん坊たちは仔猿の干物みたいにやせこけていった。年寄りたちも次々に死んでいった。わたしはひとりになって、ふらふらと山から降りていった。

いつ死んでもいいと思っていたが、「ミュージアム」という大きな石の家で暮らすことになった。「プロフェッサー」はわたしを「カー」に乗せて、あちこちに連れていってくださった。「オーシャン」にもいった。あんな大きな湖を見たのは初めてだ。どこまでも、どこまでも茫々とひろがる水の草原だった。遠く空と溶けあうところから雲がわきたっていた。わたしの女にも見せてやりたかったよ。「ボート」で沖へいくと、途方もなく大きな黒い魚がとびあがってきた。精霊だと思った。大いなる魚は、仲間たちとじゃれあいながら尾びれで水をたたく。しぶきの霧がひろがってくる。背中から水を吹きあげていた。うっすらと虹がかかる。ああ、この世はなんと美しいのだろう。

悲しかったのは、わたしが話す言葉を、だれもわかってくれないことだった。「プロフェッサー」はときどき、ほかの「インディアン」たちを連れてきてくださった。肌も顔かたちもそっくりなのに、やはり言葉が通じない。だんだんわかってきたよ。わたしの言葉はひとりぼっちなのだ。「母さん」とつぶやいても、だれも答えてこない。「さびしい」と洩らしても、世界はしんと静まっている。わたしの言葉は、さざ波のように通り過ぎていくだけだ。わたしで終わりなのだ。わたしが死ねば、この言葉も地上から消えていくのだ。

咳が出るようになった。血痰も出てくる。ついにその日がやってきたのだ。死の床にみんな集まってくださったよ。わたしは慈《いつく》しみに包まれていると思ったが、どうもそうではなかったようだ。息をひきとると、銀色のナイフで切りさかれた。頭の骨も割られて、脳を抜き取られた。ガラス壜に浸け込まれた脳に、わたしの言葉も封じ込められてしまった。


「笑わないの？」

とハワァは挑発的に言った。お前、頭がおかしいんじゃないかと笑ってもいいのよ。

「いや」

有馬は首をふりながら応えた。

「まだ生きている脳を見たことがあるよ」

「えっ？」

「母の脳なんだ」

脳腫瘍の手術を受ける日、母の髪はバリカンで刈られ、青々とした頭皮にマジック・インキで線が記されていた。布を裁断するときの型紙のようだった。その線にそって、電動ノコギリで切開していくのだろう。

執刀医は、脳の模型をデスクに置いた。大脳、前頭葉、小脳、と色分けされたパーツが組みあわされていた。執刀医はそれらのパーツをばらばらに外してから、

「いいですか、お母さんの腫瘍はここにあります」

大脳の深いところ、脳幹の近くだった。そこを傷つけると、一瞬で心臓が止まるという。だから

覚悟してくださいと、同意書に署名を求めてきた。

「手術に立ち合わせてください」

頼み込むと、執刀医は十秒ぐらい考えてから静かに答えてきた。

「最初のところだけは遠慮してください」

「わかりました」

頭蓋をひらくところは、残酷すぎて見せられないのだろう。

廊下のベンチに坐っていると、看護師が呼びにきた。

手術室に入ると、母は全身シーツにおおわれていた。頭だけぱっくり開いて、大脳がむきだしになってきた。豆腐か、魚の白子のようだったよ。赤紫がかった血管が、キャベツの葉脈のように脳を包み込んでいた。

メスが入り、執刀医は脳を掻《か》きだしていく。まわりの脳がくずれ落ちないよう、助手たちが竹べらのようなもので支えている。小さな血の池だった。

掻きだされた脳が、金属皿に溜《た》まっていく。これまで世界の切っ先まで見切ろうとしてきたつもりだった。黒曜石のような硬い眼でありたいと思ってきたが涙が流れてきた。血まみれの脳片が煮くずれた豆腐のように掻きだされてくる。そこに宿っていたかもしれない、自分についての記憶も消えてしまったのだと思ったよ。手術後、母はもう言葉を失っていた。

「…………」

ハワァが唇を寄せてきた。口紅も塗っていない、かさかさに乾いた唇だった。いったん顔を離して、前歯で自分の唇をしごき、舌や唾液で湿らせてから、ふたたび重ねてきた。しっとりと温かく、日なたの果実の汁をなめている気がした。

＊

昼食を知らせるチャイムが鳴った。キッチンに入ると、賄《まかな》いのおばさんに、

「これ、先生に届けてくれない」と頼まれた。

妻が他界してから、霧山は患者さんたちと同じものを食べると決めているらしかった。日に、二回、おばさんや看護師たちが交代で弁当を届けにいく。ついでに掃除などする。散乱している書物をかたづけ、ベッドの布団を縁側に干す。家族的な雰囲気の病院で、院長の霧山はみんなに慕《した》われていた。患者さんたちは霧山と世間話を交わすだけで、その日、一日、具合がいいと聞いていたが、従業員も同じだった。

赤花の繁みをかき分けながら、岬の斜面を降りていった。まだ温かいうちに届けたかった。

「よう、今日のおかずは何だ？」

霧山は黄色いふろしきをひらいた。花や鳥が型染めされた、美しい紅型《びんがた》のふろしきだった。弁当箱はありふれたプラスティック製で、なかみも病院の昼食と同じものだ。

有馬は台所に立ってお茶を淹《い》れながら、フローレスのことを話すべきかどうか迷っていた。

「ジェーンは元気か」と霧山が訊いた。

「ええ、変なことをつぶやいていますが」

「そうか」

「やはり精神分裂病《スキソフレニア》でしょうか」

「強迫神経症かもしれない。だが、あえて病名はつけなくてもいいんじゃないか」

何々病だとか分類するのは、どうも気が進まないよ。カルテには、いろいろ書き込んできたがね。ところでフローレスから聞いたんだが、ジェーンは語学教師としてイエメンに渡っている。そこまでは事実確認できるそうだ。だが保護されたのはアフガンだった。そのときの経緯《いきさつ》が、いま一つ、はっきりしない。通訳や翻訳をやっていただけなのか、兵士になったのかよくわからないそうだ。

「………」自分もわからないと叫びたかった。

「わたしは、患者さんがそれぞれ心に抱え込んでいる物語を読みとろうとしてきたつもりだ」

お前もそうしたらいいんじゃないか、と霧山は仄《ほの》めかしていた。

「うるま病院の看板に、宗教病とありますが」

「あれは前の院長が掲げたんだよ」

離島の巡回医療をやっていたころの仲間だった。かれのゴルフバッグに斧やハンマーなど入れて離島を回ったよ。琉大を出た精神科医だが、親から土地を相続していた。岬の上で潮風がくるから農地にはならない。ススキが茫々と繁る荒地だった。そこに理想の精神病院をつくろうと、わたしを誘ってくれた。だが早死にした。

この島には独特の症状がある。神がかったり、悪霊にとり憑《つ》かれたり、心的な嵐がくるんだよ。それをひっくるめて、かれは宗教病と呼んでいた。だが、わたしは特殊でもなんでもないと思っている。ニューギニアのことは前に話したな。それぞれの土地や文化に、それぞれ多様な症状がある。荒野をさまよいながら神の声を聞く預言者たちも、みんな同じなんじゃないかな。

「アメリカ・インディアンも心的な嵐がくると、ひとり山に隠《こも》って精霊と出逢うそうです」

「そうらしいな。ところが不思議なことに、その嵐を乗りきると、かれらは人を癒《いや》す力を身につけることがある」

シャーマンや教祖たちが誕生してくる。乙姫さまもそうじゃないかな。七海もジェーンも、その可能性がある。

「精神医学がうかつに立ち入れない領域があるんだよ」

ところでリチャード・ドーキンスという生物学者、知っているか。われわれは、遺伝子そのものが生き延びようと乗りつぎ、乗り捨てていく、ただの乗りものにすぎないと言っている。がちがちの進化論者で、冷徹な無神論者《アセイスト》だ。マリアの処女懐胎とか、復活とか、天国とか、まったくたわごとだと見なして、神は妄想であると言い切っている。

「霧山さんも無神論者ですか」

「さあ、どうだろうな」

霧山は箸を降ろして微笑した。

はじめに神は天と地を創造されたと一行目に書かれているが……。

霧山は自問自答する口ぶりになった。それなら神は、外部にいるはずだ。光りあれ、といったふうに外側から宇宙を創造したことになる。ところが宇宙には外部がないと言われている。ちょっと乱暴に言えば、この宇宙は素粒子などの物質と、出来事でなりたっている。起こりつつある出来事を、わたしたちは電磁波などの情報として見ている。その情報は光速でひろがっていくが、宇宙そのものも同じスピードで膨張しているから決して外部へ出ていけない。すると外部にいるかもしれない神は、出来事に関与しようがない。なんら手を加えることもできない。だから神はこの宇宙とともに生まれてきたことになる。そういうことになるんじゃないかな。

だが、わたしは精神科医だ。神にとり憑かれていく症例にいやというほど向きあってきた。人というやつは暴力的だが、いやおうなく聖なるものへ傾いてもいく。それが進化の神秘かもしれない。

神が世界をつくったのではなく、ちっぽけな脳が１４００ccぐらいに膨らみながら神を生みだしているのかもしれない。

「ま、へ理屈を言えば、そういうことになるかな」

霧山は弁当を半分食べ残したまま、黄色いふろしきに包んだ。


蝶のような影がふわりと降りてきた。乙姫さまだった。平安朝めいた衣を光りが透かし、老婆のからだが細い影になっていた。沓《くつ》ぬぎ石にきちんと足をそろえ、縁側に腰を降ろした。

「どうぞ、お上がりください」と霧山はすすめた。

「いいえ、わたくしはここで」

乙姫さまは微笑みながら首をふった。

「絶対に、縁側から上がってこないんだよ」

ずっと昔からそうなんだ。霧山は有馬を見ながら苦笑いした。

「お元気そうですね」

「いや、そろそろニライカナイへいく日が近づいてきたようです」

霧山は明るく軽口をたたいた。

「そのときは、わたくしもご一緒します」

乙姫さまは決まりきったことのように淡々と答えながら、

「こんな手紙がきましたの」

と差しだしてきた。赤と青に縁取られた航空便だった。

「先生、読んでください。わたくし英語がわからへんから」

乙姫さまは、おかしな関西弁になった。

「七海が読めるでしょう」

「でも七海さん、ときどき嘘をつきますから」

「ああ、ちょっと虚言癖がありますね」

航空便の差出人は、GRANDMOTHERS COUNSEL THE WORLD とあった。

「なんですか、それ」

「うーん。世界を癒すおばあさんたち……、ですかな」

封筒のなかには印刷された声明文と、タイプの手紙が入っていた。

霧山は黙読してから手渡してきた。

「光主に訳してさしあげなさい」

有馬は通読してから、ゆっくり和訳していった。ヤマトの言葉に変えているのだと感じながら。


わたしたちは先住民のグランマザー、おばあさんたちの集まりです。大地や、森や、母なる星が破壊されていくのを見過ごすことができず、わたしたちはたがいに呼びかけ合いながら、イロコイ連邦に集まりました。北米や、メキシコ、中米の熱帯雨林、アマゾンの森、北極圏、チベット、ネパール、アフリカ、中東の砂漠などに住む、十三人のグランマザー、おばあさんたちです。わたしたちは血の海となった大地に、平和をもたらしたいと願っています。

声明文の下に、写真が添えられていた。十三人のおばあさんたちが、黄色く紅葉しはじめた森のなかに勢ぞろいしていた。ほとんどが白髪だった。色あざやかな民族衣装をまといながら、ゆったたりと象のように立っている。堂々とした無名性の慈愛があった。あきらかにシャーマンたちの集団だった。

タイプされた手紙は、この集まりを企画した女性たちからだ。セラピストや、女性運動家、自然保護団体など、さまざまのグループが集合して GRANDMOTHERS COUNSEL を組織しているのだという。ＮＰＯ法人のようなものらしかった。民間からの寄付金で運営していると明記されている。それにつづく文面は、光主への呼びかけだった。

わたしたちは、十三人のグランマザーと共に《平和の松明《たいまつ》》という行進をつづけています。おばあさんたちのキャラバンのようなものです。松明をかかげて巡りながら、国連や、バチカンの広場、世界各地の聖地でささやかな祝祭をひらいています。移動祝祭のようなものです。おばあさんたちの母なる力こそが世界を救うと、わたしたちは信じています。

《平和の松明》は、ヒロシマ、ナガサキ、フクシマを巡ってから、南太平洋へ向かう予定です。ご存じの通り、ビキニ環礁《かんしょう》では何十回も原水爆実験がおこなわれました。母なる星が、最も深く傷つけられたところです。わたしたちは次の祈りをビキニ島で捧げようと計画しています。そのキャラバンの途中、もしも可能なら、琉球島で祝祭をひらきたいと思っています。

そのホスト役を、引き受けて頂けないでしょうか。あなたが長い年月、森や聖地を守ろうと力を尽くしてこられたことを、わたしたちは畏敬《いけい》しています。十三人のグランマザーの構成メンバーは流動的です。十三人にかぎられるものではありません。あなたも明らかに、グランマザーの一人です。琉球島のどこかで《平和の松明》の祝祭をひらけるかどうか、ホスト役を引き受けて頂けるかどうか、考慮してくださいませんか。ご連絡をお待ちしています。


光主は、きょとんとしていた。百歳の童女のように、ぽかんと目を瞠《みひら》いている。

「グランマザーって、なんですか先生」

「おばあたちのことです」

「イロコイ連邦というのは、なんでしょうか」

「話してごらん」と霧山が促した。

「北米先住民、アメリカ・インディアンたちの自治領です」

記憶をたしかめながら、有馬はゆっくりと話した。

アメリカが独立する以前のことですが、当時、インディアンたちは部族間の戦争に明け暮れていたそうです。そこにピースメーカーという若者が現れて、インディアン同士の戦いをやめさせ、平和同盟を結ぶことになりました。かれらは大きな穴を掘って、すべての武器を埋め、木を植えました。その部族集団がイロコイ連邦です。小さな国々の集まりのようなものです。

その連邦は、きわめて民主的に運営されていました。もともと母系社会でしたが、グランマザーと呼ばれるおばあたちが選ばれて、さらにそのおばあたちが指導者を選びます。すべてを話し合いで決めること、七世代あとの子どもたちのことを考えて判断していくこと、それがイロコイ連邦の理念でした。アメリカ建国の父といわれるフランクリンやジェファーソンは、イロコイ連邦から多くのことを学んで、自国の民主主義をつくりあげていったそうです。

「平和的なんやね」光主はにっこり笑った。

「イロコイの理想が、伏流水のように日本の平和憲法にも流れていると言う人たちもいます」と霧山が補足した。

「いまもあるのですか」

「はい、存続しています」有馬は答えた。

ニューヨーク州の北部、カナダとの国境に近いあたりです。独立自治領として国連も承認しています。アメリカ合衆国も準州とみなしています。イロコイ連邦は、独自のパスポートも発行しています。

「十三人のおばあとは、ユタのようなものでしょうか」

「ええ、そうだと思います」

「おばあが世界を救うのですか」

「そういうことでしょうね」霧山がうなずいた。

「わたくしにホスト役をひき受けて欲しいそうですが、ホストというのは何でしょうか」

「お客をもてなす主宰者でしょうね」

「つまり、わたくしに祭りを司《つかさど》って欲しいということでしょうか」

「ええ」

「どういたしましょうか」光主は霧山を見つめた。

「お受けすべきだと思います」

「先生、手伝ってくださいますか」

「…………」霧山はしばらく考えてから答えた。「わたしは病身ですから表立って動けません。こうしたことは、田島に任せたほうがいいと思います」

とても有能ですから、と言いながら携帯をかけた。

光主の目はどこにも焦点を結んでいなかった。瞳孔がひらいたまま、霧山の肩に止まる青いフクロウを見ているようだった。

田島はすぐに駆けつけてきて、

「クエが釣れかかったんですが、逃げられました」

白衣の袖をまくりあげた手で、釣竿のリールを巻くしぐさをした。

「そうか、釣れたらご馳走してくれよ」

「もちろんです。旨い魚ですよ。身がひきしまって、ねっとりとした甘みがある。魚の王者ですな」

田島は航空便を受け取った。まず差出人とアドレスに注意深く目を通してから、声明文と手紙を一読した。

「このグランマザーのことは聞いています」

組織を立ちあげたのはセラピストです。精神医学と女性運動を結びつけながら、社会変革をやろうという芯《しん》のある女性ですよ。

「みなさん、良いことをしておられるのですね」

「はい、そうだと思います」田島は生《き》まじめに答えた。

「わかりました。波照間宮で祭りをひらきましょう。十三人のおばあたちは、社務所の二階に泊まっていただきます」

「この《平和の松明》にはサポーターたちも一緒に行進してきます。かなりの人数になると思いますよ」

「そうですか、困りましたね」

「まあ、だいじょうぶでしょう。祭りをひらくところは、たいてい人里離れた聖地です。みんなテントを持参して野営しながら従《つ》いてくるそうです。浜にテントを張って、自炊できるはずです」

「海雪のおにぎりぐらい配れると思います」

光主は、乙女のように目を輝かせた。

「田島、すまないけれど手伝ってくれないか」

「わかりました。わたしが事務局長になりましょう。具体的なことはすべてひき受けます」

「では田島先生、お願いしますね」

乙姫さまは縁側から立ちあがった。ふわりと蝶が飛び立つような優美さがあった。明るい庭をよぎって、赤花の繁みへ消えていった。岬の遥拝所《ようはいじょ》へいくつもりだろう。そこから太平洋のかなたへ祈りを通そうというのか。

海はラピスラズリのように、硬く青く光っていた。

「この《平和の松明》は使えますな」ぼそっと田島がつぶやいた。

熱心なサポーターたちが同行してきますから、この集団にまぎれ込めばジェーンも島から出ていけそうです。やっかいなのは、そこから先です。無事にアメリカにもどれたとしても、どこにも居場所がありませんよ。いずれ逮捕されるでしょう。そして刑務所か精神病院……、と言いかけて田島は黙り込んだ。

「いや、一つだけあります」

ふっと閃《ひらめ》くまま有馬は口走った。おばあたちと一緒にイロコイ連邦へ従いていけばいい。スー族の血をひいているから受け入れてもらえるかもしれない。あそこは準独立国みたいなところで、独自のパスポートも発行しています。スー族たちが蜂起《ほうき》して独立宣言したときも、まっさきに承認しています。あのときの指導者もＦＢＩに追われて、イロコイ連邦に逃げ込みました。そこに隠れているとわかっていながら、司法は手を出せなかった。そういうところです。

「そうか、居場所があるんだな」霧山はうなずいた。

「ええ、一か所だけ」

答えながら、そこが世界のエア・ポケットのように思われてきた。ぽっかりと円い青空が見える御嶽《うたき》も浮かんでくる。

# 5　宇宙ステーションの声

乙姫さまは左右に筆をくねらせながら「笑いの泉」と書いていた。でたらめの筆順だった。海蛇が黒々とのたうつような書だ。「泉」という字を書き終えると、まわりに細い産毛《うぶげ》のようなものを描きはじめた。「笑いの」という文字からも、ひげ根がびっしり生えてきた。余白には、鱗《うろこ》とも火《か》焔《えん》ともつかぬものを描き込んでいく。稲妻が光る夜のように、すべてが電気を帯びてびりびりと震えている。乙姫さまは憑《つ》かれたような速さで「平和の松明」「祝祭」「南波照間」と書きつづけ、ふうっと息を吐きながら筆をおいた。心的な嵐が少し凪《な》いだようだ。

「その《平和の松明》ですが」

田島が穏やかに切りだした。

「…………」

「おばあたちを組織した女性が、天幕《テイピ》を建てたいとメールしてきました」

「なんでしょうか、そのティピというのは」

「北米先住民たちが暮らしていた円錐型《えんすいけい》のテントです。野牛や鹿を追って移動しながら、草原に組み立てます」

儀式のときも建てるそうです。《平和の松明》でも、そこが祭りの中心になります。浜に建てることも考えましたが、サポーターたちでいっぱいになるでしょう。簡易トイレやゴミ捨て場なども準備しなければなりません。島の人たちや、ヤマトンチュも集まってきますから、浜はキャンプ場みたいになるはずです。

「だから、波照間宮の境内《けいだい》に建てたいのですが、よろしいでしょうか」

「ああ、かまいませんよ」

乙姫さまは恬淡《てんたん》としていた。祭壇の鏡、ラブホテルにかかっていそうな円い鏡に海が映っていた。波がうねり、水しぶきの霧がかかる。

「霧山先生のお命は、あとどのくらいでしょうか」

「ニライカナイへ行く日が近づいています」

「余命半年と聞いておりますけれど」

「あと数か月かもしれません」

田島は隠し事をしなかった。延命措置は必要ない、このまま死なせてくれと言っているのだという。

「ベテランの看護師をそばにつけています。お粥《かゆ》をつくったり、モルヒネを注射したり……」

カモメが円い鏡をよぎっていった。

「あなた居なさい、わたし行く……」

ぽつんと乙姫さまが洩らした。

「その言葉、どうして知ってるんですか」

「霧山先生がつぶやいておられました」

「そうですか。有馬から聞いたんでしょうな」

「ところで田島先生、教えて頂きたいことがあります」

「はい、なんでしょうか」

「わたくしは四十何年、あちこちの病院を回って神ダーリーしている娘さんたちを引き取ってきました」

「よく存じています」

「けれど神ダーリーしている娘さんは、もうほとんどいなくなりました。七海さんのように手首を切ったり、うつ病の方たちばかり多くなってきました。いったい、なぜでしょうか」

「うーん、霧山さんに聞いてみましたか」

「やはり文明病だろうな、と言っておられました」

「わたしもそう思います」

そうとしか答えようがないのですよ。実のところ、わたしたちも戸惑っています。世《ゆ》が変わるにつれて、心の病も変化していくようです。

「世《ゆ》は、どんなふうに心を変えるのでしょうか」

「………」

田島は言葉につまり、ちょっとだけ理屈っぽいことを言ってもいいでしょうかと自問自答するようにつぶやいた。

ドイツの哲学者が、神は死んだと言っています。とても孤独な人でした。だれにも認められず、かれが書いた本も、二、三冊しか売れなかったそうです。街を歩いていると広場に馬車がとめられ、一頭の馬が繋がれていました。その黒く潤《うる》んだ眼を見つめているうちに、かれは滂沱《ぼうだ》の涙を流しながら、昏倒《こんとう》して、晩年まで精神病院で過ごしました。ベッドにもたれながら夕陽を眺めていたそうです。

「それで」乙姫さまは急《せ》かせる目つきになった。

「かれが言った通りかもしれません」

神が死んでしまったから、もう病んだ心は行き場がありません。聖性への通路はすでに断たれている。だからカミダーリーできない。文明や社会の外圧は強まっていますから、ただ内向していくしかない。それでも飢えることはない。まあ食べることには困らないから、がむしゃらに生活していかなくてもいい。だから意識を意識する時間だけは、たっぷりとあります。そうして自意識だけが内部へふくらんでいって、ブラックホールのようなところへ自己崩壊していく。それがうつ病のメカニズムかもしれません。もちろん私見にすぎませんが。

「いいえ、神さまは死んでおられませんよ」

乙姫さまは白粉《おしろい》を塗った細い首を、馬のようにぐっと起こして、田島を見すえていた。

＊

うるま病院の駐車場で、田島は立ちどまった。

「アタルに会いたいんだが、連れて行ってくれないか」

「いまからですか」

「そうだ」

「………」ぴんときた。當にもなんらかの役割を持たせようと、霧山が助言したのだろう。

小型バスに田島を乗せて、アメリカ村へ向かった。

米軍放出品店の軒先に、迷彩服がぶらさがっていた。首を吊った透明人間の服のように揺れている。當は店にいなかった。店番をしている少年が、あそこだ、と指さした。観覧車が回っていた。

その切符売り場に、アメラジアンの少年たちがたむろしていた。白い肌や、褐色の肌が入り混じっている。輪の中心に當がいた。うんうん、と少年たちの声にうなずいていた。呼びかけると、上目づかいに睨《ね》めつけてきた。

「乗ってみようか」

田島はさらりと視線をかわしながら、観覧車を仰いで、

「三枚」と窓口で言った。

切符を差しだしてくる手が白かった。當も乗り込んできた。観覧車は昇りだした。當は眼下の少年たちに軽く手をふってから、ぽつんと言った。

「みんな仕事がないんだ」

母子家庭で、ろくな学歴もない。履歴書に国際学院と書いただけで敬遠される。だがアメリカ村では、割とよく雇ってもらえる。ハーフだからアメリカっぽい雰囲気が出てくるというわけだろうな。

まだ昇りつめないうちに、二つの海が見えてきた。太平洋は藍色で、東シナ海には夕陽が映っていた。積乱雲が上のほうだけピンク色に染まっていた。その太平洋のほうを眺めながら、

「ジュゴンがいるそうだな」と田島が独りごちた。

人魚と見まちがうという哺乳類のことだ。あの岬あたりでも、ジュゴンの親子が泳いでいる。だ

から海上基地は環境アセスメントに違反するという論調も盛んだった。

「先生、なんにも知らないんだな」當はせせら笑った。

アラグスクという島のこと、聞いたことがあるかい。漢字で書くと新しい城だ。海辺に御嶽があって、まわりにジュゴンの頭骨が石垣みたいに積みあげられている。肉は食べた。鯨肉よりもずっと旨いそうだ。首里王朝にも献上していた。ところがアラグスク島は消滅した。いや、島そのものはいまもあるが、無人島になって業者に買い取られ、ブルドーザーで真っ平らに削られてしまった。牧草を植えて牛を飼っている。ここらのホテルや、ステーキ・ハウスで出てくる牛肉だよ。村は消えたが、海辺の御嶽はいまも残っている。石垣がくずれて、ジュゴンの骨が散らばっている。あの骨を見たら、きれいごとは言えないはずだ。もちろん海上基地をつくらせちゃいけない。だが、ジュゴンをだしに使うな。

「行ってみなよ、先生。でっかいクエが釣れるかもしれないぜ」

観覧車は藍色の夕空へ昇りつづけていく。

田島はグランマザーと《平和の松明》について手短に語った。

「で、おれに何をして欲しいんだ？」

「おばあたちは日本語がわからない」

乙姫さまは英語がわからない。みんな波照間宮の社務所に泊まることになっている。七海だけでは人手が足りない。国際学院の生徒たちに手伝って欲しい。おばあたちの世話係や通訳をやってもらいたいんだ。みんなバイリンガルだろう。かわいい孫みたいで、おばあたちも喜んでくださると思うんだがね。

「アメラジアンの出番、というわけか」

「そう、きみと七海で仕切って欲しい」

ほかにも、いろいろ頼みたいことがある。祝祭のとき、おばあたちが話をするはずだ。七海に通訳してもらうが、一人では大変だろう。だから、きみと二人でやってもらいたいんだよ。

「………」當は軽く顎をしゃくった。うなずいたのだ。

七海と二人で何かをする、これが最後の機会だと覚ったのか、東シナ海の方角へ顔をそむけた。ガラスの義眼のような眼に夕陽が映り、あかね色の涙が溜まっているように見えた。観覧車はてっぺんまで昇りつめた。下降するにつれて街がせりあがり、海が沈んでいった。

＊

院長用の黒い乗用車で新聞社へ向かった。田島はいつも助手席に乗るのだが、今日はめずらしくスーツ姿で後ろに坐っている。

「院長代理だからな」

役割をきっちり演じようと決めているらしかった。

陽炎《かげろう》のたつ白い街に着いた。風に運ばれてゆく雲が、ビル群のガラス窓に映り、さらに四方八方へ乱反射している。

受付へ行くと、意外なことに、まっすぐ社長室へ案内された。

「霧山先生から、お電話がありました」

社長は起立して言った。

《平和の松明》の後援をしてほしいというお話でした。もちろん、異存はありません。こちらの新聞も、海上基地をつくらせまいと論陣を張っています。わたしも社説を書いております。主筆ですから。どのくらい資金援助できるか、これから役員会で検討します。報道も、きちんとやらせていただきます。

「ただ、霧山先生のお声に力がなかったのが気がかりです。具合はいかがですか」

「ニライカナイへ行く日が近づいています」

「そうですか」

数秒、目を瞑《つむ》ってから社長は語りだした。

ヤンバルの支局にいたころ、霧山先生が巡回医療にやってこられました。あのころ北部はまったくの僻地《へきち》で、離島も同然でした。病院もありません。フリムンたちが村をうろついていました。フリムン、わかりますか。気のふれた人たちです。女が髪をふり乱して、着物の裾をはだけながら裸足でうろつき回っていました。そんなフリムンたちを、霧山先生は強制入院させようとしなかった。あれはあれで、共同体の大切な一部なんだよと微笑しておられましたな。

わたしは入社したばかりの新米記者で、ヤンバル支局はひまでしたから、霧山先生にくっついて回りました。心酔していたんですよ。日本復帰してから、先生は強気になられました。医療制度が本土と同じになって、厚生省から援助が出るようになったからです。座敷牢や、豚小屋のような所に閉じ込められている人たちが、あちこちにいたんですよ。先生は家族を説き伏せて、かたっぱしから鍵を叩き壊して回りました。阿修羅のようでした。

ええ、乙姫さまもご一緒でした。妹の霊力が兄を守ると言われていますね。いや、乙姫さまは姉ですかな。そこのところはわかりませんが、お二人は、ほんとうに仲がよかった。ソウル・メイトと言うんですかね、魂《マブイ》の二卵性双生児みたいでしたよ。

日が昏《く》れてからが楽しみです。先生、泡盛がお好きでしょう。夜はかならず酒盛りですよ。民宿のおやじさんが刺身をサービスして、

「百年前の古酒《クース》を持っている家があります」

と話してくれました。

「えっ、どこですか」

先生の眼、ぎらっと光りましたな。欲のない方だけど、古酒だけは別なようです。

翌朝、乙姫さまや光使たちを先に帰して、わたしと二人で訪ねていきました。渡し舟に乗って。タン、タン、タンという焼玉《やきだま》エンジンの音がいまも聞こえてきます。小さな離島ですから、アメリカーも砲撃してこなかった。素通りしたわけです。一軒も焼けていない。漁村に着いて、福木《ふくぎ》の繁る道を歩いていきました。目ざす漁師さんの家も、福木の防風林に囲まれて、赤瓦の屋根が木洩れ日に包まれていました。漁師さんは海に出ていましたが、おじいさんが家に迎えてくれました。床の間に一斗入りの甕《かめ》が飾られていました。そこに古酒が眠っている。若い泡盛を少しずつ注ぎ足しながら、百年も生かしつづけてきたんですな。仕次《しつ》ぎといいますけれど。

「で、飲ませてもらえましたか」

「ええ、拝むようにお願いして」

小さな竹の柄杓《ひしゃく》で汲んで、茶碗の底に二センチぐらい恵んでくださいました。決して、おかわりを所望してはいけません。それが、しきたりです。仁義というものです。先生は目を瞑って、ゆっくり、ゆっくり、舐めるように啜《すす》りました。いやあ、ほんとに旨い古酒でした。天使の羽で、すうっと喉を撫でられたような気がしたと言っておられましたな。

それから「あけぼの園」というハンセン病の施設を訪ねました。民宿で島の名を聞いたときから、

先生のほんとうの目的はそこだったのかもしれません。ハンセン病はもう恐ろしい病気ではありません。けれど帰るところがない年寄りたちが、いまも「あけぼの園」で余生を過ごしています。奄美から船で運ばれてきたという老人もいました。

「この島に捨てられたのです」

鹿児島の鹿屋《かのや》というところにも施設がありますが、収容しきれなくなると、離島に分散させていたようです。わたしはへなちょこの新米記者ですから、うろたえて、もう正視できなかった。でも先生は腰をすえて、じっくり語りあっておられました。

「もっと昔から、ここは死人を捨てる島でした」

と奄美からやってきた老人が言いました。

「その場所はどこでしょうか」

先生の声は少しふるえていました。

それから教えられた方角へ歩いていきました。わたしは逃げ帰りたかったけれど、先生は汗だくになって、ぐいぐい歩いていかれます。無人の社《やしろ》があり、裏手の森にそれらしい所がありました。なんの変哲もない丘です。そこだけ、ぽっかり青空がひらいていました。もう骨はありません。鳥がさえずっていました。カラスもいます。先生は月桃《げっとう》の咲く草むらにしゃがみ込んで、ぽつんとつぶやきました。

「鳥葬みたいなものかな」

なかば風葬で、なかば鳥が食べるに任せていたんだろうな。

先生は、白とピンクの月桃の花をたぐり寄せて匂いを嗅ぎながら、ふっと奇妙なことを洩らしました。

「乙姫さまが見ている」

この光景を、いま乙姫さまが夢に見ているというのです。そんな馬鹿なと思いましたよ。だって昼の盛りですよ。わたしは先生に心酔していましたが、そのときだけは首をかしげてしまいました。夕方、ヤンバル支局の車で先生を病院へ送り届けました。それから波照間宮を訪ねていきました。もう日が昏れていましたが、なぜか気になっていたんですよ。

乙姫さまは、神楽殿《かぐらでん》に供えた米や海雪を取りさげておられました。

「今日、なにか夢を見ましたか」

ぶしつけに、わたしは訊きました。

すると乙姫さまは淡々と答えたのです。

「ええ、うたた寝しているとき夢を見ましたよ」

白骨だらけの岩棚みたいなところに、ぽつんと霧山先生がしゃがみ込んでおられました。明るい日が射しているけれど、さびしいところです。青いフクロウが鳴いていました。霧山先生のすぐそばに、月桃の花が咲いていました。波照間島で暮らしていたころ、母がよく月桃の葉でおにぎりを包んでくださいました。おにぎりに葉の香りがついて、とてもおいしかった。霧山先生も懐かしそうに匂いを嗅いでおられました。夢の中でも、その匂いがしました。月桃は、ほんとうにいい匂いですからね。

*

テレビ局も回った。どうすればディレクターが食いついてくるか、田島はよく心得ていた。かつて新興教団のブレーンだったころ、あの手この手でメディアを操っていた。戦略は見事で、何十万という若者たちが欧米から次々に押し寄せてきた。教団の施設では、もう収容しきれなかった。近辺のホテルは屋上にテントを張って客を泊めていた。それでも足りなかった。村人たちは川辺に竹小屋を建てて貸し出した。マンゴーの樹上にツリーハウスをこしらえて暮らす信者たちもいた。ひっきりなしにメディアが押し寄せてくる。

教祖と自分との関係について訊ねられると、

「ヒトラーと、宣伝相ゲッベルスみたいなものですかな」

と田島は自虐的に笑っていた。

あのころの田島が甦《よみがえ》ってきたようだった。テレビ局のディレクターは乗り気になった。《世界を癒《いや》す十三人のおばあさん》、《平和の松明》、《移動祝祭》といった言葉を聞きながら、すでに映像を思い浮かべている様子だった。

「ええ、盛りあげましょう」

お祭りですから花火も打ち上げたいですね、と身を乗りだしてくる。

テレビ局を出てから白い街を歩いた。街路樹のデイゴが紅い花をつけていた。高架式モノレールの下を白濁《はくだく》した川が流れ、ハイビスカスの花びらが海へ漂っていく。十字路を渡りながら、

「これから忙しくなるぞ」と田島は言った。

お前の代わりにアルバイトの学生を雇うつもりだ。清掃や福祉センターへの送迎などやってもらう。だから、お前はしばらく《平和の松明》に専念してくれ。

「わかりました」

市場には、肉や揚げもの、昆布、鰹節などの匂いが満ちていた。魚は、どれも極彩色の亜熱帯魚だ。アーケード街をさらに歩きつづけていくと、奥まったところに青物市場があった。コンクリートの床が黒光りしていた。間口、一間《いっけん》ほどの店がひしめき、熟《う》れたトマト、緑のピーマン、人参、カボチャ、ゴーヤなど、ありとあらゆる野菜が山盛りになっていた。マンゴーの実や、島バナナの房もあった。熟れきった果実の甘酸っぱい匂いが満ちていた。

「霧山さんはここが好きでね、よく連れられてきたよ」

あの人が赴任してきたのは、復帰前だろう。当時、ここらはいちめん青空市場で、日焼けしたおばあたちがあぐらをかいて野菜を売っていたそうだ。

「お兄さん、お兄さん」

と手招きして、卑猥《ひわい》なことを口走りながらげらげら笑っていた。そんなおばあたちがシャーマンか巫女に見えて、とても眩しかったそうだ。基地から横流しされた旨いコーヒーを淹《い》れてくれる店もあった。霧山さんの好きなセロニアス・モンクの曲も流れていた。ＰＸから、かっぱらってきたんだろうな。

「そのころの食堂が、いまも一軒だけ残っている」

TERMINAL STATION（終着駅）という看板がかかっていた。しゃれた店名だがバラック同然で、テーブルが四つあるだけだ。全部、空席だった。

「あらあ、先生！」

カウンターの奥から声が飛んできた。

「ジューシーを二つ、八重山そばを二つ」

田島は勝手に注文した。

「ジューシーってなんですか」

「混ぜご飯だ、旨いぞ」

壁のメニューを見ると、信じられない安さだった。市場で働く人たちが腹ごしらえにやってくる店なのだろう。

運ばれてきた八重山そばは、かすかに緑がかっていた。この店は独特で、麺にモズクが練り込まれているそうだ。霧山の好物だったという。

おばあが一人、ふらりと入ってきた。遠慮がちにテーブルについた。やせこけて皺《しわ》だらけの顔に、赤花のような口紅をつけていた。

女主人が、ご飯とみそ汁の丼を置いた。おばあは、もぐもぐと食べはじめた。歯が抜けていた。七十を過ぎているようだ。みそ汁は、魚や、野菜、豆腐など、たっぷりの具だくさんだった。この一杯で生きていけそうだ。おばあは食べ終えると、空になった丼をカウンターへ運び、代金を払わないまま、店から出ていった。

「もと娼婦だったんだよ」

いや、いまもそうか……と田島は独りごちた。

老いて身寄りもなく、この市場の人たちがみんなで養っている。ユイマール、相互扶助と言うのかな。いい島だろう。だがこの市場も、もうすぐ取り壊される。愛《いと》おしいものすべてが地上から消えていく、と悲しむように田島は市場を見つめている。田島の眼を借りて、いま霧山が見ているような気がした。

間もなく、おばあがもどってきた。空の丼や皿を抱えていた。出前の食器を回収してきたのだ。ただ食いさせてもらっているから、せめてもの返礼のつもりだろう。老婆はテーブルの薬缶《やかん》から、冷えた茶を湯飲みに注いでごくごくと飲んだ。

ふうっと息をついで、こちらを見つめてくる。眼差しが変わった。真っ赤な口に親指を突っ込んで、しゃぶりながら出し入れした。指と唇の隙間から、舌を突きだした。枯木のような老婆だが、舌だけぬるぬると光っている。深海魚を釣りあげたとき、口から飛び出してくる桃色の内臓のようだ。親指は唾液でぬめぬめと光り、口紅がついてきた。艶《つや》っぽい流し目で誘ってくる。

正視できなくて、有馬はつい目を伏せてしまった。

「いやあ、もうそんな元気ないですよ」

田島が、からりと笑いながら答えた。

「…………」おばあは、さっさと店から出ていった。

*

よく燃えそうな枯木を抱えて、洞窟に入った。ハワァと逢う日はよく雨が降るから、すぶ濡れになってしまう。竈《かまど》で火を焚いて、からだを乾かしてやりたかった。その日も、ハワァはさっと暗河《くらごう》を跳びこえてきた。訓練を積んだ兵士らしい身のこなしだった。有馬は竈のそばに坐るように促した。

「フローレスが辞表を出したそうだ」

いつかは、きちんと話さなければならないことだった。

「いいかい、ハワァ、きみは軟禁《なんきん》されている。ステーツに送還するように命じられているが、フローレスがのらりくらりと日延べしてきた」

だが辞職して、もうすぐアリゾナの村へもどっていく。七海と一緒かもしれない。きみを庇護してくれる者はいなくなる。送還されたら裁判にかけられるだろう。刑期がどのくらいになるかわからない。霧山と田島が、なんとかきみを逃がそうとしている。アタルも裏で動いている。だからパスポート用の写真が必要なんだ。これから街の写真館にいこう。間もなく、十三人のグランマザーがやってくる。世界中から集まってきたシャーマンたちだ。《平和の松明》という行進をつづけている。大勢のサポーターも従《つ》いてくる。その一団にまぎれ込めば出国できるかもしれない。ぼくも一緒にいく。だがリスクはある。空港で引っかかると、ステーツに送還される。

「だけど、脳を抜き取られることはない」

「わかった」

ハワァはあっさりうなずいた。イスラムに改宗したときから肚《はら》をくくっているのか、あるいは離人症のように、現実感がひどく希薄なのかもしれない。

ブーゲンビリアの花におおわれて燃えているような家に立ち寄った。霧山はベッドの背もたれを起こして書きものをしていた。白い無精髭が伸びていた。

「車を借りますよ」

庭から声をかけると、霧山はうなずきながらハワァを見ていた。死にゆく者が、みずみずしい若い女を眩しそうに眺めている。

ハワァは黙礼した。出逢ったばかりのころは、鋏《はさみ》でざくざく切ったようなざんばら髪だったが、いまは櫛《くし》かブラシを通した、つややかな褐色の髪だ。黙礼しながら、右手をそっとTシャツの胸に当てた。それから左手も胸に当てた。Xのかたちに両手を交叉させながら、自分の乳房をつかんでいるようだった。そんな挨拶など、イスラムの国々でも見たことがない。

霧山はうっとり夢精でも洩らすようにうなずいた。

青いワゴン車で街へ出た。花柄のブラウスを買った。写真館で撮影が始まると、ハワァは電気椅子にでも坐らされたように硬くなっていた。フラッシュが焚《た》かれた。明るい鳶色《とびいろ》の眼が光った。先住民や、白い人、農園で働くハワイ移民や、心の暗がりに隠れている分身たちが、ほんの一瞬、いっせいに躍り出てくるような気がした。

＊

ジム、元気かい？　宇宙ステーションの光りをしばらく見ていない。このところ、身辺があわただしくなってきた。十三人のグランマザーという、シャーマンたちの一群が《平和の松明》をかかげてきて、この島で祭りをひらくことになった。《移動祝祭》のようなものらしい。ぼくはただのアシスタントだが、いま、準備に追われている。

昨日、たまらなく見たくなってネットで調べていくうちに《国際宇宙ステーションの軌道情報》というサイトを見つけた。驚いたことに、今日から十日先まで、それぞれの土地から、ＩＳＳが見える時刻や、方位、仰角《ぎょうかく》までくわしく予報されていた。月の満ち欠けや、潮の干満の予想のように精密だった。

窓からのぞくと、夜空は晴れていた。見えるかもしれない。《国際宇宙ステーションの軌道情報》によると、今夜は東の空に現れてくるはずだ。戸外へ出た。大赤木の枝葉から飛び散る水滴のように、無数の星が光っていた。小さな森をぬけた。棒きれで足もとを突ついて毒へビを追い払いながら岬を降りていった。毎朝、フリーダイビングの練習に通っていた崖道だが、このところさぼってばかりいる。浜へ降りた。水平線から波打ち際のあたりまで、星の光りが長く伸びてくる。ハイル・ヒトラーの敬礼のように、東の空へ右手をあげた。だいたいの仰角を目測してから、浜に坐って待ちつづけた。《軌道情報》の予想通り、ぴったりの時刻に見えてきた。恒星の間をぬいながら、金色の航跡を曳《ひ》いていく。

時速二万八〇〇〇キロ。九〇分かそこらで地球を一周するはずだが、ゆっくり、ゆっくり夜空をよぎっていく。あそこにジムがいるはずだ。任務に追われているだろうが、日本列島にさしかかるたびに窓からのぞいているのではないか。その顔を思い浮かべるうちに、自分らしさがそちらへ憑依して、友の眼を借りながら自分を見ているような気がしてくる。淫《みだ》らな夢を見ながら、もうひとりの自分が、自分の夢を見張っているような感覚だった。

空が白みかけてきた。星々がすうっと宙へ吸い込まれていく。水平線から陽が昇ってきた。初めは赤いマグマがせりあがってくるようだったが、みるみるうちに球形にふくらみ、ぶるっと海をふり切るように空へ躍りあがっていった。

＊

アリマ、元気かい？　ジャパン・アーキペラゴにさしかかるたびに見つめている。トーキョーは明るい。だが、きみがいる島は小さすぎて、昼間はよく見えない。大海原に浮かぶケシ粒のような島なんだろうな。雲に隠れていることもある。だが、かろうじて夜は見える。海の蛍のように、かすかに、かすかに光っている。きみの意識の火が灯っているような気がする。
北米大陸をよぎっていくときは、半砂漠を眺めながらニューマン博士のことを思いだす。むろんパラボラ・アンテナは見えやしないが、あそこで一つの知性がしんと五官を澄ましているはずだ。あのラピスラズリの指輪もステーションに持ってきたよ。

今日の昼間……と言っても、昼夜がひっきりなしに入れ替わっていくが、同じ丸窓から死海を見ていた。地球のいちばん低い窪地に、水が溜まっている。海よりも塩からい水が、鏡のように光っていた。あの死海のほとりでも、発光するような意識の営みがあったことを強く感じた。夜、エルサレムの灯りも蛍のように見えていたよ。人の営みは悲しい。

受信してから、エルサレムの街を歩きながら胸でぶつぶつ呟いていたことを思いだした。地上四〇〇キロ上空にいるきみにはぴんとこないだろうが、いま世界各地をさまよっているバックパッカーたちは、圧倒的に、若いイスラエル人が多い。兵役についているとき給料が貯まるだろう。その金で旅に出ていくんだよ。マリファナでも吸って、嫌なことを全部、きれいさっぱり忘れたいからだと笑っているが、決してそれだけじゃない。かれらの母国は、イスラムの海にぽつんと浮かんでいる孤島のようなものだ。いつ消滅するかわからない。だから若いバックパッカーたちは本能的に、次なる散種、流浪の日にそなえて旅をしているのかもしれない。
ジム、きみに話していないことが、ほかにもたくさんある。ハワァのことは米軍基地に関わっているからメールするわけにいかない。エルサレムや死海のほとりをうろついていたことも、まだきちんと話していなかったな。

エルサレムは城壁に囲まれた小さな街だ。攻め滅ぼされては再建され、また滅びては石灰岩を築きあげる。地下には死んだ都が何層にも重なっている。地上は蜘蛛の巣のような迷路だった。嘆きの壁もそそりたっている。カラスみたいな黒ずくめの人たちが、壁に額を押しつけながら祈っている。耳を押しあて、幻の声を聴こうとする人もいる。

嘆きの壁の上には、モスクの丸屋根がそびえている。ムハンマドが神秘体験をした岩がある。アブラハムがわが子を焼き殺して神に供えようとした燔祭《はんさい》の岩だともいわれている。その岩をおおうように金色の丸屋根がそびえている。ユダヤ教と、イスラムの聖地がまったく同じ場所に重なっているんだ。シャム双生児みたいだと思ったよ。聖地という内臓を共有しながら、頭が二つに分かれている結合双生児……。いや、キリスト教も派生しているから、頭が三つ生えていることになるかな。その三つの頭にそれぞれ浮上してきた唯一の神……、おそらく妄想がいまも渦巻き、ぐらぐら煮えたぎっている。

街は宗派ごとに区分されている。ぼくはイスラム地区の巡礼宿に腰を据えていた。なぜか居心地よかったからだ。黄金色に輝くモスクの丸屋根がすぐ近くに見えた。日が昏れると、あちこちの尖塔からアザーンの朗唱《ろうしょう》が流れてくる。夕べのミサの歌声も流れてきて、たがいに争うように、愛撫するように青い夕闇でもつれあう。

部屋の窓の下には「悲しみの道」があった。かれが十字架を背負って、よろよろと登っていった石畳の坂道だ。とても狭い。二人のマリアが佇《たたず》み、見送りながら泣いていたという辻もすぐ近くにある。そんな「悲しみの道」が、なぜかイスラム地区をよぎって、岩だらけの坂へつづき、登りつめたところが磔刑《たっけい》の丘だ。

その丘で、ぼくもニューマン博士のことを思いだしていた。半生をかけて地球外知性体からのメッセージ電波を探しつづけ、宇宙の知性体と交信しようと試みてきた最初の人。そんな天文学者と、ゴルゴダの丘は奇妙な組みあわせだが、わけがあるんだ。

ニューマン博士は、NASAが打ち上げた探査機に金属のレコード盤を積み込ませただろう。やがて、探査機は太陽系外へ出ていく。もう地上からはコントロールできなくなって、深宇宙を漂流していく。

その探査機を、もしも宇宙の知性体が見つけたときを想定して、レコード盤にはぎっしり情報がつまっている。この太陽系第三惑星が、銀河系のどこにあるか。われわれはオスとメスで雌雄生殖していく生きものであること。裸体、性器や、乳房。平均身長。DNAの二重ラセン構造なども暗号化されている。さらに風や雨の音、しぶきをたてながら落下していく滝の響き、海鳴り、鳥のさえずりなども録音されている。もしも知性体が分析すれば、地球という惑星に大気があり、水があり、生命が満ち満ちていることがわかるそうだ。

ジム、元気かい？　ニューマン博士の書斎のデスクにある二つの電話が浮かんでくるよ。一つは、世界各地の電波天文台と繫がっている。もしも地球外知性体からのメッセージ電波を受信したら、すぐに知らせがくることになっている。もう一つの電話は、自殺防止のホットラインだ。自殺しようとしている人が、ぎりぎりの土壇場でかけてくる電話と繫がっている。ニューマン博士は週末ごとに二つの電話のそばで、青いラピスラズリを夜明けまで磨いていた。

その電話のそばで、もしも探査機に十冊の本を積み込むとすれば、どんな本を選ぶか語りあったことがある。マイナス270度、ほとんど絶対零度に近い宇宙空間では、紙の書物なんかたちまち凍りついて、粉々になってしまう。それを承知しながら、たわいない遊びのような対話だった。

まず「聖書」だろうな。わたしは無神論者だが、この一冊だけは外せない、と博士は言った。公平を期すため「コーラン」も積み込もうじゃないか。それからガリレオ・ガリレイの「天文対話」、ニュートンの「プリンキピア」、ダーウィンの「種の起源」とつづけてから、そうだ、アジアの聖典も積むべきだ。ブッディズムではどれがいいだろうと訊ねられて、ぼくはとっさに「ダイヤモンド・スートラ（金剛般若経）」と答えた。わずか262字だけだが、ブッダの教えが見事に凝縮されている。

それから博士はしばらく考えて、次にロシアの長編小説を挙げた。まったく意外だったよ。地球外知性体と交信しようとしている宇宙物理学者が、十九世紀の小説を積み込もうと言いだしたのだ。だからゴルゴダの丘に通《かよ》って、その一冊を読みふけっていた。ロシア語は読めないから、エルサレムの書店で見つけたペーパーバックだけどね。ニューマン博士がなぜ、その一冊を探査機に積み込もうと言いだしたのか知りたかった。

そこからさきは、また胸でつぶやいていた。ジム、あの丘には巨大な教会が建っている。内部はいろんな宗派ごとに仕切られて、十字架を立てたという穴を、強化ガラスの床板でおおっている場所もある。遺体を横たえたという石の台座や、かれが甦《よみがえ》ってきたという墓の跡も、ひとつの大伽藍《だいがらん》のなかにあるんだ。そんな聖所を各派で分けあっている。まるで縄張り争いか、陣取り合戦をやっているようだった。

丘の八合目あたりに、ささやかな修道院がある。丸い土屋根が連なり、アフリカの修道僧たちが、黒い衣をまとってひっそり暮らしている。ぼくはそこが好きで、毎日、通いつづけ、中庭でペーパーバックを読み耽《ふけ》っていた。中庭といっても石灰岩に囲まれて、まわりの壁からブーゲンビリアの花が垂れさがっているだけだ。

通いつづけるうちに、修道僧たちが椅子を出してくれるようになった。粗末な木の椅子だけどね。そこに坐って、いつ果てるとも知れない長い長い小説を読みつづけた。おぞましい父親殺しの話だった。ニューマン博士が、なぜこの一冊を宇宙探査機に積み込もうと言いだしたのか、ぼんやりわかってきたよ。

人の心というやつは、暗黒から光りまでグラデーションになっている。恐竜がうろつく暗い沼地から、きよらかに澄みきった領域まで濃淡になっている。肉欲にとり憑《つ》かれ、妬《ねた》み、憎しみがどろどろ渦巻く日々もある。かと思うと、郵便局へ出かけて、ユニセフに寄付金を送る日もある。飢えた子どもたちのために。そして翌日はまた女に溺れて、罵《ののし》りあい、激昂して手をあげかかる。ぼくたちは日々、そんな濃淡のなかでふらふら揺れつづけている。中途半端なグレーの領域でね。ところがそのロシア小説には、人の醜悪さ、おぞましさから、きよらかな光りの領域まで、すべての振幅が書きつくされていた。ああ、そうなのか。だから宇宙探査機に、この一冊を積もうというのか。これが太陽系第三惑星にいるヒトの意識なのだと。

日が沈み、読みかけのページが青い夕闇に沈んでいく。顔をあげると、丘は夕焼けに照らされ、亀裂にそって熔けた鉄が流れていくようだった。いや、十字架の、かれの太股をつたってくる血が流れていた。

丘を降りてイスラムの巡礼宿でネットに繋ぐと、田島からメールが届いていた。日本南端の島にやってこないかという誘いだった。迷ったよ。まだ帰国する決心がつかなかった。行く先々で仕事を見つけ、金をかせぎながら、長い旅をつづけてきた。果ての果てまで、世界の刃の切っ先まで見切ろうとしてきたけれど、そろそろ潮時かもしれない。もう若くもない。

迷いながら街をうろついた。エルサレムには城門がいくつかある。もっとも壮麗なのはダマスカス門だ。皮肉なことに、イスラム地区にあり、あたりはアラビア語が飛び交う市場になっている。露店がひしめき、苺《いちご》や、野菜、乾燥したナツメヤシの実が山盛りになっている。城門の外も、アラブの市場だった。羊の肉が焼ける匂いが漂っている。その市場の片隅に、バス停がある。そこだけがパレスチナへの入口なんだ。空港もないから、空路では入れない。

黄色い小型バスに揺られながら、死海のほとりへ向かっていった。水辺から黄褐色の岩山がきりたち、あちこちに洞窟がのぞいていた。異端のエッセネ派の人たちが共同体をつくって、身をひそめながら暮らしていたところだ。死海文書が見つかったのも、ここらの洞窟だ。麓《ふもと》には雨水をためる水槽の跡があった。そこから革袋に水を汲んで、洞窟へ運んでいたのだろう。

立入禁止のロープを跨《また》いで登っていった。リュックには二リットルの水とパンが入っている。細い崖道がつづく。石灰岩は日に照りつけられぼろぼろに風化していた。岩角をつかむと、もろく崩れて谷底へころげ落ちていく。たまらなく暑い。両腕にうっすらと塩が吹きだしてきた。

手近な洞窟の日陰にへたり込んでしまった。野宿することにした。サソリが怖かったけどね。砂まみれだが、床はなめらかに磨滅していた。竈があり、煤《すす》で黒ずんだところもあった。ここで小麦を練って、パンを焼いていたのだろう。日が沈んだ。砂漠は寒暖の差が激しい。昼は熱射病にやられそうだったのに、夜はふるえがくる。死海が星月夜に照らされている。眠れなかった。頭のなかでノートパソコンの電源を入れて、きみへのメールを書いていた。

ジム、元気かい？　ヒマラヤの洞窟を思いだしたよ。海抜四〇〇〇メートルあたりの辺境だから、行者《ぎょうじゃ》たちの住んでいる洞窟そのものが寺院だった。いや、行者ではなく聖者と言うべきだろうが、そこのところは、まあ言及しないでおこう。山里の人たちが訪ねてきては、小麦粉や、塩、芥子《からし》油《ゆ》などを喜捨《きしゃ》してくれる。蜂蜜を持ってきてくれる村人もいた。

不思議だったよ。われわれはこんなにも醜い。おぞましいかぎりだ。まったくどうしようもない生きものなのに、一方でヒマラヤの氷の峰々の近くや、死海のほとりに隠《こも》って、なにかをまっとうしようとする人たちもいる。ほんとに不思議な生きものだ。

ヒマラヤでは、いつも日が沈むころ岩棚のへりに坐っていた。眼下を、雪どけの水が斜めの滝のように走っていく。白濁したエメラルド・グリーンの水だ。朝、川に降りて顔を洗おうとすると、両手がはじき飛ばされる急流だった。氷も流れていく。

日照時間は、ごく限られている。太陽はたちまち渓谷を渡り、天が漏水するような夕闇が降りてくる。陽はすでに沈んでいるが、地球のへりから斜め上空へ光りが射して、氷の峰々を淡くバラ色に照らしていた。

麓は暗い。そこで人びとが火を焚き、夕食をつくっているのだろう。子どもたちが腹を空かしている。赤ん坊が泣く。これまで地上に生まれ死んでいったヒトの総数は、およそ二千億だと言われているそうだね。どんな根拠で二千億人と推測したのか、ぼくにもさっぱりわからないが、二千億の果実が実っては、地に落ち、腐り、またとめどなく咲きこぼれては実をつける。その果実一つ一つに、意識の火が灯りつづけてきた。ただそれだけのことが奇跡のように思えてならなかったよ。無のなかに実ってくる二千億の果実……。

陽が昇ってきた。死海に魚鱗のようなさざ波が走っていく。ペットボトルの水を二センチぐらい残して崖道を降りていった。岸にそって幹線道路がつづいていく。バス停があった。吹きさらしの公営のバス停だった。天頂へ向かう陽に照らされながら待ちつづけた。バスはやってこない。時刻表はヘブライ数字だった。アメリカで暮らしていたころ、母が近所のユダヤ料理店によく連れていってくれた。パストラミ・サンドイッチがおいしかった。大きな柱時計がかかっていた。その文字盤と、死海のほとりの時刻表も同じ数字だった。

バスはやってこない。ツアー客を乗せた観光バスが走ってくる。手をふっても止まりやしない。たまらなく暑い。すぐ足もとで水がきらめいている。塩だらけの白い波打ち際に、さざ波がふれる。水に浸かりたかった。ぷかぷかと浮いてみたかった。けれど一台でもバスを逃すと、次はいつやってくるかわからない。

海面下、四二〇メートル。地上でいちばん深く落ち窪んだところだ。岩塩の溶けた川はここに流れ込むと、もうどこにも出口がない。塩分をひたすら濃縮していく巨大な水溜まりだ。四二〇メートル頭上で茫々とうねる海が脳裏に浮かんでくる。魚や鮫や海亀も、いま頭上を泳いでいるはずだ。

ふっと決めた。日本へ帰ろう。とりあえずヤポネシア南端の島へ帰っていこう。

＊

アリマ、元気かい？　こちらは変わりない。外出するわけにもいかないから、なんの変化もない毎日だよ。この宇宙ステーションには、ロシア人や、カナダ人、アメリカ人など、いろんな国籍のクルーたちが乗船してくる。モジュールを繋ぎあわせた雑居ビルに同居しているようなものだ。食生活がちがうから、補給船で運ばれてくる食料もそれぞれちがう。だが親睦《しんぼく》を深めるため、なるべく一緒に食事するようにしている。食べものを交換することもある。血のように真っ赤なボルシチを啜ることもある。

今日、ロシア人の船長がとんでもないことを話してくれた。このＩＳＳの前身は、ミール宇宙ステーションだ。当時のベテランが、いまのクルーたちの指導教官だったが、訓練の合間にこんなことを話してくれたそうだ。

そのころミールもすでに老朽船のようなもので、トラブルつづきだった。宇宙ステーション全体が回転して、パニックに陥ったこともあったらしい。六人のクルーが乗っていたが、空気が不足しないよう、予備装置を使って酸素をつくっていた。固形の過塩素酸リチウムを加熱すると、酸素が発生する。筒状のもので、クルーたちはこれをローソクと呼んでいた。一日に三本、消費する。ロシアの潜水艦でも使われていたそうだ。

就寝前にローソクを取り替えにいくと、シューッ、シューッ、という音が聞こえてきた。装置から火花が飛び散り、溶接のバーナーのような火が噴きあがっていた。

「火事だ！」

炎はみるみるオレンジ色にふくらみ、モジュールに煙が充満してきた。ほかのクルーたちが泳ぐようにして消火器を持ってきた。

救命ボートのような小型宇宙船ソユーズにも電源を入れて、緊急脱出にそなえていた。だが炎と格闘して、どうにか鎮火できた。まさに危機一髪だった。


そんな話を聞きながら水を飲んだ。酸素と水素を化合させた水だ。わたしたちの尿も加えてある。もちろん蒸留してあるけれどね。宇宙ステーションでは、一日にひとり、三リットルの水ですべてをまかなっている。二リットルは飲み水、残りは宇宙食をもどす湯として使う。さらに残りのわずかな水でからだを拭く。まったく不自由なところなんだ。太陽光パネルが故障すると、すべてのシステムがダウンする。たえまなく宇宙線も降りそそいでくる。惑星移住など、まだ夢のまた夢なんだよ。

丸窓からのぞくと、青い水惑星にうっすらと雲がかかっていた。ゆるやかに渦巻きながら、海や陸地をよぎっていく。空気があり、風があることが一目でわかる。酸素発生装置などなくても、あそこではたっぷり空気が吸える。さざ波が走り、若葉が萌え、花々が咲き、鳥がさえずる惑星だ。食物連鎖や戦争など、おぞましさを山ほど抱えながら、それでもやはり奇跡の星だ。いつか星間飛行ができるようになったとしても、こんな水惑星はめったに見つからないだろう。あの惑星こそが楽園なのだと痛切に思ったよ。

＊

ジム、元気かい？　メールを読みながら「バイオスフィア2」のことを思いだしたよ。アリゾナの半砂漠に、ガラス張りの巨大な温室群が建っている。メインの温室はピラミッドのように高々とそびえたって、ほかの温室群と連結されている。当然、きみは知っているはずだが「バイオスフィア1」があるとすれば、閉鎖された生態系、つまりこの地球のことだ。そして「バイオスフィア2」は、二番目の地球という意味だ。

メインの温室に入ったとたん、プロペラ旅客機でユカタン半島に着いたときのことを思いだした。タラップを降りていくと、むっときた。ただ蒸し暑いだけじゃない。熱帯雨林が吐きだす生臭いほど濃密な匂いが、空気中にみなぎっていた。「バイオスフィア2」も、そっくりだった。人工の霧がたち込め、ゴムの樹が繁り、たわわにバナナが実っていた。マンゴーやドリアンの実も色づいていた。

熱帯雨林をくぐりぬけて、温帯のほうへ歩いていった。黄色く熟れかかった麦畑がひろがっていた。トウモロコシの畑で穂が光っていた。人工の海もあった。貯水池ぐらいの海で、渚には白い貝が散らばっていた。ヴィーナス誕生のような大きな貝もあった。だが魚影は見えなかった。

連結された温室を歩きつづけていくと、リンゴが実っていた。こぶしぐらいの小さな実だ。日の照りつけるところだけ赤くて、果実の下のほうはまだ青かった。ザクロの木もあった。無数の蟻が這い回っていた。巣へ降りていこうとしているようだが、葉にぶつかるたびに一周して、葉のさきで止まる。そして触覚で宙をまさぐってから、下へ向かう。また一枚の葉にぶつかって同じことをくり返す。夜になっても巣にもどれないんじゃないかと心配になってきたよ。そのザクロの木が、蟻にとっては宇宙樹のようなものだ。

羊もいた。牛もいた。それからサバンナの草原へつづいていく。木から降りたサルたちが、こんなところをうろついていたんだろうな。肉食獣たちが食べ残した死骸を漁《あさ》っていたそうだね。指があるから、石を持つことができる。その石で背骨を砕いて、骨髄を啜り、頭蓋を割って脳も食べていたかもしれない。たんぱく質の宝庫だろう。そうして自分たちの脳をゆっくり、ゆっくり膨らませ、やがてそこに自分らしさという思いが生まれてくる。

そんなことを考えながら温室群を歩き回っていたよ。いつか火星かどこかの惑星へ移住していく日がやってきたら、まずこんな前線基地をつくらなければならない。「バイオスフィア2」は、未来のその日にそなえる実験だった。

八人の科学者たちが温室に入っていった。男性四人、女性四人。扉を閉めきって、自給自足の生活をつづけたそうだ。電気は外部からひき込まれ、すでに麦が実っていた。酸素は熱帯雨林から供給される。だが土中の微生物のせいで、やがて慢性的な酸素不足になってしまった。

山羊や乳牛も次々に死んでいって、ゴキブリが大量発生してきた。ぼくも見たよ。ザクロの木の下にしゃがみ込んで蟻の巣がどこにあるか探していると、つやつやと飴色に光るでかいやつらが元気に走り回っていた。外界から遮断されているうちに、八人の科学者たちも神経をやられてきた。男と女、人間関係のもめごともあったそうだ。そうして計画は、無惨な失敗に終わった。

「バイオスフィア2」から出ていくと、青空がひろがっていた。灌木《かんぼく》やサボテンが生えているだけの荒涼とした半砂漠が、みずみずしく見えたよ。蜂鳥が飛んでいた。玉虫色にきらめいている。なんてきれいなんだ！　光りが内部できらきら乱屈折するオパールが飛んでいるようだ。まさに宝石のような小鳥だ。羽ばたき、宙に静止しながら、長い嘴《くちばし》をサボテンの花に突っ込んで蜜を吸っている。その蜂鳥を眺めながら、ゆっくり深呼吸した。肺が青く染まっていくような気がした。ここでは労せず、たっぷり空気が吸える。酸素発生装置も要らない。水も飲める。ぼくもつくづく思い知ったよ。この惑星こそが楽園なのだ。

＊

先発隊がやってきた。化粧っけのない女性たち五人だった。洗いざらしのジーンズにTシャツ姿で、雪山から降りてきた登山隊のように日焼けしていた。大きなリュックを背負っている。《移動祝祭》の準備のためだ。

GRANDMOTHERS COUNSEL　おばあさんたちを組織したセラピストは中年の女性だった。金髪を無造作にゴムで束ねて、背すじをすっと伸ばしている。学生運動をやっていた女子大生が、そのまま中年になったようだ。だが、ぎすぎすした闘士タイプではなかった。まだ色香のあるからだや顔を、あえて日にさらしているようだ。まっさきに、光主に挨拶したいと言った。七海が通訳をかねて、つき添いながら拝殿へ昇っていった。

帰ってくるとき二人とも楽しげに笑っていた。御嶽《うたき》から出てきたハワァのように晴れやかだった。

先発隊は浜にテントを張りはじめた。

田島が岬を降りてきた。白衣が海風にめくれあがった。八重山の青い絣《かすり》のシャツを着ていた。

「ドクター・タジマですね！」

セラピストの眼が、ぱっと輝いた。

「メールを頂いたとき、びっくりしました。あのドクター・タジマなのかと思って」

田島が大学附属の精神病院を開放して、日本の精神医学界から追放されたこと、アメリカをさまよい、やがて南アジアの新興教団のブレーンになったこともよく知っているようだった。

セラピストは、思いの丈《たけ》を一気に吐きだすように語りだした。

「わたしの国では、精神分析やセラピーが盛んです」

ガソリンスタンドの隣りにガン・ショップがあって、大安売りのビラが貼られています。その隣りに、精神科医のクリニックがあって集団セラピーもやっている。生ぬるくて、そんなもので癒えるはずがない。ほとんどインチキ・ビジネスですね。だから先鋭的な精神科医の間で、ドクター・タジマの集団セラピーが注目されていたんですよ。

「わたしは院生のころから、信者たちに会って聞き取り調査をしていました」

ドクター・タジマの実験が、どんなものか知りたかった。あんな過激なセラピーは、ふつうの社会ではできませんから。

「教団という隠《かく》れ蓑《みの》がありましたから」

まあ、好きなようにやらせてもらいました。昔のことです、と田島はひっそりと苦笑いした。

「あの地下室の実験にはぞっとしました」

奇妙な縁があって、その地下室に有馬も放り込まれたことがあった。何十人もの男女がまっ裸にされ押し込められる。完全な暗闇だった。手探りしながら、たがいの裸体をまさぐり合ううち、やがて性的な狂乱《オージー》に陥っていく。その頂点でいきなり照明がつく。まわりの壁は、大きな鏡張りだった。あさましく勃起したり、股をひらいている自分たちが映る。閻浮提《えんぶだい》で発情する獣のように。

「フリーセックス教団だと弾劾《だんがい》されていましたが」

わたしは逆のことをやっているつもりでした、と田島は言った。

先進国ではセックスの自由は、もうほとんど実現しています。欧米の若い信者たちはフリーセックスに惹《ひ》かれてやってくるのではなく、むしろ性の神秘性に渇いていたようです。セックスがお手軽になって、生も浅くなってきました。この国もそうです。繁華街を歩くとラブホテルだらけでしょう。

「よくわかります。だから逆に、性への畏怖感を甦らせようとしていたのですね」

「でも、とんでもない思いあがりでした」

信者たちはみんな若くて、わたしにも野心があった。自分を追放した精神医学界にせめて一矢《いっし》を報いたかった。震えあがらせてやりたかった。そんな邪心がありました。だが死の恐怖に対して、なんの意味もない実験だった。この島にわたしを呼んでくれた精神科医が、いま肝臓ガンにかかっています。畏敬している先輩ですが、わたしはなんの役にも立たない。

あんなセックス・セラピーなど、クズのような実験だった。この島にきてから、つくづく思い知らされましたよ。ここには死の恐怖をやわらげてくれる穏やかな力があります。やはり、文化というやつですかな。

「この島に落ち着かれるのですか」

「もう歳ですから」田島はゆるりと笑った。

「もったいない」

セラピストは、まっすぐ田島を見つめていた。

それから、サンゴを敷きつめた境内を歩き回りながら、

「ドクター、お願いがあります」

「はい、なんでしょうか」

「ここに、天幕《テイビ》を建てたいのですが」

「それは、すでに許しを頂いています」

「それから、長いまっすぐな丸太を準備して頂けませんか」

「何本ぐらい？」

「十二、三本」

「長さは？」

「五、六メートル」

「うーん」

と田島は口ごもった。この島には杉の木が生えていません。照葉樹ばかりだから、まっすぐな丸太がありません。

「困りましたね」

「太い竹《バンブー》なら手に入ると思いますが」

「だめですね。竹では布が滑りますから」

「光主に相談してみましょうか」

と七海が口をはさんできた。


乙姫さまは祭壇に向かって、合掌した手をこすり合わせていた。《移動祝祭》が成功しますようにと祈っているのかもしれない。海人《うみんちゅ》たちの御霊《みたま》がこもっているというガラス玉の浮きが翡翠色《ひすいいろ》に光っていた。隕石は黒い。

「丸太なら床下にありますよ」

光主は、あっさり答えた。

ここには福木の防風林もありませんから、海から台風が直撃してきます。最初に波照間宮を建てたとき、吹き飛ばされないように突っかい棒の丸太を取り寄せました。屋久島の小杉です。社殿を建てかえるとき、もったいなくて床下に入れておきました。岬の沖にヤグラを組むときも役立ちましたの。

床下は暗く、海鳴りがこもっていた。青い犬は吠えていない。青いフクロウの声も聞こえなかった。屋久島から取り寄せたという杉は、下半分が白っぽくざらついていた。塩がこびりついているのだ。床下から引きずりだしているとき、インディアンたちが丸太を束ねて、橇《そり》のように馬に曳かせながら草原を移動していく光景が浮かんできた。子どもらが橇の上で笑っている。幼いハワァの笑顔もそこにあったはずだ。イシもそこにいて、祖父のように見守っている。

雨女のハワァのせいか、天気がくずれてきた。灰色の雲が垂れさがり、破けると大量の水が落下してきそうだ。風が強い。波しぶきの霧が走っていく。

＊

「ここと、ここね」

セラピストは石ころを十個、境内にならべた。直径三メートルぐらいの円になった。その目印のところに穴を掘った。サンゴや貝殻の層は五センチぐらいの厚さしかなく、すぐ土があらわれてきた。洞窟から運んできた死者たちを埋めたという芋畑だ。

十本の丸太を束ね、先端のあたりをロープで縛った。

「あまりきつく縛らないで。少しゆるみをもたせて」

セラピストは的確に指示する。

「インディアンは野牛の腱《けん》を使っていたの」とハワァが言った。

スー族の血をひいているけれど保留地《リザベーション》を訪ねたことさえない。たぶん、母が勤めていた人類学博物館で学んだのだろう。

先発隊の五人と、ハワァ、七海、田島、有馬がそれぞれ、丸太の下をつかんだ。あと一人足りなかった。

「アタル！」と七海が呼んだ。

當は神楽殿の舞台に腰かけ、だらんと長い足を垂らしていたが、

「はい、はい」

と境内に降りてきて、残りの一本をつかんだ。

「ゆっくり開いて」とセラピストが言った。

十本の丸太が、傘の骨のようにひらいていった。そのつけ根を、穴に差し込むと、円錐型になった。次に、キャンバス地の布を張らなければならない。先住民たちは野牛や鹿の革を使っていたはずだ。

「わたしにやらせて」

ハワァはするすると丸太を登っていった。布の端をつかんで固定してから、隣りの丸太へひらりと移りながら巻きつけていく。いつもぼうっとしているが運動神経は抜群だった。

セラピストと一緒に天幕《テイピ》に入り、敷物を円くひろげた。稲妻、雨、たわわに実るトウモロコシの穂が織り込まれている。グランマザーたちを迎える場所だ。ハワァは初めて祖父の住まいを訪ねたように、目を瞠《みひら》いている。

真ん中だけ白いサンゴや貝殻が露《あら》わになっている。浜から大きなサンゴ塊を拾ってきて馬蹄形《ばていけい》にならべた。粘土でこしらえる竈のかわりだった。

「ここで火を焚《た》くの？」

「そう、煙はあそこから抜けていく」

ロープで束ねたところが狭い空洞になって、夕暮れの空が見えた。

スエット・ロッジの儀式が思いだされた。やわらかい柳のような木でこしらえた、お椀型のティピだった。煙抜けの穴もなかった。まっ裸になって入っていくと、真ん中に円い穴があった。墓穴ぐらいの深さだった。円陣を組んで坐っていると、人の頭骨ぐらいの、まっ赤に焼けた石がシャベルで次々に運ばれてくる。円い穴は、溶岩が煮えたぎる火口になってきた。

老シャーマンが祈りながら、水をかけた。たちまち蒸気がみなぎってくる。サウナのような、いや、そんな生やさしいものじゃない。火傷しそうな熱い蒸気が渦巻いてくる。老シャーマンは英語に切りかえた。若いインディアンたちは、すでに母語が変わっているのだ。

「いいか、この儀式はつらいぞ。だから祈れ。祈ることによって苦痛に耐えろ」

父母のために祈れ。兄弟、姉妹のために祈れ。刑務所にいる仲間のために祈れ。インディアンすべてのために祈れとつづけ、最後に、

“Pray for people.”

人びとのために祈れと言った。

老シャーマンは柄杓《ひしゃく》で、どんどん水をかける。熱い蒸気が渦巻き、もうなにも見えなくなった。ただ、どろどろの赤い火口だけがみえた。凄まじい熱さだった。悲鳴をあげそうになった。叫ぶまいと、自分の顎を必死に抑えつけた。儀式が終わって外へ出ると、両腕や胸が火ぶくれしていた。

「ペヨーテのこと知っている？」とハワァが訊いた。

「もちろん」

「サボテンでしょう」

「そう、砂漠に生えるサボテンだ。その果肉を食べる」

まだ熟《う》れていない青いパイナップルの果肉みたいなものを、サイコロのかたちに角切りして、素焼きの丼《ボウル》に盛りつける。円陣を組んで坐っていると、時計まわりに回されてくる。摘《つま》んで口に入れると、とても苦い。それは特殊な儀式だった。それぞれ事情があって外部に生まれた者、たとえば、ハワァ、きみのような混血者を先住民の社会に迎え入れる儀式だった。

火を囲みながら、インディアンたちが太鼓を叩く。細長い壺に水を入れて、口のところに鹿革を

張っている。だから奥深い音がするんだ。叩くたびに水蒸気がたち昇っていく。焚火に染まり、オレンジ色の霧となって天幕に満ちてくる。いつの間にかトランスに入って、ふっと気づくと、あそこに腰かけていた。

「ほら、あそこだよ」

丸太をロープで束ねた梁《はり》のようなところに腰かけていた。鳥のように止まっていた。べつに熱狂していたわけじゃない。歌や太鼓が響き、とても仲睦まじかった。親和力というやつかな。うっとり眺めていたけれど、そろそろ自分の体にもどらなくちゃならないと思った。

ところが、どれが自分だったか忘れている。円陣を組んでいる人たちを、一人ひとり見つめながら、どれが自分なのか考えた。あの老人かな、あの男かな、すべてが自分であるような、どれが自分であっても不思議ではないような気がする。困ったよ。少し焦りかけているとき、

「パーン！」

と手を叩く音がして、われに返った。

焚火のそばに坐っていた。自分にもどったのか。これが自分なのか。炎に手をかざしてみた。左手の中指に五ミリぐらいの傷痕があった。子どものころ、夏のキャンプで隠れ家ごっこをしているとき、戸口の割れたところで傷つけたのだ。血が吹きだしてきた。うろたえながら止血してくれた友だちの顔も浮かんでくる。その記憶がたしかに宿っている。そうか、どうやらこれが自分らしい……。

顔をあげると、焚火の向こうから若い女が見つめていた。もう一度、手を叩きかけて、にやりと笑った。髪も眼もオレンジ色に染まっていた。

老シャーマンが手招きした。新参者たちの全身を鷲の羽でさすった。共同体に迎え入れる儀式が

終わり、天幕から出た。地平線すれすれに朝日が射していた。

「どうして手を叩いたんだ」

さっきの女に訊くと、

「迷子になってたじゃない」

けろりと答えてきた。

ハワァ、きみはあの女に似ているんだと言いかけてやめた。まったく別のことを口にしていた。

ハワァ、あそこに帰っても幻滅するだけかもしれないよ。いまの先住民たちは、保留地《リザベーション》の特権を巧く使って、インディアン・カジノを経営しているんだ。儲けた金で独立の準備をしているのならいいが、決してそんなことはない。政治献金などしている。大統領の就任式にも招かれて、ホワイトハウスに泊めてもらった酋長《チーフ》さえいるんだよ。

＊

米軍放出品の店に、やはり迷彩服が吊されていた。売れ残ったまま色あせ、さらに砂漠の色に近づいていくようだ。奥から笑い声が聞こえた。島言葉と英語がごちゃ混ぜになっていた。アメラジアンの少年たちが、サバイバル・ナイフの入ったガラスケースの上にポルノ雑誌をひろげていた。

當はパソコンに向きあっていたが、こちらに気づくと、

「ちょっと店番しててくれ」

と少年たちに言い残し、外へ出ようと誘ってきた。

ハワァの写真が入った茶封筒を差しだした。

當は無言で受け取った。写真を見ようともしなかった。海ぞいの堤防はスプレーの落書きにおおわれていた。ニューヨークの地下鉄の落書きにそっくりだった。堤防にあぐらをかいた。海は荒れていた。無数のカモメが、すぐ頭上に群れている。羽をひろげ、強風に押しもどされながら空中に静止している。風による揚力《ようりょく》とバランスを取って、ただ浮かんでいる。

すっと當が立ちあがった。音もなくジャンプして長い手を伸ばしてカモメの足をつかんだ。一瞬の出来事だった。カモメは激しく羽ばたいた。當は水掻きのついた足をつかんだまま、一、二、三、と数えるように息をつめ、そっと手放した。カモメは飛び去っていった。

「ガキのころ、カモメを釣ったことがある」

當は堤防に身を沈めながら言った。

「カモメを釣るって、どういうことだ？」

「釣った魚を、釣針をつけたまま放置しておく。するとカモメが食いついてくる」

魚を飲み込み、空へ舞いあがっていく。釣糸がぐんぐん空へ伸びて、ぴんと張ってくる。おれはリールを巻く。糸をたぐり寄せる。カモメは必死に旋回《せんかい》する。釣針が喉に刺さったんだろうな。凄い力でもがいている。そこらの魚の引きとはまったくちがう。おれのほうが空へさらわれてしまいそうだ。まだチビだったからな。いっそ、さらわれてしまいたいような、早くカモメを逃がしてやりたいような気もしてくる。だが、なにか邪悪なものが込みあげてきて、おれは懸命にリールを巻きつづけた。根くらべだった。

「それから？」

「ナイフで糸を切った」

恥じるような口ぶりだった。やるからには徹底的にやるべきだったが、つい弱気になって、おれは糸を切った。中途半端だった。あのカモメを空から釣り降ろして、羽をむしり、丸焼きにして食うべきだった。

「もっと酷《ひど》いこともした」

あのころ闘鶏《とうけい》が流行《はや》っていた。おれたちの親は貧乏だから、携帯もTVゲームも買ってもらえなかった。パソコンもない。国際学院のまわりは、いちめんサトウキビ畑だった。いまマンションがひしめいているあたりは草ぼうぼうの空地で、ヒマワリの花が咲いていた。おれたちはそこで軍鶏《しゃも》を闘わせて遊んでいた。まっ赤なトサカと、鋭く尖った嘴《くちばし》の猛禽《もうきん》だ。黒い羽をばたつかせながら、飛びかかり、嘴で突つきあう。なかなか勝負がつかない。そこで軍鶏の足にカミソリを括《くく》りつけることにした。勝ったほうは、誇らしげにぐっと首を立てている。赤いトサカが鶏頭の花みたいに輝いていた。負けたやつは血を滴らせながら、うなだれている。みじめったらしくて見ちゃいられない。おれたちみたいじゃないか。だから罰を与えることにした。負けた軍鶏の尻に爆竹を突っ込んで、火を点ける。しょんぼりしていたやつが、いきなり狂ったように走りだす。おれたちは、げらげら大笑いしていた。そしていつの間にか、おれの頭には偽の記憶が生まれてきた。あのカモメが尻から火花を散らしながら、青空をぐるぐる旋回しているんだよ。遊びはどんどんエスカレートして、次は野良猫だった。野良犬は噛みつかれそうだから敬遠して、その次は山羊だった。おっとりした山羊が、尻から火を吹きながら走っていく。

＊

アリマ、元気そうだな。「バイオスフィア2」には、わたしも入ったことがある。この宇宙ステーションも、まあ似たようなものだ。バナナも、麦も、リンゴも実っていないが。それでも気圧や、酸素濃度は、地球とそっくりになっている。わたしたちは条件づけられている。宇宙遊泳するときも、あの窮屈な宇宙服のなかに、地球環境をそっくり閉じ込めているんだ。実を言うと、赤ん坊のようにオムツをつけているんだがね。今日はちょっと忙しい。またゆっくりメールするよ。

＊

ジム、元気かい。昨日、島の一角にティピを建てた。北米先住民たちの移動テントだ。十三人のグランマザーが、もうすぐ島にやってくる。《平和の松明》がどんなふうに燃えているのか、とても楽しみだよ。以前、スペース・シャトルで地球を回っていたころ、夜、戦火が見えたと言っていたな。暗い大地で音もなく、花火のように爆《は》ぜていたと。いまも見えるだろうか？

＊

アリマ、こちらは変わりなくやっている。十三人のグランマザーのことを、仕事の合間にちょっと調べてみた。地球で飛び交うネット情報は、ここでも受信できる。《平和の松明》というのは、いい試みだよ。まだそんなシャーマンたちが生き残っているんだな。

わたしは無神論者だ。打ち上げのときがいちばん危ないけれど、決して祈らない。フロント・

ガラスの狭い青空を見ている。だが宇宙への畏怖感はある。宇宙意志のようなものを感じるときもある。

先日、ロシアの宇宙飛行士たちと、夕食を共にしながら話をした。有人飛行した最初の飛行士は「地球は青かった」と言った。有名すぎる言葉だが、異存はない。まぎれもなくその通りだから。そして「宇宙を見回しても、どこにも神はいなかった」と語っている。当時のロシアは唯物論の国だったからね。ところが月に上陸したアメリカの宇宙飛行士は「神を見た」と言った。月面を歩きながら、神の遍在をありありと感じたというのだ。そして地球にもどってきてから伝道者になった。

だが不思議でもなんでもない。当時のNASAは宇宙飛行士を選ぶとき、信仰をもつ者を優先させていたそうだ。信仰のあるほうが、極限状況でもタフだから。意外だろうが、アメリカは宗教的な国だ。巡礼の国だ。だから「どこにも神はいなかった」という言葉を、ひっくり返したかったのかもしれない。集団的な無意識として。もちろん、わたしは神を見たことはない。

＊

ジム、きみは無神論者だが宇宙への畏怖感はあると言っている。そこのところを、もっと詳しく聞かせてくれないか。ぼくが働いている病院の院長は、末期の肝臓ガンだ。四十年ぐらい、離島の精神医療にたずさわってきた人だ。ときどき弁当を届けがてら、あれこれ話をするんだが、つい先日こんなことを言っていた。わたしも無神論者だが、アニミズムは信じる。原始的だと軽《かろ》んじられているが、そうは思わない。知性というやつは、むやみに上昇して抽象へ向かう。一神教へ向かっていく。だが地中深く根を張っているのは、やはりアニミズムだ。だからわたしは知性を逆に使って、あえてアニミズムに踏みとどまるつもりだ。余命が限られている精神科医は、そう言っていた。

*

アリマ、ついに噂を確かめたよ。ロシアの宇宙飛行士たちはウオッカを持ち込んでいる。補給船にこっそり積み込ませたり、あの手この手で、うまいことやってるようだ。そんなタフな連中だけど、実のところ不安だらけなんだ。もしも核戦争が起こって地上が壊滅したら、おれたちどうなるんだろう。そんな冗談を洩らすこともある。危険な宇宙ゴミも浮かんでいる。ゴルフ・ボールぐらいの隕石が貫通しただけで、この宇宙ステーションは難破船になる。わたしたちはカチカチの凍死体になる。あの十冊の書物のように、絶対零度で粉々になっていくだろうな。

死の恐怖を忘れることは一瞬もない。秒速八キロで飛びつづけながら、精神に異常をきたしかねない、ぎりぎりの日々だ。あの「バイオスフィア2」に閉じこもっていた科学者たちも、神経をやられたそうじゃないか。弱いやつらだな、とロシア人はせせら笑っていた。ガラスの温室だろう。地上が見えるじゃないか。青空も、雲も、雨も見える。虹だって見える。アイスクリームを食べながら外を歩いている人間だってよく見えるはずだ。だがおれたちには、なにも見えない。

円筒形の金属モジュールで浮遊している毎日だ。狭くるしい。気が狂いそうだ。悪魔のささやきが聞こえかかってくることもある。だから、つい信仰の話になる。

ブッディズムというのは、どういうものなんだとロシア人の船長に訊かれたよ。ブッディズムというからには、宗教じゃない。イズムだろう。哲学なんじゃないか、と訊ねてくる。その通りだと答えてから、こんなたとえ話をした。

地球は、銀河の隅っこのなんの変哲もない惑星にすぎない。特別でもなんでもない。だがこの惑星に知性体がいて、文明があるというメッセージは、すでに宇宙へ遠くひろがっている。テレビ電波だよ。天文台のパラボラ・アンテナよりもすごい出力なんだ。だから地球は、強力な電波星として強く輝いているんだ。

この電波星を目ざして、もしも宇宙の知性体がUFOかなにかに乗ってやってきたらどうするだろう。地球を巡りながら、しばらく静観するんじゃないかな。ヒトという種《しゅ》をつぶさに観察して、がっかりするかもしれない。神やイデオロギーや金融など、ありとあらゆる妄想、欲にとり憑《つ》かれている。たがいに同種で殺しあっている。食物連鎖の頂点に君臨して、象を食べ、鯨《くじら》を食べ、雌雄生殖しながらとめどなく繁殖しつづけてきた。そんな奇怪な生きものに見えるかもしれない。たぶん宇宙人たちは、あきれ果てるだろう。まだまだ知性体ではないと見限って、立ち去ろうとするかもしれない。

わたしたちは、神話的な時間のなかにある現在を生きている。だから、どうかたとえ話として聞いて欲しい。宇宙人たちはヒトを見限って立ち去りかけながら、おやっ、こいつとはちょっと話してみたいと思える地球人を見つけるかもしれない。それがブッダなんじゃないか。すべての妄想や幻想を焼き切って、かれは自我と宇宙意識との一体化を説きつづけている。涅槃《ニルヴァーナ》というらしい。宇宙人が興味をそそられ、UFOから降りてゆっくり話してみたいと思う地球人は、おそらくブッダなんじゃないかな。

＊

空港ゲートから《平和の松明》の一群が出てきた。やはり化粧っけがなく、ジーンズ姿でリュックを背負った女性たちだ。みんな健脚《けんきゃく》に見えた。十三人のおばあたちが、ゆっくり後につづいてくる。ほとんどが白髪だった。七海と二人で案内した。田島の指示で、緊急入院の救急車以外、うるま病院の車をすべて準備していた。全員を乗せて波照間宮へ急いだ。

赤い鳥居の下に、乙姫さまが立っていた。アメラジアンの少年、少女たちも出迎えた。霧山はいなかった。

「ハロー、ハロー、ハロー」

乙姫さまは、十三人のおばあたちを次々に抱擁しながら、

「わたくし、ハローとサンキューしか英語わからへんの」

七海が通訳すると、おばあたちは笑った。

「スプリング・エルクです」

リーダー格らしい老インディアンが答えた。「春の大鹿」という意味だが「春の象」と呼びたくなるほどの巨体だった。かつて自分にインディアン名を授けてくれた老シャーマンは「グッドモーニング」という名前だった。

「オグララ・ラコタから来ました」と、春の大鹿《スプリング・エルク》は言った。

「………」一瞬、胸が疼《うず》いた。

そんな地名は、地図上のどこにもない。先住民たちが武装蜂起して、ウーンディッド・ニー（傷ついた膝）と呼ばれる丘で独立宣言をしたときの国名だった。アメリカ軍の戦車に包囲され、丘の頂へ追いつめられ、飢え、雪を食べながら闘ったけれど、七十日で消えてしまった幻の国だ。

乙姫さまは裾《すそ》をたくしあげながら石段を登っていった。平安朝めいた衣装が地味に見えた。十三人は、もっと色あざやかな民族衣装だ。チベット人のおばあは虹色の前かけをつけている。アフリカやブラジルからやってきたおばあは、蜂鳥のような衣をまとっている。

ヒマラヤの洞窟で暮らしていたとき、遅い春がやってきて、雪どけの麓から花々がせりあがってきた。「花の谷」と呼ばれる渓谷だった。花々はゆっくり、ゆるぎなく遡《さかのぼ》ってくる。百花繚乱《ひゃっかりょうらん》だった。青いケシの花も咲いていた。

老シャーマンたちは、あの花々のようにサンゴ塊の石段をゆっくり登っていく。

## 6　おばあたちの祝祭

アリマ、元気かい？　巨大な雲が渦巻きながら、ジャパン・アーキペラゴへ向かっている。かなり大型の台風だ。赤道付近から、彗星のように雲の尾を曳《ひ》きながら北半球を北上していく。北西の方角だ。驚くほどの速度だよ。こちらは秒速8キロで回っているからよくわかる。

地上からは灰色だろうが、こちらからは純白に輝いて見える。渦のずっと遠くでは地球のへりが弓なりに撓《たわ》みながら青く光っている。波長の短いスペクトル線が散乱して、きれいなセルリアン・ブルーになっている。ゆで卵の殻ぐらいの薄い大気層、それが青空だ。ついさっきは、北極圏のあたりを通過しながらオーロラを見たばかりだった。宙から垂れさがる緑のカーテンのように発光しながらゆらゆら揺れていた。電磁気のせいだとわかっていても、やはり畏怖感が込みあげてくる。そして太平洋上では、いま雲が渦巻いている。台風の目もはっきり見える。きみがいる島へ、ぐんぐん近づいているぞ。

＊

花火が打ち上げられた。初めだけ勢いよく昇っていくが、強風にあおられ、曇天でふらつきながら海へ落ちていった。雨がぱらついてきた。海は荒れている。カモメも飛んでいない。花火や爆竹《ばくちく》を入れた段ボール箱が濡れないように、當はビニール傘をたてかけた。田島に頼まれて買いにいったのだ。琉球王朝のころ、中国人街だったという久米町の店で仕入れてきたのだという。お祭り用の火力のある爆竹だった。

十三人のおばあたちが境内にならんでいる。体格のいい、がっしりとした老インディオもいる。かつては女子プロレスの選手だったという。南米ペルーで伝統衣装をまとう先住民女性たちのプロレスが人気を呼んでいて、いまもその団体を仕切っているという異色のシャーマンだった。乙姫さまは、神楽殿《かぐらでん》にちょこんと正座していた。米や海雪を供えている。舞台の下に、七海とハワァが立っていた。いつの間にか親しくなったようだ。田島はテレビ局のスタッフと一緒だった。霧山の姿はどこにも見当たらない。

浜は人に埋めつくされていた。五〇〇人ぐらいだろうか。Tシャツや半ズボン姿の若者たちに、年寄りもまばらに混じっている。ユタ教団の再興、旗揚げだとかんちがいしたのか、白装束の女たちも砂浜にゴザをしいて掌をこすり合わせている。

春の大鹿《スプリング・エルク》が挨拶をはじめた。海鳴りにかき消されて、よく聞こえなかった。風が強い。浜のテントがふわりと浮きあがった。根こそぎ風にさらわれ砂漠をころがっていく灌木《かんぼく》のようだ。砂浜だから支柱をしっかり固定できなかったのだ。

境内の天幕もぐらついてきた。

春の大鹿の白髪が濡れてきた。いきなり本降りになった。斜めの滝のように、雨は激しく降りつけてくる。浜の群集がずぶ濡れになって、いっせいに波照間宮の軒下へ殺到した。

「みなさんをガマにお連れして」と乙姫さまが立ちあがった。

全員が雨宿りできる場所は、洞窟《ガマ》しかない。

七海とハワァが走りだした。羊歯《しだ》が繁り、ガジュマルの気根が垂れさがる入口で、少年たちが手招きしていた。国際学院の中学生たちだ。

暗闇へ降りていく狭い通路の要所、要所にもアメラジアンの少年たちが立っていた。懐中電灯で足もとを照らしながら、人びとを奥へ誘導していく。こうなると見透して、乙姫さまが待機させていたのだろう。

ハワァが竈《かまど》で枯木を燃やしはじめた。松明《たいまつ》のように明るかった。やや奥まったあたりが、広々とした空洞になっている。かつて野戦病院があったところだ。天井から落ちてくる水滴をよけるため、屋根つきの病棟が建てられていたという。アメラジアンの少年たちが、そこに人びとを導き、坐らせた。少女たちがローソクを配っていく。

オレンジ色のさざ波がひろがってきた。

七海が、グランマザーたちを空洞の斜面へ連れていった。ごつごつした岩場で、軍医たちの住まいがあったところだった。春の大鹿は岩に腰かけた。野戦病院の手術台であった岩だ。負傷兵たちをよこたえ、四方から押さえつけて麻酔もかけずに手足を切断していたという。老シャーマンたちは、ここがただならぬ場所であったと察知したのか、耳をそばだてている。悲鳴や、うめき声、キチ、キチ、キチ……と、傷口の膿んだ肉をウジが食べつづける音が聞こえているようだった。

春の大鹿がゆったりと手をひろげ、洞窟のざわめきを静めながら、口火を切った。

「ジシン、カーミナリ、カジー、オヤジー」

日本語だと気づいて、くすくす笑いが湧いてきた。

「二、三日前、教わったばかりですが」

その四つにはどうしても勝てないんですってね。台風《タイフーン》にも勝てませんねえ。でも、しょうがない。大いなるものがやってきたんですから。

つねに人を励まし、鼓舞しようとするシャーマンらしい声だった。チェロの音色のように深く響いていく。七海が通訳しやすいように、呼吸や間合いを取りながら、ゆっくり語りつづけた。

わたしたちは各地で《移動祝祭》をつづけてきましたけれど、洞窟に隠れるなんて初めてのことです。ここでなにがあったのか知りませんが、おそらく戦争ですね。戦争。もうラブ・アンド・ピースなんて、のんきなこと言ってられません。ですから今日は、ちょっとシリアスな話をさせてくださいね。

わたしたちの故郷はアフリカだと聞いています。人の細胞にミトコンドリアというものがあって、それを追跡していくと、遠いアフリカの女性に辿りつくそうですね。わたしは無学ですから、みなさんのほうがよく知っておられると思いますが。

インディアン保留地《リザベーション》の学校は遠くて、歩いていけば片道で日が昏《く》れてしまいます。ですから、わたしは小学校も出ておりません。十六になったとき、わが家にもようやく車がやってきました。オレンジ色の小型トラック、ダッツンです。もちろん中古ですが、頑丈な車でよく走ってくれました。でこぼこの荒野を。わたしは初めてコミュニティ・カレッジに通うようになりました。小学校も出ていないのに。ボランティアでやってきてくださる白人《ホワイト》の元教授が、教えてくださったのです。

わたしたちの祖先は東アフリカで生まれて、大地溝帯《だいちこうたい》にそって北へ、いまのエチオピアのあたりへ歩いていったそうですね。小さな群れが、アラビア半島へ移動していったそうです。五万年ぐらい前。まだ氷河期ですから海も凍っていたか、干あがっていて、紅海を渡れたのでしょうか。あのミトコンドリアをもつ女性も歩いていたはずです。わたしたちのグランマザー、ほんとの太母ですね。

群れは何世代も移動をつづけ、インドまでやってきて、そこで二手に分かれたようだ、と先生は言われました。いまの東南アジア、東アジアへ歩いていったグループと、ヒマラヤの北へ向かっていったグループがいたそうです。

「エデンの園はどこにあったのですか」と、わたしは訊ねました。

先生はあっけにとられていました。そんな質問、初めてだったのでしょう。けれど真顔になって答えてくださいました。

移動しつづけているうちに、氷河期が終わって温暖になり、農業ができるようになりました。人が初めて定住したのは、地中海の東海岸だろうと言われています。内奥は砂漠ですが、海のほとりには緑がひろがっています。エデンの園もそこらにあったと考えるのが妥当でしょうが、ちがうような気がします。

「もしもあったとすれば、ワン湖のあたりでしょうか」

いまはクルド人たちが住んでいる地域です、と先生は言われました。

わたしは小さな図書室へ飛んでいって、地図で調べました。

トルコの東部、アララト山の麓です。五一六五メートルの高い峰から、雪どけの水が流れてくる豊かな土地のようです。緑したたる楽園かもしれません。きっと、リンゴも実っていたでしょうね。

「大移動はそこらで、一時期、止まったのではないかと思います」

私見にすぎませんけれど、と口ごもりながら先生はつづけます。

わたしたちの祖先よりずっと前に、いくつかの集団がアフリカから出ていって、すでに中東やヨーロッパにひろがって、ネアンデルタール人になりました。いまのわたしたちより、脳が大きかったそうです。死者をきちんと埋葬して、野の花を供えていた。その花粉が残っています。でも、かれらは人肉食もしていたようです。焼けこげた人骨が洞窟に残っています。矛盾していますが、その矛盾こそ、わたしたちなんでしょうね。

ネアンデルタール人とわたしたちの祖先は、争いつづけてきました。ときには犯したり、睦《むつ》みあったりして、少しばかり混血したようですが。最後に勝利したのはわたしたちの祖先で、ネアンデルタール人は滅びてしまったそうです。

「こんな話、退屈じゃないですか？」

洞窟《ガマ》に集まる人たちを見回しながら、春の大鹿は聞いた。

オレンジ色のさざ波から、声が湧いてきた。

「では、もう少しつづけますね」

いいですか、わたしは無学ですから、まちがっているかもしれませんよ。でもここから先は、たぶん、ほんとうだろうと思います。インドに到達して、そこから二手に分かれていった。ヒマラヤの北ルートで、モンゴルの草原やシベリアへひろがっていったグループは、モンゴロイドになったそうです。そして鹿やマンモスを追いながら、そのころまだ陸つづきだったベーリング海峡を歩いて、北米大陸へ渡ってきたそうです。何波にもなってやってきたんでしょうね。初めの群れは延々と歩きつづけて、ついに南の果て、パタゴニアに辿りつきました。氷の岬です。そこから先には、吹雪と、氷の海、南極があるだけです。

大移動の途中、熱帯雨林にとどまった群れはアステカやマヤの文明を生みだし、アンデス山脈に住みついた人たちはインカ帝国を築きました。

あとにつづく群れは平原に住みついて、わたしら北米インディアンや、イヌイットになりました。

インディアンはこの大地を《亀の島》と呼んでいます。

日本人《ジャパニーズ》と、わたしらはよく似ています。遺伝子も近いそうです。あなたたちは生まれたとき、お尻に青い蒙古斑があったはずです。わたしら北米インディアンにも、南米のインディオにもあります。赤ちゃんのお尻に、青いバラの花が咲いてます。

わたしらは一万年以上《亀の島》で暮らしつづけてきました。楽園《パラダイス》だったなんて言えません。部族間の戦闘がたえなかったのですから。それでも、かろうじて棲み分けてきたようです。インディアンは文明らしいものを生みだしていません。でも、それは逆に凄いことかもしれませんよ。草木は母の髪、大地は母の肌、岩は母の骨。だから傷つけてはならないと考えていたのです。そして大地を、手つかずのまま保ってきたのです。

ところが、つい四百年ぐらい前、白い人たちが海を渡ってきました。迫害されていた清教徒《ピューリタン》たちです。

「いまの難民と同じかもしれませんね」

白い人たちは新天地で冬を越せそうになかった。飢えながら、次々に凍え死んでいた。そのとき、わたしらの父祖たちはトウモロコシを分けて、種の植え方を教えました。土地さえ提供しました。大地はだれのものでもない。風や空気と同じように、所有できないものだと思っていたからです。

けれど白い人たちは、ぞくぞくと押し寄せてきて土地を奪い、インディアンを殺しはじめました。

父祖たちは弓矢や斧で闘ったけれど、銃や大砲に敵《かな》うはずがありません。

敗れたわたしらの祖先は長い長い列をつくって、西へ追放されていきました。《涙の行進》です。日が沈むと大地にごろ寝して、陽が昇ると、また延々と歩きつづけます。赤ん坊や年寄りたちから先に、次々に死んでいきました。その遺体を背負って歩きつづけ、夜、ガリガリと大地を掘って埋めました。そうして荒地に追いやられ、いまも保留地《リザベーション》に囲い込まれています。野牛も鹿もいない、荒涼とした半砂漠です。

「山も川も、草も木も、石ころ一つまで――」

すべて先住民のものでしたが、丸ごと乗っ取られてしまいました。その盗んだ大地に建国されたのがアメリカ合衆国なのです。同じことが延々とくり返されてきました。この国、ジャパンでも先住民たちが虐殺されて、北のほうに追いつめられているそうですね。リューキュー島も同じかもしれません。

「この洞窟の真上に、基地があるそうですね」

春の大鹿は、鍾乳石《しょうにゅうせき》がつららのように垂れさがる天井を仰いだ。水が滴り、海鳴りが聞こえてくる。

「オグララ・ラコタのこと話してよ」

と別のシャーマンが水を向けた。

「…………」春の大鹿は黙っている。

「さあ、話してごらん」

「保留地のブラック・ヒルズと呼ばれる山で、金鉱が見つかりました」

遠い祖父母が埋葬されている聖地ですが、白い人たちは先住民との条約を一方的に破棄して、採掘を始めました。インディアンは最後の死力をふり絞って闘いました。傷ついた膝《ウーンデイッド・ニー》という丘で、アメリカの第七騎兵隊と闘ったのです。でも、やはり敵いません。武器の差は歴然としていました。雪が降っていました。インディアンたちは白旗を掲げて降伏しました。戦場となった丘の背後に、母や妻や子どもたちが野営していたからです。その命だけは守ろうとして、すべての武器を差しだしたのです。降伏の儀式のとき、第七騎兵隊は、インディアンの死体を煮て、その肉をチーフに食べるように強制しました。チーフは食べたそうです。無念の涙を流しながら。

その直後、第七騎兵隊は野営地に襲いかかって、女、子どもたちを皆殺しにしました。雪の丘も谷も、流れる血で赤く染まりました。

かろうじて生き延びた少年が、やがて老いて黒い大鹿《ブラック・エルク》と呼ばれる聖者になり、こう語っています。

「あのとき血まみれの雪と泥のなかで、インディアンの夢が滅びたのだ。それは美しい夢だったよ」

とても有名な言葉ですから、ご存じの人もいるでしょう。わたしの名前も、かれにちなんで名づけられたそうです。

それから長い月日が過ぎて、ふたたびスー族の青年たちが起ちあがりました。わずか二百人で武装蜂起したのです。わたしの恋人も、古い猟銃をにぎりしめて雪の丘へ登っていきました。そして青年たちは独立宣言をしました。「オグララ・ラコタ」という先住民の幻の国です。オグララとはその土地、ラコタはスー族のことで、友人、仲間、盟友という意味もあります。

雪の丘は戦車に包囲されてしまいました。男たちは飢え、雪を食べながら闘ったけれど勝てるはずがありません。ついに投降して、刑務所へ送られていきました。

わたしは差し入れに通いつづけました。好きで好きでたまらなかった、あの誇り高い若者はいつのまにか気力を失って、すっかり別人になってしまいました。看守たちにリンチされて睾丸《こうがん》を潰されてしまったのです。

七年後に出所してきたとき、もう老人のようになっていました。ついに結婚できませんでした。わたしは辛くてスー族の土地を離れましたが、胸のなかで誓いました。だれも虐《しいた》げられることのない、だれも誇りを踏みにじられることのない世界がやってくるまで、一人の女として闘いつづけようと。

「アッサラーム」と声が聞こえた。

火の燃える竈のそばで、ハワァがつぶやいたのだ。

春の大鹿は竈のほうをふり向き、

「アッサラーム」

と答え、そのまま黙り込んだ。

狭い通路から風がきた。ローソクの炎がオレンジ色のさざ波のように揺らめいている。天井から水が滴り、地下の川に落ちて響き渡った。

「男たちが雪の丘で闘っているとき、どうしたか話して」

と、さっきのシャーマンが強く促した。

「丘の麓で、わたしは日を数えつづけていました」

三十日、四十日、四十五日……。もう餓死が迫っています。

スー族の女たちは、リュックに食糧をつめ込みました。缶詰や、乾燥肉、鮭の干物や骨粉などを、ぎっしり。火も熾《おこ》せなくて凍えているだろうと思ってマッチも入れました。

わたしはまだ十六の娘でしたから、銀紙で包まれたキスミー・チョコレートも入れました。そして丘へ走っていきました。雪が深くて、なかなか進めません。頭上では軍のヘリコプターが旋回していました。狙撃兵がライフルの照準をのぞきながら、引き金に指をかけているはずです。でも、さすがに撃ってこなかった。

「ああ」ハワァが声を洩らした。

春の大鹿がふり向き、ハワァを見つめた。

通訳しながら七海が口をはさんだ。

「あの人の祖母《グランマー》も、その一人だったそうです」

春の大鹿は深々とうなずき、

「ここに来て、わたしの隣りに坐って」

かつて手術台だった岩に掌《てのひら》を押しあてた。

ハワァは動かなかった。竈のそばにあぐらをかいたまま、幻の銃を抱えているような姿勢で訊いた。

「スー族の土地を離れて、どこへ行ったの」

「イロコイ連邦です。いまもそこで暮らしてます」

「ジャパンに入国するとき、イロコイ連邦のパスポートだったの」

「そうですよ」

「トラブルはなかったの」

「いいえ」

首をふり、あとで見せてあげます、と春の大鹿は答えた。

「わたしの話はこれで終わりです」

春の大鹿は口を噤《つぐ》んだ。巨象がゆっくり膝をつくようだった。七海もへとへとに疲れて、声が嗄《しやが》れてきた。

「アタル、どこにいるの？」

通訳を代わってよ、と七海が呼びかけたが、返事がない。オレンジ色のさざ波のどこかに坐っているはずだ。有馬は七海のそばに近づいて交代した。

「わたしはカナダからやってきました」

別のシャーマンが語りだした。オグララ・ラコタのこと話してよと促した、あの声だ。モンゴロイドらしい小柄な老女だった。

北極圏の近くに住んでいます。カナダにも先住民がたくさんいるんですよ。滅びゆく民と呼ばれていますけれど、二万年間ずっと生き延びてきました。細々と。ところがあるとき、日給五ドルという仕事が舞い込みました。当時ではもう、破格の報酬《ほうしゅう》です。北極海に近いグレート・ベア湖のあたりでウラン鉱が見つかったのです。その採掘に、先住民が駆りだされました。わたしの祖父もその一人でした。

「おい、五ドルだぞ！」

と大喜びしていたそうです。家族のみんなが腹いっぱい食べられますから。

祖父は地下深くで鶴嘴《つるはし》をふるって、ウラン鉱石を掘りつづけました。母の骨を削っているのだと思ったそうです。鉱石を麻袋につめて、坑道の奥から地上へ運んでいきます。汗と粉塵《ふんじん》でどろどろになって、夜はぐったり麻袋によこたわって眠ったそうです。もちろん、ウランが何か知りもしません。石炭ぐらいに思っていたのでしょうね。

何年か過ぎて、祖父は甲状腺ガンに罹《かか》って手術を受けました。声帯も失って、しゃべれなくなりました。わたしがもの心ついたころ、祖父はいつも耳から鼻の下にかけて白いハンカチを巻きつけていました。口から喉もとへ、白いカーテンが垂れさがっているのです。

「アー、ウー、アッ、ウー」

と唸《うな》り声を洩らすだけです。獣みたいな気味わるい声です。何を言いたいのか、祖母だけは察知していました。

祖父は晩年、奇妙なことに取り組んでいました。わたしたち先住民は文字を持っていません。ただ音だけなのです。すべてが口承《こうしょう》です。喉から風のように過ぎていく音を、祖父は文字にしようとして、その研究に没頭したのです。独学です。眼が底光りして、わたしはとても恐かった。白いハンカチの下に、鰐《わに》のようにぱっくり割れた口が隠れているような気がして。祖父はときどき、幼いわたしに絵を描いてくれました。凍った湖で手づくりの橇《そり》に乗って遊んだり、遅い春がきて氷の溶けた湖で魚釣りをする絵です。水鳥も群れています。祖父は節くれた指で絵をなぞりながら、

「ア、アーッ、ウー」と楽しそうに笑いました。

祖父たちが掘ったウラン鉱石は、アメリカへ送られていきました。いろんな工場で加工してから、最後にニューメキシコ州へ運ばれていったそうです。ざらざらの荒地から台地《メサ》と呼ばれる岩山がきりたって、頂上に鉄条網で囲まれた研究所があります。ウランはそこで原爆になり、この国、ジャパンに投下されました。

「あなたの祖父《グランパー》、原爆のこと知ってるの」

竈のそばから、ハワァが訊いた。あばら屋の台所から、稲妻に照らされる大赤木を見ているとき

の声だ。

「ええ、ラジオのニュースを聞きながら、ぽつんとつぶやいたそうです。ドイツでもイタリアでもなく、黄色人種の国に落としたんだな」と。まだ手術前でしたから喋《しゃべ》れたのです。

「アッサラーム」

アラブ人らしい老女が挨拶した。まわりは色あざやかな民族衣装だが、一人だけ白い衣をまとっている。足の甲まで届く長衣だった。ムスリムであることを明示しながら、ムスリムらしさをやわらげ中和する装束に見えた。

わたしはヨルダン川西岸の村で生まれ育ちました。結婚して子どもや孫がいました。麦さえろくに育たない荒地です。オリーブだけは豊かに実ります。わたしたちは毎年、オリーブ油を出荷しながら平凡に暮らしていました。ざらざらに乾いた埃っぽい村ですが、近くに難民キャンプができて、そこから若い人たちが次々に鉄条網の向こうへ出ていって自爆テロをやりました。十六の娘さんが細い腹に爆弾を巻きつけて、飛び散っていったこともあります。

報復は凄まじいものでした。戦車がやってきて、日乾し煉瓦《れんが》の家々をかたっぱしから潰していきました。村中、銃痕だらけです。まさに虐殺です。

「わたしは子どもを連れて、ベルリンへ逃げていきました」

「どうやって？」春の大鹿が訊いた。

「叔父が救けてくれたのです」

アッコーという港町で小さなレストランをやっています。壁や鉄条網の向こう側にも同胞がいるんですよ。アラブ料理の食材を仕入れるために、叔父は定期的に軽トラックでやってきます。口が悪くてがさつでしたが、男気のある人でした。夜、わたしたちを車に隠して連れ出してくれたのです。どさくさで鉄条網が破られている抜け道を通って。

朝がくると、麦畑が青々とひろがっていました。ああ、こんなに豊かな土地だから奪われてしまったのだと口惜しくて、涙がこぼれそうになりました。葡萄《ぶどう》畑も日に輝いていました。

アッコーは地中海に面した美しい港です。かつて十字軍はここに上陸してからエルサレムを目ざしていったそうです。海辺に、十字軍の宿舎だった石の建築がそびえています。叔父は小船を雇ってくれました。国境近くの浜で、わたしは子どもを抱いて坐っていました。砂浜に昼顔が咲いていました。地中海のさざ波がきて、波打ち際は黄緑にきらめいていました。ああ、世界はなんて美しいのだろう。わたしたちは小船でギリシャに渡り、野を歩いたり列車を乗りついだりしてどうにかベルリンに辿りつきました。

「いまの難民ルートとそっくりですね」

「ええ、そうです」

わたしはいま、難民たちの世話をする仕事についています。モスクには男しか入れません。女は入れないのです。東ベルリン側にあった廃屋を借りて、わたしは女性たちが自由に出入りできるモスクをつくりました。スンニ派とかシーア派とか、そんなこと、どうでもいいのです。女たちも傷ついて苦しんでいます。ベルリンにいても携帯やSNSで繋がっていますから、痛ましい知らせもやってきます。

空爆で父母をなくした孤児が、叔父さん叔母さんの家にひき取られていったそうです。ところが、ある日、届けものを頼まれました。地図とメモを手渡されたのです。市場で、これとこれを買ってきてね。お菓子も買っていいよと。少年は喜んで出かけていきました。到着する時間をきっかり見計らって、叔父は起爆装置のスイッチを押しました。買いもの籠に爆弾が仕掛けられていたのです。市場の人たちを巻きぞえにしながら、少年は肉片となって飛び散りました。

「邪悪な人たちがたくさんいます」

ジャワ更紗《さらさ》をまとう老女が話をひき継いだ。

わたしの父は漁師でした。沖から戻ってきた父の船に駆け寄って、魚を浜へ運んでいくのが、わたしたちの役目でした。わくわくする楽しい仕事です。ときには鮫が獲《と》れます。自分と同じ身長ぐらいの鮫を頭に乗せて、わたしは点々と血を滴らせながら白い浜を歩いていきます。どんなに誇らしかったことか。スターになったような気分でした。浜がわたしのすべてでした。夜、幽霊船が見えたこともあります。船の舳《へ》先《さき》やマストに夜光虫にそっくりの緑がかった光りが灯《とも》って、音もなく海を漂っていくのです。

近海で追い込み漁もやります。人手が必要です。わたしは海に入って海面を叩きながら魚を追いつめていきます。ところが海の水が妙に生温かいのです。ぬるりとして温泉のようでした。潜ってみると、すぐ異変に気づきました。ふつうは潜るにつれて冷たくなっていくのですが、逆に海が温かくなってくる。ああ、何かが起こると直感しました。しばらく漁に出ないようにと父に頼みましたが、取りあってくれません。わたしは浜に坐って祈りつづけました。

翌週、地震が起こり、大津波がやってきました。海が盛りあがり、波打ち際から潮が押し寄せてきました。家々が燃えながら流されていきます。人も流されていく。恐ろしい夜が明けると、椰子《やし》の木々に海草がからみついていました。

沖にジャワ海溝があって、とても危ないところです。それを知ったのは、ずっとあとになってからですが。たくさんの孤児が残りました。父母も家も失って、腐りかけた魚を食べて飢えをしのいでいました。

そこに業者たちがやってきて、孤児に温かい食べものを与え、船に乗せて連れていきました。マレー半島の北へ。行き先はタイの売春宿です。美少女たちは高く売られ、かわいい少年たちは男娼にされました。売りものにならない子どもたちは臓器を抜きとられました。その業者は同胞の男たちです。


「わたしの国は悲しいことに、売春天国と呼ばれています」

山岳民らしい衣装のシャーマンが語りだすと、七海がすっと通訳を代わってくれた。

農村や山岳民の娘たちが売られてきます。バンコクの街は少女売春だらけです。業者に連れられてきた少女や、インドネシアやミャンマーから売られてきた少女たちがたくさんいます。ディスコや、下町の安ホテルをごらんなさい。まるで売春宿そのものでしょう。それを目当てにツーリストたちが押し寄せてきます。

「ここにおられる方も、身に覚えがあるかもしれませんね」

老女はゆっくり洞窟を見回した。オレンジ色の火が揺らめいていた。

「ところが、ある中年男性がドイツからやってきました」

かれはエイズに罹《かか》っていました。それを知っていながら、中年男は少女たちを買いまくって、わざとエイズを伝染《うつ》して回ったのです。二十五、六人が感染してしまったそうです。どうせ死ぬなら、少女たちを道連れにしてやろうと思ったのでしょうか。これが人のやることですと言いたげに、シャーマンは黙り込んだ。

「わたしは十歳のとき、藪《ブッシュ》に連れていかれました」

黒い肌のシャーマンが口をひらいた。

極楽鳥を思わせる衣装をまとっているが、両足が象のように肥大していた。波照間宮の石段を登ってくるときも、痛そうに膝を押さえていた。だが声は太く、力がみなぎっていた。誘い込まれるように七海の声も変わっていった。

わたしたちの村では、男の子たちは年頃になると家族から切り離されて、村はずれの小屋に集まります。その小屋をブッシュと呼んでいました。小屋に隠《こも》って少年たちだけで日々を過ごすのです。成人になるための儀式ですが、なんだか楽しそうで、羨《うらや》ましかった。

だから近所の女の子たちと一緒にブッシュに連れていかれたとき、わくわくしていました。ピクニック気分だったのです。枯木の囲いのなかに、緑の枝葉で屋根をおおった小屋がありました。土間に光りが洩れてきて、なんだか秘密めいた雰囲気でした。世話をしてくれるおばさんたちは、ひそひそ声をひそめ、無表情です。だんだん不安になってきました。

「これから、どうなるの」

と訊ねても、痛ましそうに目をそらすだけで、

「みんな床に仰向けになって」と言われました。

わたしたちは赤土の床に横たわりました。小屋は二間つづきになっていて、年かさの女の子から先に呼ばれて、隣りの部屋に入っていきます。

悲鳴が聞こえました。喉をかっ切られる鶏か山羊のような声。いいえ、もっと恐ろしい絶叫です。次の女の子が呼ばれていきました。また叫び声が聞こえてきます。なにか恐ろしいことが起こって

いる。ぞっとしながら震えているうちに、わたしの番がやってきました。

「そこに横たわって、足をひろげて」

おばさんたちが両手、両足を押さえつけてきます。どっしりと重くて、まったく身動きできません。

鍛冶屋《かじや》のおかみさんがカミソリを手に、わたしの股間を見すえてきます。いつもは優しいおばさんですが、今日だけは鬼になると決めているような冷たい眼です。わたしのあそこを摘んで、カミソリでざくっと切ってきました。血が吹きだして、わたしはただ叫ぶだけです。きれいに切り取れなかったのか、カミソリの角度を変えながら切除しました。

なにが起こったのか知ったのは、あとになってからです。いちばん敏感な陰核《クリトリス》が切り取られてしまったのです。それから小陰唇や大陰唇までそぎ落として、アカシアの棘と糸で膣を縫われてしまいました。

「麻酔なしで?」と七海が訊いた。

「ええ、麻酔なんかありませんよ」

傷口が開かないように、肉が癒着《ゆちゃく》するように両足を縛られて、わたしは小屋に横たわっていました。

「オシッコはどうするの」

「マッチ棒が何本か通るぐらいの小さな隙間が、下のほうに残されています」

老女は毅然《きぜん》としていた。すでに恥ずかしさを通り越して、女たちの悲しみを担《にな》っていた。

「それじゃ大変でしょう」七海は通訳を忘れていた。

「チョロチョロと流れるだけです。排尿するのに十分ぐらいかかりますね」

ブッシュの小屋に横たわっているときは、痛くて、痛くて、オシッコも怺《こら》えていました。

「生理のときは？」

「初潮がきたとき、血が溜まって下腹が膨《ふく》れあがってしまいました」

「どうして、そんな酷《ひど》いことをするの」

「なぜだと思いますか」老女は訊き返した。

「処女であって欲しいから？」

「もちろん、それもあります」

アラブの国々では、初夜が明けると血に染まったシーツを窓に干して、花嫁がまぎれもなく処女であったと誇らしげに見せびらかす風習があります。いまもエジプトでは、医師が麻酔をかけてクリトリスを切除するそうです。小陰唇や大陰唇は残しますが。

「そこまで処女性にこだわるわけ？」

「レイプされないように膣を縫うのだ、と言う人たちもいます」

遊牧民の世界では、よく少女たちが犯されますから。

「でも、それだけじゃないでしょう」

「なぜなのか、わたしも考えつづけました」

「男たちの弱さじゃないの」七海は手きびしかった。

「ええ、子どもを産んで欲しいくせに、女の性におびえているんですよ」

女たちが快楽を知ってしまうことも恐れている。ふしだらになる、というのです。だから膣を閉じて、従順になって欲しいのでしょうね。

「でも、セックスできないじゃない！」

「初夜のとき、夫は小刀でわたしの膣を切り開いてから挿入してきました」

「ひどい！」

「悪魔だと思いました」

でも、ごく当たり前のことだったのです。わたしの夫が特に邪悪だったわけではなかった。初夜のとき、男はそうするものだと教え込まれていたのです。わたしの身に起こったことも普通のことです。わたしの国では、九割以上の女たちがクリトリスを切除されています。膣まで縫ってしまうのは少ないようですが。

黒い肌のシャーマンは静かだった。自分の陰部について話しているのに、恥ずかしがっていない。不思議な気品さえあった。これが人の邪悪さなのだと、自分の痛苦を高みから見つめているような、堂々とした無名性の慈愛があった。


「殺されないだけでも、まだいいほうですよ」

サリーをまとう老女が、すっと言葉をひき継いだ。

白地の衣の裾に、赤い模様が波打っている。ベンガル風のサリーだった。

「わたしの国では」

夫が妻に油をかけて焼き殺す事件がよく起こっています。

「どうして？」七海の声が一オクターブ高くなった。

「再婚すれば、もう一度、持参金が手に入りますから」

「…………」七海は絶句した。

「レイプも多いそうね」と春の大鹿が訊いた。

「ボランティアで通ってくるドイツ人の女性が犯されたこともあります。空港からタクシーで街へ向かう途中のことです。そのドイツ人女性は六十五歳でしたが」

バスに乗ってきた若い娘さんを、乗客たちが輪姦したこともあります。運転手も共犯だったそうです。さっき人類の大移動の話が出ましたけれど、何万、何千万という女たちが辱《はずかし》めを受けてきたのでしょうね。

「修道女たちが、集団レイプされたこともあります」

もと女子プロレスラーだったという老シャーマンがつぶやいた。

無数の虹がもつれるようなアンデスの民族衣装だった。

「世界各地のカトリック教会から派遣されてきた尼僧たちです」

みんな若くて使命感に燃えていました。医療奉仕団としてやってきたのです。ハンセン病の人たちの世話をして、膿《うみ》だらけの包帯を取り替えていました。ところが、小型バスで移動している途中、襲われて、集団レイプされ殺されてしまいました。森の奥からぞくぞくと骨が出てきました。犯人グループの見当はついていますが。

「アンデスでは、コカの葉が採れます」

コカインの原料ですね。その利権を巡って、いくつもの武装集団が争っています。表向きは革命とかゲリラとか謳《うた》っていますが、マフィアのような連中です。わたしの村にもやってきました。村長は、かれらの要求をはねのけました。すると、ズドンと一発です。それから山刀で首を斬り落として、その頭をボールがわりにサッカーを始めました。村の広場で、げらげら笑いながら。村長の頭が蹴られて転がり、飛んでいきます。きれいな白髪が、血と土に汚れてきました。わたしは広場の隅っこで、じくじく泣きつづけていました。

これが人のやることですと言いたげに、アンデスのもと女子プロレスラーは口を噤《つぐ》んだ。

「オーストラリアにも難民がやってきました」

アボリジニらしい老女が口をひらいた。

赤褐色の肌で、ネアンデルタール人を思わせる顔だちだった。

わたしは難民キャンプで働いていました。暑くて、とても臭いのです。トイレには糞が盛りあがって蠅だらけです。難民たちの傷口は膿んで、たちまち蠅が卵を産みつけます。ウジが湧いて、肉を嚙みはじめます。みんなひどく痛がっていました。

「ウジを取ってくれ」と身ぶりで頼んできます。

わたしはピンセットで、一匹、一匹、摘み取っていました。それがキャンプでの仕事でした。取っても、取っても、とめどなく湧いてきます。

「そうするうちに、断食をはじめました」

抗議の断食です。アフガンの男たちは自分の唇を縫いつけてしまいました。もちろん麻酔なしです。隠れてこっそり飲み食いなどしていないと証《あか》すためです。あのガンジーだって塩と水だけは摂取していたそうですが、一滴の水さえ口にしない決死の断食です。勇敢なのか、狂信的なのかわかりません。わたしは、おろおろするばかりでした。そうするうちに男たちは、子どもたちの唇まで縫ってしまいました。

「わたくしも難民です」

日本の着物のような前あわせになった衣装の老女が言った。虹色の前掛けをつけていた。皺《しわ》が深い。その声が沁《し》みるように七海の声も沈んでいった。

わたくしの家族は山羊やヤクを連れて、いつも緑の草を求めながら移動していました。遊牧していたのです。山羊の乳でチーズをつくり、塩味のバター茶を飲み、小麦粉を練って食べていました。ごく穏やかな毎日でした。

突然、中国軍が攻めてきて虐殺が始まったとき、父は義勇兵になりました。誇り高い人でしたから。勝てやしないと見通していたのか、せめて妻子だけは逃げるように計《はか》らってくれました。母は嫌がりました。生まれたばかりの赤ん坊がいたからです。女の子でした。連れていくのはとても無理です。でも、わたしと弟の命だけは救おうと、赤ん坊を親戚に預けてヒマラヤ山脈へ向かいました。雪に足を取られ、氷に滑りながら、ひたすら歩きつづけました。巡礼のように人の列が延々とつづいていました。そこだけヒマラヤの尾根の間を抜けて、ブータンへ通じるルートがあるのです。交易路です。ダライ・ラマもそこを通って亡命されました。わたしたちはその後を追っていったのです。

ブータンは、とてもいい国でした。決して豊かではないけれど、だれも飢えていません。もの乞いする人は、ひとりもいないのです。みんな幸せそうで、羨ましくてたまらなかった。仏の光りが静かに満ちているような国です。あちこちの家に泊めてもらいました。

珍しい果実も、初めて食べました。ヒマラヤの急斜面にある国ですから、高度差がすごいのですよ。麓は亜熱帯のジャングルで、だんだん高くなってヒマラヤの雪の峰まで登りつめていきます。だからバナナや、蜜柑《みかん》や、りんごなど、いろんな果物が穫れるのです。麓から運ばれてくるマンゴーの実のおいしかったこと。

川のほとりの、お城のような僧院にも招かれて、温かいご馳走をお腹いっぱい頂きました。でも、からくて、からくて、困りました。だって唐辛子が野菜なんですから。僧院の壁は、極彩色の絵に埋めつくされていました。恐ろしい青鬼のような人の膝に、赤い肌の女の人がまたがって抱きあっています。なにをしてるのか不思議でした。小窓から光りが射して、床は滑《なめ》らかな岩のように黒光りしていました。小さなお坊さんたちが、キャーキャー騒ぎながら走っていきます。わたしは留《とど》まりたかったけれど、母はダライ・ラマがおられるインドへ急ぎました。

それから難民キャンプを転々としながら育ちました。初潮を迎えたのもテントのなかです。父の消息はありません。親戚に預けた赤ん坊がどうなったのかわかりません。何十万人か、数えきれない同胞が殺されてしまったのです。お寺は次々に破壊されて、むごい拷問《ごうもん》がつづいたそうです。梁《はり》にロープをかけて、お坊さまたちを逆さ吊りにするのです。ロープの片方に、重しがわりに使われているのは仏像だったそうです。

いまはヒマラヤの向こうから、携帯電話ですぐに知らせがきます。ええ、わたくしだって携帯ぐらい持ってますのよ。でも、つらい知らせばかりです。お坊さんたちが焼身自殺していくこと、ご存じですね。尼僧たちもわが身を燃やしていきます。圧政への抗議です。初めは僧侶ばかりでしたが、いまはちがいます。町の若い人たちが次々に焼身自殺していくのです。隠し撮りした動画も送られてきます。

青年が燃えながら街の通りを走っていきます。叫びながら、ばったり倒れます。若い娘さんが街角に立ったまま燃えていきます。凄まじい熱さで眼球が膨れあがって、破裂するそうです。それでも娘さんは身じろぎもしないで燃えつづけていきます。市場のトイレに隠れてガソリンをかぶり、それから路上に出てきて火をつけたそうです。親戚に預けてきた妹が燃えているような気がして、涙がとまりません。

「何人ぐらい焼身自殺したの」

「わかっているだけで、これまでに一四八人です」

「わたしも少し話していいですか」と七海が訊いた。

「どうぞ、遠慮しないで」春の大鹿が答えた。

「わたしの、もとボーイフレンドは米軍基地の精神科医です」

ＰＴＳＤの専門家で、以前はベトナム戦争で心的外傷を受けた兵士たちの治療をしてきたそうです。かつての兵士たちも、みんな老いてきました。ヘルス・エンジェルスになった海兵隊もいるそうです。中年過ぎのおじさんたちの暴走族です。かれの治療をしているとき、こんな話を聞かされたそうです。

ジャングルに分け入っていくと、偵察に出ていた米兵たちが木に縛りつけられていた。ズボンがひき降ろされて、下半身がむきだしになっていたそうです。男根が切り取られ、口に押し込まれていた。あまりの酷さに茫然となって、心が萎《な》えてしまったというのです。

ほかのＰＴＳＤの退役軍人たちの治療をつづけていくうちに、まったく同じ光景を見た兵士がたくさんいることがわかってきました。負傷してまだ生きているうちに木に縛りつけられ、切り取られ、あそこから血を流し、自分の男根で窒息していった。そんな死に方だけは絶対にいやだ。帰還してからも、セックスしているとき、あの男根が浮かんできて萎えてしまうそうです。

わたしはショックを受けて、いろいろ調べてみました。世界中で同じ事例がありました。日本でも戊辰《ぼしん》戦争のとき……、一八六八年頃、会津藩、フクシマのサムライたちが殺され、やはり男根を切り取られ、口に押し込まれていたそうです。

海鳴りが聞こえてくるが、風はやんでいた。ローソクの火も揺れずに、まっすぐ燃えつづけている。取り替えては、また火をつけ、岩に溶けてしまったローソクもあった。老シャーマンたちの話を通訳するため、倍以上の時間がかかったのだ。

乙姫さまがやってきた。国際学院の少女たちが大きな竹の笊《ざる》に、おにぎりを盛って運んでくる。

「一人、一つだけですよ」

さんぴん茶のペットボトルも配られていく。人びとは海雪のおにぎりを旨そうに食べながら、とりとめもなく私語を交わしている。

「難民、多いよな」

「赤ん坊の死体が流れ着いたそうね」

「ボートが転覆したんだって、かわいそうに」

「地中海の難民、救命胴衣をつけてるな」

「うーん、救助隊が配ったのかな」

「東欧の国境を越えていく人たち、スニーカーやジーンズをはいてる」

「ちょっと難民には見えない」

「おれたちと変わらない身なりだよな」

「でも、インド洋を漂流している人たちは腰布一枚だよ」

「ほとんど素っ裸よね」

「まだインド洋にいるのかな」

「ルーペを使って写真をじっくり調べてみたよ。男と子どもと老婆ばかりで、若い女は一人もいない」

「とっくに売られてしまったのよ」

「そうだろうな」

「売春宿でエイズを伝染《うつ》されたかもしれない」

「臓器を抜き取られたとか」

「あの船、ひどいオンボロだよな」

「帆のかわりに、工事現場のビニール・シートを張ってる」

「いまも漂流しているのかな」

「どの国も入港させてくれない」

「申し訳みたいに、空から水や食料を投下してる」

「海上でゆっくり死んでくれと言わんばかりよね」

「みんな痩せこけて餓死寸前じゃないか」

「あんな骨と皮を見たのは、アウシュビッツ以来だよ」

「赤道直下のかんかん照りで、ぎっしり甲板にひしめいている」

ぺちゃくちゃ喋《しゃべ》っているのはサポーターや若い人たちだった。年配の人たちは掌のおにぎりを見つめながら、ゆっくり、ゆっくり口に運ぶ。

ゆらりと人影が立ちあがった。なみはずれた長身だった。一目で、當だとわかった。Tシャツの上から、ごつごつした赤褐色の腹巻きのようなものを巻きつけていた。声を発した。濁った声だった。うるま病院で耳にする声に似ていた。知的障害のある患者さんが断続的に吠えながら、夕陽の射す廊下を歩いていくことがある。肉食獣が吠える声とはちがう。穏やかな牛が、なにかのはずみで急に昂《たか》ぶったような声だ。太い喉の奥から、得体の知れぬ激情が吹きだしてくる。だが、當の声はすぐにやんだ。サンゴや貝殻が点々とつづく横穴へ歩いていった。いつもハワァがやってくる抜け穴だった。

爆竹が爆《は》ぜた。腹巻きから、いっせいに火花が飛び散っていく。機関銃を乱射するような音だった。洞窟に響いていく。凄まじい谺《こだま》だった。天井ごと、頭上の滑走路がくずれ落ちてきそうだ。當は、胸でX字型に腕を組んでいた。指で耳をふさぎながら歩いていく。上半身は煙に包まれて見えなくなった。ただ下半身だけが抜け穴のほうへ歩いていく。

竈のそばから、ハワァが立ちあがった。走りながら、さっと暗河《くらごう》を跳び越え、あとを追った。有馬も追った。爆竹の音がやんだ。もう火花も飛び散っていない。オレンジ色がかった煙に包まれながら當は突っ立っていた。気絶などしてたまるかと足を踏んばっているようだが、がっくり両膝をついた。ハワァが左脇に肩を入れた。負傷兵を救助する動作だった。有馬も右脇を支えながら抱え起こした。Tシャツは燃えあがり、布きれが張りついていた。石油をかぶったように皮膚が黒ずんでいる。ハワァは抜け穴の奥へ向かっていった。地上の病院へ急いでいた。気が動転したまま、ハワァの勢いにつられていった。

海底洞窟が外海に通じるように、ぼうっと前方が明るんできた。淡い光りだった。窪地の底に出た。ハワァは鉄柵を押しひらいた。水場があった。飛び石のように岩が露出していた。頭上には、ぽっかりと円い青空がのぞいている。

蝶は飛んでいない。ツマベニ蝶もいない。蒸し暑かった。異様なほどの湿気が充満していた。蛙が鳴いていた。どこから湧いてくるのか、無数の蛙がいっせいに鳴きつづけている。ハワァは窪地の斜面を登っていこうとする。ぬるぬると滑った。岩肌に土がかぶさり羊歯が繁っていた。道などない。ハワァは片手で羊歯やガジュマルの気根をつかみながら登っていこうとする。だが當を抱えていくのは無理だった。何度も滑り、膝が泥まみれになった。當の上半身は焼けただれて、爆竹の燃えカスが赤褐色の斑《まだら》となってこびりついていた。熱いのだろう。當はもうろうとして足に力が入らない。登りかけては、また滑った。

「だめだ、撃たれる！」

田島の声だった。降りてこいと英語でくり返した。

ハワァはふっと我に返ったらしい。基地の病院はすぐそこにあるが、當を連れていけばやっかいなことになる。

「戻りなさい」乙姫さまの声も聞こえてきた。

窪地の急斜面にへばりついたまま、ふり返った。水場に人がひしめいていた。老シャーマンたちが、こちらを見つめている。

「いま、七海が救急車を呼んでいる」

電波の届く洞窟の外へ急いでいったのだろう。救急車がくるかどうかわからない。台風で怪我をした人たちも多いはずだ。

「早くしろ！」

おれが手当する、と田島は言った。それから医師らしい冷静さで命じた。

「水に浸けろ！」

そうだ、當は火傷《やけど》している。まず冷やすべきだ。

ぬるぬる滑る斜面を降りていった。水場に入った。太股ぐらいの深さだった。長身の當を抑えつけながら一緒にしゃがみ込んだ。水は冷たい。雪どけの水を思いだした。だが、まわりは蒸し暑い。蛙の鳴き声が渦巻いていた。円い青空が、頭上にぽっかりひらいていた。

*

病室は白く清潔だった。包帯をぐるぐる巻きにされたまま、當はベッドによこたわっていた。窮屈そうだ。長い足を鉄パイプのベッドのへりに載せて、天井を眺めている。火傷ならここだ、と霧山がすすめてくれた外科病院だった。先代の院長が、沖縄戦のとき島民たちの手当をしていたのだという。焼夷弾《しょういだん》で焼かれ、洞窟に隠れているとき火炎放射器で火傷した人たちも多かった。皮膚の焼けただれたところに包帯を巻くと、癒着してしまう。剝がすとき激痛が走る。だから、ありあわせのガーゼや布に、豚の脂《ラード》をふくむ軟膏《なんこう》を塗りつけ、傷口に張りつけていた。体温で軟膏が溶けるから、ぺろっと剝がすことができる。そうした独特の治療法をもつ病院だという。

當の火傷は深くなかった。全身の三分の一の皮膚がやられると、体液が流れだして命にかかわるらしい。爆竹をぎっしり腹に巻きつけていたが、火を吹いた時間は短かった。皮膚は焼けただれた。だが肉までは焦げていない。爆竹を巻きつけた腹まわりから、胸や、背中、X字型に組んでいた腕が焼けている。上半身だけだった。顎の下が少し火ぶくれしているが、顔はほとんど無事なようだ。だが、燃えやすい髪の毛が黒人のように縮《ちぢ》れていた。

「アタルの馬鹿!」

なぜ、あんなことしたのと七海が問いつめた。

「………」當はそっぽを向いていた。

「どうしてよ！」

「使わないと、もったいないだろう」

そっけなく當はつぶやいた。

医師がやってきた。黄色くなった包帯を解いて、どろりとした軟膏を取り替えた。腹から背中にかけて、血と体液が流れている。當は奥歯をかみしめながら天井を見つめていた。手当が終わると、七海は医師を追っていった。

「そこの抽斗《ひきだし》、開けてくれ」

と當が横目で言った。今朝、セツコが届けてくれた。間に合ったようだな。

サイドテーブルの抽斗に、二つ折りした茶封筒があった。葉書ぐらいの大きさで、厚さは五ミリ弱だろうか。なにが入っているか感触でわかった。

「金は、田島からもらっている」

グッドラックとつぶやいてから、當は脈絡もなく語りだした。

「目が覚めると日付が飛んでいた」

たいした火傷じゃないが、ひどい熱でうなされていたそうだ。意識なんか、たわいないもんだな。コンピュータは熱に弱いだろう。おれたちの脳も似たようなものだ。体温がちょいと二、三度、あがっただけでダウンする。

で、目が覚める三日後だった。日めくりの暦《こよみ》を三枚だけ破り取ったように、まる三日、おれの意識が飛んでいたということだ。だが臨死体験など、なにもなかったな。三途《さんず》の川も、きれいな花畑も、トンネルの向こうの光りも見えなかった。向こう岸で迎えてくれる父もいなかった。顔さえ見たことがないんだからな。親戚もいない。おれ、ごちゃごちゃに血が混じっているから、ややこしい。いろんな人種のご先祖さまが、彼岸にずらりと勢ぞろいしてたら面白かったのにな。

電灯のスイッチを切ったみたいに意識が消えていた。停電そっくりの無。無。それだけだった。それでも切れぎれに意識がもどってくる。瞼のあたりに薄ぼんやりと光りが感じられた。

「あれだよ」

當は目線で、天井の蛍光灯を示した。あの光りだけがかすかに感じられた。これを知覚しているかぎり、まだ生きているということだ。だが高熱でバターが溶けるみたいに、もうろうとしてくる。おれはあの光りに意識をすがりつかせながら、必死に生き延びようとしていた。

洞窟《ガマ》で、おばあたちの話を聞きながら、赤ん坊のころを思いだしていたよ。台風が上陸して、家の雨戸を閉めきっていた。ピンク・パンサーの裏側は、ふつうの民家だった。泣いても、泣いても、だれもやってこない。七海もきてくれない。おれは泣き疲れて、雨戸をがたがた鳴らす風や、海鳴りを聞いていた。荒れ狂う海を漂っているようで心細くて、ただ目を瞠《みひら》いていた。

それから台風の目に入ったのか、あたりが急に静かになって、節穴から光りが射してきた。すぐ目の上を、金色の矢のように斜めに射していた。おれはまだ歩けなかったが、その光りをつかもうと手を伸ばした。すがりついて、なんとか立ちあがろうとしていた。だが手は空を切るばかりだった。それが、おれの最初の記憶だった。

天井の灯りを知覚しながら、もうろうと考えていた。どうして、この記憶が自分らしさに繋がっているのか。かすかに意識がもどってくると、なぜ自分らしさがもどってくるのか。

うつらうつらしながら考えていた。赤ん坊のときつかもうとしていた金色の光りは、いまのおれにとっては琉球独立じゃないのか。わかっている。こんなケシ粒みたいな島が独立したところで、なんの答えにもならない。邪悪さに太刀打ちできっこない。よくわかっている。だが、おれにはそれしかない。

「だから爆竹を巻きつけたのか？」

ふっ切りたかったのかと訊ねると、

「さあ」わからん、と當はつぶやいた。

いざ独立しようとすれば、ヤマトもアメリカーも許すはずがない。機動隊どころか、自衛隊や海兵隊が出てくるかもしれない。いや、島民が本気で独立をのぞんでいるかどうか、それもわからない。けっこう甘い飴をしゃぶらされてきたからな。だが、おれにはそれしかない。

「手伝うよ」

「お前、先住民《ネイティヴ》の独立闘争に関わっていたんだってな」

「…………」うなずくと、

「独立できたのか」當はまっすぐ訊ねてきた。

「いや、だめだった」

「聞かせてくれないか」

當はめずらしく謙虚だった。

「大国に挟まれて、先住民たちが苦しんでいた」

「どこも同じだな。で、指導者はどんなやつだ？」

「二人いた」

三十なかばの大学講師で数学を教えていた。かれが表のリーダーだった。英語もぺらぺらだから、メディア対策や資金獲得など、戦略を受け持っていた。

「もう一人は、きみと同じぐらい背が高かった」

だが、ひょろりとしていない。がっしりした大男だったぞ。名前は知らない。ゲリラ部隊では、たがいに本名を隠すことになっている。知らないほうがいいんだよ。拷問されたとき、仲間を裏切らなくてもすむから。だから、たがいにニックネームで呼びあっている。

自転車とか、鰐《わに》とか、花とか、稲妻とか、いろんな渾名《あだな》があった。しかも先住民のミスキート語と、スペイン語がごちゃ混ぜになっている。英語が母語のインディオもいた。カリブ海の島から舟を盗んできた黒人の逃亡奴隷たちが、中米のジャングルに隠れて集落をつくっていたんだよ。そんな村が飛地のように散らばっている。南太平洋にも、ぽつんとそこだけ英語の孤島があるそうだ。戦艦バウンティ号で叛乱を起こした水夫たちが逃亡して、こっそり住みついたからだ。まったくの孤島語だよ。

ゲリラ部隊の隊長は「ウーラック」、大いなる魔力をもつ獣と呼ばれていた。とんでもない大男だったから。貧しいインディオの村から、奨学金をもらって国立の最高学府へいったそうだ。頭がよかっただけじゃない。野球も巧《うま》かったからだ。野球をつづけるという条件つきで特待生になれたそうだ。大学野球のスター選手だった。

だが同胞たちが虐殺されたとき、熱帯雨林にもどってゲリラ部隊を組織した。大学の友人と役割を分担したのだ。一人が表に出る。そしてウーラックは密林に隠れて、戦闘部隊の指揮官になった。マシンガンの銃身にハンカチぐらいの布を巻きつけていた。独立できたとき、国旗となるはずの旗だった。夜、海亀の肉をココナツで煮込んだ小鍋をつつきながら語りあった。かれは作戦地図さえ見せてくれた。懐中電灯で照らしながら、判断を求めてくることもあった。

「独立できたら、きみを国賓《こくひん》として招待する」

と言ってくれたが、招待状はついにやってこなかった。

「その隊長、いまどうしてるんだ？」

「長距離トラックの運転手をやっているそうだ」

*

病室のドアがノックされた。猫がそっと叩くような音だった。

「どうぞ」七海が答えた。

フローレスが見舞いにきたと思ったのか、声が冷たかった。

入ってきたのは、眼鏡をかけた色白の青年だった。緑のポロシャツ姿で、うっすらと無精髭《ぶしょうひげ》を生やしていた。顎が細く尖っている。眉も薄くて、細長い。若造あつかいされまいと髭を剃らずにいるようだった。だれなのか、ぴんときた。

「やあ、ポール」と當が言った。

「火傷したんだって？」

包帯だらけの當を痛ましそうに見つめながら、自爆テロする気だったのかと軽口をたたいた。声がふるえていた。なぜそんなことをしたのか訊かなかった。

「こいつ、ポール」當が七海に紹介した。

「………」ぺこりと頭をさげて挨拶した。握手は求めなかった。

「あっ、あんただろう。フローレスのこと調べたの」

七海の口ぶりが豹変《ひょうへん》した。

「はい」

ポールはそこだけ日本語で答えながら、七海を見つめていた。叱りつけられることに快感を覚えているようだ。顔の輪郭が、眼鏡レンズのなかでがくんとずれていた。まるで断層だった。かなりの近眼だ。レンズの奥に青い瞳がひっそりと沈んでいた。

「こいつ、ナナミ」

と當が紹介した。インチキ精神科医に騙《だま》されたバカ女だよ、と言いたげだった。で、こっちはアリマとそっけなく付け足した。

「………」

ポールは、ぼうっと上気したように七海を見つめている。

「どうしたのよ」

昔の恋人に似てるの、と七海は蓮《はす》っ葉《ぱ》な笑みを浮かべた。

「………」ポールはどぎまぎしていた。

「おい、どうしたんだ。中国系《チャイニーズ》ハワイアンの彼女が待ってるんだろう」と當がからかった。

「もう終わりました。新しい恋人ができたそうです」

「なんだ、捨てられたのか」

「はい」

ふたたび日本語で生《き》まじめに答えた。青い眼に、うっすらと氷が張っているようだ。思いつめると、なにをやらかすかわからない危なっかしさも感じられた。

「ナナミはどうするんだ?」と當が訊いた。

「どうするって?」

「フローレスに従《つ》いていくのか」

「…………」

砒素を盛られるのはごめんだからね、と七海は妖《あや》しく微笑した。

蜂鳥が飛ぶアリゾナの村も、麦わらの入った土壁の家も、黒光りする松材の床も、トルティーヤを焼く竈も、すべてが幻だったと醒《さ》めきっていた。霧山が洩らしたように虚言癖があるのかもしれない。

「こいつに乗り換えるか」

フローレスはだめだが、こいつなら許すと當は言いたげだった。

「わたしがアメ女《じょ》だから？」

七海は自虐的に笑った。

「いや、こいつはアメ女なんか見向きもしない」

「あなた、ユダヤ系なの」

「アングロサクソンだと思いますが」

ポールは生まじめに答えた。

「あ、そう」

「ナナミさんは、ユダヤ人が嫌いですか」

「そうじゃないの」

オリエンタルの女が好きな男って、なぜかユダヤ人が多いのよね。どこか芯が弱くて、やさしくて、競争社会で生き抜いていけない男。女にセクシャルな恐怖心もある。でもオリエンタルの女なら人種的にも社会的にも、いつも優位に立てるじゃない。

「………」その通りだと思った。両生類のように二つの国を往き来して育ってきたが、仲のいい友だちはユダヤ系が多かった。やや粗暴なアメリカンの少年たちのなかで言葉を選びながら話しかけてくるデリカシーをもっているのは、やはりユダヤ系だった。散種した民、言葉による民、流浪の民の末裔《まつえい》であるユダヤ系と、いまのイスラエル人は異質であるが。

「好きな女優さんって、だれ？」

歩み寄るように七海が訊いた。ロールシャッハ・テストなど受けたときのことを逆に反復しているようだった。

「チャン・ツィイー」ポールは恥ずかしそうに答えた。

「知らないなあ」

「とてもきれいですよ」

ポールの顔が、かすかに白桃のように色づいてきた。それから、かなりマニアックな熱っぽい口ぶりになった。高校生のころ小さな田舎町で、

「グリーン・デスティニー（緑の宿命）という映画を見たのです」

中国、香港、台湾、ハリウッドの合作映画です。緑の竹林で男と女が闘っています。男は剣の師匠《マスター》で、若い女、チャン・ツィイーは愛弟子《まな》で、ひそかに師を慕《した》っている。けれど運命にひき裂かれて、二人は闘うことになった。剣を握りしめて跳びあがり、ゆらりゆらりと撓《しな》う青竹を踏みしめながら延々と死闘をつづけます。師は挑んでくる愛弟子の剣をあしらいながら、愛おしそうに見つめている。チャン・ツィイーは、とても敵わないと知りながら、ただひたすら一心に襲いかかる。激しく剣を交えながら、二人は愛撫しあっている。

二人を宙吊りにしている特撮のワイヤーが、蜘蛛の糸のようにきらっと光ることもあります。典

型的なB級映画ですが、それでも涙が流れてきました。チャン・ツィイーは溜息がでるほど美しかった。

「ほら、やっぱりオリエンタルの女じゃない」

七海は冷ややかに突き放した。


次の日も、ポールは病室にやってきた。オレンジ色の鳥の嘴《くちばし》のような花の束を抱えていた。七海はサイドテーブルの花瓶に活《い》けながら、

「生まれはどこなの」とポールに訊いた。

「ノースカロライナ州です」

「どんなところ?」

「保守的なところですよ」つまらなそうな口ぶりだった。

南北戦争の前まで、人口の三分の一が黒人奴隷だったそうです。KKKも多かった。どんな土地か想像がつくでしょう。それからメリーランド州へ引っ越して、父は沿岸警備隊の仕事につきました。ごくありふれた家族です。

わたしはコンピュータしか興味がなくて、ハッカーまがいのことをやっていた。高校を中退して、地元のコミュニティ・カレッジに通ったこともあるけど、そこも中退。ぱっとしない中途半端な経歴です。でも、コンピュータだけは自信がある。実力でコンピュータ・セキュリティの会社に入って、技術者として基地《ベース》に出向してきました。

「給料はいいの?」

「専門職ですから、わるくないですね」

「フローレスの経歴だけど」

七海はそっけなく話を変えた。

あれからわたしも調べてみた。証拠は一つもないけれど、やはりインテリジェンスの仕事もしていたようね。

「本人に訊いてみましたか」

「もちろん否定した」

「イエス、と答えるはずがありませんよ」

「でもさ、あの資料、全部ネットに出てることばかりじゃない」

七海は冷笑した。

「…………」ポールは俯《うつむ》いた。ルービック・キューブがあれば手を伸ばして、カチ、カチ、カチッと勢いよく回し始めそうだ。

「わたしを口説《くど》くつもりなら」

少しはリスクを犯してごらん。そしたら考えてあげてもいい、と七海はまた蓮っ葉な笑みを浮かべた。ハワァに四つの名前があるように、七海にも別人格が隠れているのかもしれない。當は一言も口をきかなかった。

＊

《平和の松明《たいまつ》》の一行は、明日、グアム島を経由してパラオへ向かうという。急がねばならなかった。竈のそばで待ちかまえてハワァに話すと、

「アタルを置いていけない」と首をふった。

一行にまぎれ込んでいけば、すんなり出国できるかもしれない、二人だけだとリスクが高くなる。ステーツに強制送還されてもいいのかと念を押しても無駄だった。

「裁判にかけられるかもしれないんだぞ」

「いいの」ハワァは譲らなかった。

負傷者を見捨てては行けないという兵士らしい倫理が感じられた。インディアンの血かもしれない。

洞窟を出ると雲ひとつない青空だった。波照間宮の赤瓦が光っていた。本殿に、春の大鹿や、セラピストや、田島が坐っていた。乙姫さまは祭壇を背にしていた。

事情を話すと、セラピストはわかりましたとうなずいた。

「わたしたちは、しばらくパラオ島に滞在します。グアム島で合流できると思います。たがいに連絡を取りあいましょう」

携帯の番号とメール・アドレスを交換した。

「どうしてパラオ島なの」とハワァが訊いた。

「パラオの女たちは、世界で初めて非核憲法をつくりだしたのです」

「女たちが?」

「そう、パラオは母系社会ですから、土地や財産の相続権は、女たちがにぎっています。チーフを選ぶのも女です。だから男たちを恐れない」

憲法の前文が素晴らしいのです。何度も、何度も読み返して、すっかり憶えてしまいましたよ。

「戦争を知ったがゆえに、平和を望み、分割されたがゆえに、統一を願う。支配されたがゆえに、自由を求める。海は、我々を分かつのではなく一つにしてくれる」

「………」こんな気高い前文はめったにないと思った。

「さらに、核兵器や、毒ガス兵器、生物兵器などを、パラオ国内で使用してはならない。実験してはならない。原子力発電所をつくってはならない。それらの廃棄物を貯蔵してもならないと、と非核条項に明記されているんですよ」

「イロコイ連邦とそっくりですね」

春の大鹿がうなずいた。

「どうして、そんな憲法をつくれたの?」

ハワァが身を乗りだした。

「奇形児たちが生まれてくるからです」

ビキニや周辺の島々は、核実験場になってしまいました。そして次々に奇形児たちが生まれてくることを知って、パラオの女たちは起《た》ちあがったのです。

その非核条項が、アメリカの逆鱗《げきりん》にふれてしまいました。パラオは当時、アメリカに統治されていましたから。選挙をやり直せという圧力をかけて、十一回も国民投票を強制しました。アメリカからの補助金に頼りきっている政府は、街灯を消し、電気も水道も止めて、政府機関で働く人たちを解雇しました。アメリカに逆らえばこうなるぞ、という見せしめです。

「魚とタロイモがあれば生きていける」

女たちはそう言い放って、タロイモが繁る泥沼に入っていきました。女性リーダーの家は焼き討ちされました。それでも闘いつづけ、パラオ共和国の大統領を憲法違反だと訴訟したりしました。アメリカ合衆国は、マラカル・ハーバーが欲しかったのです。深い湾になっていますから軍艦が入港できる。この島でも、海上基地をつくろうとしていますね。岬の北側の湾が深くて、空母が入港できるから。

「その女性たちも、みんな老いてきました」

だから《平和の松明》はパラオのおばあさんたちと合流して、祝祭をひらこうと計画しています。

「わかった」ハワァはうなずいた。

イシの脳でも見つけたように静かに昂《たか》ぶっている。

潮風がくる。波照間宮の天井に張り渡された万国旗がゆれて、翡翠《ひすい》色のガラス玉に映る。円い鏡の水平線から積乱雲が湧きたっていた。

「これを見たいと言ってたね」

春の大鹿が、自分のパスポートをハワァの膝に置いた。

白頭鷲が印刷されているアメリカ合衆国のパスポートとはちがっていた。表紙の真ん中に、大樹がプリントされている。深い穴を掘って、すべての武器を投げ込み、土をかぶせてから植えたという木が育って、大赤木のように堂々とそびえている。HAUDENOSAUNEE と記されていた。ロングハウスを建てる人びと、という意味だ。丸太を組んだ長い建物、北米先住民たちの議会だ。かれらはそこで、七世代あとの子どもらにとって、いいことかどうか、その一点をすべての基準としてものごとを決める。まぎれもなく、イロコイ連邦のパスポートだった。

「…………」

大樹が白くプリントされた濃紺のパスポートを、ハワァはそっとさすっている。

乙姫さまとセラピストが小声で語りあっていた。

二人の膝もとに航空券が置かれていた。オープン・チケットだった。《移動祝祭》のホスト役は、次の祝祭地まで同行するのが慣例になっているのだという。

「わたくしは行けません」

霧山先生のおそばに居なければなりませんから、と乙姫さまは首をふりながら、

「この二人に差しあげてください」

孫娘を見るようにハワァに微笑みかけながら、

「有馬さんが使ってもいいのですよ」

「いや、こいつの分はあります」と田島が答えた。

霧山さんからお金を預かっています。贈りものだそうです。女を連れて、地の果ての果てまで逃げきってみせろ、そう言っておられました。

*

病室にポールがやってきた。後ろ手にドアを閉めて立ち止まっている。ろくに挨拶もしなかった。少し青ざめていた。顎が尖って、唇が薄い。上唇は五ミリぐらいの厚さしかない。そのせいか、顔全体に肉感がなかった。

「まあ、坐って」と七海が言った。

「…………」ポールは、ベッドわきのパイプ椅子に坐り込んだ。

「ちょっと、リスクを犯してきたみたいね」

「セキュリティ・システムが凄いのです」

民間企業から出向してきた技術者が何人もいます。それぞれちがう会社から派遣されてきて、相

互監視するシステムになっています。太平洋艦隊の航海スケジュールや、東アジアの軍事機密がぎっしりつまっていますから、手を出せない。だれがアクセスしたか、だれがダウンロードしたかすぐにわかります。ハッカーも侵入できない鉄壁のシステムです。

「だから無理ってわけね」

「はい」

と日本語で答えながら、それだけではない、自分もアメリカ市民としての倫理を失いたくないと無言で語っていた。度の強いレンズの奥で、左右の眼がちぐはぐだった。右の眼は青く明るく、少年のままに見えた。左の眼は日陰の湖のように沈鬱《ちんうつ》だった。

「そう、わかった」

七海はべつに期待もしていない口ぶりだった。

「これを見てください」

ポールは一冊のノートを取りだした。二つ折りしたコピーが挟んであった。

「基地《ベース》で出回っている写真です」

ここに核があるという噂ですが、だれが撮ったのかわかりません。武器庫に入るときは身体検査されますから、カメラなど持ち込むことはできません。たぶん、監視カメラの映像を撮影したんじゃないかと言われています。

「どこの武器庫なの」

「岬の北側か、カデナだろうという噂です」

「見せろ！」

當がさっと手を伸ばして、ひったくった。火傷した指が癒着しないように、プラスティック片が指間にはさまれていた。かろうじて動かせる親指と人さし指でコピー写真をつまみ、目の上にかざした。レンズが光りを集めて紙をこがすような眼光だった。

「ここにあるのか」

「という噂ですが、わかりません。ステーツのどこかの武器庫かもしれない」

當がいつまでも見入っている写真を、七海が横取りした。十秒ぐらい眺めただけで、

「これじゃ、なにもわからない」と、こちらに回してきた。

がらんとした格納庫のような所だった。蛍光灯のせいか黄緑がかっている。地下室のように見える。床も壁もがっしりとしたコンクリートだった。木箱があり、紡錘形《ぼうすいけい》のミサイル弾が整然とならんでいる。細長いものや、やや太めのものなど、さまざまだった。木箱を積んだ鉄製の棚があった。奥まったところには黄色くペイントされたドラム缶があり、扇風機のような、卍のようなマークがついていた。だが、それ以上のことは不明だった。兵器にくわしいハワァなら識別できるかもしれないが。

「ほんとに核《ニューク》あるの」七海が訊いた。

「…………」ポールは黙っている。

「米軍は、あるともないとも言っていない」と當が答えた。

復帰したとき、撤去したという証拠はまったくない。調査も入っていない。曖昧《あいまい》なまま、あると見せかけたほうが抑止力になるからな。おれは、あるに決まってると思っている。パーツごとに分解しているそうだ。いざというとき、玩具《おもちゃ》のガンダムみたいに、さっと合体できるらしいぜ。

「…………」

ポールは依然として黙り通す姿勢だった。セキュリティ・システムの技術者だから最高機密にも

アクセスできる。この島に核があるか、ないか、よく知っているはずだ。

當は問いつめなかった。ここから先は、ポール自身の倫理に関わると承知しているようだ。

「この写真、先生に見せたいな」と七海が言った。

＊

霧山の家は日陰になっていた。屋根をおおうブーゲンビリアの花はかなり台風に吹き飛ばされて、燃えあがる火事のような勢いが衰えている。

乙姫さまが縁側に腰かけていた。サンゴ塊の沓《くつ》ぬぎ石に、きちんと両足をそろえている。背すじを伸ばしながら半身になって、霧山と向きあっていた。そんな姿勢のせいか、衣のなかで背骨が捻《ねじ》れているように見えた。鍾乳石から滴ってくる雫《しずく》を浴びつづけて乳白色になった古い骨が浮かんでくる。

霧山も縁側にあぐらをかいていた。背を丸めていた。からだが縮んでいるようだ。中年の看護師がつき添っていた。うるま病院の次の婦長になると目されているベテランだった。田島は、とっておきの看護師を付けてくれたのだ。

三人はお茶をすすりながら、のんびり語りあっていた。夕暮れの海はもう藍色だった。水平線から高く湧きたつ積乱雲だけが、横なぐりの夕陽に照らされてキノコ雲のようなバラ色に染まっていた。

「先生……」と七海が声をかけた。

「おう、ナナミ、元気か」

霧山は手招きして、さっと手首をつかんだ。

「うん、切ってないな。男ができたのかな」

「もう！」

七海は憤然としながら手をふり払った。父に甘えるような仕草だった。だが急激に痩せてきた霧山の姿に、声を失っている。

「どうした、フローレスとうまくいってないのか」

「まあ、ちょっと微妙なところね」

「よく電話がかかってくるぞ」

ナナミさんが会ってくれないと泣きついてくる。アリゾナへ行くのはやめたのか。

「ほっといてよ。それより先生、これ見て」

七海はコピー写真を差しだした。

さっと一瞥《いちべつ》するなり、霧山の顔色が変わった。

「どこの武器庫だ？」

「岬の北側か、知花《ちばな》の武器庫か、どうもよくわからないの」

米兵の間で出回ってる写真なんだって。

「ここに、核があるのか」

「という噂らしいけど」

霧山はティッシュペーパーで老眼鏡の曇りをふきとり、

「ルーペを持ってきてくれないか」

そこのサイドテーブル、と看護師に頼んだ。

虫眼鏡でのぞくように細部をつぶさに点検してから、ふうっと息を吐き、

「よくわからんなあ」と細い首をふった。

「先生、わたくしにも見せてください」

「…………」霧山はひらりと手渡した。

乙姫さまは深い井戸をのぞき込む目つきになった。無言だった。火の雨が降りそそぐなか、母と逃げまどい、亀甲墓に隠れ、燃えあがる松並木の道をさまよっていた日々を思いだしているのか、あの焼夷弾と冷たく光る武器庫のミサイル弾が重なっているようだ。

「そこに連れていってくれませんか」と霧山が言った。

冗談とも本気ともつかない口ぶりだった。

乙姫さまは、また深々とのぞき込んだ。焦点を結ばず、瞳孔をひらいたまま青いフクロウを追う目つきだった。

「では、参りましょうか」

ゆらりと乙姫さまは手を伸ばした。枝サンゴに皮が張りついているような指だった。霧山も手を伸ばした。細い骨がからみあうように、二人は手を繋ぎあった。

## 7　生は美しい

霧山は杖《つえ》をつきながら庭を歩いていた。先端にゴムの滑りどめがついた安価なアルミパイプの杖だった。立ちどまり、海や花々を眺め、息を整えてから、そろそろと歩きだす。台風で吹き飛ばされたブーゲンビリアの花々が、また屋根で咲き乱れている。このまま永遠に夏がつづきそうだ。

「ドクター」

ハワァがそっと声をかけた。

「よう」

霧山は笑いながら、アルミの杖をひょいと肩にかけた。兵隊が銃をかついで行進するように、片手をふりながら十歩ほど歩いた。カンナの花の前で立ちどまり、いたずらっぽく敬礼してきた。どうだ、わたしはまだ歩けるぞ、と言いたげだった。幽鬼のようにやせて、笑う口もとの歯が白骨に見えた。火焔《かえん》のような花のそばに、ゆらりと坐り込んで、

「トロツキーの庭に咲いていたカンナだ」

友人が持ってきてくれたんだよ、と霧山は言った。

「メキシコから？」

「そう、かれは亡命中、フリーダ・カーロの家を借りて晩年を過ごした。そこの庭に咲いていたカンナだ。知ってるか、フリーダ・カーロ？」

「ええ、わたしも大好き」

ハワァは目を輝かせながら、

「仔猿を肩にのせている自画像、あれがいちばん好き。こんなふうに眉が繋がっていて」

と自分の眉間を小指でなぞってみせた。

「そう、うっすらと髭も生えている」

インディオの血が混じっているせいかな。いやインディオは体毛が薄いから、スペイン系の血だろう。とにかく、あの青い家の中庭に咲いていたそうだ。友人は人目を盗んで、こっそり根株を掘り起こして持ってきてくれた。わたしが喜ぶと思って。政治的な信条はともかく、わたしはトロツキーが好きだったからね。友人も精神科医だ。ずば抜けて優秀なやつで、いずれは教授になれるはずだったが医局から追いだされた。異分子だったからな。わたしたちは北と南へ別れていった。かれは故郷の北海道にもどって、釧路湿原の小さな診療所で働いていた。

霧山はぼうっとカンナの花を眺めている。

「あれから、どうされましたか」

「ん、なんのことかい？」

と霧山ははぐらかした。

「乙姫さまと手を繋《つな》いで」

「………」どうも話したくなさそうだった。

「聞かせてくれませんか」

「ただの夢だよ」

気乗りしない口ぶりで、渋々と話しだした。

乙姫さまが手を握って、では、参りましょうかと見つめてきたとき、あっ、催眠術だと思ったよ。わたしは精神科医だから、催眠療法もいちおう習得している。もちろん乙姫さま自身は、催眠術だとか、そんなこと考えたこともないはずだ。ごく自然に身につけたんだろう。そこはやはりシャーマンなんだ。

そこから後は、ただの夢だよ。わたしは縁側にごろんと横たわって眠ってしまったそうだ。

「腹ぺこの豚みたいな、ものすごい鼾《いびき》でしたよ」

翌朝、看護師さんにさんざんからかわれたよ。お前も見ていたはずだ。

わたしは手をひかれながら、すうっと乙姫さまの夢に吸い込まれていった。二羽の鳥のように降りていくと地下室らしいところに立っていた。薄暗くて、蛇だらけだった。産卵期の谷間のように、何千匹もうじゃうじゃ絡みあっている。頭が三角で牙をむきだしている。まちがいなくハブだ。鱗《うろこ》を光らせながら、細長い紡錘形の爆弾に巻きついていた。「マーク7」があった。読谷《よみたん》の岬には、ナイキ・ミサイルの発射基地があったが、それに搭載できる核弾頭だ。「マーク28」もあった。なんだ、こいつは水爆じゃないか。潜水艦の巡航ミサイルに搭載できるやつだ。ナパーム弾にもハブが巻きついていた。

乙姫さまはけろりとしていた。神さまのお使いが、わたしたちを咬《か》むはずがありませんと信じきっているふうだった。ハブも鎌首を立ててこない。するすると道をあけながら爆弾に巻きついている。

「これは焼夷弾です」そっと耳打ちすると、

「まあ、そうなんですの」

乙姫さまは徳用マッチを抱えて、片手で擦ってはポイポイ投げ捨てながら歩いていく。

雷神ガマらしいところへ横穴がつづいていた。手を繋いで歩いてゆくと明るい滝壺に出た。青空がそこだけ溶けたように、ごうごうと落下してくる。水しぶきに虹がかかり、青い蝶や、ツマベニ蝶が飛んでいた。滝壺の水は翡翠《ひすい》色で、鮫や海亀が泳いでいた。海蛇もくねくね身をくねらせている。それからさらに奥へ入っていくと、地下湖があった。外海へつながっているというところだ。そこからさきはニライカナイかな。

ま、秘すれば花だよと惚《とぼ》けながら霧山は黙りこくった。

「催眠術にかかったと言いましたね」

くわしく話してくれませんか。

「…………」やはり気乗りしない様子だった。

「どうして？」

「失敗したことがあるんだよ」

初め霧山はこちらを向いていたが、途中からハワァを見つめながら、ごつごつした文法通りの英語で語りつづけた。

「精神科医になったばかりのころ、多重人格ではないかと思える患者さんを受け持つことになった」

当時、日本の精神医学界では多重人格という症例は承認されていなかった。サイコパスという概念さえなかった。だからわたしは、つい張り切ってしまった。功名心もあった。白状すると、その患者さんは若くて、すごい美人だった。

　多重人格は幼児虐待によって起こるという。それがアメリカ医学界の定説だった。父母にいじめられているのは自分じゃない、べつの子だと思うことによって耐えるしかない。そして心の井戸から別人格が生まれてきて、理不尽な虐待をひき受ける。その別人格も傷つきながら育っていく。

　退行催眠をかけて記憶を遡《さかのぼ》りながら、わたしは問いつづけていった。幼いころ虐待されていなかったかと。そうするうちに、ええ、わたしは母に虐待されていたと洩らしはじめた。

「先生、救《たす》けて」

　じっとり潤んだ目で見つめてくる。先生、愛していますと叫んでいるような気もしてくる。転移というやつだ。むろん知ってはいたが、わたしはまだ未熟で、ひきずり込まれてしまった。自分にしか救けられないと、かんちがいした。若い女はひっきりなしに手首を切った。わたしの鼻面をひき回すように。そして薬の過剰摂取で、あっけなく逝《い》ってしまった。ほかのクリニックにも通って、睡眠薬を貯め込んでいたんだ。事故なのか、自殺なのか、ついにわからないままだった。

　葬儀にいくと柩《ひつぎ》に横たわっていた。とてもきれいな人なんだが、鼻の穴に脱脂綿をつめ込まれて、ぷっくり団子鼻になっていた。僧侶は読経しながら手刀で鋭く十字を切った。自殺者は甦《よみがえ》ってはならないというように。

　焼き場へ向かう霊柩車のなかで、父親はうなだれていた。母親は愛おしそうに柩を撫でつづけている。しまったと思った。幼児虐待する人たちには見えなかった。わたしは誤診したのだ。いや、それだけじゃない。わたしが退行催眠をかけながら誘導して、妄想をひきだしてしまったのかもしれない。

「それ以来、催眠療法とは手を切った」

心の井戸をのぞき込めば、やっかいなことだらけだ。わたしも子どものころ、いやな夢にとり憑かれていた。毎晩のように、ミイラが出てくるんだよ。机の抽斗《ひきだし》をあけると、かさかさに干涸《ひか》らびた手足が出てくる。皮がはがれかかって黄ばんだ骨がのぞいている。押入を開くと、折り重なるミイラがどさっと落ちてくる。不思議なことに頭は出てこないが、家中、ミイラだらけだった。床下にも、薪《まき》のようにぎっしり積まれていた。まだ電気釜もないころで、母は竈で煮炊きしていた。薪のかわりに燃やしているのも、ミイラの手足だった。ポキポキ折りながら竈に突っ込んでいく。それがまた、よく燃えるんだよ。

「徳用マッチ、知ってるか」

ほら、あそこにあるやつだ、とサイドテーブルを指さした。一升枡ぐらいの紙箱に白い桃の絵柄がついていた。

「母が竈で火をつけるのも、徳用マッチだった」

台湾の漁師たちが、漁のついでに与那国島や波照間島に寄港して、石けんや、徳用マッチを買っていった。よく見かけたよ。巡回医療のとき。寄り道して、ひょいと買いものをしていく、そんな感じだったな。国境など、ないに等しかった。

「ところで、お前たち」と霧山は話を変えた。

ぐずぐずしていると、やっかいなことになるぞ。

洞窟で集会がひらかれたという噂は、いずれ基地にも届くだろう。あの抜け穴はかならず塞《ふさ》がれてしまうはずだ。滑走路の真下だからな。コンクリート・ブロックで固められるかもしれない。お前たちはもう二度と逢えなくなる。

「いいか、ジェーン」

四番目の名前を、まだ霧山は知らなかった。

「フローレスは、きみにとって恩人だが」

もうそろそろ庇《かば》いきれなくなる。保身に走るかもしれない。同じ精神科医として、仲間だと感じていたが、ちょっと怪しいところもある。PTSDの学会で出会ってから、積極的に近づいてきたのはフローレスのほうだった。わたしは目をつけられていたのかもしれない。元全学連の書記長だからな。

うっかり地雷を踏んでしまったように霧山は苦笑いしてから、

「いいか、とにかく一日も早く出国しろ」

と真顔になった。

「…………」ハワァはうなずいた。

「これ、ありがとうございました」

有馬はガーネット色の携帯を返却した。

霧山は、夫人の形見をそっと撫でさすった。血が透き通りながら、しんしんと凍ってしまったような深紅色だ。

「わたしの携帯、持ってきてくれないか」

霧山はふり返り、縁側から見守っている看護師に言った。

「…………」

ベテランの看護師はベッドわきの携帯をつかみ、沓《くつ》ぬぎ石の上でまごついた。履物がなかった。かまわず素足のまま庭を歩いてきて、

「はいよ、先生」と手渡した。

ラピスラズリのような青い携帯だった。

霧山は電話をかけた。

ガーネット色の携帯から着信音の「トゥバラーマ」が流れてきた。若い漁師がひとり、大海原に小舟を浮かべ、叶えられない恋にもだえながら自慰をしているような切ない声だ。幻の精液がきらめきながら舟べりを飛びこえ、海に落ちていく。また電話をかけた。ガーネット色の携帯から歌声がひびく。霊界通信に耳を澄ますように霧山は聴き入っていたが、

「持って行きなさい」

まだ必要だろうと、こちらの手に握らせてきた。

庭は明るかった。赤花も、ユウナの花も咲き乱れている。庭の隅に生えているデイゴの木の下は、いちめん花びらが散り敷いている。咲いては散り、またとめどなく咲きこぼれてくる亜熱帯の花々だ。青空へ伸びあがるカンナの花のへりが、世界の吃水《きっすい》線に見えた。

「友人とここに植えたんだが」

かれも逝ってしまった。釧路湿原の小さな家で心筋梗塞を起こして。

電報がきて飛んでいった。家の窓から流氷が見えた。丹頂鶴《たんちょう》の鳴き声も聞こえた。通夜のとき、流氷がきしみあう音もひびいてきた。友人は無名のまま、辺境の小さな診療所の所長として生を終えた。トロツキーの庭から、カンナの根株を盗んできたころは元気だったんだがね。わたしたちは唐津の酒ぐせのわるさを思いだして、さんざん笑いながらここに植えたんだよ。

あの青い家で、トロツキーは殺された。デスクに向かっているかれの背後に、暗殺者が忍び寄って、尖った金槌《ハンマー》、ピッケルで一撃した。頭が割れて、脳がこぼれてきた。魚の白子のように。だれも虐《しいた》げられず、だれも誇りを踏みにじられない世界を夢みた美しい魂が、その一撃であっけなく破

壊された。だが暗殺される前、かれは遺書を書き残している。わたしの頭はもう虫食いだらけでボロボロだが、遺書の最後はたしかこんなふうに結ばれていたと思う。

ちょうどいま、妻のナターシャが中庭に入ってきて、わたしの部屋にもっと風が入るように窓を大きく開けてくれた。緑の草や、カンナの花が見える。壁の上には澄みきった青空と、地上に降りそそぐ日の光りが見える。生は美しい。

未来の人たちが、すべての悪、すべての抑圧、すべての暴力をぬぐい去って、人生のすべてを享受しますようにとつづいていくが、わたしにとっては「生は美しい」という一語で、ぶつんと終わっている。六十歳だった。わたしはどうも、長生きしすぎたようだ。いまはまだ歩けるが、そろそろ足がむくんでくるだろう。膝に水が溜まるかもしれない。死神の知らせなんだよ。それから肝臓が解毒できなくなって、からだに尿素が回ってくる。脳に窒素がのぼってきて、あれこれ譫言《うわごと》を洩らしはじめる。意識は混濁《こんだく》して、わたしらしさは消えていく。

“You stay, I go.”

そうだろうと霧山はひっそり微笑した。

「…………」

イシの脳を見つけたように、ハワァは目を瞠《みひら》いた。

霧山は両掌をひらいた。ピンク色がかった蓮の花が、そっと無を捧げ持っているようだった。ゆっくり裏返した。手の甲には静脈が浮いて、しわだらけの黄ばんだ皮膚が骨に張りついている。

「黄疸《おうだん》の症状も出かかっている」

そろそろ死神がくる、と霧山はつぶやいた。

「ドクター」

ハワァがその両手をつかんで、自分の胸にあてがい、ぎゅっと乳房に押しつけた。霧山はびっくりしていたが、静かにうなずき、乳をせがむ子猫のように、いたずらっぽく乳房を揉《も》んだ。ハワァは、霧山の手をさらに強く押しつけながら、

「ごめんね、まだミルク出ないの」

「残念だなあ」と霧山も笑った。

＊

青い車で病院へ向かった。どうしてもアタルに別れの挨拶をしたいと、ハワァが言い張るのだ。ダッシュボードに藍染《あいぞ》めの布が敷かれていた。ハンカチぐらいの大きさで、風化した貝殻やサンゴが盛られている。枝サンゴがしっかりと絡みあっている。

「これなに？」

不思議そうにハワァが訊いた。

遥拝所のことをどう言えばいいかわからないまま、

「海の彼方へ祈りを通すところ」

とだけ答えて、病院へ急いだ。

當はちらっと横目で眺めたきり、ちょっと待ってくれとキーを叩きつづけた。もう腕の包帯は取れていた。鳥の嘴《くちばし》のような花の下に、書物が積まれていた。背文字は見えないが、小口のところに

図書館の青いゴム印が押されていた。

「なに書いてるんだ」

「………」

「琉球独立党の綱領《こうりょう》か?」

冗談めかして訊ねると、

「まあ、そんなところだ」

當は不愛想にパソコンを閉じながら、

「早く発ったほうがいい」

ぐずぐずするな、と霧山と同じことを言った。

洞窟で《平和の松明》の集会があったことは、いずれアメリカーの耳にも届く。抜け穴はかならず塞がれる。波照間宮もやっかいなことになるだろう。圧力がかかって宗教法人の認可を取り消され、つぶされるかもしれない。七海に聞いたんだが、乙姫さまはとっくに肚《はら》をくくっているそうだ。

「いいか、ジェーン。お前は軟禁されている」

正面ゲートからは出ていけない。あの窪地も、コンクリート・ブロックで塞がれるかもしれない。そうなったら、霧山も田島も、もうお前を救いだせない。フェンスを破るしか手がない。だが太い金網だ。そこらのペンチでは歯が立たない。監視カメラも見張っている。

「だから今日から、もう基地《ベース》にはもどるな」

「わかった」ハワァはうなずいた。

海霧が流れ込んでくる白い部屋から、はい、と起立するような目つきだった。

「なにか大切なものを残してないか」

「ない」ハワァは首をふった。

當は義眼のように光る眼をこちらに向けて、

「また会おう。手伝ってくれる約束だったな」

「かならず帰ってくる」

「ところで、田島が見舞いにきてくれた」

霧山から遺言を預かってきたと言うんだ。遺産をどう分配するか指示されてきたそうだ。一部をおれに贈与してくれるらしい。だから口座番号を教えてくれという。おれは銀行口座なんか持ってないが、

「へえ、ありがたいね」

くれると言うなら、貰ってやろうじゃないか。

「で、いくらくれるんだ?」

金額を聞いてびっくりした。ゼロが七つもならんでいる。おれがカリフォルニアで、汗みずくになって必死に貯めた金の二十倍ぐらいだ。もちろん頂戴するさ。だが、そんな大金をなぜおれなんかにくれるのか釈然としない。気色がわるい。で、田島の車に乗せてもらって霧山の家へ行った。

「好きに使えばいい」

と霧山はぶっきらぼうに言った。

「遊びに使ってもいいのか」

「勝手にしろ」

「だが、なぜなんだよ」

問いつめると、霧山は仏頂面《ぶっちょうづら》でぼそりと答えてきた。

「ブントを結成したとき、資金はほとんどゼロだった」

女房に食べさせてもらっていたようなものだ。水商売までやって、おれを支えてくれた。

あの先生、自分のことを急に「おれ」と言いだしたよ。

唐津とおれは、カンパしてくれそうな文化人たちに頭をさげて回った。必死だった。とにかく金が要る。六〇年安保は目の前に迫っている。きれいごとなど言っている場合じゃない。だが、なかなか集まらない。いまこそ国会へ突入しろとか盛んにあじっているくせに、一円も出さない先生もいた。いちばん気前がよかったのは右翼の大物だった。若いころ革命を夢見ていたが、獄中で転向して右翼になったのだ。その夢がぶり返してきたのか、清々しく大金を出してくれたよ。安保闘争が敗北してから、ブントは右翼から金を貰っていたとメディアに暴《あば》かれてスキャンダルになった。おれたちは、いっさい言い訳をしなかった。野犬が豚を喰らってなにが悪い。

「その金を、いまお前に回す」

だから遠慮するな、堂々と受け取れと霧山は言った。

おれはブントなんて、聞いたこともない。

どうしたものか、田島の顔色をうかがうと、

「教団のブレーンだったころ、おれも悪辣《あくらつ》だった」

湯水のように入ってくる金を、投資信託に預けて、どんどん増やしていった。教団がつぶされたときに備えて、休眠中の宗教法人を買い漁ったりした。アメリカ西海岸に土地を買って、コミューンをつくりだした。東京二十三区がすっぽり入るぐらいの広大な土地だった。汚いことも山ほどやってきた。

「だから、お前も遠慮するな」

「唐津って、だれなんだ」

霧山に訊くと、

「全学連の委員長だ」

北大の学生だったが、おれがスカウトした。ハンサムで、背も高くてかっこよかった。全学連の看板として、うってつけだ。委員長なんて柄じゃないと渋っていたが、ついに決心して東京にやってきて、よくやってくれた。竹を割ったようなやつだった。快男児というのかな。だが空騒ぎが終わって、ブントは崩壊した。唐津は札付きだから、もう世間にもどれない。新橋で居酒屋をひらいたり、いかがわしいヨット造りの会社に身を寄せたりして、さすらうはめになった。二十かそこらの若造がひと暴れしただけだ、と自嘲していたそうだ。

おれがこの島に赴任してきたころ、すぐ隣りの与論島で土方をやっていた。当時は、与論島が日本の最南端だった。この島はまだ占領下で、パスポートが必要だった。だが、あいつは政治的な前科があるから渡航できない。

日本復帰したとき、まっ先にやってきた。十何年ぶりに痛飲したよ。あいつは酒豪だが、珍しく泥酔して絡んできた。

「お前さんは立派なドクターだよな」

割を食ったのはおれだけだったとか、そんな嫌みをねちねちと口にした。決してそんなやつじゃなかったんだが、さすがに心が折れかかっていたんだろうな。

「ふざけるな！」と、おれは一喝《いっかつ》した。

あれほど腹を立てたことは、めったにない。たしかにおれは世間的には、お医者さまだ。だが、おれがやろうとしていることを甘く見るな。

唐津はふっと酔いが冷めたように、目を瞠《みひら》いた。曇りが消えていた。それから唐津はふるさとの北海道に帰って、流氷に乗ってくるアザラシを撃つ猟師になった。番小屋の火で指を暖めていたそうだ。そして四十七の若さで逝ってしまった。

「人生とは流れ星だな」

演歌みたいなことを霧山は洩らした。美しい魂が通り過ぎていくとか、なんとか、ぶつぶつ洩らしながら庭のカンナの花を眺めていたよ。

それからまた、田島の車で送ってもらった。うるま病院の黒い高級車だ。

「霊柩車みたいだな」

と毒づきながら、おれは内心、やられたと思っていた。こんなすげえ爺さんたちがいるんだな。先輩と呼ぶに値《あたい》する大人に初めて出逢ったような気がした。あとで七海に聞いたんだが、田島だって初めて日本の精神病院を開放して、医学界から追放されたそうじゃないか。

そんなそぶりも見せず、田島は霊柩車にゆったり身を沈めながら言った。

「遺産は、あちこちに分配される」

巡回医療をやっていた島々で、霧山さんは空家を借りたり買い取ったりして、いろんな「家」をこしらえてきた。「夜明けの家」とか「鯨の家」、「海雪の家」とか。まあ、ささやかなコミュニティみたいなものだ。入院させるほどではないが、鬱に苦しんだり、病んでいたり、知的障害のある人たちが集まってきて、おしゃべりしたり、テレビを眺めたりする「家」だ。クバの葉を編んで籠《かご》や、帽子、バッグなどつくっていた。土産物屋に頼み込んで売ってもらっていた。ささやかな金にもなる。石けんもつくっていたが、それは失敗だった。うまくいったのは海雪かな。

「わたしは釣りが好きだ」

一度でいいから、クエを釣りたいと思っている。かなり深いところにいる巨大魚だ。とろりとした白身で、ほんとうに旨い。休みになると離島を回ってクエを狙っている。その途中、「鯨の家」や「海雪の家」も訪ねていった。釣具をかついでいくと、十五、六人、だらんと寝そべってテレビを見ていた。トドみたいに畳にへばりついて、たわいないバラエティ番組を眺めている。腐りかけた魚みたいな目で。わたしは内心、がっかりしながら、

「霧山さんのこと憶えてますか」

と話しかけてみた。すると畳にへばりついていたトドたちが、むくむくと起きあがってきた。どろんとしていた目がいっせいに輝いてきたよ。


「ところでお前たち、車できたのか」

當はころりと話を変えた。

「七海のやつにバイクを取りあげられて、身動きがとれない」

ちょっと気になるところがあるんだが、連れていってくれないか。

「病院、抜けだしていいのか」

「ここの患者たち、てんぷらを買い食いしにいく」

魚やイカを分厚い衣で揚げたてんぷらが、島の手軽なスナックなのだ。

青いワゴン車で走りつづけた。国際学院の近くにさしかかったが、當は別の方角を指さした。ゆるい坂道にそっていくと、さびれはてた一画があった。セメント瓦の木造民家が、正面だけバーに改造され、軒《のき》を連ねていた。すべて閉まっている。マイアミ、ラスベガス、島娘、ミセス・サイゴン、といった看板があった。ペンキの剝げた、ぺらぺらの廃墟だった。

當は歩いていく。艶《つや》を失ったショッキング・ピンクの一軒で立ち止まった。ピンクパンサーという看板が、斜めにぶらさがっていた。狭い隙間を抜けて、店の裏へ回っていった。ぼうぼうと夏草が繁り、井戸があった。燃える井戸だ。サンゴ塊の石組みで、風化して木目の浮いた板でおおわれていた。釣瓶《つるべ》はない。錆びついたバケツが草むらにころがっている。ロープは鼠色だった。

當は板を取り除いた。すっと、ハワァがすり寄っていった。へりに手をかけて、顔を突っ込むように井戸をのぞき込んだ。暗くて、なにも見えなかった。少年のジムが見たという煙突の底のようだ。當はゆっくりバケツを降ろした。水にぶつかる音がした。水を汲み、そろそろとバケツをひきあげた。カモメの釣糸のように途中でロープが切れた。

＊

空港ロビーに、蘭科の花々の花壇があった。その隅っこから、鳥の嘴《くちばし》そっくりの花がすっと首をもたげている。七海が横目で眺めながら、

「アタルのやつ……」と独りごちた。

見送りに行こうと誘っても、そっけなく首をふるばかりだったという。

尖った花が血まみれの嘴に見えた。サトウキビ畑の片隅で、闘鶏に熱中する光景が浮かんでくる。いっこうに勝負がつかず、いらだち、黄色い鱗《うろこ》のあるかかとにカミソリの刃を結わえつける少年の手も浮かんでくる。

「負けた軍鶏《しゃも》の尻に、爆竹を突っ込んでいたんだってね」

歩きながら話しかけると、

「いいえ」

七海は静かに首をふり、

「負けた軍鶏を抱きあげて、傷口にそっと唾をすり込んでたよ」

空港は閑散としていた。引潮の夜の浜のようだ。

出入国管理のゲートが見えてきた。短い行列があった。東京から福岡経由でツアー客を乗せてくるチャーター便だ。ここで空席を埋めてから、早朝のグアム島に着く。そのフライトに乗れるよう田島が手配してくれたのだ。

「何かあったら、電話しろよ」と田島は言った。

すぐに弁護士をつけて手を打つ。ジェーンは米兵じゃないから、日米地位協定は適用されないはずだ。そう主張すれば、ひき渡されないで済むかもしれない。まあ、心配するな。かならず救いだしてやる。

新興教団のブレーンだったころ、信者たちのヴィザ、土地の利権、訴訟、資金、資産、国税局とのやり取りなど、やっかいなトラブルを山ほど抱えながら、あの手この手で切り抜けてきたのだった。

ついさっき田島が手渡してくれた薬も、バッグに入れている。ハワァが統合失調症か、強迫神経症かよくわからない。きちんと診察したことがないからな。これは脳で吹き荒れる嵐を静めるやつだ、と耳打ちしながら握らせてくれたのだ。

「じゃあね」七海がハワァを抱擁《ほうよう》した。

血がややこしく混じりあって、どちらが日本人で、どちらがアメリカーなのかわからなかった。

行列にならんだ。ハワァを先に立たせた。とっさの場合、後ろにいたほうが対処できそうな気がした。順番がきた。ハワァは藍色のパスポートを差しだした。表紙に白い鷲がプリントされている。北米先住民たちが斧や弓矢や鉄砲など、すべての武器を大きな穴に埋め、そこに植えた木のてっぺんにとまっている白頭鷲だ。それが合衆国のシンボルになっている。

一瞬、こちらにもフラッシュバックがきた。

熱帯雨林の大樹を刳《く》り抜いたカヌーで密航していくとき、ジップロックのついた防水ビニール袋にパスポートを入れ、腰に巻きつけていた。もしも空から攻撃されたら、海へ飛び込んで逃げるしかない。領海すれすれだから、岸は遠すぎて見えなかった。

ガラス張りの入管で、スタンプを押す係官の手が見えた。

ハワァは、足裏にやわらかい肉球がついている山猫のように入管を通り、金属探知器をくぐり抜けていった。

次は有馬だった。ICチップが入ったパスポートを差しだした。金箔の菊が光った。向こうからハワァがふり返り、そっと微笑した。鳥の群れが竜巻のように降りていった、あの御嶽《うたき》から出てくるときの晴れやかな顔が浮かんできた。

搭乗した。ツアー客がひしめき、機内はにぎやかだった。ハワァは丸窓に額を押しつけながら空港を見ている。滑走路の向こう側に、軍用トラックや装甲車が見えた。ジェット戦闘機も待機している。いつでも緊急発進できる体勢だった。

「あれはロッキードF18」

ちょっと古いやつね、とハワァは言った。

「この空港、ちょっと変。軍と民間の施設が一緒になってる」

「もとは米軍基地だったんだ」

日本復帰してから自衛隊がやってきて、いまも軍民共用の空港になっているそうだ。

「…………」

ハワァはうなずきながら、離陸していくときの飛行方角で、航空管制がどうなっているかわかるはず、とつぶやいた。

思い当たることがあった。羽田空港に離着陸するとき、旅客機は東京湾の入口を避けて、わざわざ房総半島まで遠回りして九十九里浜をよぎっていく。まったく不自然な飛行コースだ。東京湾ぞいに、原子力空母が寄港してくる軍港や基地があるせいだろうか。

＊

夜明けのグアム島に着いた。ただ便を乗りかえるだけだから、入管手続はなかった。老シャーマンたちが、トランジット・エリアでふるえていた。首や肩にショールを巻きつけている。熱帯だというのに、空港はしんしんと冷え込んでいた。異常に冷房が効きすぎているのだ。アフリカからやってきた巨体のおばあは、肩から象皮のような足まで、すっぽり毛布をかぶっていた。ベンガルの老女もひどく寒そうだった。

雪のチベットやカナダからやってきたシャーマンだけが平然としていた。

セラピストは襟《えり》をたて、かじかむ指で携帯をいじっている。サポーターたちの姿はない。ここから先は連れていけないのか、すでにパラオで解散したらしい。ただ一人だけ、ビデオ・カメラを回している。

ハワァの赤銅色の肌に、鳥肌がたってきた。霧山がいたずらっぽく揉んだ乳首も縮こまっているだろう。

「ここにおいで」

春の大鹿《スプリング・エルク》が手招きした。ハワァが隣りに坐り込むと、孫娘を抱き寄せるように長いショールで包み込んだ。稲妻や、雨、穂をつけたトウモロコシなどが織り込まれたインディアンの布だ。焚火に近づくように、ハワァは身をすり寄せた。春の大鹿がささやきかけた。ハワァは眼を輝かせながら聞き入っている。蜂起《ほうき》した男たちが軍に包囲され、餓死しかかっているとき、リュックに食料をつめて雪の丘をかけ登っていったという祖母たちのことだろうか。キスミー・チョコレートの銀紙も浮かんでくる。

有馬はひとり、トランジット・エリアを歩き回った。ブランド・ショップが連なっていた。雑貨屋や、鮨屋、ラーメン屋もあった。土産物屋の片隅に、日本語の本を売るコーナーがあった。ミステリー小説やガイドブックに混じって、太平洋戦争の戦記もならんでいる。地図が折り込まれている一冊を買った。アメリカ兵が書いた記録の翻訳も買った。

老シャーマンたちのところにもどり、一心に読み耽《ふけ》っているとき、

「アイランド・ホッパーの搭乗手続が始まります」

というアナウンスがあった。飛び石づたいに太平洋の島々を巡りながら、ハワイ島へ向かう便だ。

離陸すると、海が斜めに迫りあがってきた。原爆を搭載したエノラ・ゲイ、B-29が飛びたっていったテニアン島はすぐ北にあるはずだが、島影は見えなかった。

海行《ゆ》かば　水漬《みづ》く屍《かばね》

山行かば 草むす屍

なんという戦争なのか、首を傾げたくなることばかりだった。日本軍は太平洋の島々を次々に統治下に収め、占領していった。ココヤシの木が風にゆれるサンゴ礁の島々で、島民たちは魚を釣り、パンの実やタロイモなど食べながら、のどかに暮らしていた。

そんな島々を統治したところで国益があるとは思えない。べつに海底油田があるわけでもない。維持費がかさむばかりで、まったく採算が合わない。戦略上の拠点にするつもりだったかもしれないが、アメリカ本国は遥かに遠く、ここからさきにはタヒチ島や、石像が林立するイースター島ぐらいしかない。まったく理不尽な戦争だ。ふつうの頭で考えれば、勝ち目がないことは明らかだ。そのころアメリカから石油を輸入していたのに、その相手国へ挑んでいったのだから燃料が不足してくることは目に見えている。

日本軍が勝利していたのは最初の半年ぐらいで、それから後はすべて連戦連敗だった。それでも、何万、何十万という兵士たちが送り込まれる。大日本帝国が膨張していく夢にたぶらかされていたのか。アジアの黄色人種が、民族的な誇りや自尊心を取りもどそうとしていたのか。自分も幼年期から異国で暮らしてきたから、決してわからないではないが。

国民は戦局を知らされないまま旗をふり、夫や、わが子や、恋人、婚約者たちを送りだす。兵士たちは島々で塹壕《ざんごう》を掘り、飛行場をつくる。ほとんどの戦闘機を失い、すでに制空権を失っているのに。沖縄戦もそうだった。木材でこしらえた戦闘機を滑走路にならべて、草や葉でおおい、まだ戦力があると見せかけていたという。

太平洋の島々はもっとひどい。補給船はアメリカの潜水艦に沈められてやってこない。弾薬も食料もない。インパール作戦と同じだった。補給路を断たれたまま、日本兵たちはビルマからインドへ侵攻させられた。緑のジャングルで飢え、累々《るいるい》と白骨をさらすことになった。それでも戦局はひろがっていく。

アメリカは本腰を入れて、太平洋の島々に襲いかかる。夜になると、日本兵たちは「斬り込み」にいった。沖縄戦と同じだった。米軍の食料を奪うのが目的でもあった。略奪したコンビーフの缶詰などをむさぼり食い、また戦いつづける。次の日は、砲弾にやられて、こぼれ落ちる腸や内臓を抑え、お母さんとつぶやきながら息絶えていった。玉砕だった。

＊

緑の島々が見えてきた。水辺は浸食されて細くなっているが、木々は旺盛《おうせい》に盛りあがっている。海から生えるブロッコリーのようだ。トラック島に着陸した。この滑走路も日本兵たちがつくったのかもしれない。空港の金網フェンスに、女たちが群らがっていた。ゆったりと風をはらむ花柄のワンピース姿だ。パラオ島で《移動祝祭》をひらいた老シャーマンたちに挨拶しようと集まってきたのだ。フェンス越しにいっせいに花を投げてくる。くちなしに似た白い花だ。首にかけるレイ、花輪も投げ込まれてくる。

「サンキュー、サンキュー」老女たちは花輪を拾って首にかけた。

金網の隙間から、たがいに指を絡めあった。だが、すぐに発たなければならなかった。

洋上を飛びつづけ、ポナペ島に着いた。空港は無人駅のように小さかった。やはり女たちが集まっている。投げ込まれる花は淡いレモン色だ。

さらに東へ、クワジェリン島へ向かって飛びつづけた。

戦記を数十ページ飛ばして「クワジェリン玉砕」の章を読み耽った。

日本兵は、五二一〇名。もう食料もなく、雨水で渇きをしのいでいた。海の彼方から近づいてくるアメリカ軍は、空母一二隻をふくむ三〇〇隻の大艦隊だった。兵士は、八万四〇〇〇人。およそ一六倍の大軍だ。

空母には、七五〇機の戦闘機が搭載されていた。日本兵たちは飢えながら身がまえていた。アメリカの攻撃が始まった。残りわずかな戦闘機は、たちまち破壊された。電信で必死に援軍を求めても、友軍機は一機も飛んでこない。

一日に七〇〇〇トンの砲弾が降りそそぎ、島全体が燃えあがった。昼も夜も、艦砲射撃がつづく。アメリカ軍の上陸用舟艇が押し寄せてきた。一万一〇〇〇人の米兵たちが海辺に陣地をつくり、砲をすえつけ、撃ちまくってくる。沖からも艦砲射撃がつづく。空からB-24爆撃機が火の雨を降らせてくる。平べったいサンゴ礁の島だから、身を隠す洞穴もない。日本兵たちはひたすら塹壕に這いつくばっていた。日が沈み、夕焼けも消えて暗くなると、日本兵たちは「斬り込み」にいった。だが曳光弾《えいこうだん》が打ち上げられ、黄緑がかった眩《まばゆ》い光りが島を照らしだす。砲弾がくる。日本兵たちは肉も骨も粉々に飛び散り、蒸発していった。

折り込まれている地図をひらいて、玉砕の島々を赤のボールペンで囲んでいった。次から次に花ひらきながら、沖縄へ近づいてゆく。太平洋に咲いてくる血の花に見えて涙がとまらなかった。

＊

クワジェリンに着陸した。米軍基地の真っただ中にある飛行場だった。星条旗がひるがえっている。真っ平らなサンゴ礁の島そのものが、空母の甲板に見えた。滑走路のまわりは緑のゴルフ場になっていた。芝生はきれいに刈り込まれている。

靴音が響いてきた。軍服姿の女性が、機内の通路を歩いていく。威嚇《いかく》するような靴音だった。タラップを降りていく。滑走路に枯草色のジープが待機していた。機関銃を肩にかけた兵士たちが、いっせいに敬礼した。女性兵士はかなり階級が高そうだ。

後を追って、タラップを降りていった。日本兵たちの血が染み込む玉砕の島だ。せめて一歩だけでも触れたかった。

「機内にもどれ！」女性兵士が命令した。

滑走路まで、あと五、六段だ。かまわず降りていこうとすると、女性兵士は銃口を向けるように、まっすぐ人さし指を突きつけながら、

「いますぐ、もどれ！」と威圧的に声をあげた。

ジャップ、という小声も聞こえてくる。

まわりの兵士たちも機関銃に手をかけた。

足がすくんだ。なにも言い返せなかった。憤怒《ふんぬ》がこみあげ、ふるえがきた。背後から、だれかがそっと肩に触ってきた。やわらかい肉球のような感触があった。

「逆らっちゃだめ」ハワァが冷静に言った。

ジープは陽炎《かげろう》がゆらめく滑走路を走り去った。

「見てごらん」

この島はミサイル実験場なの、とハワァは言った。

巨大なゴルフ・ボールのようなものが林立していた。高性能のレーダー・ドームだ。パラボラ・アンテナも建っている。あの岬と同じだった。だがミサイルの発射台はどこにも見当たらない。

「あそこかな」とハワァが指さす。

緑のゴルフ場に、あちこち築山《つきやま》のように盛りあがっているところがあった。不自然なかたちだった。あの下が格納庫、サイロになっているのだろうか。

「すぐ隣りのメイク島にも発射台があるはず」

ハワァは軍事に詳しかった。

「ここはハイテクの島なの」

カリフォルニアの空軍基地から発射したミサイルを、洋上で迎撃する。そんな実験をやっているの。ほら、憶えてる？　もと映画俳優の大統領が、スターウォーズ計画なんてぶちあげたことがあったでしょう。ＳＤＩ（戦略防衛構想）とかなんとか。敵国の宇宙衛星や大陸間弾道ミサイルを、大気圏外で撃ち落とす計画。ハリウッド映画みたいな話だけど本気だった。

そのスターウォーズ計画の中心が、ここだったの。この島に、アメリカ陸軍宇宙ミサイル防衛司令部があるはず。

「カリフォルニア沿岸から、ハワイ島やジョンストン島を経て、このクワジェリン島まで基地が連なっているの」

さらにグアム島へ、テニアン島へ、サイパン島へ、沖縄へ、環太平洋の海上ハイウェイが延々と連なっているの。

ハワイの南西のジョンストン島には、毒ガス弾や、生物兵器がストックされている。ベトナムの村や森を焼き払ったナパーム弾や、オレンジ・エージェント（枯葉剤）も貯蔵されている。もちろん核もある。それは明白な事実。地図をよく見てごらん。黄と黒の扇風機みたいな核マークがついてるから。

「…………」

ああ、そうか。太平洋の島々を占領しながら膨らんでいった大日本帝国と同じなんだな。東向きと、西向き。コースは逆だけど、ここはたがいの狂気がせめぎあう波打ち際かもしれない。

＊

夕焼けのマジュロ島に降りた。オレンジ色の水を張ったように滑走路が光っていた。老シャーマンたちの列に混じって入管へ歩いていった。春の大鹿と自分の間にハワァを挟んで、順番を待った。褐色の係官が、疑うことなく次々にスタンプを押していく。ほとんど流れ作業だった。いまは平和な島なのだろう。春の大鹿につづいて、ハワァも無事に通過した。ふり返り、うなずくように微笑した。

空港のトイレは、鏡がすべて割れていた。

小型バスに乗って走りだした。背後の空はあかね色で、前方は天が漏水してくるような藍色だった。ココヤシの木々がゆれていた。道の左右に海が見える。走りつづけ、木造ホテルに到着した。衛星放送のアンテナが、屋根で白く咲いていた。チェックインした。流暢《りゅうちょう》に英語を話すオーナーは、ハワイ大学に留学して、いまは国会議員も兼ねているという。人口五、六万の島国だ。南溟《なんめい》さんが聞けば喜びそうな、小さな独立国だ。

老シャーマンたちは、ほっとしていた。これまで空港や機内の冷房に悩まされ、金属のチューブのなかを移動してきたが、やっと心地よい空気を吸える。

あてがわれた部屋には、キングサイズの寝台があり、冷蔵庫もついていた。

「アメリカの田舎町のモーテルにそっくり」

ハワァは笑いながら冷蔵庫をひらいた。缶ビールや、ウイスキーの小壜《こびん》が入っていた。日本製の液晶テレビがあり、ネットにも接続できる。花柄のカーテンがゆれていた。熱帯性海洋気候の風が吹きぬけていく。

＊

ジム、元気かい？　昨日、マーシャル諸島にやってきたところだ。ここはマジュロ環礁でいちばん大きな島らしいが、三日月のかたちに細く長く伸びている。空港から一本道がつづいて、左右に海が見える。片方は藍色の外海で、サンゴ礁にぶつかる白波が見える。片方は環礁の内側で、とても穏やかな海だ。

びっくりしたよ。三日月のいちばん細いところは、なんと三メートルぐらいの幅しかない。白砂の上に小さな橋がかかっている。その下で、外海の波がゆっくり環礁のほうへ打ち寄せていく。

ジム、二つの島に長い橋を架けて、それが滑走路になっている空港に降りたことがあると話してくれたことがあったな。小舟に乗ってモルディブ本島に着くと、物干し台のような船着場があり、目の前に官邸があった。その横に、モスクがあり、鰹節が干してある通りの向こうには、もう青い海が見えていた、と。

マーシャル諸島も、よく似ている。環礁ぞいに連《つら》なる島を、コンクリートの橋で繋いでいる。そこを渡ると、三日月が少しふくらんで、数百メートルの幅になってくる。海岸にそって、ぽつんぽつんと家々が建っている。小型バスの運転手は、あそこが裁判所で、あそこが国会議事堂、あれが大統領官邸だと語ってくれた。ブーゲンビリアの花が咲いていた。隣りにはココヤシの木々が生え、やはり左右に海が見える。そんな小さな島なんだよ。

朝、海辺を歩いているうちに、気が滅入《めい》ってきた。ビールの空缶やインスタント・ラーメンの空袋など、ゴミだらけだった。アメリカの補償づけで、人心がすさんでいるようだ。もう魚と、バナナ、タロイモの暮らしではない。缶詰やインスタント食品を食べ、ハリウッド映画のビデオを眺める毎日のようだ。スーパーマーケットには、霜《しも》のついた冷凍肉がならんでいる。ハワイからやってくるのだ。

大統領も、前立腺の手術を受けるため、いまハワイの病院に入院しているそうだ。波打ち際のヤシの木々は、根方が波にさらわれて倒れていた。海面上昇のせいだというが、海抜二、三メートルかそこらの島だ。生成しては、また波に洗われ、沈んでいくのかもしれない。明日、ビキニ環礁へ発つ予定だ。六十七回、核実験が行われたところだ。最初の水爆、ブラボーも爆発した島だ。

# 8　海の隠者

　プロペラ機が待機していた。これで海を渡れるのか、心細くなるほど古い小型機だった。二十人乗りぐらいだろう。すでにプロペラが回り、エンジンを温めている。

　滑走路のまわりの草むらに、十三人のおばあたちが不安げに坐り込んでいた。サポーターが、ビデオ・カメラを向けている。《移動祝祭》の記録をＤＶＤにして、活動資金にする計画だという。これから向かうビキニ島で撮影を終えるはずだ。なるほど、ビキニは象徴的だからラスト・シーンとして申し分ない。

「さあ、乗ってください」とパイロットが言った。

　三十代なかばのアメリカ人だ。紺色の制帽の下で金髪が光っている。いかにもＷＡＳＰ（ホワイト・アングロサクソン・プロテスタント）そのものだった。だが、いまは安心させられる。良質なワスプは責任感が強く、ぎりぎりまで義務を果たそうとする。

　離陸した。空中で砂利道に乗りあげたように、ひどく揺れる。上昇気流がたち昇っているせいだ。高度があがるにつれて、やがて安定した。座席間の通路に、救命胴衣が積まれていた。折りたたまれたゴムボートもあった。もしも不時着したとき、それを膨らませて海に浮かべることができるとは思えなかった。ただの気休めだ。すぐ前方に操縦席があり、パイロットの背中やフロント・グラスが見える。

洋上を飛びつづけた。四方にぐるりと水平線がひろがっている。ただ海と空だけだった。ここは《地球》ではなく《水球》だと思い知らされる。まさに水の惑星だ。

積乱雲が群らがっている。いつも遠くから眺める積乱雲は、水平線から湧きたっているが、ここはちがう。海から上昇した水蒸気が塊りながら、むくむくと盛りあがっていく。宙に浮いているのだ。積乱雲の底辺を見たのは初めてだった。

プロペラ機は、雲へ突入していく。霧が流れ込むように機内が白くなってきた。

「…………」ハワァが息をつめた。

フロント・グラスの隙間から、とめどなく流れ込んでくる。操縦桿《そうじゅうかん》をにぎるパイロットが淡い影になってきた。ドアの隙間からも霧がくる。ほとんど濃霧だった。おばあたちの姿もかすんできた。隣りのハワァの顔さえ、白くぼやけてきた。

雲の柱を突き抜けると、さっと日が射してくる。ハワァは丸窓の曇りを手でぬぐい、海をのぞき込んだ。

濃紺やセルリアン・ブルーのまだらになって光っていた。サンゴが隆起しつつあるところだけ海が浅く、エメラルド・グリーンや翡翠《ひすい》色に輝いている。何千年、何万年かわからないが、気の遠くなりそうな時間をかけて、ゆっくり、ゆっくり、海面すれすれまで盛りあがってきたのだ。さざ波が走り、虹色にきらめく。まるで海のオパールだ。だれにも見られることなく、ひっそりと生成しつつある水惑星の宝石だった。きっと色とりどりの小魚が群れているだろう。「生は美しい」とつぶやく霧山の顔が浮かんでくる。

小島の滑走路に着陸した。なんの標識もないが、ビキニ環礁のひとつ、エニュー島らしい。町もない。集落もない。人影もない。若いヤシの木が碁盤状に生えている。人工的に植樹された、造成中の公園のようだ。

滑走路のかたわらに、ぽつんと事務所があり、発電機のモーター音がひびいてくる。褐色の男たちが三人、プロペラ機にかけ寄ってきた。段ボールや、発泡スチロールの箱を運びだしていく。冷凍食品が入っているのだろう。

事務所から中年の夫婦が出てきた。半ズボン姿で、ひどく気怠《けだる》そうだ。しばらく立ち話をした。アメリカ人で除染作業や、ヤシの植樹の監督をしているという。ふたりとも不平たらたらだった。給料がいいからやっているが、早くステーツに帰りたいと愚痴《ぐち》をこぼす。

浜に、白いクルーザーが停泊していた。荷を積み終えた男たちが、甲板から褐色の手を差しのべてくる。おばあたちは次々に乗船した。ハワァは手を借りず、さっと飛び乗った。

海は凪《な》いでいた。オパールのようにきらめく海面をクルーザーは走りつづける。春の大鹿とハワァは甲板に坐り込んで、海風に吹かれている。

ビキニ本島に着いた。砂浜からぼろぼろに風化したコンクリートの突堤《とってい》が突きだしている。

老人が立っていた。長身で、かなり猫背だった。黒ズボンに、洗いざらしの白い長袖シャツを着ていた。薄茶色のサングラスをかけている。白髪が風に乱れている。マーシャル人ではなく、白い肌だ。

「ようこそ」老人は手を差しのべた。

老シャーマンたちは、その手をつかんで突堤に移り、ぶるっと寒気がするように身ぶるいした。ハワァは手を借りず、ひらりと跳んでいった。

褐色の男たちは、荷物を運びあげた。木造平屋の宿舎があった。簡素な造りだった。屋根でブリキのタンクが光っている。雨水を溜めているのだろう。ソーラー・パネルや、衛星放送を受信するアンテナもあった。食堂にはテレビがあり、奥がキッチンになっていた。大型の冷蔵庫や冷凍庫がならんでいる。幼い頃に見たアイスキャンディ屋の大きな冷凍庫にそっくりだった。

褐色の男たちは荷をひらいていく。仕分けされていくのは、牛肉や、オレンジ、野菜などだ。

老人は流暢なマーシャル語で指示しながら、段ボール箱に手を突っ込み、なにか探している。パイプ・タバコの缶が一ダースほど出てきた。老人は船のデッキのようなテラスに出て、缶をあけ、パイプにつめて火をつけた。

食堂の壁に、ポスターが貼られていた。衛星写真らしい。

Bikini Atoll（ビキニ環礁）と記されている。首飾りのように島々が点々と連なっているが、円形ではない。奇妙なかたちだった。大魚のエイが鰭《ひれ》をひろげながら、ゆったりと泳いでゆく姿に似ていた。妙なことに気づいた。

北西の方角、翼のような鰭の左下に円い青があった。異様に青が深い。まわりは明るいコバルト・ブルーだが、そこだけ海中の湖のように神秘的な青を湛《たた》えている。

北緯11度35分　東経１６５度23分

一行だけ、キャプションが添えられている。日付変更線のあたりだった。

煙のたち昇るパイプをテーブルに置いたまま、老人がもどってきて、

「ようこそ。わたしはガーリーです。ここの管理を任されています」

と挨拶した。ラスト・ネームは告げなかった。親しげな米語だが、ガーリーというアメリカ名は聞いたことがない。

老人は、宿舎で働く褐色の男たちを次々に紹介した。みんなマーシャル人だという。いちばん年長の男は料理長で、二番目はマッチョな大男だった。いろんな力仕事を受け持っているのだろう。三番目は、まだ二十歳かそこらだった。

「この青年が、皆さんのお世話をします」

ちゃんと英語も話せますよ、と老人は付け加えた。

さあ、挨拶しなさいと促されて、

「おれ、ヒロシです」ぶっきらぼうに青年は言った。

「えっ？」

「驚くだろうな」

「どうして？」

「おれたちの国は、戦前、ジャパンに統治されていたんだ」

知らねえだろうが、ジャパンの植民地だったんだよ。だからいまも、日本名が残っている。おれの姉はミエコで、ふたりの弟はマモルと、マサトだ。あはは、笑っちゃうよな。だがジャパニーズの血は一滴も混じっていない。おれは生粋《きっすい》のマーシャル人だ。

「名前だけじゃない。いまも、いろんな言葉が残っている」

チャチミ（刺身）、チャンポ（散歩）、ジョーリ（草履）、ベンジョ（便所）、デンキ（懐中電灯）、バカヤロー、と皮肉っぽく羅列していく。

巧《たく》みな英語だった。ハワイの料理店で働いていたのだという。背丈はごく普通だが、がっしりとした体格だった。Tシャツから太い首が生々しく、ぬっと伸びている。その首をときどき、神経質にぎゅっと捻《ひね》る。チックが出ているようだ。

「ヒロシ、みなさんを部屋に案内して」と老人が言った。

廊下を挟んで、個室がならんでいた。ヒロシは部屋のドアを、かたっぱしから開けていった。部屋の割りふりなど面倒くさい、まあ、適当にやってくれと言わんばかりだった。

おばあたちも選《え》り好みしなかった。ただ順番通りに入っていく。残った部屋に入ると、木のベッドと、机があるだけだった。花柄カーテンに、ゆらゆらとココヤシの葉影が映っている。小さなコンセントもあった。ネットに接続できるようだ。

「電線がきてるの」とハワァが訊いた。

「海底ケーブルが引かれている」

「マジュロから？」

「そうだ」

「かなり距離があるでしょう」

「そのくらいのことは平気でやる。核実験のためだからな」

「そう……」

「だが、携帯は繋がらないぜ」

ヒロシは冷たく、せせら笑った。

「さっきの老人は？」有馬は訊いた。

「医者なんだが、ずっとこの島にひきこもっている。もう何十年も」

「………」

世捨て人か、南海の隠者《いんじゃ》のように暮らしているのだろう。

＊

物干し台のようなデッキに、老人が腰かけていた。L字型に曲る隅っこで、そこだけ日陰になっている。薄茶色のサングラスをかけたまま、老人はぼうっと考えごとをしていた。流木のように色あせたテーブルに、古いパイプとマグカップがあった。

「坐ってもいい？」ハワァが訊いた。

「もちろん」

老人は立ちあがり、ハワァのために椅子を引いた。

洗練された紳士的な物腰だった。

「水爆はどこで爆発したのですか」と有馬は訊いた。

「………」老人は北西を指さした。

なにも見えなかった。かなり大きな環礁らしく、首飾りのように連なっているはずの島影も見えない。海抜二メートルかそこらの平べったい島々だから、波間に隠れてしまうのだろう。

「ラッキー・ドラゴンは、あちらにいた」

「………」第五福龍丸のことだ。

「一六〇キロぐらい東の方で、漁をしていた」

「実験のこと知らなかったのかな」

「知らなかったようだ」

だから西の方から、このビキニ島の方角から火の玉が出現してきたとき、朝日が昇ってきたと思ったそうだ。西から太陽が出てくるはずはないんだがね、と老人はつづけた。

稲妻のように光りが走った。黄色やオレンジや青など、玉虫色に光りながら、火の玉はぐんぐん膨らみ、キノコ雲のかたちになった。衝撃がきた。海が割れるような凄い音だ。やがて大気が濃霧のように陰り、それから雪のように白い粉が降りそそいできた。熱い雪だった。

乗組員たちは、ぴんときた。これは核爆弾だ。ヒロシマ、ナガサキを知っているから気づいたのだろう。いますぐ、この海域から脱出しなければならない。だが仕掛けていた延縄《はえなわ》を巻きあげ、回収するのに、手間取ってしまった。その数時間、かれらは熱い雪を浴びつづけた。

からだが怠《だる》い。めまいがする。吐き気がする。急性症状が出てきたのだ。だがラッキー・ドラゴンは、SOSを打たなかった。もしも打電して、船の位置が知れると、潜水艦が近づいてきて、証拠隠滅のために撃沈されるかもしれないと思ったそうだ。そして、まっしぐらに母港の焼津《ヤイヅ》を目ざして帰っていった。

髪が抜ける。雪を浴びた肌が、べろりと剝《む》ける。

無線技師のアイキチ・クボヤマが死んでいった。かれにつづいて、二十三人の乗組員たちの半分以上が次々に死んでいった。アメリカは見舞金を贈っただけで、水爆との関連性を認めなかった。謝罪さえしていない。

それから月日が過ぎて、ラッキー・ドラゴンは廃船として、海辺のゴミ処理場に繫留《けいりゅう》されたまま打ち捨てられていた。ばらばらに解体して埋め立てられるはずだったが、かろうじて引き揚げられ、永久保存されることになった。

　わたしはトーキョーへ飛んでいった。皮肉なことに、かつてゴミ捨て場だった人工島が、ドリーム・アイランド、夢の島という緑の公園になっていた。ラッキー・ドラゴンは、そこに座礁したように乗りあげていた。ペンキの剝げかかったオンボロ漁船だ。びっくりしたよ。こんなちっぽけな木造船で、赤道近くまでやってきたのか。

　それから焼津へ向かい、アイキチ・クボヤマの墓参りをした。謝罪したかったから。不思議なかたちの墓だった。太い石柱の上に、弓なりに反りあがる花崗岩《かこうがん》が乗っかっている。あきらかに船のかたちだった。竜骨が剝きだしになった建造中のノアの方舟《はこぶね》みたいだと思ったよ。死の灰が降りそそいできた方舟だ。

「その死の灰も見たよ」と老人は言った。

「どこで?」

「ラッキー・ドラゴンのそばに、遺留品が飾られていた」

　あれはトックリというのかね。酒を注ぐ白い陶器もあった。青いパイン・ツリー（松）が絵つけされていた。乗組員たちは熱帯の海に浮かびながら、夜、酒を楽しんでいたんだろうな。

　脂の沁みた黄色い枕や、航海日誌、日めくりカレンダー、歯ブラシ、鉛筆などもあった。

「死の灰は、ガラスの小壜に入っていた」

　てっきり灰色だと思い込んでいたが、岩塩をすりつぶしたような白い粉だった。ビキニから舞いあがったサンゴの粒だ。

「この島は安全なの?」とハワァが訊いた。

「表土を三十センチぐらい削って、土を入れ替えてある」

「ほんとに三十センチ?」

「正確には、二十五センチかな」

「それで、もう安全なの」

「ほとんど人体に害はない」

「だけど島民は戻ってこない」

「そう、無人島のようなものだな」

アメリカから調査団がやってきて、線量を測ったり、ヤシ蟹《がに》を調べたり、土やヤシの実を採取して、ステーツの研究所へ送っている。ここは、調査団が宿泊するための施設なんだ。わたしは管理人だが、いざというとき医者が必要だろう。だから雇われている。一般人は泊めないことになっているが、十三人のグランマザーに協力したいと思ったんだよ。

「ところで、きみたちの名前をまだ聞いてなかったね」

「わたしはハワァ」

ためらわず、四番目の名前を告げた。

「アラビア語でイヴのことだね」

「よく知ってるのね」

「中東やアフリカで働いていたから」

「医師として?」

「そう、難民キャンプを転々としていた」

ソマリアやケニアにも、ハワァという名前の娘さんたちがたくさんいるよ。黒い肌がつやつや光

る、みんなきれいなイヴだったな、と懐かしげに笑いながら、

「すると、きみはアダムかな？」

「いいえ、アリマです」日本人ですと付け加えた。

　老人はハワァを見つめ、

「アメリカ先住民の血が混じっているね」

「よくわかるのね」

「いろんな国を巡《めぐ》ってきたから」

　国境が近づくたびに、人の顔や肌の色が変わってくるだろう。それと一緒に、食べ物の味も微妙に変わってくる。血と味覚が混じりあって、グラデーションになっている。

「わたしの妻も、きみとそっくりの肌をしていた」

「いまは独り？」

「そう」

「淋しくない？」

「…………」もう慣れっこだと老人は苦笑した。

　デッキの背後は診療室らしく、医療器具がならんでいた。

「内科？　外科？」とハワァが訊いた。

「何でもやってきたよ。難民キャンプでは待ったなしだ。産科もこなしてきた。いろんな肌の色の赤ん坊を、二十人ぐらい取りあげたかな」

「わたしも診《み》てもらいたいけど」

「…………」老人はゆっくり薄茶色のサングラスを外した。

湖のような真っ青な目でハワァの腹部を見やりながら、すっと立ちあがった。
二人は診療室に入っていった。小声が洩れてくるが、よく聞きとれなかった。ハワァはいつもより早口だった。それから静かになった。老人があれこれ問い糺《ただ》している気配だ。

一時間近くたって、ようやく二人はデッキにもどってきた。

「ハワァは妊娠している」と老人が言った。

「………」やはりそうか。

格別、うれしくはなかった。喜びも湧いてこない。それでも、いつかこの日がやってくると身がまえ、覚悟していた気がした。

「二か月半ぐらいだろうな」

診療器具がないから正確にはわからないが、と老人は言った。
だいたいのことは聞かせてもらったよ。やっかいなのは、これからだ。無事にステーツに帰れるかどうか微妙なところだな。ホノルルの空港で入国管理局《イミグレーション》を通過してしまえば問題はない。もうアメリカ国内だから、あとはパスポートを提示する必要もない。
だが、すでに手配されている可能性もある。オキナワの基地《ベース》を出てから、四日目らしいね。米兵が帰ってこないことはよくある。女のところにしけ込んだりして。だが一週間も戻ってこないと、脱走兵として通達する。

「早く決めたほうがいい」

グランマザーと一緒に行くか、ここに残るか。

「で、きみはどうする?」老人は訊いてきた。

「どちらでもOKです」

すでに肚《はら》をくくっていた。日蝕や月蝕のように定められたことを受け入れるしかない。ハワァがおばあたちと一緒にハワイへ向かうなら、同行するつもりだった。自分はアメリカ市民ではないけれど、グリーン・カード、永住権を持っている。合法的に働くこともできる。

「もしホノルルの空港で引っかかったら？」

「軍の施設へ回されるだろう」

そして刑務所で出産しなければならない。

「それは、いや！」

ハワァの眼が光った。孕《はら》んだ山猫のように鋭かった。

「もし、ここに残れば？」

「いろんな手が考えられる」

「たとえば？」

「マジュロの日本大使館に、婚姻届と出生届を出せばいい」

「それから？」

「マーシャル諸島は小さな国だ」

総人口は六万人に満たない。首都のマジュロ島に住んでいるのも、二万人かそこらだ。とても小さな社会なんだよ。だから大統領とも親しくさせてもらっている。わたしは医師でアメリカ人だからね。国会議員の友人もいる。

「かれらに頼めば、たぶん国籍も取れるだろう」

マーシャル諸島共和国のパスポートも発行される。赤ん坊を連れて堂々とジャパンに入国できる。母親だから、いずれはジャパンの国籍も取れるだろう。

が感じられた。

淡々と選択肢を提示してくる口ぶりだった。法の裏表を知りぬいている田島に似た、したたかさ

「……………」

ハワァは黙っている。サンフランシスコにいる母のことを考えているのかもしれない。ムスリムに改宗して、心的にはすでに移住しているけれど、国籍を捨てるのはやはり抵抗がある。自分だってそうだ。四歳のとき父母に連れられてアメリカに移り住み、永住権を持っているけれど、国籍を変えようと思ったことは一度もない。二つの国を往き来しながら、両生類のようにどちらにも棲《す》める自由があるから永住権を保持しているだけだ。

「明日までに決めたらいい」

老人はマグカップを手に取り、残りをゆっくり飲み干した。

＊

十三人のシャーマンたちは、波打ち際に坐り込んだ。あぐらをかいたり正座したりしながら、いっせいに掌を合わせている。夜明け前だった。波は静かに岸を洗う。海と島が不思議なほど軽やかに触れあっていた。

このビキニ環礁から二十三回、西隣りのエニウェトク環礁から四十四回、次々にキノコ雲がたち昇ったはずだ。これほど傷《いた》めつけられたところはない。おばあたちは、それぞれの母語で祈っているのだろう。ばらばらの祝詞《のりと》が潮騒のように聞こえてくる。

水平線から火の玉がのぞいた。西ではない。ちゃんと東から昇ってくる太陽だった。みるみる膨

らみながら、ぶるっと海をふり切るように空へ躍り上がった。水惑星が太陽を出産したように見えた。波紋がきらめいた。岸近くはエメラルド・グリーンで、沖にいくにつれてセルリアン・ブルーや群青色《ぐんじょう》へ変わっていく。

横なぐりの朝日を浴びて、おばあたちの民族衣装が花のように色づいてきた。五、六人が踊りだした。春の大鹿は、白い首飾りをつけていた。獣の牙や骨を数珠つなぎにして銀細工がほどこされている。サンダンスの日、スー族が身につける正装だった。ハワァも手をひかれて見よう見まねで踊りだした。運動神経はあるはずだが、まったくさまになっていない。

チベット人のおばあは赤サンゴの首飾りをかけている。雪のヒマラヤを越えてくるとき、母が身につけていたものだろうか。もと女子プロレスラーのおばあは、リング・コスチュームを兼ねるアンデスの正装だった。サリー姿の老女は海へ歩いていった。腰まで水に浸かり、両掌で水を掬《すく》って額にかかげながら祈っている。

老人と有馬は、草むらに坐っていた。

ここで待っていて、とセラピストに止められたのだ。「砂浜によけいな足跡をつけたくないの、それにあなたたちが映るのも困ります」と言った。通販するＤＶＤのラストシーンを、美しく劇的にしたいのだろう。ハワァだけが春の大鹿に手をひかれて波打ち際へ向かっていったのだ。

有馬は頭上にヤシの木がないことを確かめていた。熱帯雨林の戦場で、

「いいか、ヤシの下で昼寝などするんじゃないぞ」

とゲリラ兵士たちに釘《くぎ》をさされていた。十数メートルの高さから落下してくるヤシの実で、頭が割れることがあるのだという。

草むらは乾いていた。昼顔の蔓《つた》が足もとへ伸びてくる。

「蛇はいませんよね」と有馬は訊いた。つい、草むらでは用心する癖がついてしまったのだ。

「一匹もいない、蚊もいない」

哺乳類もいない、と老人は苦笑した。

海面すれすれの島だから、高潮や津波で生きものたちが海へ流されてしまう。琉球も同じだった。久高島や宮古島など、平べったい島にはハブがいない。

おばあたちが波打ち際からもどってきた。サリー姿の老女は水を滴らせてくる。みんな無言だった。列になってヤシ林の細い道を歩きだした。暗い夜明け前に、懐中電灯で足もとを照らしながら歩いてきた小径《こみち》だった。

がっしりとしたコンクリートの塊りがあった。長方形で窓らしいものはない。銃眼《じゅうがん》そっくりの細いスリットがあるだけだ。ほとんど戦場のトーチカだった。核実験のとき観測していたところだろう。

茶褐色のヤシの実が散らばっている。幹には、A6、B7、B8、C4、D3、E1、とペンキで番号がつけられていた。青いビニール・テープが巻きつけられ、寒暖計のような測定器が取りつけられている。樹液を調べているのだろうか。

木陰に家々がならんでいた。窓は破れ、屋根もなかば崩れおちていた。コンクリートの壁だけが木洩れ日を浴びている。すべて廃屋だった。アメリカ先住民たちが暮らす、荒野のバラックに似ていた。

墓地があった。サンゴ石の墓石で、真ん中が十字のかたちに刳《く》り抜かれている。ほとんどの島民が改宗しているのだ。その墓石が、ごっそりなぎ倒され、昼顔の花に包まれていた。

　突堤に白いクルーザーが待機していた。

　老女たちは次々に乗船した。アフリカの老シャーマンは、ヒロシの手を借りながら象のように肥大した足をひらいて甲板に乗り移った。アカシアの棘で縫いつけられた瞼が浮かんでくる。

　ハワァは春の大鹿と抱擁してから、

「わたしはここに残る」

　下腹に掌を当てながら、刑務所で産むのは嫌だからねと微笑んだ。

「見送りしてくる」有馬はクルーザーに乗った。

　出航した。老人が操舵輪を握っていた。船尾から、マニラ麻の太いロープが海へ流されていた。イルカの群れが追ってきた。身をくねらせ空中へジャンプしながら、また水に沈み、泳いでいく。水しぶきの霧がくる。イルカたちはしばらく伴走していたが、クルーザーが遅すぎるとがっかりしたように泳ぎ去っていった。

　エニユー島の滑走路で、チャーター機のプロペラが回っていた。おばあたちは色とりどりの裾をからげながら、金属タラップを昇っていった。

　春の大鹿が、こちらを抱擁してきた。巨象に抱きすくめられるように甘やかな息苦しさがあった。

「しっかり、ハワァを守るんだよ」

　わかったねと耳もとでささやき、睾丸《こうがん》をぎゅっと摑《つか》んできた。笑いながらスー族の言葉で何かささやいた。もう長いことインディアンの土地を離れているから、とっさに聞き取れないが、ひるむな、闘え、と言っている気がした。

　チャーター機は走りだした。整然としたヤシ林の滑走路からふわりと浮きあがり、積乱雲の空へ消えていった。ヒロシたちが、滑走路わきに積まれた食料をクルーザーへ運んでいく。有馬も手伝った。ずっしりと重い。缶詰や、冷凍食品だった。

クルーザーはビキニ本島へ帰っていく。もうイルカの群れは寄ってこない。海へ流しているロープをたぐりながら、

「かかっている！」とヒロシが叫んだ。

男たちがロープに飛びついた。有馬もつかんだ。大魚らしい。凄《すさ》まじい引きだ。力を合わせても、逆に引きずられる。

操舵輪をにぎる老人も、クルーザーの速力を変えながら、ジグザグに進んでいく。大魚を弱らせるためだ。ヒロシの声に合わせて、綱引きのように全身を反《そ》らしたり、ロープを緩《ゆる》めたりした。掌の皮がすりむけてしまいそうだ。大いなるものが暴れていた。

ついに魚影が見えてきた。力尽きたように、ゆっくり船尾に近づいてくる。

老人が駆け降りてきた。片隅の道具箱から銛《もり》を取りだして、鰓《えら》のあたりに打ち込んだ。呼吸を合わせ、一気に引きあげた。自在鉤《じざいかぎ》のような太い釣針が口に食い込んでいた。

大魚は跳ねた。尾びれで甲板を叩いて跳びあがり、宙で身をくねらせ、落下して、また激しくジャンプする。なめらかなグレーの肌に金色の筋が光っている。青や、緑、エメラルド・グリーンなど玉虫色にきらめいている。キハダマグロだった。水しぶきを飛ばしながら、死にもの狂いで暴れつづける。手のつけようがなかった。二メートルぐらいの巨体だった。

ヒロシが道具箱から金属バットを取りだし、

「さあ」

お前さんがやれよ、と老人に手渡した。冷たい目つきだった。どちらが上司かわからなかった。

老人はうなずき、金属バットをふりあげた。跳ねたマグロが甲板に落ちてきた瞬間、頭に殴りかかった。何度もくり返した。跳躍力が弱ってきた。大魚は痙攣《けいれん》して、ついに動かなくなった。玉虫色の輝きが、さあっと褪《あ》せていった。

老人は息を荒らげ、血まみれの金属バットを甲板にごろんと放りだした。ヒロシが鉈《なた》をふるって、マグロの頭を切り落とした。ロープや釣針がついたまま海に投げ込んだ。船尾から血も流れていく。たちまち鮫が群らがってきた。争いながら、いっせいにかぶりついてくる。あたりの海面がいちめん灰色になった。


夕食に、そのマグロが出た。大きなステンレスのボウルいっぱい、赤い切り身が重なり、その間に薄切りのレモンやトマトが敷きつめられている。ヒロシがハワイの料理店で覚えたというマリネだった。胡椒《こしょう》やオリーブ油がまぶされ、醤油も浸みていた。なんとなく、手をつけるのをためらった。

福龍丸が浮かんでくる。この海域でマグロ漁をしているとき、白い雪を浴びながら懸命に延縄をひき揚げていたはずだ。肌が熱い。吐き気がする。やがて顔や首筋の皮膚がべろりと剝けて、髪が抜ける。乗組員たちは急性症状をこらえながら、ＳＯＳを打電せず、母港の焼津をめざしてまっしぐらに航海していく。その船が、幻の幽霊船のように脳裏をよぎってゆく。

「だいじょうぶだ、マグロは回遊魚だから」

老人は巧みに箸《はし》を使って、旨《うま》そうに食べた。ご飯も添えられていた。ハワイ経由でやってくる米だろう。母と二人きりで暮らしていたころ、いつも「サンローズ」というカリフォルニア米を食べていたな。

ハワァは、フォークで食べた。レモンの酸味がおいしいのか、栄養をつけようとしているのか、見事な食べっぷりだ。

夕陽が射してきた。あかね色に染まるデッキに出た。積乱雲が燃えたっていた。空の半球が赤い。こんな壮麗《そうれい》な夕焼けが、ほとんどだれにも見られることなく、日々くり返されるのか。水爆ブラボーのような火の玉がゆっくり沈んでいく。夕闇が降りてきた。天が漏水するような藍色だった。

「空家がありましたね」有馬は老人に話しかけた。

「…………」

「墓石も倒れていたけど」

「ブラボーの爆風で、なぎ倒されてしまったんだよ」

いったん口をひらくと、老人はしだいに饒舌《じょうぜつ》になってきた。

アメリカ政府はビキニを核実験場にすると決めて、島民すべてを強制移住させた。一六七人だったかな。

移住した島では自活できず、飢餓状態になった。そこでクワジェリンの基地に収容してから、キリ島へ移住させた。あちこちの島民たちも同じだった。みんな故郷を追われて、さまようことになった。そうして長い年月が過ぎた。ビキニはもう安全だと宣言された。島民たちは大喜びして帰ってきた。あの空家は、そのとき建てられたんだよ。コンクリートの壁だけ残っていただろう。あれは汚染された浜の砂を使っていた。放射能まみれの家だった。帰島した人たちは被曝して、ふたたび強制移住させられることになった。

キリ島は、サンゴ礁もない裸の島だ。荒波が打ち寄せてくる。船も接岸できない。カヌーで漕ぎだすこともできない。漁もできない。まさに絶海の孤島なんだ。アメリカは空から食料を投下している。缶詰や、ジャンク・フードばかりだ。それでも人口が増えて過密状態になり、赤痢《せきり》などが蔓《まん》延《えん》する。わたしも巡回医療に出かけていったけれど、胸がつぶれそうになったよ。まさに南海のスラムなんだ。

「ビキニ島は、つい最近まで封鎖されていた」

この宿舎があるだけで、ほとんど無人島になっていたんだ。

「ここで産みたい」

ぽつんとハワァが言った。

老人はきょとんとしている。有馬も合点がいかなかった。

「水中出産してみたいな」

ハワァは、ぼうっと譫言《うわごと》のように洩らした。

「それは、やめたほうがいいな」老人が即答した。

「放射能があるから？」

「いや、水中では出血がひどくなる。雑菌も入る」

「わかった」

「ここには長くいないほうがいい」

「除染されてるんじゃないの」

「胎児には影響するかもしれない」

わたしの家がマジュロにある、と老人は言った。

「家族がいるんじゃないの」

「いや、妻子はドミニカへ去っていった」

だから空家になっている。臨月までそこで暮らせばいい。

「あと七、八か月か、長いなあ」

「それまで働きたい」

と有馬は言った。ぶらぶら遊んでいるわけにはいかない。

「どんな仕事でもいいかね」

「ええ」

「では、知人に頼んでみよう」

老人は心当たりがある様子だった。


三日月が夜空を切り裂く刃物のように光っている。宿舎はがらんとして人の気配がない。ヒロシたちは外海側のリーフへ、海老《えび》を獲りにいったのだという。ロブスターだ。冷凍してハワイへ送れば、かなりの収入になるそうだ。

海鳴りが聞こえてくる。海面が波だっているのではない。水底から、わたつみが深呼吸している。眠れないまま、ネットに繋いでみた。ジムからの返信はなく、七海からメールが届いていた。携帯から送信しているのか、電報のようなメールだった。


光主と霧山先生が、昨日から行方不明。

手分けして捜しているけど、まだ見つからない。

急いで問い返すと、すぐ応答がきた。地球が回っているから、沖縄はまだ日が沈んだばかりだろう。夕闇のなかで携帯を握る七海の白い指が浮かんでくる。

——まだ見つからない。

七海の返事は一行だけだった。しばらくネットに繋いだまま急いで交信した。

——久高島じゃないのか？

——春潮さんに電話してみた。

——で？

——御嶽《うたき》も空っぽだって。

——ほかに心当たりはないのか？

——看護師さんも駆けずり回って捜している。

——田島は？

——黙ってるだけ。

——アタルは？

——ひどく冷たいのよ。

——なんて言ってる？

——そっと死なせてやれよ。そう言ったきり、あとは知らん顔。

——そうか。アタルの言う通りにしたほうがいいだろうな。

——あの二人、どこにいると思う？

——さあ。

——とぼけやがって！

――七海だって、もう見当がついてるだろう。

――まあね。

――だったら、そっと死なせてやろう。

――そうね。ところでジェーンは元気？

――妊娠していることがわかった。

――で、どうするつもり？

――このビキニ島で産みたいと言ってる。

――あたしも、アタルの子を生んじゃったりして。

――いいんじゃないか。

――馬鹿！

冗談はここまでと七海は交信を打ち切った。

電源を切って浜へ降りた。サンゴ砂の浜が遠く、青白くつづいている。おばあたちの足跡も消えていた。環礁の内側だから漂流物もない。ゴミひとつない、きよらかな砂浜だ。細い月が光っているけれど、満天の星だ。どの星も一等星シリウスのように輝いている。その光りが環礁の海に映り、銀色の筋になって波打ち際までゆらゆらと伸びてくる。足もとで貝殻や枝サンゴがきしきしと鳴った。


波照間宮の白い境内が浮かんでくる。二人の老人が海を眺めている。

「では、参りましょうか」

ゆらりと老女が手を伸ばす。

「はい」霧山も手を伸ばす。

月桃《げっとう》が咲く風葬の丘で、白とピンクの花房をたぐり寄せ匂いを嗅ぎながら、この光景をいま夢に見ている乙姫さまのほうへ、そっと手を伸ばしているようだ。

細い骨がからみあうように、二人は手を繋ぎあい、垂れさがるガジュマルの気根や、羊歯《しだ》の葉を、縄のれんのようにかき分けながら、洞窟《ガマ》へ入っていく。この抜け穴も、間もなく鉄柵かコンクリート・ブロックで塞がれるだろう。

二人の老人は、そろそろと降りていく。夜、死者たちをひきずりあげて芋畑に埋めにいったという抜け穴だ。

「先生、気をつけて」

乙姫さまが、懐中電灯で足もとを照らしながらささやきかける。

がらんとした空洞に出る。もう助かる見込みのない兵士や、錯乱した島民たちが捨てられていたところだ。ウジ虫が肉を食べつづける、キチキチという音が聴こえる。霧山は黙礼して、よろよろ通り過ぎる。ゴムの滑りどめがついたアルミパイプの杖《つえ》をつきながら、一歩一歩、暗河《くらごう》にそって歩いてゆく。

竈がある。母とはぐれてしまった少女が、泣きながらおにぎりを頬ばっていたところだ。枯木を燃やした灰が積もっている。燃えつきたローソクの跡が滑りやすい。かつて病棟があったという巨大ながらんどうが深い闇を湛《たた》えている。老いた二人は、手術台の岩に腰を下ろして、ふうっと一息入れる。

「…………」

乙姫さまは声もなく、そっと胸で語りかける。わたくしが生娘《きむすめ》だったころに出逢って、先生の御《み》子《こ》を生むという道はなかったのでしょうか。

雨だれのように水滴が響き渡る。

霧山はアルミパイプの杖にすがって起《た》ちあがりながら思う。そろそろ窒素が脳に昇ってきて、おれは譫妄《せんもう》状態になるはずだ。支離滅裂なことを口走るだろう。長い月日をかけて出来あがった自分らしさも消えていく。そうなる前に、自分らしさを始末したい。あの世はない。ニライカナイも、涅槃《ねはん》もない。ただ、炭酸カルシウムになるしかない。

老いた二人は、奥へ、さらに奥へ歩きつづける。小さな地下の湖に出る。真っ青な水をしんと湛えている。さざ波さえたっていない。なだらかに盛りあがる甲羅《こうら》のような岩に、二人はへたり込み、ゆっくり仰向けになる。

乙姫さまは目を瞑《つむ》る。天井の穴から射してくる光りが視《み》える。スコールがくると、水しぶきのシャワーが降り、日が翳《かげ》ると小さな藍色の空に星が光る。乙姫さまは片手をだらんと湖に浸す。水中洞窟が外海へ繋がっていて、大きな海亀が浮上してくるという。だが乙姫さまはもう幻の甲羅に乗ろうとしない。添い寝しながら、霧山の手のかすかな温もりを追う。

やがて懐中電灯の電池が切れる。暗い天井から、ぽたり、ぽたりと水が滴り、谺《こだま》していく。さらに一滴、一滴、石灰をふくむ水が滴りつづけ、朽ちて白骨になった二人の肋骨や、骨盤の隙間から、竹の子のように石筍《せきじゅん》が伸びて、やがて二人の骨は乳白色になっていく。

＊

L字型に曲るデッキに、猫背の老人が坐っていた。白髪が乱れている。髭《ひげ》も剃っていない。いやな夢でも見てしまったように、朝から不機嫌だった。テーブルには飲みかけのマグカップがあった。

「おはよう」

ハワァが挨拶しても、顎をひいて「ん……」と不愛想に応えるだけだ。薄茶色の眼鏡をかけたまま沖を眺めている。

「食堂のポスターに、青い円がありますね」有馬は話しかけた。

「そう、あそこが水爆ブラボーの爆心地《グラウンド・ゼロ》だ」

木の櫓《やぐら》を組んで、海面すれすれで起爆させた。その痕がクレーターになっている。

「かなり深そうですね」

「直径二キロ、深さ七〇メートルぐらいだ」

大きな穴になっているから海の色がちがう。近くにあったサンゴ礁の島が二つ吹き飛ばされ、白い雪になって降りそそいだ。

「ラッキー・ドラゴンは、あちらで漁をしていた」

老人はちらりと東を見て、また北西へ顔をもどした。

「九五隻、あそこに沈んでいる」

「えっ？」

「空母も沈んでいる」

「ビキニ島で戦闘はなかったはずですが」

玉砕の島々が連なるのは、西の方角だ。

「原爆の破壊力を測るため、ずらりと戦艦を浮かべていた」

空母サラトガ、戦艦ネバダ、アーカンサス、ニューヨーク、ペンシルベニア……と羅列してから、

「真珠湾《パール・ハーバー》で生き残った戦艦もあった」

あのとき主力の艦隊は、遠くへ避難していた。演習中だったというわけだ。真珠湾に残っていたのは、もう戦力にならない古い空母アリゾナや、スクラップとして処分するしかない戦艦ばかりだったらしい。かろうじて撃沈されなかった古い戦艦を、このビキニへ運んできた。

「ナガトやサコウも浮かべられた。占領下のジャパンから接収された戦艦だ」

Occupied Japan と老人は言った。

戦艦「長門」のことだろう。サコウはおそらく「酒匂」だろう。

「同心円のかたちに、九五隻が浮かべられた」

だれも乗っていない幽霊艦隊だ。

「わたしが乗っていた空母サラトガも、あそこに沈んでいる」

水深五〇メートルのあたりだ。

「海軍だったの?」とハワァが訊いた。

「いや、わたしは医学生だった」

アラバマ州立大学の医学部に合格すると同時に、休学届を出して軍に志願した。母国のために働きたかった。まだ十八だったからね。奇襲攻撃してきた卑劣《ひれつ》なジャップをやっつけたかった。すまないけれど、あえて「ジャップ」と呼ばせてもらうよ。当時はいつも、そう言っていたから。

アラバマから列車に乗り込み、西へ向かった。西部劇でしか見たことのない荒涼とした大地を初めて見た。サンディエゴに到着した。太平洋側の軍港だ。そこで訓練を受けてから輸送船に乗せられ、洋上の空母サラトガへ運ばれていった。

空母は艦隊の司令塔だ。数千人の男たちがひしめきあう油臭い街のようなものだ。空母サラトガから、戦艦インディアナ・ポリス号へ配置されて、クワジェリン島へ向かった。イルカの群れが通り過ぎていく。鯨がジャンプするのも見えた。ものすごい巨体なのに海から跳びあがってくる。大きな尾で海をたたく。遊んでいるんだろうな。生きていることが楽しくて仕方がないといったふうに見えた。甲板で眺めていると、ハワイ出身の兵士が話してくれた。

「交尾のシーズンになると、鯨たちがハワイ沖に集まってくる」

そして、いっせいに歌いだす。潜っていくと、鯨の歌で海が振動している。荘厳《そうごん》なひびきが肌に感じられるそうだ。水惑星がふるえるような感じなんだろうな。

わたしは医学生だから、救護班に回された。楽勝だと思っていた。戦力の差は歴然としている。ジャップの輸送船は次々に沈められて、もう食料の補給も断たれている。ジャップたちは痩せこけて、飢え死にしかかってるそうじゃないか。戦闘機もほとんど失っている。弾薬も石油も、底をついているはずだ。

こちらは空母一二隻に、七五〇機の戦闘機を搭載《とうさい》している。三〇〇隻ぐらいの戦艦が空母のまわりを囲んでいる。圧倒的な戦力だ。巨象とアリの闘いみたいなものだ。まったく話にならない。ジャップはすぐ降伏してくるだろうと高をくくっていた。

ところがクワジェリン島に近づいて、目を瞠《みは》った。

艦砲射撃を浴びて、島はもうもうと黒煙に包まれている。砲弾の嵐だった。岸辺から、いっせいに水の柱がたち昇っている。戦闘機が火の雨を降らせる。火山島が噴火しているようだった。薄っぺらなサンゴ礁だろう、島そのものが燃えながら沈んでいきそうだ。

わたしは海兵隊と一緒に、水陸両用艇で上陸した。砂浜に陣地をつくり、砲台をすえつけた。物資もどんどん運ばれてくる。あとはジャップを皆殺しにするだけだ。けれど日が沈むと、ジャップは闇にまぎれて、銃剣や日本刀で襲いかかってくる。殺しても、殺しても押し寄せてくる。千に一つの勝ち目もないとわかりきっているのに、ひたすら襲ってくる。火炎放射器で火だるまになった日本兵が、ぐっと銃剣をもたげて立ち向かってくる。

夜が明けると、浜は死体だらけだった。肌が焼けこげ、内臓が飛び散り、白い腸がこぼれている。どれが白人か、黒人か、イエローなのかわからない。一皮むけば、まったく同じなんだ。虎もライオンも皮を剝《は》がせば、解剖学的には同じなんだよ。

薬や包帯を抱えて浜をかけずり回っているうちに、わたしは水筒をなくしてしまった。渇くと、ヤシの果汁ばかり飲んでいた。

それからエニウェトク環礁や、ペリリュー島へ転戦したが、どこも地獄だった。砲弾が鼻先を掠《かす》め、その一瞬、真空に吸い込まれて眼球が飛びだし、だらんとぶらさがっている。スタンフォードで数学を専攻している青年が頭を撃ちぬかれ、脳をこぼしながら死んでいった。

ただひとつの楽しみはヤシの果汁だった。初めは青くさくて、なじめなかったが、鉄錆《てつさび》の味がする軍艦の水よりもずっとおいしい。きよらかな泉のようだった。オキナワへ上陸してがっかりしたのは、ココヤシの木が生えていないことだったな。

二つの原爆が投下されて、ついに戦争が終わった。

わたしはアラバマ大学に復学して医師になった。国連の医療班に加わり、アフリカやインドや、中東の難民キャンプを回りつづけた。国境なき医師団のようなものだ。そして恋をした。ドミニカからやってきた若い女医だった。難民キャンプのテントで、ささやかな式を挙げた。やがて妻は身ごもった。もうキャンプを転々と移動することはできない。わたしは妻を連れて、マーシャル諸島にもどってきた。

　アメリカ政府の賠償金で建てられた病院が、医師を求めていたからだ。給料もわるくない。マジュロに家も買った。そのころ、空母サラトガがビキニの海に沈んでいることを初めて知った。

「沈没船の映像があるんだが、見たいかね」

「ええ、ぜひ」

　管理人室はがらんとして、木枠のベッドやデスクがあるだけだ。殺風景そのものだった。隠者の部屋のようだが、ぽつんと家族写真が飾られていた。淡い褐色の肌をした女性と、やっと歩きはじめたぐらいの女の子と、まだ三十代らしい医師が庭の木陰で笑っている。

「なんて名前?」ハワァが訊いた。

「チナ」

「どんな人なの」

「父は中国系の医師だった」

　母はドミニカ人で、スペイン系や、インディオや、黒人奴隷の血がごちゃごちゃに混じっていた。さらに中国系の血が重なったから、チナはもう人種がわからない。

「わたしみたいね」

「そう」

　老人は懐かしげに微笑んだ。わたしはアラバマの田舎育ちで、父母は農民だった。祖母は赤銅の鍋をあつめていた。移民たちが煮炊きしていた古い鍋だ。それを磨きあげるのが祖母の楽しみだった。土色にくすんでいた鍋がぴかぴかに光ってくる。家も納屋も、もう鍋だらけだったよ。

　初めてチナに出逢ったとき、ぴかぴかの鍋を思いだした。肌の色がそっくりだった。治療を終えてテントから出ると、日が照りつけ、うっすらと汗ばんだチナが赤銅色に光っていた。美しいと思った。祖母がひき逢わせてくれた気がした。たちまち夢中になった。チナも、わたしを愛してくれた。バタバタと風に鳴るテントや、車や、夜の砂漠で愛し合った。

老人はデスクの抽斗《ひきだし》からＤＶＤを取りだし、食堂のテレビ・デッキに差し込んだ。

黄緑の太陽がゆらゆらと輝いていた。まわりの波紋も金色にゆらめいている。水中から仰ぐ海面だった。ダイバーたちが潜っていく。海中に光りが射して、ゆっくり、ゆっくり鮫の影がよぎっていく。マグロの頭へかぶりついてきた、あの鮫らしいが、ダイバーたちは怯《おび》える気配もなく潜りつづけてゆく。

「あれはタイガー・シャークだ」

ホオジロザメほど狂暴じゃない。血の匂いがしないかぎり、むやみに襲ってこない、と老人は言った。

ダイバーたちは海底へ向かっていく。しだいに光りが薄れ、停電の夕暮れのような青い闇がひろがってくる。水深五〇メートル。砂の海底にあちこち戦艦が沈み、鉄の司令塔がそびえている。雨が降りしきる密林に林立する遺跡のようだ。錆びついた砲身やスクリューから昆布のようなものが生えて、ゆらめいている。空母の甲板が見えてきた。

「サラトガだ」老人が、つぶやいた。

いちめん緑の海草におおわれ、古代マヤ族の競技場のように広々としていた。ダイバーたちは額のライトを頼りに、空母の船内へ潜り込んでゆく。司令室の計器も緑だった。水の階段がつづき、小魚が群れている。機関室は鉄の迷路だった。兵士たちが寝起きしていたところには、鉄兜や、軍靴が散らばっていた。万年筆や、皿もあった。マグカップも沈んでいる。朝のカフェテリアで、無愛想なウエイトレスがテーブルにどんと置く、分厚いマグカップそっくりだった。

＊

ヒロシが、革ベルトを幹にひっかけていた。素足だった。ヤシの木に登ろうとしているのだ。

「実を採るの？」とハワァが訊いた。

「………」わかりきったことを訊くなと言わんばかりに、ヒロシはするする登りだした。猿のような身軽さだ。

懐かしかった。雨が降りしきる熱帯雨林の戦場を歩きつづけていたころ、毎日、毎日見ていた光景だった。すぐに錆びついてしまう機関銃を膝に抱え、ほっと一休みするとき、若いゲリラ兵士が腰のベルトを抜いて、ヤシの幹にひっかけ、それを手《た》ぐりながら登り、てっぺんから緑の実を落としてくる。木から降りてくると、山刀で外皮をそぎ落とし、さらに内側の殻を削って飲み口をつくってから差しだしてくる。ジャングルの茶道のような優美さがあった。飲み残した果汁は、水筒に入れる。空になった実を割ると、内側に半透明の胚乳《はいにゅう》、ゼリー状の果肉がある。それを指で掬《すく》って食べる。大切な栄養源だ。

頭上でさわさわと葉がゆれている。

ヒロシは山刀をふるって、緑の実だけを落としてくる。果汁がおいしいのは、まだ熟しきっていない青い実だ。だが、どこかしら変だ。漠然とひっかかっていたのだが、ようやく異様さに気づいた。実は鈴なりだが、黄色い実が一つも見当たらない。

緑のヤシの実は、ゆっくり膨らみながら黄色く熟してくる。そして地上に落ちてから茶褐色になる。ところが、このビキニ島ではゆっくり熟す間もなく、樹上で緑からいきなり茶褐色に変わっていく。

ヒロシが木から降りてきて、緑の実にドリルで穴をあけはじめた。山刀よりも手っ取り早い。

「だれが飲むの？」ハワァが訊いた。

「ボスだよ」ぶっきらぼうにヒロシは言う。

管理人の老人ガーリーが、毎日マグカップ一杯、果汁を飲むのだという。

「だいじょうぶなの？」

「セシウム１３７ってやつが含まれてるそうだ」

「ガーリーさん、知っているの？」

「あいつは医者だぜ」

だれよりも、よく知っているはずだ。ヒロシは無言でせせら笑った。あえて自殺幇助《じさつほうじょ》でもやっているような冷えきった眼だ。

「あなた、ビキニの生まれ？」

「そんなわけないだろう」

この島は何十年も封鎖されていた。アメリカの調査団以外、マーシャル人も立入禁止だった。だから、ここで生まれたやつは一人もいねえよ。

「おれはロンゲラップ難民の息子だよ」

「死の灰を浴びた島だね」

「そう」

ヒロシは東の方へちらりと眼を向けながら、

「ラッキー・ドラゴンは、一六〇キロぐらい東の方で漁をしていた」

ロンゲラップ島は一八〇キロ離れている。

おれの祖父も漁師だった。あの日のことをよく聞かされたよ。

夜明け前、漁へ出る準備をしていると、西の水平線から、つまりこのビキニ島の方から火の玉が昇ってきた。西から朝日が昇ってきたと思って、びっくりしたそうだ。空半分が夕焼けのようになって、稲妻が走った。青や緑や金色の稲妻だった。茫然としているうち、海が割れるような爆音がきた。爆風が襲いかかり、ヤシの木がいっせいに弓なりになった。それから、とめどなく白い雪が降ってきた。

おれの母はまだ娘っ子だったから、大喜びして降りつづける雪のなかをごろごろ転げ回ったそうだ。熱い雪を丸めて、雪合戦をして遊んだ。その手も肌も火傷をして、べろりと剝けていった。

「ラッキー・ドラゴンの乗組員と同じだな」

「いや、もっとひどかった」

船とちがって、島は逃げられない。白い粉は、島中に降り積もってきた。溜めている飲み水が黄色くなってきた。みんな吐き気がする。体がだるい。肌が火傷して、ぼろぼろ髪が抜けはじめる。

数日後、アメリカの船がやってきて、島民すべて、八二人はクワジェリン島へ移送された。いまは大陸間弾道ミサイルの基地となっている、あのハイテクの島だよ。

クワジェリンに着くなり、男も女も真っ裸にされ、浜へ追いやられた。海水で体を洗えと命じられた。さらにゴムホースで水をかけられた。

おれの母も、しずくが滴る陰毛の下に放射能測定器を押し当てられたそうだ。まだ生娘だったのにな。尿を調べられた。採血された。

「あいつら人体実験しやがったんだ」

奥歯を噛むように口を噤《つぐ》んでから、マーシャル語でなにか言った。くそったれ！　死ね！　と聞こえた。それから流暢な英語にもどった。

ラッキー・ドラゴンは巻き添えになってしまったんだよ。アンラッキーだった。運がわるかった。だが、ロンゲラップ島民は計画的に実験材料にされてしまったんだ。

水爆はクリーンだと言われているが、そんなの大嘘だ。おれは学がないからよくわからないが、水爆ってのは核融合らしいな。その核融合をひき起こすには、ものすごい熱が要るそうじゃないか。それだけの熱を生みだせるのは、やはり原爆しかない。だから水爆ブラボーは、まず原爆を起爆させて、その熱で核融合をひき起こしていく。つまり二重爆弾になってたらしい。クリーンどころか、汚ねえ爆弾そのものだった。

それまで、核実験のたびに島民たちは他の環礁へ一時避難させられていた。ところが水爆のときにかぎって、まったくなにも知らされていなかった。だからおれの爺さんはびっくりして、西から太陽が昇ってきたと肝《きも》を冷やしたわけだ。

「いいか、ここらは東から西へ、いつも貿易風が吹いている」

あの日は、風向きが逆だった。ロンゲラップに死の灰が降り注ぐことを、はっきり想定していたはずだ。おれはそう思っている。

ブラボーは、ちょっとしたお祭り騒ぎで、アメリカのお偉いさんが、わんさか見学にきていた。連中は風上の方に陣取って、サングラスなどかけて見物していた。ちゃんと風向きを考えてやがった。それだけじゃないぜ。ここらには、赤道海流ってのが流れている。西へ向かって、フィリピン沖で曲りながら北上して、日本列島《ジャパン・アーキペラゴ》のほうへ流れていく。アメリカに被害が及ぶことは、まず考えられない。すべてが計算ずくだった。計画的だった。

「もっと頭にくるのは、それから後だ」

三年過ぎて、ロンゲラップ島はもう安全だと宣言された。おれの爺さんや、母は、大喜びしてふるさとへ戻っていった。妙なことに島民は二五〇人に増えていた。缶詰やジャンク・フードを支給されて、食うに困らない。みんな暇だろう。だから、ついつい夜の営みに励《はげ》んじゃったんだろうな。それに他島の男女と結婚して、大所帯になってしまったそうだ。

だが、おかしいと思わないか。最初は八二人だったんだぜ。それがたった三年で、三倍以上になっている。そこのところも怪しいじゃないか。

懐かしい島に帰って、爺さんたちは愕然とした。まっすぐ伸びていくヤシの幹が、なんと三叉《みつまた》に分かれている。

「ヤシ蟹だけは食べるな」と医者たちに釘をさされていた。

だが、ヤシ蟹は旨いんだよ。飛びきりのご馳走《ちそう》だ。

「うん、あれは旨い」有馬はうなずいた。

波照間の元患者さんが、まだ生きているヤシ蟹をクバの葉でぐるぐる巻きにして、こっそり持ってきてくれたことがあった。霧山への手土産だった。みそ汁に入れて茹《ゆ》でると、白い身がぷっくりと浮かんでくる。

「だがヤシ蟹には、ストロンチウム90が含まれている」

セシウム137とか、ストロンチウム90とか、そんな見えないものなど実感がないよな。ふるさとに戻った島民たちはヤシの果汁を飲み、殻を割って、とろりと甘い果肉を指で掬って食べた。パンの実も焚火《たきび》で焼いて食べた。子どもたちはタコの木の実を、甘いおやつがわりにしゃぶっていた。

環礁の魚は食べると腹が痛くなることがあった。毒魚が増えていたんだ。

「それから?」ハワァが身を乗りだした。

「巡回医療の船がやってくるが、島には上陸しない。船内で採尿したり、採血したりするだけだ」

検査するだけで治療はしない。あいつらだって、どう治療したらいいか見当もつかなかったはずだ。甲状腺ガンにかかった島民たちは、次々にステーツへ送られて手術を受けた。会えばすぐにわかる。ナイフで喉をかっ切ったような痕が残っているから。

白血病で亡くなった青年もいた。耳や、鼻や、口から出血しながら死んでいった。女たちは流産をつづけた。九割近い女が流産を経験している。なんとか出産できても、ブドウのようなものが生まれてくる。無脳症児や、六本指の赤ん坊が次々に生まれてくる。

「クラゲのような子も生まれてきた」

いや、人の子と呼べるのかな。まったく人のかたちをしてない。手足もなく、ぐにゃぐにゃに透き通って、脳が見えている。かすかに鼓動する心臓も透けて見えてたそうだ。二、三日であっけなく死んでしまう。

「おれだって、そうだ」

ヒロシはドリルを握ったまま、拳《こぶし》を突きだしてきた。小指のつけ根の横に、傷痕があった。六本目の指を切除した痕だろうか。

「ハワイで手術してもらった」

「…………」

ハワァが息をつめ、目を瞠《みひら》いた。

クラスター爆弾が炸裂して、山羊や子どもたちが細切れになって飛び散った血の海に坐り込んでいた姿が浮かんでくる。

「嘘だよ、嘘」

あはは、これはただの怪我だよ。お前さんたち甘いなあ。

「あの医者のことも調べてみな」

ヒロシはへらりと笑い、ヤシの実を逆さにして、うっすらと黄緑がかった果汁を、布で濾《こ》しながらプラスティック容器に注ぎ込んだ。

＊

その夜から、ネットに繋いで調べはじめた。一冊の書物もない。資料もない。話してくれる島民もいない。無人島も同然だから、ネットだけが窓口だった。ハワァも隣りに坐り込んで、ノート・パソコンに眼を光らせている。老人の名は「ガーリー」としか聞いていない。ラスト・ネームがわからないから追跡しようがない。まず初めに、このビキニ環礁のことから検索していった。アメリカ政府がビキニを核実験場にすると決めた、その翌月、島民たち一六七人は島をたち退《の》かねばならなかった。アメリカの船に乗せられていくとき、女たちが歌ったという「ビキニの歌」が見つかった。

もう島にはいられない

やすらかに生きることはできない
懐かしい日々よ
あの枕で眠りなさい
いま、すべてを残して行かなくちゃならない
わたしの心は消えたまま
死の雷に打たれるまで
長い旅をつづけるでしょう
平和だったのは、あの日々だけ

島民たちは別の環礁へ一時避難させられ、さらに遠くのキリ島へ強制移住させられていった。キリ島は、まわりにサンゴ礁もない裸の島だ。太平洋の荒波が打ち寄せてくる。船も接岸できない。カヌーも漕ぎだせない。漁もできない。まさに絶海の孤島だった。米軍機からジャンク・フードや缶詰が投下される。いま島はスラム化して、よく赤痢などが蔓延するという。

そこから発信されるサイトもあった。シンプルな英語で窮状を訴えてくる。理不尽さを訴えてくる。SOSの手紙を壜《びん》につめて海へ流すように、若者たちが叫んでいた。

故郷のビキニに漂着した、そのガラス壜をたまたま自分が拾ってしまったような気がした。子どもたちの写真も添えられていた。おちんちんを丸出しにした褐色の童子もいる。出ベソの子が笑っている。半ズボンに横縞Tシャツの少年もいる。珍しく新鮮なカツオが釣れたらしく、尾びれをつかんで生のまま食べる少女もいる。赤花が咲く花柄のワンピースだ。

浜辺で焚火して、緑のフットボールのような実を焼きながら、そっと寄り添う恋人たちもいる。

breadfruit 熱帯に実るパンの実だ。自分もスリランカで食べていた。よくカレーライスに入っている。パイナップルの果肉のようだが、甘くはなく、さらりと淡泊な味だ。

サイトを次々に読み漁った。もうビキニ島は安全だと米政府は宣言した。爆風でなぎ倒されたヤシの葉の家々のかわりに、新しい家屋が準備された。アメリカ先住民の家そっくりの、二間だけの小さな文化住宅だ。島民たちは大喜びして帰ってきた。ところが家々のコンクリート壁には、浜のサンゴ砂が使われていた。放射能まみれの家だったのだ。人びとは被曝して、ビキニを去り、ふたたび島々を流浪しなければならなかった。

ロンゲラップの島民はさらに悲惨だった。水爆ブラボーのときにかぎって、事前にまったく何も知らされていなかった。だからあの朝、西から太陽が昇ってきたと思ったのだろう。

数日後、アメリカの船がやってきて、島民たち八二人はクワジェリンへ移送され、真っ裸にされ、女たちは女陰に測定器を押し当てられた。尿から、プルトニウムが検出された。採血され、剝げかかった皮膚を採取された。検査が終わると、遠く離れたエジット島へ移送された。すべて、ヒロシが話してくれた通りだった。

三年が過ぎた。もうロンゲラップ島は安全だと宣言され、二五〇人が帰っていくことになった。

「ね、おかしいと思わない？　人が増えすぎてる」ハワァは訝《いぶか》った。

「確かに、おかしいな」

どう考えても、二五〇人というのは多すぎる。水爆ブラボーが爆発したとき、たまたま他島へ出かけていた者や、その後に生まれた子どもや、結婚した相手も連れ帰ったと記されている。だが、やはり釈然としない。なにかしら作為性が匂ってくる。

「三年というのも早すぎる」

「ちゃんと除染されたのかしら？」

「そんな記録はなかったな」

「ちょっと急ぎすぎてない？」

帰島していく人たちには、番号がつけられていた。

ＡＥＣナンバー25、ＡＥＣナンバー57、ＡＥＣナンバー82といった番号だった。ＡＥＣとはアメリカ原子力委員会の略号だが、いまの原子力委員会とはまったく異質で、核実験を進めてきた組織そのものだった。いまはエネルギー省と改称されているが。

さらに引っかかることがあった。二五〇人は、それぞれ識別カードを持たされていた。あの日、白い雪を浴びた者には緑色のカード、島外にいた者はピンク色のカードだった。

二五〇人はそのカードを手に、米軍の船で運ばれていった。上陸艇から浜にあがり、愕然《がくぜん》とした。飛べなくなった海鳥がよたよたと浜をうろつき、喉のつぶれた声で鳴きつづけている。垂直に伸びていくヤシの木が、三叉に分かれている。植物が奇形化していたのだ。

「ガーリーさん、出てこないね」

「どこかに隠れているはずだ」

サイトを読み漁っていくうちに、異様な記録にぶつかった。ＡＥＣ委員の一人である遺伝学者が、会議でこんなことを述べている。

――ロンゲラップ島は、ビキニ環礁、エニウェトク環礁とならんで、最も放射能を浴びた島だ。

島民たちがそこに帰っていくのは、ふたたび被曝するということだ。しかも健康な配偶者たちも一緒であるから、遺伝的な研究の上でまさに理想的な状況だ。ヒロシマ、ナガサキで得たデータよりも遥かに重要である。


「やはり人体実験ね」

「そう、まちがいないな」

被曝者と健康な者が交わって生まれてくる新生児について、追跡調査しているはずだ。甲状腺ガンが続出して、女たちの九割近くが流産を体験している。無脳症児や、人のかたちをしていない奇形児も生まれてくる。ヒロシは嘘をついていなかった。

ブドウのような子も生まれてきたと言っていたが、どんなかたちなのか想像もつかなかった。クラゲのように脳や心臓が透き通っている、ぐにゃぐにゃの赤ん坊の写真も、さすがに見つからなかった。

暗澹《あんたん》としながら関連サイトへ飛んでいくと、巡回医療船が出てきた。ずんぐりとした箱船のような形だった。

医師たちは上陸せず、島民たちを船内に入れて、尿や血液を採取する。体内被曝を測っているのだろう。甲状腺ホルモンの薬を渡すぐらいで、やはり治療らしいことはなされない。軍帽をかぶっている医師もいる。

「あっ！」

ハワァが一枚の写真を指さした。

「この人よ、この人！」

白衣の医師が前かがみになって、聴診器を当てていた。花柄のワンピースを肩から落とした女性が、日焼けした背中をこちらに向けている。膝に赤ん坊を抱いていた。小さな足がはみだしている。肉づきのいい、丸っこい指だ。ちゃんと五本あった。

小柄な女性に背丈を合わすように、医師は長身をかがめ、いびつな猫背になっている。やさしく慈《いつく》しむような目だ。ふさふさの髪が額に垂れている。

まちがいない。あの家族写真に映っていた三十代の医師だ。

キャプションを読むと、Dr.Gary Hampton とあった。

欧米以外の国々では、Gary という名を「ゲーリー」ではなく「ガーリー」と発音する。そうか、あの老人は「ガーリー」と名乗るようになったのか。記録を読むと、汚染されたロンゲラップに島民たちを帰還させたＡＥＣの主任医師だという。

# 9　星月夜

三日月は太りかけているのに、いっせいに星がぎらついている。星月夜だった。L字型に曲るデッキの角が、夜の海へ突きすすむ舳先《へさき》に見えた。

幻の舟が浮かんでくる。

先住民たちと熱帯雨林の大樹を伐り倒して、鉈《なた》や、手斧《ちょうな》をふるい、舟を造ったことがある。全長九メートルぐらいの刳舟《くりぶね》、大きなカヌーだった。内側に竜骨を組み込み、舳先には瀝青《れきせい》を塗りつけた。インディオの兵士たちと、舟を押しながらジャングルをよぎり、川に降ろした。首まで水に浸かり、さらに泳ぎながら舟を押していった。蛍が飛び交っていた。

ようやく海辺に出た。食料、銃弾、薬品、包帯などをぎっしり積み込み、舟尾にモーターボート用のエンジン二基をつけた。先住民たちが独立しようと闘っていた。世界の片隅の小さな戦争だった。

夕焼けの海へ出航した。冬の海は荒れていた。積荷はビニール袋でしっかり防水されているが、舟はもう水浸しだった。バケツで懸命に水を掻きだした。ハリケーンにぶつかり、黒い丘のように波がそそりたってきた。横波を受けると、カヌーは横転する。波を直角に切り進んでいった。黒々と盛りあがる丘の頂から、一気に斜面を滑り降りていく。一瞬、宙に投げだされ、波の谷底に叩きつけられる。舟底が砕けそうな衝撃がくる。

雨と波しぶきが降りそそぎ、膝のあたりまで水が溜まってきた。海面と同じ水位になると、舟は浮力を失って漂流する。必死にバケツで水を掻きだした。

夜、海はぼうっと緑がかった金色に光ってくる。夜光虫が漂っているのだ。波しぶきごと、舟にもなだれ込んでくる。水を掻きだす自分の手も燐光《りんこう》を放ち、骨が発光しているようだ。

夜だけの航海がつづいた。夜明けが近づくと無人島の繁みに舟を隠し、枝葉でおおった。からだが冷えきっていた。手の皮がふやけて指紋が白く盛りあがっている。だが火を焚《た》くことはできない。煙がたち昇ると、政府軍のヘリコプターが飛んでくる。空から襲われる。冷たい缶詰を食べ、空缶は砂に埋めた。キャラメルの包み紙も砂に埋めた。布地のハンモックを枝にかけて仮眠をとった。

不思議な島々だった。潮が満ちてくると水没して、木々の幹まで海がせりあがってくる。

昼は身をひそめ、日が沈みかけるころ舟を出した。水平線すれすれに射してくる夕陽が、積乱雲の高みを淡いバラ色に照らしていた。

発泡スチロールが流れてくるたび、舟にひきあげた。転覆したり、空から機銃掃射されたときは、海に飛び込んで逃げるしかない。パスポートや現金は、ジップロック付きのビニール袋で二重に密封して、身につけている。だが救命胴衣がない。いざというときは、発泡スチロールを浮輪にするしかない。

そのとき自分が拾いあげた発泡スチロールは、半畳ぐらいの大きさで、かなり厚かった。これにしがみつけば溺れることはない。すると、中年のインディオがさっと横取りして尻に敷いた。ゲリラ部隊では地位が高いのか、これ見よがしに、リボルバー式の拳銃をベルトに差していた。へそのあたりだった。

「ハポネスに返せ！」

インディオの青年が激しく言いつのった。上官に逆らったのだ。一瞬の修羅場だった。ハポネスとは日本人のこと、自分の通称だった。まわりの兵士たちも同調した。中年の上官はたじたじとなり、発泡スチロールをこちらに戻してきた。

さらに、夜だけの航海がつづいた。夜空に雲が群らがってきた。風が強い。月が雲間を走っていく。その雲が切れると、いちめん星月夜だった。

舟の舳先から人影が起ちあがった。あのインディオ青年だった。滝のような波しぶきを浴びながら、両手をひろげ、

"I love this life!"

と叫んだ。いつもはスペイン語で暮らしているのに、その瞬間だけ英語だった。

熱帯雨林の戦場で別れたきり、逢っていない。生き延びたかどうかわからないが、あの叫びをいまも預けられているような気がする。

＊

L字型に曲るデッキの角に、老人は坐っていた。いつもの定位置だった。薄茶色の眼鏡を外して、星月夜の海を眺めている。ハワァが隣りに腰を降ろし、

「あなたのこと調べました」と切りだした。

「…………」くしゃくしゃの白髪が銀色に照らされていた。

「AECの主任医師だったのね」

「そうだ」

そっぽを向いたまま、老人は答えた。

「あの島は除染されていたの？」

「あの島？」

「ごまかさないで！」

ハワァは珍しく語気を強めた。

「いや、除染されていなかった」

「汚染されたままだと、知ってたの？」

「もちろん知っていたよ」

老人はゆっくり向き直ってきた。

「なぜ帰島させたの！」

ハワァと同時に、あのインディオの青年が叫んでいた。ヒロシや、真っ裸にされホースで水をかけられ股間に測定器を押しあてられたという母や、名もない死者たちがいっせいに言いつのっていた。

「………」老人は猫背のまま、被告席から見つめ返すように顔をあげた。夜の湖のような眼だ。わたしを裁くのはお前たちではないと答えているようだ。

「どうしてなの」

ハワァが声を落として、先を促した。

「わたしたちは、第二次世界大戦の子だ」

老人は複数形で語りだした。

きみたちには想像もつかないものを見てきた。島そのものが黒煙に包まれながら沈んでいきそうな爆撃、火の雨。そして夜になると、ジャップが斬り込んでくる。日が昇ると浜は死体だらけだった。飛び散った肉片や腸が、あたりの藪にひっかかっている。ヤシの幹にも張りついて、ビーフ・ジャーキーのように乾きはじめていた。砂地にこぼれた脳に蠅がたかっている。さまざまな思いがこもっていた頭蓋にウジが涌《わ》いてくる。凄まじい臭いだった。オキナワまでずっと、その臭いがつづいていた。

わたしたちはオキナワを占領してから、ボーソー・ペニンシュラ（房総半島）へ上陸することになっていた。あそこはノルマンディ海岸と同じ、砂浜になっている。水陸両用艇は砂浜でないと上陸できない。そこから一気にトーキョーへ攻め込んでいく作戦だった。インペリアル・パレス（皇居）を占拠するかどうか、わたしたち下っ端には知らされていなかったが。

これから、ジャパン本土で血みどろの長い地上戦になると覚悟していた。ここらの島々で、ジャップは最後の一兵まで捨て身で闘ってきたから。火炎放射器で火だるまになりながら、それでも銃剣をかまえて向かってくる姿にぞっとしたよ。

「ところが原爆二発で、けりがついた」

正直、あっけなくて拍子抜けした。だがいまになって思うと、原爆を投下する必要はなかったのだ。B-29の大編隊が焼夷弾《ナパーム》をばらまき、ジャパンはすでに火の海だった。もう戦争をつづける余力はない。降伏してくるのは明らかだ。それでも原爆が投下された。

「どうして？」

「実験だよ」

ヒロシマにはウラン型、ナガサキにはプルトニウム型。二種類の原爆を試したのだ。それだけじゃない。次の覇権はわれわれのものだと世界に誇示したかったはずだ。ジャパンはたちまち復興してきた。あの焼け野原に、ぎっしりビルが林立してきた。すごい民族だよ。だが恐怖は消えていない。

「ラッキー・ドラゴン（福龍丸）が被曝したとき、騒然となったそうだね」

「ええ」こちらも仄聞《そくぶん》しているだけだった。

「水爆ブラボーが爆発した、まさにその年、恐ろしい怪物が襲ってきた」

「怪物って？」ハワァが訊いた。

「わかるだろう」老人はひっそり謎をかけた。

「ゴジラですね」

「そうだ」

海底で眠っていた恐竜の卵が、原水爆で孵化《ふか》してくる。実験を行ったのはアメリカだが、なぜかジャパンに上陸して、復興したばかりの街を踏みにじり、ビル群をかたっぱしから破壊していく。口から火炎放射器そっくりの炎を吹きながら、トーキョーをふたたび火の海にしていく。なぜかインペリアル・パレスだけは襲わないが、あれは日本人《ジャパニーズ》の恐怖が生みだした怪物だった。

「ニューヨークの街も走り回っていたな」

「ハリウッド映画の GODZILLA でしょう」

「ここの衛星テレビで見たよ」

だが、退屈した。つまらないB級映画だったな。

ゴジラはわれわれに神罰をくだす、大いなる神獣だった。だがハリウッド GODZILLA は、ただ狂暴なだけの大型爬虫類だ。

「ところで」

老人はふっと話を変えた。

「アインシュタインが原爆製造を進言したこと知っているか」

「もちろん」

「手紙を書いたそうね」

「いや、進言書に署名しただけだ」

かれは心やさしい人だった。同胞の貧しいユダヤ人に頼まれると、仕事につけるように推薦状を書きつづけた。職安のデスクには、かれの推薦状が積みあげられていたそうだ。

そんなアインシュタインのところに、ある人物が訪ねてきた。

「ナチス・ドイツが、すでに原爆製造に取りかかっている」

急がなければ、先を越されてしまう。ユダヤ人も、アメリカ人も地上から抹殺されるでしょうと巧みに口説きつづけた。

ドイツ側の原爆製造のリーダーは、不確定性原理で知られるようになった、あのハイゼンベルクだった。迷いに迷ったあげく、アインシュタインはついに署名した。

「魔がさしたのかな」

「やはり、恐怖にとり憑かれていたんだろうな」

署名を求めてきた人物は、やったぞ、これで原爆がつくれると思ったそうだ。あとになってから、そいつは水爆ブラボーまでつくりだしている。

アインシュタインの進言書に基づいて、アメリカ大統領は決断した。途方もない国家予算を注ぎ込んで、ニューメキシコ州の砂漠にそそりたつ岩の台地《メサ》に原爆製造所をつくった。ロスアラモス研究所だ。所長は、オッペンハイマーだ。かれもまたユダヤ系の物理学者だ。ブラックホールの研究で、かなりの業績をあげていたそうだ。アメリカ中の若い物理学者、技術者たちが集められた。平均年齢は二十七ぐらいだったかな。若い頭脳が必要だったのだ。

かれらは、ついに原爆をつくりだした。

「いよいよ初実験が迫ってきたとき、とんでもないことに気づいた」

酸素や水素など、大気中の原子核が連鎖反応をひき起こすかもしれない。

かれらは青くなって必死に計算をやり直して、連鎖反応が起こる確率は、おそらく百万分の三パーセントだろうと推論した。

0・000003パーセント。

その確率で地球の大気が燃えあがり、爆発する。生きものすべてが焼け死んでしまう。恐竜の絶滅どころじゃない。それでも実験しなければならない。

「どんな気持ちだったのか、わたしも想像したよ」

夜、オッペンハイマーは幽鬼のように青ざめながら、岩の台地や荒地を歩き回っていたかもしれない。悪魔のささやきが聞こえたかもしれない。

いや、良心の呵責《かしやく》よりも、自分が生みだした原爆を見たかったはずだ。知りたいという病的な欲望があったはずだ。そして、いよいよ初実験の日、同僚たちと賭けをしたそうだ。

「地球が燃えあがるほうに二〇ドル」

いや、大丈夫だろうというほうに二〇ドル。

ニューメキシコの白い砂漠に火の玉が現れ、キノコ雲がたち昇ったとき、オッペンハイマーはそれを仰ぎながら、古代インドの聖典「ウパニシャッド」の一節を思い浮かべたそうだ。


われは死なり、死神なり。

世界の破壊者なり。


かれは物理学者だが、サンスクリット語を学んでいた。「ウパニシャッド」の英訳者でもあった。つづいて、二発の原爆がジャパンに投下された。圧倒的な軍事力を見せつけて覇権をにぎったはずだが、わずか四年後にソ連も原爆をつくりだした。アメリカは急いで水爆をつくり、このビキニ島で爆発させた。ところが翌年、ソ連もすかさず水爆を完成させた。

「恐怖の連鎖が始まった」

「それが冷戦ね」ハワァが応えた。

「そのころ母が亡くなった」

「アラバマで？」

「そう、老人ホームで暮らしていた」

父はすでに他界していた。わたしがアフリカにいたころだ。

干魃《かんばつ》がつづき、すさまじい飢餓《きが》がアフリカにひろがっていた。村人たちは家の戸や窓枠をはがし、薪《まき》がわりに売って食いつなぎながら、難民キャンプへ押し寄せてくる。赤ん坊らは仔猿のミイラのように痩せこけていた。少女たちは売春をして、家族を養っていた。

食料は横流しされていた。赤十字から送られてくる薬も、紅海の港に届いているのに、運ぶべきトラックがない。独裁者がクーデターを恐れてトラックを抱え込んでいたんだ。兵隊を送るために。医師たちは絶望していた。チナは歯ぎしりしながら泣いていたよ。キャンプは修羅場だった。だから……、というのは言い訳だが、父の葬儀には帰れなかった。憎んでいたのかもしれない。

だが母はちがう。わたしはマジュロ島から、ハワイ経由でアラバマへ飛んでいった。医学生のとき軍用列車に乗り込み、ミシシッピ川を越えていった、あの出発点だ。懐かしいのか呪わしいのか、ややこしい気持ちだったよ。

農地はすでに売却されて、母屋と、納屋だけが残っていた。もう母はいない。トラクターは動かない。農具も錆びついていた。祖母がぴかぴかに磨いていた赤銅の鍋もほこりまみれで土色にもどっていた。ああ、人が地上から消えていくのは、こういうことなのか。

母の葬儀が終わり、近所の人たちから妙なことを聞かされた。

父が売り払った麦畑に、核シェルターができたというのだ。

「麦畑に？」

「そう、畑を買ったのはお前の後輩らしいぞ」

「知ってる人？」とハワァが訊いた。

「いや、顔も名前も覚えていない」

びっくりして、すぐ電話をかけた。

翌朝、訪ねていくと、黒いTシャツ姿で麦畑に立っていた。がっしりした肩幅で胸板が厚い。プロレスラーみたいだった。若禿《わかはげ》の頭が、てらてら脂ぎっていた。しばらく立ち話をした。ハイスクール時代、レスリング部のキャプテンをしていたそうだ。やっぱりと思ったよ。卒業してからは、建設関係の仕事をしていたという。洗いざらしのジーンズの腰に、銃を差していた。

母校の話などしながら麦畑を歩いていった。熟れかけた穂がさわさわと揺れていた。父の手伝いをさせられていた畑だった。

「ほら、あそこだ」と男は指さした。

畝《うね》の間から、潜望鏡のようなものが突きだしていた。

核シェルターは麦畑の地下にあるのだという。入口は、潜水艦のハッチのようになっていた。空母のような鉄の梯子《はしご》を降りていった。地下五、六メートルのところに部屋があった。分厚いコンクリートに囲まれた四角い部屋だ。トーチカのようだが、銃眼もない。もちろん窓もない。

「そこで暮らしてるの？」ハワァが訊いた。

「台所やベッドがあった」

「独身なの？」

「二回、離婚したそうだ」

もう女にはうんざりだと舌打ちしていたよ。

地下室から、直径三メートルぐらいの円筒が四方へ延びていた。河川《かせん》工事に使う金属の筒があるだろう。あれだよ、あれが十字のかたちに組み合わされていた。ブルドーザーを運転して、独力で造ったそうだ。

「どうやって生活してるの？」

「シェルター造りの請負をやっている」

もちろん金持ちにしかシェルターは持てない。富豪や映画スターたちから注文を受けて、かなり儲《もう》けている口ぶりだった。だが質素な身なりで、黒の編みあげ靴をはいていた。

「そのシェルター、ほんとに役立つの？」

「さあね」

換気口はガスマスクと同じ構造になっているそうだが、それで放射能を除去できるとは思えなかった。首をかしげていると、男は金属の円筒へ連れていった。

方向感覚が狂わないように、東西南北へ十字型に延びていた。

東は食料庫だった。五年分のストックがあるそうだ。缶詰や、ビタミン剤、ミネラル・ウォーターがぎっしり積まれていた。キャンベル・スープの缶も、段ボール箱ごと山積みになっていた。

西の部屋には小型発電機があり、ドラム缶も積まれている。

南は武器庫だった。ライフルや、拳銃、機関銃がぎっしりならび、弾薬は箱ごと積まれていた。

街のガン・ショップそっくりだった。刃物もすごい。テーブルには、刃渡り三〇センチぐらいのアーミー・ナイフや日本刀がごろごろしている。

「ドル札なんか、ただの紙クズになる」

「…………」それは本当だと思ったよ。

「金《ゴールド》も役に立たない」

あんなやわな金属など、なんの使いものにもならない。

男は日本刀を鞘《さや》から抜きながら、

「こんな鉄器が役に立つんだ。物々交換の取引にも使える」

それから潜望鏡をのぞかせてくれた。

黄色く熟れかかった麦の穂がゆれているだけだ。

「なにも見えないじゃないか」

「どうせ、いちめん焼け野原になる」

だから見晴らしがきくようになる、と生《き》まじめに答えてきた。

頭上には放射能まみれの荒地がひろがり、焼けただれた人の群れが、水、水……、水をください
と、さまよっているようだった。

「だから、ここに水や食料があると知れると、やっかいなことになる」

わらわら人が押し寄せてくるだろうな。

「その時はどうする？」

「撃つ」

ただ一言だった。

「その人、いまどうしてるの？」

「わからない」

再婚して、日当たりのいい家で暮らしているかもしれない。あるいは偏屈に老いて、いまもシェルターに隠《こも》っているかもしれない。銃の手入れをしたり、日本刀を研《と》いだりしながら、なぜ核戦争が起こらないのか待ちくたびれて、いらだっているかもしれない。

「…………」身に覚えがあった。

熱帯雨林の戦場で、川を挟みながら政府軍と対峙しているとき、緊張に耐えられなくて、いっそ戦闘の火ぶたが早く切られるといいと思ったことがある。機関銃をぶっ放したくなってくる。悪魔のささやきが聞こえかけていた。猪を撃つ遠くの銃声に腰を浮かしたこともある。

夜、大きな蛍の光りにびくっとして引き金に指をかけたこともあった。

「それから？」

ハワァの眼が山猫のように光ってきた。

「島に帰ってきてから、間もなくAECが接触してきた」

もう調べただろう、AECのこと。

「まあ、だいたい」

いまのアメリカ原子力委員会とは別ものだったようね。

「そう、まったく別だ」

核実験を推し進める組織そのものだ。

「なぜ、あなたに接触してきたの？」

「そのころ、わたしはマジュロの病院で働いていた」

離島への巡回医療もやっていた。島民たちと親しく接していた。マーシャル語も話せる。だから適任者だと思ったのだろう。

「ロンゲラップへ帰島するように説得してくれないか」

とAECは依頼してきた。信頼されている医師がマーシャル語で説得すれば、聞き入れてくれるはずだという。

「まだ除染されてないじゃないか」

地上で最も汚染された島じゃないか。そんなところに帰島させるのか。

憤然として断ったよ。

だが、AECはあきらめない。じわりじわり追いつめてくる。

イギリスも核実験に成功した。フランスも、中国も、開発中だ。

ソ連はとっくに水爆実験に成功している。

「ブラボーは、15メガトンだったが」

ソ連は、さらに50メガトンの水爆を開発しているようだ。人工衛星を打ち上げるという情報もある。宇宙から攻撃されたら、もうひとたまりもない。我々は皆殺しにされるかもしれない。

破格の報酬も提示してきた。そのころ、わたしは家を買いたかった。海辺のログハウスが売りに出されていた。ヤシの林に囲まれ、ハイビスカスやブーゲンビリアの花が咲き乱れている。庭からエメラルド色の海が見える。夢のような家だった。その家を、チナに贈りたかった。そこで娘を育てたかった。ＡＥＣが提示してきた給与でわけなく買える。ドルは強いからね。

「もっと上乗せしてもいい」

とＡＥＣはささやいてくる。

放射能まみれの地上で、どうすれば生き延びていけるか。被曝者と健康な者が交われば、どんな子が生まれてくるか。これは人類の未来に関わることだ。

「ヒロシマ、ナガサキの古いデータだけでは不足なんだ」

遺伝的な追跡調査ができるのは、あの島しかない。きみも医師だからわかるはずだ。新薬を開発するには、動物実験をしなければならない。何万、何十万という小動物が犠牲《ぎせい》になってきたはずだ。島民はたった二〇〇人かそこらだ。それで何億という命が救われるなら、よしとすべきじゃないか。そうだろう……。

「心がぐらついたよ」

迷いに迷ったあげく、わたしは契約書に署名した。悪魔がささやいてきた。そうとしか思えない。いや、知りたいという病的な欲望もあった。

わたしは島民たちを説得した。もう安全だと嘘をついた。島民たちは大喜びして、ふるさとへ帰っていった。

文献を山ほど取り寄せて、必死に読み漁った。マンハッタン計画から水爆までの経緯を追いながら、なにか治療法はないかと手探りしていた。

ＡＥＣは「エネルギー省」と名称を変えているが、どうやら原発を売ろうとしていたようだ。だから、キノコ雲がたち昇った島々はもう安全だとアピールしたかった。当時のＡＥＣと政府の動きを調べるとわかる。ビッグ・ビジネスを始めようとしていたことが見えてくるはずだ。ジャパンにも売り込んだ。その結果は、よく知っているだろう。この島々とフクシマは繋がっているんだよ。

わたしはＡＥＣの主任医師になって、医療船で島々を回りつづけた。食料も積んでいった。空から投下するよりも人道的だろうとＡＥＣは考えたわけだ。もちろん、あの島には頻繁《ひんぱん》に通いつづけた。

島民たちはヤシの果汁を飲み、とろりとしたゼリー状の果肉を食べつづけていた。パンの実や、ヤシ蟹も食べる。子どもたちはタコの木の実を、甘いおやつがわりにしゃぶっている。セシウム１３７が含まれているが、止めようがなかった。天然の食物は、それしかないのだから。

「魚は？」

「その魚さえ、どうも怪しくなってきた」

毒魚が増えてきたんだ。食べると吐き気がする。腹痛がくる。

男たちは漁に出なくなった。舟も造らない。もう、老人たちの知恵も役に立たない。

「わたしの助手たちは、聞きとり調査をつづけていた」

マーシャル人だから気安く入っていける。どの家に何人住んでいるか、どの男と、どの女が結びついたか、世間話などしながら記録していた。どの女がグリーンのカードを持っているか、どの男がピンク・カードなのか、しっかり頭にたたき込んでいる。どこの、どの女が流産したか、どんな奇形児が生まれてきたかも詳しく報告してくる。

「巡回医療船は、海の病院だった」

十五床《しょう》ぐらいある。医療機器も積んでいる。だから、ずんぐりした大きな箱形の船だ。島へ着くなり、人びとが群らがってくる。忙しくて上陸する暇さえなかったよ。それでも難民キャンプよりは、ずっとましだ。発電機がついているから手術中に停電することはない。看護師も多い。薬品もある。

だが放射線障害の治療法は、まったくない。ヒロシマ、ナガサキの文献も読み漁ってみた。医師たちは必死に働いたけれど、火傷の手当ぐらいしかできなかったようだ。わたしも甲状腺の薬を配るぐらいしかできなかった。

「ラッキー・ドラゴンの乗組員たちは、母港に帰るとすぐ病院に収容された」

医師たちは総力をあげて救おうとした。だが治療法はない。ビキニ海域から脱出しながらSOSを打たなかった、あの無線技師は、トーキョーの病院へ運ばれていったが、やはりどうすることもできない。放射線で染色体が切断されている。

「医療船は忙しかった。ベッドも足りなくなってきた」

甲状腺ガンが増えてきたのだ。臨月まぢかの妊婦も、担架で運ばれてくる。老いた島民たちをベッドによこたえ、通路にマットを敷いて子どもたちを寝かせながら、クワジェリン島へ運んでいった。いまはミサイル基地になっている島から、輸送機でステーツへ送って手術を受けさせるためだ。喉を切られ、甲状腺を摘出される。それだけじゃない。採血され、採尿され、体内被曝も測られる

はずだ。白血病の少女も運ばれてくる。鼻から血を流していた。うろたえているわたしに、

「神さまのような先生だと思っていました」

と老女がつぶやいてきた。あなたが安全だと言われたから、みんな故郷にもどってきたのです。でも、ごらんの通りです。わたしたちを騙《だま》したのですかと、悲しそうに、深々と見つめてくる。いたたまれなくて、わたしは甲板へ逃げていった。

雨が降っていた。海は荒れていた。医療船は箱形だから、鈍重で、速度が出ない。雨に打たれながら海は膨らみ、白波をたてて盛りあがってくる。台風の発生源だ。ひっきりなしにスコールがくる。波しぶきもくる。甲板は水浸しだった。それでも船は行く。歯がゆいほど、のろのろ進んでいく。

看護師が呼びにきた。声を張りながら言いつのってくる。波音や、甲板を叩く雨にかき消されて、よく聞こえない。若い看護師は、わたしの腕をつかんで引っぱっていく。階段は濡れていた。甲板から雨水が流れ込んでいた。わたしのせいだ。ドアを閉め忘れていたんだ。

病室にもどっていくと、床にも浅く水が張ってマットが濡れている。看護師たちは子どもを抱えあげ、ベッドに二人ずつ寝かせようとしていた。あの老女は自分のベッドにふるえる子を迎え入れて、子猫のようにさすっている。少女は耳からも血を流していた。

担架で運び込まれてきた妊婦が、歯を食いしばりながら叫んでいた。陣痛がはじまっていた。だが、どうもおかしい。逆子《さかご》だ、と直感した。看護師たちは身もだえする妊婦を抑えながら、

「だいじょうぶ、だいじょうぶ！」

とマーシャル語で励《はげ》ましている。アフリカの産婆さんから教えてもらったのだが、妊婦の腹をもみあげながら逆子の向きを変えられるそうだ。だが胎児の足がすでに産道に入っているようだ。帝

王切開するしかない。

だが医療船が揺れている。手術などできない。手もとが狂う。どうやって分娩《ぶんべん》させたらいいか必死に考えていると、小さな左足がのぞいてきた。やはり逆子だった。わたしは無神論者だが、神よ、どうか奇形児ではありませんようにと祈りながら指を数えた。

ちゃんと五本指だった。だが、もう一方の足がつかえている。わたしは足を踏ん張りながらメスを入れ、膣をひろげた。産道を切開した。ここは母体の致命傷にならない。あとで縫合《ほうごう》すればいい。鮮血が流れる。だいじょうぶだ、輸血もできる。もう一方の足が出てきた。血まみれだった。

「ブラボー！」

ぬるぬるした両足をつかんで、ゆっくり赤ん坊をひきずり出した。下腹が出てくる。細い腸のように、へその緒が伸びてくる。肩が出てくる。それから、するりと頭が出てきた。小さな頭だった。頭蓋骨が妙にひしげている。額から上のほうが、ゆがんでいる。脳や頭蓋骨がきちんと形成されないまま、ベーコンの赤身のようなものに覆われていた。

産声は小さかった。かすかな溜息のようだった。

とても母親には見せられない。

黙っていると、母親は目を瞑《つむ》ったまま涙を流していた。

わたしは新生児を抱いて甲板へもどっていった。血まみれの顔が、雨に洗われていく。苦悶《くもん》の表情にちがいないと思っていたが、不思議なことに、とても穏やかな顔だった。口もとに微笑さえ浮かんでいる。ほんとなんだ。いや、そんなはずはないとのぞき込んでも同じだった。

わたしは無脳症児を海に流した。魚やシャコに食べられるだろう。鮫が襲ってくるかもしれない。冷凍してステーツの研究所へ送るべきだが、解剖され、ホルマリン漬けの標本にされるよりもいいだろう。いっそ魚にもどるがいい。

雨はやまない。すさまじいスコールだ。甲板が激しく鳴る。白衣についた血がにじみ、滴《したた》っていく。わたしは医療船の舷《げん》にしがみついて吐きつづけた。粘っこい茶色の胃液が流れてくるだけだ。汚ねえものを吐くんじゃないと怒るように、海が盛りあがってくる。船首に黒いＴシャツ姿の男が腰かけていた。ジーンズの腰に拳銃をさして、へらりと笑っていた。


定期的に島に通いつづけた。喉に切り裂かれた傷痕が残っている人たちを、医療船に乗せていくこともあった。甲状腺の摘出手術を終えて、ステーツから送り返されてきた人たちだ。

あまりのことに、島民たちも疑っていた。

「この島は危ない」

このままでは死ぬしかない。ここに残るか、脱出するか。長老たちを囲んで延々と話しあっていた。皮肉なことに、それでも人は増えつづけている。次々に流産しても、甲状腺をやられても、食べものがあるかぎり人は増えつづけていく。二〇〇人かそこらの島民は、三二五人になっていた。だが脱出しようにも、全員を乗せられる船がない。カヌーではとても無理だ。長老たちはグリーン・ピースに相談を持ちかけた。大型の帆船、虹の戦士《レインボー・ウオーリアー》号が準備された。

「そして島民すべてが乗り込んでいった」

海の民の脱出だった。ＡＥＣも医師団も、見事にしてやられたんだが、

「やったな！」

わたしはひそかに喝采《かっさい》していた。

行先はなかば無人島だが、やはり楽園ではなかった。ヤシの木もパンの木も少ない。とても自活

していけない。漁に出ようにも、カヌーをつくる大木がない。いや、航海や漁の技術も、ほとんど失われかけている。脱出はしたけれど、依然としてアメリカから支給される食料に頼るしかない。

「AECも、生きた遺伝データを見捨てるはずがない」

わたしは医療船で食料を運んでいったが、もう医師団を信用していない。診察を受けるときも、こちらの目を見ようとしない。

それでも小麦粉や、砂糖、塩、缶詰などを運びつづけた。ほかの島々も巡っていくから、甲板はもう段ボール箱だらけだった。船はいつも混沌《こんとん》としていた。連絡船がないから、島民たちの便宜《べんぎ》をはかっていた。足を縛られた鶏や豚が、甲板にころがっている。山羊が鳴く。医療船に動物を乗せるのはまずいんだが、卵や豚肉は貴重な栄養源だ。黙認するしかない。あとで甲板を消毒すればいい。また雨が降り、激しく甲板を叩く。ずぶ濡れの鶏が鳴く。豚が金切り声をあげる。積みあげた段ボール箱の山に、また黒いTシャツ姿の男が腰かけ、へらへら笑っていた。


巡回医療から家にもどると、風が吹きぬける居間の向こうに庭が見えた。海も見える。コバルト・ブルーや、明るい翡翠《ひすい》色のまだらになって輝いている。木洩れ日が射し、熱帯の花々が咲き乱れていた。わたしにとっては、この世でいちばん美しい庭だ。

ぽつんとチナが立っていた。白衣をまとっている。

「どうしたんだ?」

わくわくしながら訊ねたよ。チナの白衣姿を見るのは久しぶりだ。

「…………」チナは庭のテーブルを指さした。

新聞が何日分も積まれていた。風で飛ばないように、大きな貝が載せてあった。家族三人で無人島へ遊びにいったとき浜で拾ったシャコ貝だ。乳白色にルビー色の斑点が散っている。わたしは使い古したメスで、そのシャコ貝の底にAMOR（愛）と刻んでいた。チナの母国語で。新聞には、わたしの顔写真が出ていた。「悪魔の医師」と見出しがついている。

「そこに書かれていること、本当なの？」チナが訊いてきた。

あの島がまだ除染されていなかったこと、AECが人体実験をやっていたことなど、すべてが明るみになっていた。

うなずきながら、わたしはチナの白衣を見ていた。薄茶色のシミが残っている。難民キャンプで手術するとき、助手を務めながら浴びた血だ。

チナは娘の名を呼んだ。浜から庭へもどってきた娘はよく日に焼けて、ぴかぴかの赤銅色だ。

「アディオース・セニョール」とチナは言った。

別れの挨拶だった。セニョールとは、故郷のドミニカで他人に呼びかける言葉だ。決して夫には言わない。

チナは娘の手をひいて、靴をはいたまま居間をよぎっていった。娘はわけがわからず、おびえていた。

「待ってくれ」

呼び止めたけれど、そのまま家から出ていった。わたしは追いかけた。チナは乗り合いタクシーを呼び止めて「空港へ」と言った。ふり向きもしなかった。

「それから？」ハワァが訊いた。

「それっきりだ」

たぶん、ドミニカで父の病院をひき継いでいるはずだ。クリスマス・カードを送っても返事がない。とっくに再婚したかもしれない。

「娘さん、大きくなったでしょうね」

「結婚して、もう母親になっているはずだ」

「ずっと会ってないの？」

「孫の名前さえ教えてくれない」

　老人は北西を眺めている。

「AECは、もう辞めちゃったの？」

「辞表を出してビキニ島にやってきた」

　この宿舎もAECの施設だから、完全に手が切れたわけじゃないがね。

「もう長いの？」

「忘れたよ」

　老人は片手を伸ばして、星月夜のテーブルをまさぐった。細い指さきが泳いでいく。空母の船底に沈むマグカップを手探りしているようだった。

「もういい」

　ハワァが老人の手をつかんだ。もうやめなさい。春の大鹿《スプリング・エルク》のような、威厳のある声だった。骨が透けそうな手首をひき寄せて、自分の下腹にあてがった。老人はびくっと手をひっ込めかけたが、ハワァは手を離さない。老人はうなずき、医師の手つきで下腹をさすりながらひっそり微笑した。

＊

海鳴りが聞こえてくる。内海は静かだが、外海がうねりつづけている。波だっているのではない。水惑星が深呼吸していた。あの洞窟《ガマ》の奥でも、かすかに響いているだろう。霧山の意識はまだ灯《とも》っているだろうか。燃えつきかけているのか。もう電池も切れて、なにも見えない。老いた二人は静かに抱きあいながら、やがて白骨化していく。つららのような鍾乳石《しょうにゅうせき》から、ぽたり、ぽたりと水が滴り、谺《こだま》している。

眠れないまま、ネットに繫いでみた。七海からの連絡はない。當は知らん顔だ。意外なことに、ジムから長いメールが届いていた。

アリマ、元気かい。残念ながら、きみがいる島は見えない。宇宙ステーションは、ビキニ島の上空を通過しない。だが、赤道のほうを眺めながら、あそこにきみがいると感じている。こちらは変わりない。時速二万八〇〇〇キロで地球をぐるぐる回りつづける毎日だ。いつも急《せ》かされている。それでいて退屈なルーティンのくり返しだ。今日は、自分たちの尿を飲用水に変える装置を取り替えたよ。

仕事の合間に丸窓から眺めていると、地球の五つの大陸がジグソーパズルのように繫がって見えてくる。三億年ぐらい前、ひとつしかなかった超大陸がひび割れていったことが、肉眼でもはっきりわかる。恐竜たちを乗せたまま大陸は分裂して、ゆっくり移動していったはずだ。まだ人類は出現していない。恐竜たちの足もとを、モグラのような哺乳類がちょろちょろしていた。それが、わたしたちの祖先らしいね。

それからヒトが誕生して、二千億人ぐらい生まれてきたそうだ。どこまでが猿で、どこから人とみなすのか、どうやって二千億という数を割りだしたのか、正確なのか、そこのところはわからないが長い長い行列が地上を通り過ぎていったわけだ。

夜の地球をかすめ飛んでいるとき、町や都市の光りが見える。なにか、しきりに考えている脳神経のように発光しながら、四方へ延びて、闇に消えていく。そこに人がいる、意識の営みがあると、ひしひし感じる。《二千億の果実》が実っているような気がする。

古代ギリシャ人は月蝕を見ながら、太陽と月の間に、地球が割り込んできたせいだと考えたそうだ。あれは地球の影だ、と気づいたのだ。影のかたちから、この地球は丸いはずだと推測した。すごいことじゃないか。わたしも子どものころ日蝕を見た。ガラス片をローソクの炎で炙《あぶ》って、たっぷり煤《すす》をつけて、それをかざしながら欠けていく太陽を見つめていた。あたりがひんやり翳《かげ》ってきた。昼でもない、夜でもない、黒い太陽の薄明だった。ぴたりと蟬の声がやんで、静かになった。鳥肌がたってきた。

ついさっき、闇に浮かぶ光りの島のようなイギリスを通過した。万有引力に気づいた脳も、宇宙は特異点から始まったと考える脳も、あそこに実ってきた。黄金の果実のように。ドイツ上空にさしかかると、ぺろりと舌を出す、アインシュタインのお茶目な笑顔が浮かんでくるよ。そして、あっという間に、夜明けの北米大陸が見えてくる。先住民たちは、この大陸を《亀の島》と呼んでいたそうだね。ここにもまた、さまざまな果実が実ってきた。超ひも理論や、ブレーン宇宙モデルなども生まれてきた。

夜の海を過ぎると、火花が見える。夜の砂漠でパチパチと爆《は》ぜている。砲弾やミサイルも飛び交っている。子どもたちが肉片となって飛び散ったり、黒こげになっているはずだ。人というやつは、同類殺害をする。そういう生きものだ。老いたオスを殺して群れを乗っ取った若い猿は、仔猿たちを皆殺しにするそうだね。すると、メスたちがいっせいに発情するからだ。われわれは遺伝子そのものが生き延びようと、乗りつぎ、乗り捨てていく乗りものにすぎないというシニカルな言葉も浮かんでくる。


わたしは今日、ステーキを食べた。レンジにかけて加熱するだけのステーキだ。もちろん、旨いはずがない。ロシアの宇宙飛行士たちは、レトルト入りの魚スープを啜《すす》り、ビーフ・ストロガノフを食べていた。わたしも魚のスープをちょっとだけ分けてもらった。今日も、無重力空間で魚や牛を食べたわけだ。この食物連鎖こそ、悪の源泉だろうな。だがやっかいなことに、この悪こそが《二千億の果実》を実らせる大地なんだ。おそらく神はいない。それでも咲いては散り、また咲きこぼれてくる花のように《二千億の果実》が生まれてくる。

ところで、宇宙ステーションから降りることに決めたよ。わたしは黒人だが、アメリカ人として宇宙滞在時間の最長記録を持っている。記録が途切れるから、ＮＡＳＡも言いだしにくいだろうが、新人を育てたいというのが本音だろう。だから勇退して欲しかったはずだ。

地上ではまだ働き盛りだろうが、わたしは宇宙飛行士として最年長だ。ちらほら白髪が目立ってきたよ。宇宙にいても老いは近づいてくる。骨がもろくならないように薬を服用して、筋肉が衰えないようにマシンで鍛えている。だが、髪の毛はどうしようもない。インドのミリンダ王だったか、アショカ王だったか忘れたが、ある朝、鏡を見て一本の白髪が生えていることに気づいたそうだ。「ああ、死神の使いがやってきた」と髪を剃り落として、すぐに出家したそうだ。わたしの髪にも、死神が忍び寄ってきたよ。

急いで返信を書いた。送信しかけて、一呼吸入れよう、頭を冷やそうと宿舎を出た。ココヤシの林がさわさわと揺れていた。茶褐色の実が、まっ黒に見えた。星月夜の浜を歩いた。潮の引いた波打ち際は、シリウスのような銀色だった。貝殻や枝サンゴが散らばっている。歩いていく自分だけが動物だと感じた。足もとが、きしきし鳴る。二千億人の骨がきしむ音のようだった。宿舎にもどり、保留していたメールをざっと読み返してから送信した。

ジム、びっくりしたよ。宇宙ステーションから降りるんだって。よほどの事情があるんだろうな。こちらも伝えたいことがある。ハワァが妊娠した。あと七か月半ぐらいで出産する。ここで生みたいと言っている。パスポートや国籍など、やっかいなことが山ほどひかえている。試されているような気もする。

ハワァは病んでいる。強迫神経症か、統合失調症かよくわからない。いまは落ち着いているけれど、かなり根が深そうだ。何十年も前に亡くなった「イシ」という、最後の野生インディアンにこだわっている。「イシ」は死亡してから、解剖され、脳を抜き取られた。ホルマリン漬けにされて、ガラス壜ごと博物館に陳列されていた。先住民たちが抗議してひき取っていったけれど、いまどこにあるのかわからない。ハワァは、真夜中、その脳とひそひそ語りあっている。

やがて生まれてくる子も、その遺伝子をひき継いでいるかもしれない。だが、ＯＫだ。肚《はら》をくくったよ。自分も父親になる。決して希望がないわけじゃない。オセロ・ゲームでは、黒い石が、白い石へひっくり返るだろう。ネガが、いきなりポジに反転する。心の病もシャーマンへの道のりかもしれない。その兆《きざ》しも、少しだけ見えかかっている。

＊

目ざめてネットに繋ぐと、もう返信が届いていた。こんなことは、めったにない。荷棚のような二段ベッドによこたわりながら、ジムも眠れなかったのだろう。ふわふわ浮かないよう体を固定しているベルトを外して、無重力のなかを泳ぎながらパソコンの前に坐り、シートベルトをつけたはずだ。まわりを半円形にコンピュータが取り囲んでいる。ジムは黒い指でキーボードを叩く。

そうか、アリマ、きみも父親になるのか。おめでとう、と言うのはやめておこう。また一つ《二千億の果実》が実ってくるだけのことだ。そう言っても、きみは気分を害さないはずだ。私的なことだからね。わたしが宇宙ステーションから降りていくのも、きわめて私的な事情なんだよ。

ＮＡＳＡからメールが転送されてきた。もと妻が再婚した相手からのメールだった。かれは、いわゆる「白人」だが、わたしの親友だった。院生のころ、地球外惑星に生物がいるかどうか、よく議論していた。おそらく0に近い確率だろうと、かれは言う。いや、かならずいるはずだと、わたしは言い張っていた。この銀河系だけでも、一千億以上の惑星があると見なされている。一千億分の一の確率で、地球にだけ生物が発生したというのは、おかしいじゃないか。

大学の門が閉まってからも、町のパブで議論をつづけたよ。紅葉した楓《かえで》の森に囲まれた、小さな学園都市だ。わたしたちは、ビールのしずくで濡れたコースターや、紙ナプキンに数式を書きながら延々とやりあった。だが、かならずしも知的な闘いじゃなかった。一頭のメスを奪いあって、オス二頭が角を突きあわせていたようなものだ。

わたしたちは同じ女性に恋をした。友人も、わたしも好きで好きでたまらなかった。背中に羽が生えているんじゃないかと思えるぐらい、美しい、きよらかな女性だった。だれもが憧れていた。いったいだれが天使を射止めるか、天文物理学部だというのにざわめいていた。

恋が叶えられたのは、黒い肌のわたしだった。とんでもない番狂わせだ。恩師のおかげなんだよ。父母が離婚してから、わたしはクリスマスの夜も、学生寮にひきこもっていた。どこにも行くところがない。ひとり海の底にいるようだった。時間だけはたっぷりある。だから、恩師が鯨座タウ星へ向けて発信した暗号電波を解読しようと試みた。

１００００００１００００００１０００００００１０００１０００００……

と果てしなくつづく、長い電波のパルスだった。全部で１２７１個だ。冬日が射す窓ぎわで考えつづけているうち、ふっと思いついて、１２７１を素因数分解してみた。31と41だ。それ以外では分解できない。手がかりをつかんだと思ったよ。

横31、縦41の画像枠をつくって、０と１のパルスを並べてみた。０を白、１を黒くすると、長方形のチェス盤のようになって、像が現れてくる。それからあとは難しくなかった。

この地球という、小さな太陽系第三惑星が、銀河系のどこら辺にあるか示していた。ここには水素があり、大気があり、海があることも示していた。さらに、わたしたちが炭素系の生物であり、オスとメスで雌雄生殖していくこと、ＤＮＡの二重ラセンなどが暗号化されていた。

解読できたのは、わたしひとりだった。暇だったからね。その褒美に、恩師はラピスラズリの指輪を贈ってくれた。みずから原石を磨いてつくった指輪だった。まるで楕円形の青い地球のようだ。きみも持っているはずだ。失くしたなんて言ったら殺してやるぞ。

あの天使は、わたしの指で輝くラピスラズリの指輪に魅《ひ》かれたのかもしれない。わたしたちは結婚した。立会人は、もちろん恩師だった。そして息子が生まれてきた。

友人は大学に残らず、ベンチャー企業に身を投じた。それから月日が過ぎて、わたしはスペースシャトルの機長になった。ほとんど家に帰れなかった。禁欲の日々がつづいていた。そして親友に妻を奪われてしまった。決して卑劣なやつじゃない。かれも苦しんだはずだ。わたしは初めて死にたいと思った。いや、自殺したいというわけじゃない。どう言ったらいいか……、電灯のスイッチを切るように、意識を消したかった。苦しみつづけるこの意識を消灯したかった。

血尿が出たよ。ペニスの先から、赤い滝がほとばしっていく。トイレが真っ赤になった。血の涙が溜まっていた。離婚するとき、わたしは親権を争わなかった。子には、母親が必要だ。自分がそうだったからよくわかる。

ＮＡＳＡから転送されてきたメールを読んで、愕然《がくぜん》とした。急いで問い返し、何度もメールを交わしたよ。もと妻は、重度のアルコール依存症になってしまったそうだ。ウォッカを、セブンアップで割って飲みつづけていたそうだ。あの天使が、アル中の中年女になってしまったのだ。ときどき鳥のようにけたたましく笑いながら、自分の陰毛をむしり取ったりしていたそうだ。そして睡眠薬を飲んで手首を切り、まっ裸のまま浴槽に浮かんでいた。

救急車で病院へ運んでいった。止血され、胃を洗浄された。天使は失禁して、糞尿をたれ流していた。豚のような、いびきをかいていた。集中治療室で、息子は母の手を握りしめながら、脳波計のモニターを見つめていたそうだ。エメラルド・グリーンの波が、潮のように盛りあがったり、さざ波のように凪《な》いだりしながらうねっていく。

「もう大丈夫です」

医師の声を確かめると、息子はふらりと出ていった。

それっきり、家にもどってこない。ハイスクールにも出てこない。まったく行方がわからない。残された日記を読むと、あきらかに自殺念慮《ねんりよ》がある。死にたがっている。母がこっそり貯め込んでいる睡眠薬を盗んで隠していた。母の自殺を止めようとしていたのか、自分が死にたいのか、わからない。息子の幼いころや、少年時代を知らないから、どこにいるのか見当がつかない。

「わたしたちの息子を一緒に捜してくれないか」

というメールだった。

わたしたちの息子、という言葉に胸がつまった。こんな無重力空間でも涙が湧いてくることが不思議だった。


その夜、と言っても昼と夜がたえまなく入れ替わるのだが、うとうとしながら夢を見た。あの屋根に登って、煙突に頭を突っ込んでのぞき込んでいるうちに、ずるりと落ちていった。落下しながら、重力が感じられることが不思議だった。火の消えた居間に、ぽつんと白い冷蔵庫があった。ひらいていた。だれかが、しゃがみ込んで、なかをのぞいていた。背中しか見えないが、死神のようだ。どうやら、わたしは殺されて、死体を始末されているところだった。冷蔵庫の底に、黄色っぽいシミがあった。わたしは死神の背中ごしに、蒸発していく自分を見ていた。

それからいきなり夢が飛んで、息子と二人、野球場に坐っていた。一塁側スタンドの五列目だった。息子は懸命に声援している。選手カードを集め、球団のワッペンがついた野球帽を、いつも枕もとにおいて眠っていた。だから「パパとママは別れることになった」と告げる最後の日に、ささやかな夢を叶えてやりたくてやってきた球場だった。

目ざめながら、いま目ざめる夢を見ている気がしたよ。東アジアでは、どちら側が現実かわからない、と言われているそうだね。胡蝶《こちょう》の夢というのかな。ベルトを外して、宇宙ステーションのなかを泳ぎ、また旧友からのメールを読み返した。「わたしたちの息子を一緒に捜してくれないか」と言われても見当がつかない。もう長いこと離別したきりだから。

浮かんでくるのは、あの一塁側のスタンドだけだ。残された日記を読めば、手がかりがつかめるかもしれない。級友やガールフレンドに会ってみたいと思っている。宇宙ステーションの丸窓から眺めていると、長距離バスが浮かんでくる。わたしもハイスクールのころ、グレイハウンド・バスに乗って西海岸へ行った。ただわけもなく太平洋を見たかった。息子もいま、半砂漠のバス停でトイレにかけ込み、血尿をこぼしているかもしれない。血の涙が、トイレに溜まっているかもしれない。

わたしは地上に降りる。年齢的に、ふたたび宇宙にやってくるチャンスは巡ってこないだろう。次のソユーズで、交代要員がやってくる。わたしが訓練した青年たちだ。世代交代のときだ。ジャパニーズの宇宙飛行士もやってくるそうだ。

わたしは見極めたかった。認識の果てまで、切っ先まで、生身で行きたいと願いつづけてきた。人種など笑い流して、自分を普遍化したかった。だが、不可能に決まっている。この銀河系のほかにも、何千、何億という銀河がある。泡のような構造になっているらしい。そこにも生命が誕生して、睦《むつ》みあい、同類殺害などしながら、この宇宙は10次元か11次元か、あれこれ考えているかもしれない。炭素系の生きものではないかもしれない。だが意識の火、意識という黄金の果実はとめどなく実ってくるはずだ。

次のソユーズで、わたしは中央アジアの草原に降りる。それからモスクワ経由で、母国（？）へ飛ぶ。とりあえず、あの野球場の一塁側スタンドの五列目に坐ってみる。かならず息子を見つける。自殺させない。いつか、きみとも再会しよう。どうか、元気で！

＊

ガッ、ガッ、ガツン、と鈍《にぶ》い音が聞こえてくる。窓のカーテンを開くと、ヤシ林に朝の光りが無数の矢のように射していた。ヒロシがてっぺんに登って、革ベルトで身を支えながら鉈をふるっていた。

ハワァが木の下に歩み寄って、

「もう採《と》らなくていいの」

と声をかけたが、かまわず鉈をふるう。荒々しい手つきだった。いつ自分も発症するか、不安と闘っているように見えた。緑の実が次々に落下してくる。

老人がハワァに近づき、なにか話しかけた。

ハワァは赤銅色に光る顔で、こちらをふり向き、

「クレーターを見に行こうって！」

明るく爆《は》ぜるような声だ。

「わかった、すぐ行く」

ノートパソコンを閉じて、急いで二人を追った。

朝日を浴びる突堤にクルーザーが繋がれていた。ハワァがひらりと跳び乗り、老人の手をひいた。有馬は太いロープを解いて、抱えながら上船した。

老人はエンジンをかけた。巧みに操舵輪《そうだりん》をあやつり、北西へ向かっていく。白い水底を紡錘形の影が走っていく。船底の影だ。

またイルカの群れが追ってきた。ジャンプするとき、ぬれた肌がなまめかしく光る。水しぶきの虹が砕ける。やがて青が濃くなり、船の影も海底へ吸い込まれていった。

環礁の最深部にさしかかっていた。

あちこちに浮標《ブイ》が浮かんでいた。金属の空気タンクから、三角錐に鉄骨が突きだしている。小さな浮き灯台のように散らばっている。

「あそこに、ネバダが沈んでいる」

老人が指さすブイには、NEVADAという標識がついていた。ステンレスの鎖が垂直に海底へ延びている。おそらく沈没した戦艦ネバダの司令塔に繋がれているのだろう。さらに進んでいくと、NEW YORKという標識のブイが見えてきた。

PENNSYLVANIA

ARKANSAS
INDIANAPOLIS
「ここは船の墓場なんだよ」老人はひっそりつぶやいた。

NAGATOという標識もあった。そうか、戦艦長門はここに沈んでいるのか。

老人は速度をゆるめながら、別のブイへ近づいていった。

SARATOGAと記されていた。

この真下に、空母サラトガが沈んでいるのだ。田舎の麦畑からやってきた医学生が、油くさい艦内でうろたえ、追いたてられ、鉄錆の混じる水を思わず口から吐きだす姿が浮かんでくる。おい、尻を貸せ、と古参兵に迫られたかもしれない。鉄の階段を昇っていくと、サッカー場ぐらいの熱い甲板にずらりと戦闘機がならび陽炎《かげろう》に包まれている。空母は赤道へ近づいていく。島々が見える。青い麦畑のように、ヤシ林がさわさわと揺れる。医学生は沖を見ている。潮を吹きながら鯨が泳いでゆく。尾びれが海を叩く。水しぶきに虹がかかる。十八の医学生は、わけもなく涙ぐむ。

老人は、操舵輪をにぎったまま水中を見つめている。

空母は緑の海草におおわれているだろう。弾薬を積んだ戦闘機を発進させようと、幽霊たちが甲板をかけずり回る。そびえる艦橋《ブリッジ》から昆布のようなものが生え、長く伸びあがり、ゆらゆらと揺れている。船底は暗い水の迷路だ。兵士たちが寝起きしている三段ベッドに、びっしり貝がはりつき、小魚が群れ、ヘドロのような泥に、食器や、スプーン、分厚いマグカップが沈んでいる。

老人は船を走らせていく。幻の医療船で連れられていく気がした。さざ波に無脳症児のあどけない微笑が浮かんでくる。

環礁のへりに近づくにつれて、また海が浅くなってきた。明るいコバルト・ブルーの浅瀬がつづき、ふたたび海の色が濃くなってきた。セルリアン・ブルーや翡翠《ひすい》色に変わり、ラピスラズリのような青へ深まっていく。

「ここですね」

「そう、ここが爆心地《グラウンド・ゼロ》だ」

櫓《やぐら》を組んで、海面すれすれで起爆させたんだよ。

老人はエンジンを切り、操舵室から降りていった。

全身をくねらせ、跳びあがり、激しく甲板を叩いたマグロの血はきれいに洗い流されていた。

アジサシが飛んでいた。小さなカモメのような鳥だ。海面すれすれにかすめ飛んでいくとき、まっ白の腹がエメラルド色に淡く染まる。

環礁にそって、緑の首飾りのように島々が点々と連なっていた。それが途切れて、濃紺の外海が見えるところがあった。

「吹き飛ばされたんだ」

「…………」そうか、サンゴ礁の無人島が二つ、吹き飛ばされてしまったというのは、あそこなのか。粉々に砕け、熱い白雪となって、福龍丸の甲板や、あの島に降りそそいだはずだ。

東側に緑の小島があった。ヤシの木は爆風でなぎ倒され、人の背丈ぐらいの低木が曲りくねり、もつれあい、奇形化しながら、ぎらぎら脂ぎっている。

「草木は強い」ぽつんと老人がつぶやいた。

「ええ」

たとえ人がすべて滅びても、木々は揺れながらとめどなく芽吹くだろう。

「上陸してみようか」

老人が少しいたずらっぽく、試すように誘ってきた。

「いや、やめときましょう」

わざわざ身をさらすのは無意味だ。もしも見捨てられた赤ん坊がそこで泣き叫んでいるのなら話は別だが、とインディオ青年も胸でつぶやいてくる。

海は凪《な》いでいた。それでも船は流されていく。ふっと潜ってみたくなった。

「水中マスク、ありますか」

「あるよ」老人は道具箱をひらいた。

マグロを釣る自在鉤《じざいかぎ》のような太い針や、ロープ、金属バットなどが入っていた。潜水用のロング・フィンもあった。甲板で裸になって両足につけた。

「見てるからね」ハワァが操舵室の屋根へ登っていった。

船尾から水に入った。鮫はいない。水は澄みきっているのに生温かった。

クレーターは、巨大な擂鉢《すりばち》状の穴になっていた。サンゴ砂の白い斜面が、四五度ぐらいの角度で底へつづいていく。雪渓《せっけい》のようだ。自分らしい影が映っている。長い尾びれの魚影のようだ。

空っぽだった。クレーターには、魚も、貝も、蟹もいない。サンゴさえ生えていない。あれから長い月日が過ぎたのに、あっけらかんとした死の世界だ。

息が切れてきた。うるま病院で働いていたころは、三〇メートル近くまで楽に潜れたのに、情けない。ずっと練習をさぼっていたせいだ。いったん海面にもどり、仰向けになった。

雲があまりにも白く輝き、青空はスミレ色がかっていた。漂いながら見つめているうちに、青紫から黒へ変わっていく。そこも途方もなく深い穴に見えた。積乱雲が水中深くへそびえている。

ゆっくり深呼吸した。気がみなぎってきたとき、頭から一気に下降した。擂鉢状の斜面にそって潜りつづけた。光りが薄れ、夕闇のような青から、群青色へ、藍色へ深まっていく。水が冷たくなってきた。穴の底には闇が沈んでいた。煙突の奥のような漆黒だった。どうしても辿《たど》りつけない。また息が切れてきた。身をくねらせ、水面を目ざしていった。

頭上遠くで、黄緑色の太陽がゆらゆら光っていた。必死に水を蹴りながら上昇した。やっと水面に出た。水惑星から頭を突きだした気がした。

深々と青空を吸った。肺まで青く染まりそうだ。

波間から、ぬらりと光るものが頭をもたげていた。海亀だった。目が合った。海水を固めたような、やわらかいゼリー状の眼だ。きょとんとしながら、たがいに見つめ合った。頭がまっ白になった。十秒かそこらの永遠だった。

海亀は身を沈めた。大きな甲羅にさざ波が映り、玉虫色にきらめいている。さわりたかった。触れたかった。あとを追いながら、神を見たのだと思った。生命の連続性としての神を見たのだ。海亀は大きな鰭《ひれ》を翼のようにひろげ、羽ばたきながら水中を飛んでいく。

とても追いつけない。船にもどり、操舵室の屋根へ登っていくと、

「青海亀！」

ハワァが眼を輝かせた。やや反《そ》り身になって、ふくらみかけた腹を空へ捧げる姿勢だった。軽くうなずき合ってから、マストの鉄梯子《てつばしご》を登っていった。避雷針のようなてっぺんに国旗がひるがえっていた。クレーターは海中の湖のような青を湛《たた》えている。もう海亀は見えなかった。

# 参考文献


『ヒトはなぜ戦争をするのか』（アインシュタインとフロイトの往復書簡　花風社）
「琉球共和社会憲法C私（試）案」（川満信一　「新沖縄文学」第48号　１９８１年）
「琉球共和社会ネットワーク型連邦・憲法私案」（高良勉　「うるまネシア」第11号２０１０年　第12号２０１１年）
『イシ』（シオドーラ・クローバー著　行方昭夫訳　岩波現代文庫）
"ISHI'S BRAIN" by Orin Starn (W. W. Norton & Company)
『ドラゴンフライ　ミール宇宙ステーション・悪夢の真実』（ブライアン・バロウ著　小林等訳　寺門和夫監修　筑摩書房）
『世界の非核法・非核宣言集』（解説　中西裕人・杉江栄一　日本機関誌出版センター）
『切除されて』（キャディ著　松本百合子訳　ヴィレッジブックス）
『ドキュメント女子割礼』（内海夏子著　集英社新書）
『チベットの焼身抗議』（中原一博著　集広舎）
『第五福竜丸は航海中　ビキニ水爆被災事件と被ばく漁船60年の記録』（公益財団法人 第五福竜丸平和協会 編・発行）
『核時代のマーシャル諸島』（中原聖乃　竹峰誠一郎共著　凱風社）
『核の難民　ビキニ水爆実験「除染」後の現実』（佐々木英基　ＮＨＫ出版）
Yokwe Online (http://www.yokwe.net/)
Department of Energy (DOE) OpenNet documents (http://www.osti.gov/opennet/)

宮内勝典
MIYAUCHI KATSUSUKE
★

一九四四年、ハルビン生まれ。六〇年代から四年間、また八〇年代からの九年間、ニューヨーク在住。アメリカ、ヨーロッパ、中東、アフリカ、南米など六十数カ国を歩く。早稲田大学文学部客員教授、日本大学芸術学部講師、大阪芸術大学文芸学科教授などを歴任。著書『南風』(七九年 文藝賞)、『金色の象』(八一年 野間文芸新人賞)、『焼身』(二〇〇五年 読売文学賞、芸術選奨文部科学大臣賞)、『魔王の愛』(二〇一〇年 伊藤整文学賞)。ほかに『グリニッジの光りを離れて』、『ぼくは始祖鳥になりたい』、『金色の虎』など多数。

＊初出＝「文藝」二〇一五年春季号〜二〇一六年冬季号

# 永遠《えいえん》の道《みち》は曲《まが》りくねる

★


二〇一七年 五 月二〇日 初版印刷
二〇一七年 五 月三〇日 初版発行

著者★宮内勝典
装幀★鈴木成一デザイン室
装画★大野博美
発行者★小野寺優
発行所★株式会社河出書房新社
東京都渋谷区千駄ヶ谷二-三二-二
電話★〇三-三四〇四-一二〇一［営業］〇三-三四〇四-八六一一［編集］
http://www.kawade.co.jp/
組版★有限会社中央制作社
印刷★株式会社亨有堂印刷所
製本★大口製本印刷株式会社
Printed in Japan
落丁本・乱丁本はお取り替えいたします。





ISBN978-4-309-02568-1